David Arnold
I Loved You in Another Life

David Arnold

# I LOVED YOU IN ANOTHER LIFE

*Aus dem Englischen
von Inka Marter*

cbj

Der Verlag behält sich die Verwertung der urheberrechtlich geschützten Inhalte dieses Werkes für Zwecke des Text- und Dataminings nach § 44 b UrhG ausdrücklich vor. Jegliche unbefugte Nutzung ist hiermit ausgeschlossen.

Penguin Random House Verlagsgruppe FSC® N001967

Quellen:
Emily Dickinson: Sämtliche Gedichte. Zweisprachig.
Carl Hanser Verlag: München, 2015. Übersetzung Gunhild Kübler.

Arnold Lobel: Das große Buch von Frosch und Kröte: der deutschsprachigen Ausgaben: 1995, 1996, 1998. dtv Verlagsgesellschaft mbH & Co. KG, München.
Übersetzung Tilde Michels.

1. Auflage 2025
© 2025 cbj Kinder- und Jugendbuchverlag in der
Penguin Random House Verlagsgruppe GmbH,
Neumarkter Str. 28, 81673 München
Alle deutschsprachigen Rechte vorbehalten
Copyright © 2023 by David Arnold
Die Originalausgabe erschien unter dem Titel
»I Loved You in Another Life« bei Viking,
an imprint of Penguin Random House LLC, New York.
Dieses Werk wurde vermittelt durch die Literarische Agentur
Thomas Schlück GmbH, 30161 Hannover.
Übersetzung: Dr. Inka Marter
Lektorat: Catherine Beck
Umschlaggestaltung: Isabelle Hirtz, Hamburg unter Verwendung des
Originaldesigns Jacket art © 2023 by Sam Chivers
Jacket design by Theresa Evangelista
sh · Herstellung: AnG
Satz: Buch-Werkstatt GmbH, Bad Aibling
Druck: GGP Media GmbH, Pößneck
ISBN 978-3-570-16735-9
Printed in Germany

www.cbj-verlag.de

*Für Wingate, weil sein Herz mein Glühen spiegelt.
Für Stephanie, denn mein Lofotenschnee ist ihre Liebe.
Und für einen, der »Nein« zu mir gesagt hat,
nämlich Steven Spielberg.*

Triggerwarnung

Dieser Roman enthält potenziell triggernde Inhalte.
Diese sind: Panikattacken und Alkoholabhängigkeit.

TEIL EINS

REQUIEM

# EVAN

*ein Vogel in einem Baum bei Nacht*

Mein kleiner Bruder mag Ecken. Er sitzt gern still darin, und ich wünschte einfach, die Leute würden verstehen, dass still in Ecken sitzen kein allgemeingültiger Code für *Ich bin traurig, ich bin einsam, bitte rettet mich* ist. Es bedeutet lediglich, dass das stille Kind in der Ecke gern still in der Ecke sitzen will, und könnten wir unsere Vorstellungen bitte nicht allen Kindern in Ecken auf der Welt zuschreiben? Ist ja nicht so, dass es uns was kosten würde. Ist ja nicht so, dass wir diese Ecke bräuchten. Und bestimmt gibt es *manche* stille Kinder in *manchen* Ecken, die wirklich traurig und einsam sind und gerettet werden müssen. Ich mein nur, dass wir nicht davon ausgehen sollten, dass das *alle* sind. Still- und Traurigsein sind nicht dasselbe. Und ich wünschte mir einfach, das würden mehr Leute verstehen – so.

»Okay«, sagt Ali und hält mir die Haare zurück, damit keine Kotze drankommt, und obwohl ich sie nicht sehe, weiß ich, dass sie auf diese bestimmte Art guckt, so weich, was sie sich dafür aufhebt, wenn sie will, dass ich mich gesehen fühle. Also fasel ich weiter von stillen Kindern, und sie weiß, dass ich über meinen Bruder, Will, rede. Sie weiß das, weil sie mich sieht.

»Du wirst mich nach dem hier nicht mehr lieben«, sage ich.

»Hey.«

»Du wirst mich auf keinen Fall nach dem hier noch lieben.«

»Na ja, eigentlich bist es ja vor allem du, der mich liebt.«

Ich lache, bis ich wieder würge, und habe das plötzliche Bedürfnis, meine positiven Eigenschaften hervorzuheben. »Das hier hat keine Bedeutung, das weißt du?«

»Weiß ich«, sagt Ali.

»Im Grunde bin ich verantwortungsvoll und erwachsen.«

Sie sagt: »Atme einfach, Evan«, und ich frage mich, ob sie eben auf der Party auch im Keller war, als Heather diese Sache gesagt hat, dass alle wichtigen Dinge im Leben leicht wären. Zum Beispiel, dass unsere Körper ganz von selbst atmen würden, sogar im Schlaf, und unsere Herzen egal, was passiert, weiter schlagen, und da musste ich von der Party weg. Warst du da, Ali? Weißt du, warum ich von der Party wegmusste? Ich bin gegangen, weil das Herz ein Muskel ist. Ich bin gegangen wegen dem, was mit Muskeln passiert, die über längere Zeit nicht benutzt werden, und obwohl dieser Keller voller Leute war, konnte ich nur unklare Stimmen hören, nur grausame Hände spüren, nur gierige Augen sehen.

Verstehst du das, Ali? Ich bin wegen der Atrophie von der Party weg. Und wenn ich zu lange darüber nachdenke, fürchte ich, ich könnte aufhören zu atmen. Wenn ich zu lange darüber nachdenke, fürchte ich, mein eigenes Herz könnte aufhören zu schlagen, und wessen Herz wird dann für Will glühen?

»Meins«, sagt Ali. »Und außerdem bist du nicht deshalb von der Party weg.«

»Nein?«

»Nein. Du bist aus demselben Grund gegangen, aus dem du dreieinhalb Wodka Tonic getrunken hast. Und für jemanden mit einer so zarten körperlichen Verfassung wie deiner ist das gleichbedeutend damit, einer Spitzmaus so viel Betäubungsmittel zu injizieren, dass es einen Babyelch umhauen würde.« Ali nimmt eine lose Haarsträhne und legt sie hinter meinem Kopf vorsichtig in ihre Hand. »Du hast dich zugedröhnt und bist abgehauen wegen dem, was Heather über Will gesagt hat.«

Ich wische mir mit dem Handrücken über den Mund und richte mich auf. Wir sind im Park die Straße runter von Heather Abernathys Haus. Weiter bin ich nicht gekommen, bevor mein Magen versucht hat, sich meine inneren Organe einzuverleiben.

»Heather Abernathy ist einfach nur scheiße«, sagte Ali. »Und ihr Name sollte verboten werden, man kann ihn nicht mal aussprechen.«

O Ali Pilgrim! Die mit den sanften Augen und dem schnellen Verstand, deren Freundschaft voller Leidenschaft ist und deren Hammer nie einen Nagel verfehlt. Niemand versteht uns und was wir haben. Es kommt nicht in Büchern oder Filmen vor. Ich hab noch nie ein Lied gehört und gedacht, *Oh, wie bei Ali und mir.* Wenn zwei Menschen fast ihre gesamte Zeit miteinander verbringen, sind Fehlinterpretationen unvermeidlich, wenn auch nicht überraschend, angesichts der Bedeutung, die die Welt dem Horny Teen zumisst. Es ist, als wäre nie jemand auf den Gedanken gekommen, dass ich meine beste Freundin einfach lieben könnte, weil sie großartig ist. (Und um das klarzustellen, ich bin gewohnheitsmäßig horny, nur nicht auf Ali.)

Jedenfalls wird nicht über uns geschrieben, obwohl es nur so von uns wimmelt.

»Alles okay?«, fragt sie.

»Ich fühl mich, als hätte mein Magen meinem Hals in die Eier getreten.«

Ali nickt. »Deine biologisch akrobatische Metapher scheint mir angemessen.«

Zusätzlich zu den Tränen, dem hämmernden Kopf und dem heftigen Würgen ist auch noch Ende August in Iverton, Illinois; eine unvergleichlich erbärmliche Kombination für Menschen, die zu Schrittschweiß neigen (meine Wenigkeit), also ja, ich bin eine totale Katastrophe.

Im Park ist es ruhig.

Ein Vogel sitzt still auf einem Baum in der Nähe und beobachtet uns.

»Hast du je so was gesehen?«

Ali dreht sich um. »Ja, ich hab schon mal einen Vogel gesehen.«

Na gut, aber ich hab mal was über einen Wissenschaftler im siebzehnten Jahrhundert gelesen, der geglaubt hat, dass Vögel im Winter zum Mond ziehen, weil er nur wusste, dass seine Lieblingsvögel jedes Jahr zur gleichen Zeit verschwanden. Er hat sogar ausgerechnet, wie lange es dauern würde, bis zum Mond zu kommen, was sich offensichtlich mit den Vogelzugzeiten deckte, und da die Wissenschaft damals nicht gerade vollgesogen war mit Weltrauminfos (bezüglich des atmosphärischen Drucks im Kosmos), dachten alle, *Yeah, Mann, so muss es sein*, als er die Theorie aufstellte, dass Vögel auf ihrem Flug durchs All von überschüssigem Fett leben und den größten Teil der zweimonatigen Reise zum Mond schlafen würden.

»Du redest viel, wenn du betrunken bist.« Ali blickt vom Vogel zu mir. »Die meisten Leute sind dann *weniger* wortgewandt.«

»Ich habe einfach noch nie einen so gesehen. Nachts. Wie er so dasitzt.«

Ich stelle mir vor, wie der Vogel allein und schlafend durch die Randbereiche des Weltraums fliegt, und es ist ein absolut friedliches Bild.

In einem der Häuser, die den Park umgeben, wird ein Lied gespielt; es klingt leise, aber volltönend, von wunderschöner Traurigkeit. Ich schließe die Augen und lausche der singenden Frau, stelle mir die Töne vor, wie sie aus einem Fenster in der Nähe schweben, von den Geräten auf dem Spielplatz und den Bäumen abprallen. Ihre Stimme ist ein flüsterndes Echo, intim und gequält, und man kann zwar den Text nicht verstehen, aber das braucht man auch nicht, um ihren Schmerz zu kennen.

Bei manchen Liedern ist die Narbe offensichtlich, auch wenn die Wunde es nicht ist.

»Ich mach mir Sorgen um dich, Evan.«

Ich will ihr sagen, dass sie das auch sollte. Dass mein altes Leben ein eingestürztes Haus ist und das neue ein trauriges Gebilde aus Schutt. Aber bevor ich die Worte herausbringe, wird mir wieder schlecht, und ich muss zurück ins Gebüsch. Ali nimmt ihre schützende Position wieder ein und hält meine Haare zurück, während ich mein Inneres herauslasse und darüber nachdenke, womit Heather Abernathy überall unrecht hatte: Atmen ist nicht leicht, nicht für mich; vielleicht muss ich meinem Herzen nicht sagen, dass es weiterschlagen soll, aber dieser Tage rast es wie ein unaufhaltsamer Zug; und vor allem hatte Heather Abernathy unrecht, als sie das über meinen Bruder gesagt hat. »Heather Abernathy ist einfach nur scheiße«, sage ich, und jetzt weine ich beim Kotzen, und Ali umarmt mich irgendwie mit einem Arm, während sie mit der anderen Hand meine Haare festhält.

Das Lied hallt durch den Park; der Vogel bleibt still dort oben sitzen.

»Im Grunde bin ich verantwortungsvoll und erwachsen«, sage ich.

Ali sagt, dass sie das weiß, und ich frage mich, wie es möglich ist, jemanden so total zu lieben und gleichzeitig so vollends zu hassen, weil er mich so ganz sieht.

# SHOSH

*ein ansonsten ereignisloser Morgen*

Der sommerliche Sonnenaufgang war besonders strahlend, eine Explosion aus Pink- und Lilatönen, die so leuchtete, dass jeder, der das Glück hatte, in diesem Augenblick wach zu sein, die Farben in den Zähnen spüren musste. Das dachte wenigstens Shosh, als sie am Pool stand und alles in sich aufnahm. Es war die Art Sonnenaufgang, die große Gedanken über den eigenen Platz in der Geschichte heraufbeschwören konnte, über den Sinn des Ganzen, über Leben und Tod und wieder Leben: die Art Schauspiel, in der eine existenzielle Grüblerin wie sie den ganzen Zeitstrahl des Universums sehen konnte und bei genauerem Hinsehen ihren eigenen, verschwindend geringen Platz in der Ordnung der Dinge erkannte; die Art Sonnenaufgang, die –

»Greta fucking Gerwig, oder nicht?«

Aus ihrer Sonnenaufgangsträumerei gerissen, drehte sich Shosh zu einem Mädchen um, das einen Bikini und eine Miene immerwährender Gleichgültigkeit trug. »Was?«, fragte Shosh.

Das Mädchen hatte in einer Hand ein Telefon und in der anderen ein Bier, das sie mit der gemessenen Autorität einer wahren Sonnenaufgangsbiertrinkerin schlürfte, als wollte sie sagen: *Yeah, ich kenn mich aus mit verfickten Aluminiumdosen.*

»*Lady Bird*«, sagte das Mädchen. »*Little Women.* Ich mein, ich finde Winonas Jo besser als die von Saoirse, aber ganz ehrlich, wir sind eh alle wegen Chalamets Haaren hier.« Sie stieß mit ihrer Dose gegen Shoshs Flasche, als wären die beiden Komplizinnen. »Du stehst doch auf Mumblecore?«

»Ich kenne dich nicht«, sagte Shosh.

»Oh. Ich bin Heather.«

Shosh errechnete die Wahrscheinlichkeit, dass es mehrere Heathers auf dieser Party geben könnte. »Abernathy?«

Das Mädchen lächelte den Pool an. »Jepp.«

Bevor Shosh etwas einfiel, das sie sagen könnte, fing die one and only Heather Abernathy – an deren Pool sie standen und deren Party Shosh nur vor wenigen Momenten noch effektiv ausgeblendet hatte – damit an, das Drehbuch zu pitchen, das sie geschrieben hatte. »Ich mein, ja, es gibt Drachen und Throne, aber es ist eher so, als wäre Wes Anderson in Königsmund einmarschiert. Echt krasser Shit.«

Das Haus der Abernathys (Heather selbst nicht unähnlich) war eine inszenierte Zurschaustellung von Protz: Alles war over-the-top luxuriös, symmetrisch bis zur Unerträglichkeit; der Pool, eine breite Acht, war von unten beleuchtet, es gab einen zweistöckigen Laubengang, einen Gartenpavillon, einen Springbrunnen. Fast alle waren inzwischen nach Hause gegangen, aber es gab noch ein paar Nachzügler in verschiedenen Stadien der Nacktheit, ohnmächtig oder schlafend wie Soldaten, die im letzten noblen Krieg der Welt gefallen waren.

Shoshs Schwester, Stevie, hatte sie immer die Drei-Phasen-Hänger genannt … *erst cool abhängen, dann öde rumhängen, um am Ende besoffen durchzuhängen.*

Shosh lächelte kurz bei der Erinnerung, als sie die Flasche dem Sonnenaufgang entgegenhob – *Prost* – und den letzten Tropfen Whiskey austrank.

»Ich mein, sieh dich an«, sagte Heather und rubbelte über den Saum von Shoshs Jackenärmel. »Du wärst perfekt dafür.«

»Für was?«

»Die Hauptrolle.« Heather strich den Ärmel von Shoshs durchnässtem Mantel hinauf. »In meinem Film.«

»Ach ja. *Die Tagaryen-Tenenbaums.*«

»Du bist sogar witzig. Und du passt für die Rolle.« Heathers Blick wanderte über Shosh wie ein eifriger Tourist durch eine fremde Stadt. »Wer kommt damit durch, im August einen Mantel zu tragen?«

Wenn man Kleidungsstile mit Wetterphänomenen verglich, war Shosh Bell Tornado-Chic. Im Moment trug sie ein T-Shirt mit FUCK GUNS, reingesteckt in abgeschnittene High-Waist-Jeans, Schneestiefel von Sperry und ihren liebsten karierten Oversize-Wollmantel von Stella McCartney, den sie letztes Jahr in einem Secondhandshop ergattert hatte, in dem sie völlig ahnungslos gewesen waren, was sie hatten. Wie jeder vernünftige Mensch, der den perfekten Mantel entdeckte, betrachtete Shosh ihn eher als Anhängsel denn als Kleidungsstück. Und als solches trug sie ihn natürlich für die Dauer ihrer Zeit auf Erden am Körper. Wenn man nicht mit seinen Klamotten sagen konnte, wer man war, hatte es nicht viel Sinn, morgens aufzustehen. So sah sie das.

Leider war das gesamte Outfit im Augenblick tropfnass.

»Hab von deiner Schwester gehört«, sagte Heather und drehte sich wieder zum Pool. »Echt Scheiße.«

Shosh hielt die jetzt leere Flasche hoch. »»Gibt's noch Alk im Haus?«

Heather gab ihr den Rest von ihrem Bier. »Ich mein das ernst mit meinem Film. Wir sollten reden. Gib mir deine Nummer.«

»Ich mach so was eigentlich nicht mehr.«

»Leuten deine Nummer geben?«

»Schauspielen.«

Heather sagte, das sei echt schade, und dann noch, dass sie sich auf Social Media folgen sollten, und dass es wäre, als hätte diese Nacht sie zusammengebracht, aber Shosh hörte nicht mehr zu. Sie hatte einen Vogel gesehen, der direkt in den Sonnenaufgang flog, und es war gar nicht der Vogel an sich, der ihre Aufmerksamkeit so fesselte, sondern der *Eindruck* des Vogels, die ausgebreiteten Flügel, wie er nicht flatterte, sondern völlig mühelos aufstieg. Die Zeit verlangsamte sich, und der Vogel war wie vervielfachte Schönheit, erhoben zu etwas Unantastbarem. Allein durchs Zusehen fühlte Shosh sich mit ihm erhoben.

»Du weißt, dass Chris die Cops gerufen hat, oder?«, fragte Heather.

»Jepp.«

Als klar war, dass Heather nicht mehr kriegen würde, sagte sie: »Okay, dann viel Glück«, und wandte sich zum Haus.

»Hey«, sagte Shosh.

»Ja?«

Tropfnass und eher Hurrikan als Tornado, sagte Shosh: »Warum glaubst du, dass ich es war?«

»Weiß ich nicht. Aber jetzt bist du 'ne verfickte Legende.«

Erst nachdem Heather drinnen verschwunden war, entdeckte Shosh die kleine Schar Gesichter, die sich hinter dem Erkerfenster zusammengedrängt hatte. Noch vor wenigen Monaten war sie mit diesen Witzfiguren zur Schule gegangen, damals, als ihr Leben ein aufsteigender Stern gewesen war, mit LA am Horizont. Aber dann hatte sie den Abschluss gemacht und ihr Stern war kollabiert, ihr Leben nur noch eine Staubwolke, die ziellos im Raum schwebte. Sie hob eine Hand, als wollte sie der Schar winken, dann drehte sie die Hand in letzter Sekunde um und zeigte ihnen den Mittelfinger.

Als sie auf den Pool zuwankte, konnte sie spüren, wie kaputt sie war. Aber irgendwann stößt man an eine Mauer, oder? Man kommt an einen Punkt, an dem man so kaputt ist, wie man je sein wird, warum also aufhören? Am Rand des Pools sackte sie zusammen, setzte sich hin und ließ die Schneestiefel ins Wasser hängen. Am Horizont stand die Sonne jetzt höher, ein bisschen weniger Regenbogenfeuer, ein bisschen mehr normale, langweilige Sonne.

Der Vogel war weg, und sie empfand die Traurigkeit, die auf das Wegbleiben von flüchtig gekannter Schönheit folgt: »Melancholie«, sagte sie. Traurigkeit hatte nie so schön geklungen.

Sie warf die leere Whiskeyflasche in den Pool, sah sie ein paar Sekunden oben schwimmen, bevor Wasser hineinlief und sie nach unten zog. Im Haus hatte jemand Musik angemacht. Sie schwebte durch ein offenes Fenster und traf sie hier am Pool, ein so perfekt trauriges Lied, dass sie dachte, die Sängerin müsste ihre eigene Melancholie auf einer molekularen Ebene verstehen. Dann übertönten andere Stimmen die Musik, strenge Stimmen in schweren Stiefeln. *Sollen sie kommen*, dachte sie. Die Cops konnten keine schlimmere Strafe über sie verhängen als die, die das Schicksal ihr schon auferlegt hatte.

Während sie wartete, sah sie die Flasche auf den Grund sinken, wo sie neben dem Vorderreifen von Chris Bonds Chevy Tahoe zu liegen kam, den Shosh nur vor wenigen Momenten – gerade als die Sonne mit ihrer Explosion aus Pink- und Lilatönen begonnen hatte – mit hoher Geschwindigkeit und ohne Umwege in den Swimmingpool der Abernathys gefahren hatte.

»Da unten sieht er besser aus, finden Sie nicht?«, fragte sie den Officer, der sie auf die Füße zog. »So schön beleuchtet von den Unterwasserstrahlern.«

# EVAN

*die Gegensätzlichkeit von Will Taft*

Ich wache nicht auf, sondern detoniere eher in Zeitlupe.

Was auch immer ich gestern in den ahnungslosen Parksträuchern für einen Donner entfesselt habe, es ist nichts gegen den Blitz in meinem Schädel an diesem Morgen. Langsam – so vorsichtig wie möglich – rutsche ich an die Bettkante, richte mich auf und stelle die Füße auf den Boden. Die Uhr auf dem Nachttisch zeigt zwölf Uhr mittags. Die Sonne, die durchs Fenster fällt, ist an der Grenze zu streitlustig. Und Mom unten kocht entweder oder baut ein kleines Haus aus Metall, ich kann ehrlich nicht sagen, was von beidem.

O Wodka plus Tonic! Sirene der Nacht, warum quälst du mich so?

Ehrlich gesagt ist das mein erster Kater, und ich muss mich fragen, warum jemals jemand einen zweiten hat. Ich mein – dein erster Kater, okay, was du nicht weißt, weißt du nicht. Aber jeder Kater danach geht auf deine Kappe.

Mein Telefon summt. Ali hat mir einen Text geschickt.

Ali: Guten Morgen! Schon Mittag, hey!
Spring aus dem Bett und sing Odelay
Die Vögel zwitschern, von Sonne erhellt
Eine Auster zum Ausschlürfen ist die Welt
Steh auf, steh auf, komm raus und spiel!

Evan: OMG
WTF stimmt nicht mit dir

Ali: EVAN, Junge!
Lass mich raten – du bist heute Morgen aufgewacht und hast dir direkt gewünscht, du hättest es gelassen.

Evan: Mein Kopf fühlt sich an wie eine wilde Gorillaparty

Ali: Das muss echt witzig sein.
Wenigstens will deine Mutter nicht mit dir zu Walmart, um …
Warte …
SCHULSACHEN EINZUKAUFEN

Evan: Non

Ali: Oui

Evan: Kauft bloß genug Tesa 😂

Ali: In ihrem Kopf bleib ich für immer eine Drittklässlerin

Evan: Man denkt immer, dass man genug Tesa hat, und dann ist es alle

Ali: Ich könnte ein Atom spalten, und sie würde mir einen Lolli schenken

Evan: Hey
Danke

Ali: ??

Evan: Letzte Nacht war eine Katastrophe Aber meine Haare sind wunderbar frei von Erbrochenem

Ali:

Evan:

Ali: Viel Spaß mit den Gorillas

Evan: Ich sag nur ein Wort: SPARPACKUNG

Das Badezimmer mit einem Siebenjährigen zu teilen heißt, dass man mindestens einmal die Woche das Klo pümpeln muss. Die Verstopfung heute Morgen ist besonders widerständig, und erst als ich endlich spülen kann, finde ich den Post-it-Zettel auf der Ablage. Darauf sind in Wills Handschrift ein einziges Wort – *Tschuldigung* – und zwei Pfeile gekritzelt: einer zeigt aufs Klo, der andere auf die getrocknete Zahnpasta im Waschbecken.

In gewisser Hinsicht ist mein Bruder ein typischer Siebenjähriger: Er ist geradezu kriminell unordentlich, sein Zimmer eine driftende tektonische Platte aus Spielzeug; wo er auch hingeht, hinterlässt er eine Spur aus Bonbonpapier und rotzigen Taschentüchern; er geht aus dem Haus und lässt die Tür weit offen, lässt in jedem Zimmer das Licht an, vergisst, seine Hausaufgaben zu machen, und vergisst, seine matschigen Schuhe auszuziehen.

Er ist sieben. So ist das eben.

Aber in anderer Hinsicht, die schwieriger zu benennen ist, ist Will ein absolut einzigartiger Mensch. Und vielleicht bringt dieses Badezimmer diese Gegensätzlichkeit mehr auf den Punkt als ein anderer Ort im Haus. Er kann eine Sauerei im Waschbecken und schwimmende Scheiße im Klo hinterlassen, aber er wird ganz sicher auch einen Zettel schreiben und sich für beides entschuldigen. Unser Mülleimer ist üblicherweise voll mit Pflasterhüllen, aber (a) hat er die Pflaster von seinem Taschengeld bezahlt und (b) sind die Pflaster ein selbst benannter Bewältigungsmechanismus, also spüle ich Wogen von schwimmender Scheiße runter und kratze Berge von Zahnpasta aus dem Waschbecken, bevor ich ein Wort der Klage von mir gebe.

Ich putze mir die Zähne, dusche kurz, und als ich unten bin, kippt Mom die Überbleibsel von etwas, das man großzügig als »Frühstück« bezeichnen könnte, in den Müll und murmelt leise vor sich hin. »Ich bin einfach gierig geworden. Letzte Woche waren diese Waffeln der Hit, und das ist mir zu Kopf gestiegen.« Abgesehen von Mary Tafts Basisprogramm – Tacoauflauf und Spaghetti mit scharfen Fleischklößchen – ist Mom bekanntermaßen eine schlechte Köchin, obwohl es sie nicht davon abzuhalten scheint, es immer wieder zu versuchen. Behutsam nehme ich ihr die Pfanne aus der Hand, stelle sie auf die Arbeitsplatte und umarme sie.

»Hi Mom.«

Es ist merkwürdig, größer zu sein als die Person, die mich buchstäblich gemacht hat. Ich weiß nicht, wann das passiert ist, und es kommt mir nicht richtig vor, aber hier stehe ich und spüre den Atem meiner Mutter an der Schulter, als ihr Körper in meinen Armen zusammensackt. Das Verb *umarmen* scheint grundsätzlich einsam zu sein: Man kann jemanden umarmen, ohne dass er dich zurückumarmt. Aber das Substantiv *Umarmung* impliziert beidseitige Beteiligung.

Sie atmet ein –

Ich fühle ihre Arme auf meinem Rücken und wie sich langsam das Verb in ein Substantiv verwandelt.

»Alles okay?«, flüstere ich.

Sie nickt, löst sich aus meiner Umarmung, wischt sich über die Augen. Nach unserem Gespräch vor zwei Nächten hätte ich nicht gedacht, dass wir noch Tränen übrig haben, aber ich hab mich geirrt.

»Ich wollte Frühstück machen.« Sie zeigt auf den Mülleimer.

»Okay.«

»Ich weiß, dass du spät nach Hause gekommen bist. Ich dachte, es wäre nett.«

Ich zucke mit den Schultern. »Frühstück wird überbewertet.«

Sie macht den Kühlschrank auf und starrt ausdruckslos hinein. »Wie war die Party?«

Ich denke über die Vielfalt an Vergleichen nach, mit denen ich einen Eindruck meiner extrem beschissenen Nacht vermitteln könnte: So schrecklich wie Käsestaub an den Fingern? So schrecklich wie ein Vorwort zu einem Facebook-Post? Wenn anrufen, obwohl man texten kann, eine Party wäre, dann wäre das mein gestriger Abend.

Stattdessen antworte ich mit dem einzigen Positiven, das mir einfällt: »Ali war da.«

»Gut«, sagt Mom, und auch wenn es klingt wie nur so dahingesagt, weiß ich, dass sie es versteht. Ali ist die Art Freundin, die auch eine Antwort ist.

Ich setze mich an die Küchentheke, während Mom Sandwiches macht. Sie fragt nach der Bewerbung bei Headlands, ob ich gut mit dem Aufsatz vorankomme, was nicht so ist, also lenke ich ab. Ich schlage vor, dass sie angesichts der Umstände ihren Zweitjob kündigt, aber das will sie nicht, also lenkt sie ab. Als klar ist, dass keiner von uns nachgeben wird, sagt sie: »Ich kann nicht glauben, dass mein Baby mit dem letzten Schuljahr anfängt«, und ich staune über diese offensichtliche Epidemie von Erwachsenen, die nicht damit klarkommen, wie die Zeit vergeht.

»Rate mal, wo Ali grade ist«, sage ich.

»Wo?«

»Bei Walmart. Ihre Mutter geht mit ihr fürs nächste Schuljahr einkaufen.«

Mom lächelt kurz, und dann: »Oh, Scheiße! *Scheiße!*«

»Was ist?«

In Sekundenschnelle ändert sich ihre Miene, und sie greift sich mit beiden Händen in die Haare. »Ich hab die Schulsachen vergessen. Die haben mir die Liste geschickt, und ich – *verdammt* – ich muss in einer Stunde bei der Arbeit sein –«

»Ich kann mit ihm gehen.«

»– heute war mein einziger freier Vormittag diese Woche –«

»Mom. Ich kann mit ihm gehen.«

Sie lässt die Hände sinken und neigt den Kopf. »Echt?«

»Wir machen das heute. Kein Problem.«

Sie beugt sich über die Küchentheke, legt mir eine Hand an die Wange und macht ein Gesicht, als hätten ihre Tränen schon mal durchgeklingelt, dass sie auf dem Weg sind.

»Es ist kein Problem, Mom.«

»Du solltest nicht so zuverlässig sein müssen.«

»Okay.«

»Aber ich bin froh, dass du es bist.«

»Mom? Ich hab sonst absolut nichts zu tun.«

»Danke.«

»Ist er in seinem Zimmer?«

»Ist heute Morgen in seinem Raumschiff verschwunden«, sagt sie. »Hat die Frühstücksflocken mitgenommen. Ich hab ihn seitdem nicht gesehen.«

»Zieh du dich für die Arbeit um. Ich räum hier auf und geh mit ihm einkaufen.«

Nach einer weiteren kompletten Runde Umarmungen und

Dankes und Was-wäre-ich-ohne-dichs, geht Mom in ihr Zimmer. Allein in der Küche, texte ich Ali, ob sie noch bei Walmart ist.

> Ali: OMG ja
> Mom lässt mich hier nicht raus, bis sie mir ein schönes, vernünftiges Notizbuch besorgt hat.
> Aus PAPIER
> WTF und FML
> WTFML

> Evan: Hol schon mal Tesa für uns mit, wir sind auf dem Weg!

Wegen solcher Vormittage habe ich Zweifel am Auslandsaufenthalt bei Headlands. Von der Bewerbung und dem Geld mal ganz abgesehen, kann ich ja nicht jedes Mal, wenn Mom eine Schicht vergisst oder sich doppelt verabredet, von Südost-Alaska nach Iverton, Illinois, fliegen. Eins hab ich gelernt, seit Dad weg ist: Wenn man alleinerziehend ist, verdoppeln sich die Pflichten nicht einfach, sie werden exponentiell vervielfacht. Es ist nicht wichtig, dass ich schon seit Jahren nach dem Headlands-Programm schiele, dass ich von der Idee des Nordens besessen bin, seit ich denken kann, und dass ich jedes Mal, wenn ich ein Foto von schneebedeckten Bergen sehe, den unaufhaltsamen Drang verspüre, sie auf alles zu zeichnen, was ich besitze. Es ist auch nicht wichtig, dass Dad angeboten hat, die Hälfte dazuzugeben, wenn ich genommen werde. Ein abwesender Dad, der alles bezahlt, ist wie ein Mathematiker, der eine Tomate züchtet: Tomaten sind cool, aber wie wär's, wenn du einfach mal nach dem scheiß x auflöst? Egal, wie unzureichend unsere finanzielle Situation ist (und sie ist sehr unzureichend), kein Geld der Welt löst das Problem, das er geschaffen hat, indem er nicht hier ist.

Auftritt: das Headlands-Dilemma. Selbst wenn sie mich nehmen – und selbst wenn ich Anspruch auf die höchste finanzielle Beihilfe habe –, kann ich mir keine Welt vorstellen, in der ich nächstes Frühjahr nach Glacier Bay, Alaska, aufbreche, und Mom sechs ganze Monate mit Will allein lasse.

Und das war schon *vor* der Bombe vor zwei Nächten so.

Ich räume den Sandwichkram weg, wische Krümel von der Küchentheke, und als ich den Mülleimerdeckel aufklappe, begrüßen mich die Reste von Moms Frühstücksversuch wie ein schwerfälliges Krustentier. Unser Haus ist klein; ich kann sie jetzt in ihrem Zimmer hören, laute Musik, Schubladen, die auf- und zugemacht werden, als sie sich für einen Job fertig macht, den sie nicht behalten müssen sollte. Und mir kommt der Gedanke, dass das Kochen, die laute Musik, der zweite Job – alles das – super Möglichkeiten sind, um die dunkleren Ecken des Geists zu meiden.

Auf halbem Weg nach oben wird mir klar, dass das Lied aus ihrem Zimmer das ist, das ich auch letzte Nacht im Park gehört habe.

Im Park, wo ich gekotzt habe, weil ich zu viel getrunken habe auf einer Party, auf die ich gar nicht gehen wollte.

Vielleicht ist Mom nicht die Einzige, die dunkle Ecken meidet.

# SHOSH

*nicht passende gleiche Namen*

»Es riecht hier wie ein heißer Schuh. Wie dieser Sommerfußgeruch, wissen Sie? Man zieht die Socken aus und …« Shosh machte leise Pfff und spreizte explosionsartig die Finger einer Hand – um zu demonstrieren, wie eine Wolke widerlichen Geruchs in die Luft abgelassen wird –, während sie mit der anderen Hand das Telefon auf einem Knie abstützte. »Letztes Mal hatte ich wenigstens einen Verhörraum für mich. Sie sollten dieses Wartezimmer mal sehen, es ist ein Drecksloch.«

»Aber du bist nicht verhaftet?«, fragte Ms Clark.

»Nein«, seufzte Shosh. »Nur vorläufig festgenommen.«

Abgesehen vom Geruch war ihr Hauptkritikpunkt am Polizeirevier Iverton das Sitzproblem: Das Lederpolster klebte an ihren Beinen und klang jedes Mal, wenn sie sich bewegte, wie ein gedämpfter Furz, und obwohl sie völlig unschuldig war, konnte sie kaum dem Stuhl die Schuld geben, da sie das in den Augen des Raums nur schuldiger gemacht hätte.

Und wie die sich umsahen!

Auf dem Handydisplay half Ms Clark ihrem Sohn – einem süßen Dreijährigen namens Charlie –, am Rand einer Schüssel ein Ei aufzuschlagen. »Aber es geht dir gut? Abgesehen vom heißen Schuh?«

»Mir geht es gut. Abgesehen vom heißen Schuh.«

Es gab kein Wort für das, was Ms Clark für Shosh war. Als sie am ersten Tag des Theaterkurses in der neunten Klasse in den Klassenraum gekommen war und ihre Lehrerin in Baum-Position auf einem Stuhl gestanden und wie ein bizarrer Benediktinermönch immer wieder das Wort *Balance* gechantet hatte, war sofort klar gewesen, dass Ms Clark keine typische Lehrerin war. Und ob es nun an Shoshs Talent, ihrer Leidenschaft oder etwas völlig anderem gelegen hatte, Ms Clark hatte sie für die Dauer der Highschool unter ihre schwanenartigen Fittiche genommen.

Ein Teil von Shosh war immer noch dort.

»Ich habe schon eine ganze Weile kein Gedicht mehr gesehen«, sagte Ms Clark.

Shosh zog eine Augenbraue hoch, dann drehte sie das Telefon langsam einmal um 360 Grad. »Ja, ich war ein bisschen beschäftigt. Oder vielleicht haben Sie nichts davon gehört.«

»Frost sagt, Poesie ist ein Weg, das Leben an der Gurgel zu packen.«

»Kennen Sie den über den Jedi-Dichter?«

Ms Clark blickte sie über die Rührschüssel hinweg an. »Mögen Metaphern mit dir sein?«

»Das war wohl ein Ja.«

»Shosh –«

»*Okay*. Ich poste noch eins. Gott, es sind nicht mal richtige Gedichte, nur sinnlose kleine –«

»Alles, was du machst, ist ein Teil von dir. Das ist heilig, okay? Während die Massen vielleicht klein machen, was –«

»Müssen wir groß sein. Schon verstanden.«

Als Schülerin war Shoshs Leben das Theater gewesen. Wie passend also, dass das meiste, was sie im Theater gelernt hatte, auf das Leben anwendbar war, Lektionen, die ihre Ex-Lehrerin fest entschlossen von ihrer Küche auf der anderen Seite der Stadt aus weiterzuführen gedachte. »Du wirst schon genügend Kritiker haben, ohne dich selbst dazuzunehmen«, sagte Ms Clark. »Aber Kritiker sind keine Schöpfer. Sie können dem nichts anhaben, nicht wirklich.« Dann, zu Charlie: »Noch nicht, Schatz, der Teig ist noch roh.«

Verwirrt und betrogen sagte Charlie: »Du haß geßag ich Kekße.«

Wäre Niedlichkeit ein Buffet, wäre der Teller des kleinen Charlie voll beladen. Allein mit den Bäckchen und dem Lispeln war der Junge eine Bedrohung für die Gesellschaft.

»Was machst du für Kekse, Chuck?«, fragte Shosh.

Charlie schob sein Gesicht direkt vor das Telefon. »Blaubeerplätßchen!« Und Shosh wäre am liebsten mit dem Display verschmolzen, um Teil dieser winzigen, wunderschönen Familie zu sein.

»Et voilà!«, sagte Ms Clark, als sie das Blech in den Ofen schob, und Charlie, eine Mehlwolke hinter sich herziehend, aus dem Raum verschwand.

»Hör zu –« Ms Clark zog das Telefon an einen anderen Platz in der Küche um. »Du hast genug Leute in deinem Leben, die dich darauf hinweisen, wenn du Mist baust. Also werde ich einfach nur für dich da sein. Aber denk nicht, dass das heißt, ich würde dein Verhalten befürworten oder dich nicht bitten, dich zusammenzureißen, Shosh. Apropos, ich stehe immer noch in Kontakt zur Zulassungsstelle der USC —«

»Nein, danke. Ich hab doch gesagt, dass ich damit durch bin.«

Ms Clark seufzte, und es machte Shosh fertig, wenn sie daran dachte, wie viel Zeit ihre Lehrerin in eine Zukunft investiert hatte, die jetzt nicht mehr existierte. Briefe geschrieben, Anrufe gemacht, Beziehungen gepflegt, alles für Shosh – alles für nichts. Manchmal fragte Shosh sich, ob ihre Entscheidung, die USC aufzugeben, Ms Clark mehr wehtat als ihr selbst.

»Eine Sache über sie?«, sagte Ms Clark.

Sie wussten beide nicht mehr, wann es angefangen hatte, aber ihre Gespräche endeten immer damit, dass Shosh eine konkrete Erinnerung an ihre Schwester teilte.

»Sie hat mir meinen Namen gegeben«, sagte Shosh.

»Das wusste ich gar nicht.«

»Ich bin ohne Namen aus dem Krankenhaus nach Hause gekommen. Mom und Dad konnten sich nicht einigen, wie sie mich nennen wollten, und nach ein oder zwei Tagen nannte Stevie mich *Shosh*. Sie war zwei, konnte nicht grade komplette Sätze aneinanderreihen. Als sie sie fragten, woher sie den Namen hatte, sagte sie, sie hätte ihn geträumt.«

Eine Sekunde Schweigen, als Ms Clarks piniengrüne Augen feucht wurden, und grade als sie den Mund aufmachte, um etwas zu sagen –

»*Stevie Bell?*«

Shosh rutschte das Telefon aus der Hand – »*Shit.*« Sie bückte sich, hob es auf und sah hoch zu einem Polizisten, der sie mürrisch ansah.

»Sind Sie Shosh Bell?«, fragte der Polizist.

Zu Lebzeiten waren Stevie und Shosh oft miteinander verwechselt worden. Seit Stevies Tod schien diese Verwechslung in Shoshs Gehirn eingesickert zu sein: Nicht zum ersten Mal hörte sie den Namen ihrer Schwester, wenn jemand ihren sagte.

»Ja«, sagte sie. »Ich bin Shosh Bell.«

»Die JGH ist hier. Und Ihre Mutter.«

Auf dem Display fragte eine besorgte Ms Clark: »Was ist die JGH?«

»Jugendgerichtshilfe«, sagte Shosh und fragte sich, wann sie die Abkürzungen gelernt hatte. »Ich muss los. Ich schreib Ihnen.«

Shosh folgte dem Cop zur Rezeption vorne, wo zwei Frauen mit Gesichtern wie Schatten warteten: die Sozialarbeiterin Audrey (oder Aubrey, sie wusste nicht mehr, welches von beidem) und die einzig wahre Lana Bell.

Shosh sah die Sozialarbeiterin an. »Hallo ... Aubrey?«

»Ich heiße Audrey.«

»Hmm, und was ist, wenn nicht?«

Audrey fand es nicht witzig.

Shosh wandte sich an ihre Mutter. »Und ... Sie sind?«

An dem Tag, bevor ihre Schwester gestorben war, hatte Shosh mit glasigem Blick in einen Gang im Supermarkt gestarrt. »Alles sieht gleich aus.«

»Die Illusion der Vielfalt«, sagte Stevie. »Egal, wie viele Wahlmöglichkeiten wir zu haben glauben, es sind nur Variationen derselben Nutzpflanze.« Sie nahm eine Schachtel Knuspermüsli vom Regal und las die Inhaltsstoffe auf der Rückseite. »Mais.«

»Was, wirklich?«

Stevie warf die Schachtel in den Einkaufswagen und hob mit schlaffer Bravour den Arm wie ein Zirkusdirektor, der durch brennende Reifen springende Löwen präsentierte. »Mais! So weit das Auge reicht.«

»Woher weißt du so was?«

Leiser, als wäre die Behauptung rechtmäßiger, je niedriger die Lautstärke: »Ich hab einen Dokumentarfilm gesehen.«

Stevie und Shosh Bell waren zwei Jahre auseinander und absolut unzertrennlich. Von den Fußballplätzen ihrer Jugend, wo Stevie über ihr Alter gelogen hatte, um in Shoshs jüngerem Team spielen zu dürfen, bis zu jedem Schulball seit der Mittelstufe, an dem sie stolz als das Date der jeweils anderen teilgenommen hatten, waren sie nur im Paket zu haben, und jeder wusste das. Wo die eine hinging, ging auch die andere hin – auch, um mal eben was einzukaufen.

»Was ist das?« Stevie holte ein mit rotem Wachs umhülltes Stück Käse aus ihrem Einkaufswagen.

»Was ist was?«, fragte Shosh.

Sie waren eine Viertelstunde lang die Gänge auf und ab gelaufen, hatten Artikel in den Wagen geworfen und auf der Liste abgehakt und versucht (und nicht geschafft), nicht an Mais zu denken, und wie Mais transportiert, verändert und in buchstäblich alles umgemodelt worden war, was jeder überall zu sich nahm, und als sie zur Käseabteilung kamen, war es, als hätten sie wankend eine maisverseuchte Wüste durchquert, nur um in einer vernünftigen, nährstoffreichen Oase zu landen.

»*Das.*« Stevie hielt das Käsestück hoch wie ein Staatsanwalt, der belastendes Beweismaterial präsentiert. »Was ist das?«

»Gouda.«

»Äh. Nein.«

Shosh hielt die Liste hoch. »Du hast es selbst aufgeschrieben. Siehst du?«

»Ich meinte, *nein, das ist kein Gouda*.«

Shosh nahm ihrer Schwester den Käse aus der Hand. »Da steht wortwörtlich *Gouda* auf dem Etikett.«

»Der ist weich.« Stevie nahm ein anderes Stück aus der Auslage und las aufmerksam das Etikett. »Gouda ist nicht weich.«

»Ich hab ganz vergessen, dass du Käseexpertin bist.«

»In einem früheren Leben war ich vielleicht ein *fromager*.«

Shosh sah sich im Laden um, als könnte jemand in der Nähe erklären helfen, was zur Hölle gerade passierte. »Es kommt mir vor wie ein Traum —«

»Ein *Käser*, wenn man so will.«

»— wo nichts ist, wie es scheint.«

»Wobei *fromager* den zusätzlichen lautmalerischen Reiz hat.«

Shosh kniff die Augen zusammen. »Ich bin mir nicht sicher, ob du das einfach so mit einem Wort machen kannst. Jedenfalls fährst du morgen zurück an die Uni. Dir kann egal sein, was für Käse wir essen.«

Stevie nahm Shosh den Käse aus der Hand. »Wir legen den einfach zurück für einen anderen armen Trottel.«

»Vielleicht *mag* ich weichen Gouda.«

»Erstens tust du das nicht, auch wenn du das glaubst.« Stevie betrachtete mit leuchtenden Augen die aufgestapelten Käsestücke, als würde sie einen Ehering oder ein Luxusauto aussuchen. »Und zweitens ist mir meine Familie wichtig genug, dass ich sie keinen Käse essen lasse, der kein Käse ist.«

»Ehrlich, du würdest dich sogar hinstellen, um flachgelegt zu werden.«

»Der da.« Stevie nahm ein längliches Stück von etwas unter einem Schild ENTDECKE DIE NIEDERLANDE. »Tausend Tage höhlengereift.«

»Warum musst du so schnell wieder zurück?«

»Fühl mal. Siehst du?«

»Es ist Sommer, Stevie. Die Zeit des Sommers.«

»*So* sollte Gouda sich anfühlen.«

»Wir sind jung und unwiderstehlich, und es ist Sommer.«

»Perfekte Kristallbildung.«

»Weißt du, was du machen solltest? Die Sommerkurse absagen. Häng stattdessen mit mir ab. Lass uns zusammen jung und unwiderstehlich sein, jetzt, im Sommer.«

»Steinhart. Ein reifer, nussiger Geschmack, der dir im Mund zergeht. Und weißt du, was die Geheimzutat ist?«

»Kaum verhüllte sexuelle Anspielungen?«

Mit mehr Ehrerbietung als nötig legte Stevie den Gouda in den Einkaufswagen. Sie drehte sich zu ihrer Schwester um und legte ihr die Hände auf die Schultern, und abgesehen von den Haaren – Stevies blätterbraunen Locken, Shoshs Explosion von dunklen Wellen mit geradem Pony – waren ihre Gesichter wie Spiegel.

»*Zeit*, Schwester.«

Shosh grub tief und fand eine einzige Wahrheit: »Fahr nicht.«

»Du weißt, dass ich nichts lieber tun würde, als den Sommer mit dir zu verbringen. Aber Sommerkurse belegen heißt, früher Examen zu machen. Und das heißt, dass ich schneller zu dir nach LA kommen kann. Okay?«

Im nächsten Gang legte Shosh ein Glas Käsedip in den Einkaufswagen, und Stevie nannte sie eine Barbarin, und so bewiesen sie den ersten Grundsatz des schönen Lebens: Es ist nur schön, solange es einem nicht bewusst ist.

Am folgenden Tag belud Stevie ihren Prius mit frisch gewaschenen Klamotten und einer Auflaufform mit der Lasagne ihrer Mutter, und als sich die Schwestern umarmten, sagten sie »Hab dich lieb«, und das war's. Es war nicht nötig, sich zu verabschieden; natürlich würden sie am Abend telefonieren ...

Dem Polizeibericht zufolge – den ihre Eltern bekommen hatten und den Shosh ins Bad geschmuggelt, abfotografiert und danach auswendig gelernt hatte – hieß der Mann Phil Lessing. Nachdem er an diesem Tag gefeuert worden war, hatte Phil Lessing beschlossen, dass die beste Vorgehensweise wäre, sich in der örtlichen Kneipe zu besaufen. Dort spann er sich einen traurigen kleinen Kokon, bis er, bereit, als ausgewachsenes Risiko zu schlüpfen, seine Schlüssel nahm, auf den Parkplatz wankte und sich hinter das Steuer seines für die Ewigkeit gebauten Ford F-150 setzte.

Shosh konnte nie sagen, ob die Details halfen oder wehtaten. *Wollte* sie wissen, dass der F-150 den Werbespruch bewiesen und keinen einzigen Kratzer hatte, während Stevies Prius auf dem Mittelstreifen lag wie zusammengeknüllte Alufolie? *Wollte* sie wissen, dass die Achtziger-Retro-Armbanduhr mit Klettverschluss ihrer Schwester gute fünfzehn Meter vom Unfallort weg gelandet war? *Wollte* sie wissen, dass die Ersthelfer das Blut nicht gleich von der Soße aus der zerborstenen Lasagneform unterscheiden konnten?

Ohne ihre Schwester verwandelte sich Shosh in etwas ohne

Ziel. Wie einer dieser biolumineszenten Ringelwürmer, die über die pechschwarze Finsternis des Meeresgrunds trieben: Wenn es im Leben einen Sinn gab, konnte sie ihn nicht spüren; wenn es eine Richtung gab, konnte sie sie nicht sehen; ihre Schwester war ihr natürliches Habitat gewesen, und als man ihr das weggenommen hatte, war sie gezwungen gewesen, sich ein neues zu erschaffen. Und so spann sie sich ihren eigenen traurigen Kokon. Ihr Vater hatte eine ganz ordentliche Whiskeysammlung im Keller. Als Tiefkühltruhe diente ihnen eine Eiche, in der Wodkaflaschen gestapelt waren wie Eicheln im Winter. Sie war weit davon entfernt, die einzige Trinkerin in der Familie zu sein; diese medizinischen Verstecke wurden immer wieder aufgefüllt, und wenn ihre Eltern ihr Fragen stellen wollten, müssten sie sich auch selbst Fragen stellen.

Sie konnte immer noch Stevies Hände auf ihren Schultern fühlen und wie sie sich gegenseitig im Blick der anderen verloren hatten. »*Zeit*, Schwester.«

Höhlen, Kokons, Kristallbildung: Zeit veränderte Dinge auf molekularer Ebene. Vielleicht brauchte Shosh nur einen Ort, wo sie tausend Tage verbringen könnte, um dann wie ein holländischer Gouda oder ein Vogelfalter-Schmetterling als etwas außergewöhnliches Neues zu schlüpfen.

Vielleicht würde es auch reichen, wieder ganz zu sein.

Shosh lehnte den Kopf ans Beifahrerfenster des Autos ihrer Mutter. Ihre Haare waren noch nicht ganz getrocknet nach ihrem morgendlichen Tauchgang im Pool der Abernathys; ihre Kleider und der Mantel rochen noch nach Chlor. Vor dem Fenster zog Ivertons Innenstadt verschwommen vorbei, und sie stellte sich eine andere Version ihres Lebens vor, in der sie in einer Hütte im Gebirge wohnte, am Wasser und unter Schnee, in Finnland oder Norwegen vielleicht, irgendwo, wo es kalt war.

Das Radio war an. Dasselbe traurige Lied, das sie heute Morgen am Pool gehört hatte.

»Ich hab diesmal einen anderen Weg genommen«, sagte ihre Mom. »Hab durch die Pasadena Street abgekürzt und fünf Minuten gespart. Witzig, oder?«

»Was ist witzig?«

»Ich kenne die schnellste Route von uns zum Polizeirevier. Ist doch zum Totlachen.«

Wenn Shosh Tornado-Chic trug, dann war es kein Geheimnis, von wem sie den Tornado geerbt hatte: Lana Bell war schon immer ein bisschen unordentlich gewesen, neigte dazu, Sachen liegen zu lassen, und vergaß auch mal ein paar Tage zu duschen. Aber sie war Lehrerin für die erste Klasse, und die Masche hatte immer funktioniert. Ihr Klassenraum war genau die Villa Kunterbunt, die man sich für einen Erstklässler wünschte. Nur hatten sich seit Stevies Tod die fröhlichen Farben zu einer Art hohläugiger Unberechenbarkeit verdüstert, die die Leute veranlasste, die Straßenseite zu wechseln.

Aber die Bells waren jetzt auch eine Familie von Schatten.

Menschlicher Negativraum.

»Ich weiß nicht, was ich mit dir machen soll«, sagte die Schatten-Mutter.

Die Stirn an der Scheibe, betrachtete Shosh einen Vogel hoch am Himmel.

»Kannst du mir sagen, *warum* du den Pick-up dieses Jungen in den Pool deiner Freundin gefahren hast?«

»Sie ist nicht meine Freundin«, sagte Shosh und versuchte zu bestimmen, ob es dieselbe Art Vogel war wie der, den sie bei Sonnenaufgang gesehen hatte.

»Hast du eine Ahnung, wie schlimm das hätte ausgehen können? Wenn jemand verletzt worden wäre oder jemand mit dir im Auto gesessen hätte? Aubrey sagt, wir haben Glück, dass sie keine Anzeige erstatten –«

»Audrey.«

»Das ist doch jetzt egal! Der Schadenersatz wird von deinem Konto abgezogen, darauf kannst du Gift nehmen. Ich weiß nicht mal – wir müssen alle damit umgehen, weißt du? Nicht nur *du*, Sho, wir leiden *alle*, verdammt, und ich kann einfach nicht – warum *tust* du so etwas?«

Nein. Definitiv nicht dieselbe Art Vogel.

»Ich will in Norwegen wohnen«, sagte Shosh leise.

Eine Pause, dann: »Bist du betrunken?«

Shosh sagte Ja, höchstwahrscheinlich war sie das, und als die Schatten-Mutter fluchte, beobachtete die minderjährige Straftäterin Vögel, und so war jetzt ihr Leben, kein logischer Plan, sondern ein groteskes Aufeinandertreffen von Wesen, die Dinge taten. *Du hast Blut an den Händen, ein Vogel wär besser*, sang die offenbar allwissende Stimme im Radio, und es hatte keine Bedeutung, ob sie jetzt, später oder jemals wieder nüchtern war. Wie sollte es? Wie sollte irgendetwas Bedeutung haben, wenn sie sich nie verabschiedet hatte?

Diese Worte, die niemand wollte, aber jeder brauchte. Diese Worte, die offensichtlich wehtaten, wenn man sie aussprach, aber sie kannte die Wahrheit: Man glaubt nur, dass es schmerzhaft ist, sich zu verabschieden, wenn man sich verabschieden konnte.

An diesem Abend, als die Bells Take-out vor dem Fernseher aßen, fragte Lana Bell Jared Bell, ob sie am nächsten Wochenende die Autos tauschen könnten. »Ich hab diese Lehrerkonferenz in Milwaukee«, sagte sie, und Shoshs Dad war ohne ein weiteres Wort einverstanden.

»Ist was mit deinem Auto?«, fragte Shosh ihre Mom.

»Das Soundsystem geht schon seit Monaten nicht. Auf keinen Fall mach ich diese Fahrt in Stille.«

Später in der Nacht lag Shosh wach im Bett und starrte auf die rotierenden Flügel ihres Deckenventilators. Und während sie sich fliegende Singvögel und norwegische Schneewehen vorstellte, summte sie die Melodie des Lieds, das ihr den ganzen Tag gefolgt war, des Lieds, das sich jetzt wie eine warme Decke um sie legte. Des Lieds, von dem sie langsam dachte, es könnte vielleicht nur in ihrem Kopf existieren.

# PARIS

*1832*

Sie kam aus dem Norden mit einem Lied im Herzen und Blut an den Händen. Ersteres war ein stetes Raunen von Rachegelüsten, Letzteres der Beweis für Sünden, die in ihrem Namen begangen wurden.

Überall um sie herum drängelten sich Träger und Kutscher und riefen in verstümmelten Sprachen um die Wette. Indem sie andere Leute in ihrer Nähe beobachtete, begriff sie, dass die Männer nach Gepäck und Pässen fragten. Sølvi streckte die leeren Hände aus. »Paris«, sagte sie, dieser große Traum von einem Wort ihr einziger Besitz.

Ein Kutscher schüttelte den Kopf und zeigte auf den Boden – »Le Havre« – und dann auf einen vagen Punkt am Horizont. »Paris.«

Erschöpft und mittellos wandte sich Sølvi dem endlosen Ozean zu, der Hafen brummte vor Leuten, die an und von Bord riesiger Schiffe gingen. Sie stand im Schatten des Schiffs, das sie hergebracht hatte – sein unaufhörliches Schaukeln würde sie wohl jahrelang im Schlaf verfolgen –, machte den Mund auf und hüllte den kalten Aufruhr um sie herum in die warme Decke eines Lieds.

Étienne fragte sich oft, ob er allein war, weil er malte, oder ob er malte, weil er allein war. *Tant pis*, dachte er. *Je peins parce que je peins.*
Ich male, weil ich male.
An Vormittagen traf man ihn in den Galerien des Louvre an, wo er mit anderen Studenten an Kopien arbeitete. Étienne wohnte in einer gemütlichen Zweizimmerwohnung in der Nähe der Sorbonne, die seine verstorbenen Eltern ihm hinterlassen hatten. Wo er einst Vergnügen am Leben gefunden hatte – Mittagessen im Jardin des Tuileries, Spaziergänge bei Sonnenuntergang über den Pont Neuf –, war er in letzter Zeit einem sich verstärkenden Gefühl von Ziellosigkeit erlegen. Er brachte selbst für das mittelmäßigste Kunstwerk deutlich mehr Interesse auf als für jeden Menschen, den er kannte; er war von allen gelangweilt. Und wenn du von allen gelangweilt bist, ist es nur eine Frage der Zeit, bis auch alle von dir gelangweilt sind.

Mit leerem Magen war Langeweile nicht möglich. Nachdem Sølvi sich hinten auf einer Postkutsche nach Paris geschmuggelt hatte, hatte sie nur ein paar Tage gebraucht, um herauszufinden, dass derjenige, den zu töten sie gekommen war – der Blödarsch von ihrem Vater –, schon seit Jahren nicht mehr lebte.
Sie sprach kein Französisch, hatte kein Geld, aber lernte schnell. Bald sang sie auf der Straße, bekam heraus, welche Cafés ihre Anwesenheit duldeten und in welchen Hotels jene

abstiegen, die ihr vielleicht eine Münze zuwerfen würden. Nachts kauerte sie zwischen Ratten und Landstreichern, aber tagsüber sang sie. Ihr Lied handelte nicht mehr von Rache, sondern vom Norden, von kalten und vertrauten Orten, von im Himmel tanzenden Lichtern, und obwohl niemand den Text verstand, bewegten ihre Lieder die Herzen von allen, die sie hörten.

Eines Nachts ziemlich spät ertappte sich Sølvi dabei, wie sie einem Vogel auf eine Brücke folgte. Ein Vogel des Nordens, wie sie selbst, dachte sie, der sich in der Kälte wohlfühlte. Vorsichtig, um das Tier nicht zu erschrecken, sprang sie neben ihm auf das Geländer und dachte nicht einmal an die Höhe oder die eiskalte Seine unten. »Hej«, flüsterte sie und streckte die Hand aus, und sie war sich nicht sicher, ob sie da anfing zu singen oder die ganze Zeit schon gesungen hatte. Es war ein Lied, das keinem anderen glich, ein Vogellied, ein wildes Lied, als gäbe es viele Sølvis, die mehrstimmig sangen.

So saßen sie da, Vogel und Frau, Muse und Schöpferin, und ihre Stimmen hallten über den Fluss, bis –

»Aimez-vous aussi les oiseaux?«

Er hatte sie nicht erschrecken wollen. Zuerst von ihrer Stimme, dann von ihrem Anblick angezogen – wie sie dort auf dem Geländer hockte, die zerrissenen Kleider, das weißblonde Haar vom Wind gepeitscht – war Étienne zum ersten Mal in jüngster Zeit völlig geblendet.

Sølvi suchte seinen Blick. Sein Gesicht sah ziemlich nett aus, aber die Augen von Männern waren wie eine Übersicht: Sie konnte sie lesen und wusste genau, worum es in ihnen ging.

»Aimez-vous aussi les oiseaux?«, fragte er noch einmal.

Tage später würde sie seine Frage mithilfe des Buchs übersetzen, das er ihr kaufte. Aimez-vous aussi les oiseaux? *Lieben Sie auch Vögel?* Und sie würde lächeln und durch die Antwort auf Französisch stolpern: »Oui«, würde sie sagen. »J'aime les oiseaux.«

Aber für den Moment schob sie sich das Haar aus dem Gesicht und berührte ihre Brust. »Sølvi.«

Er lächelte; der Vogel flog auf. »Étienne.«

In den kommenden Wochen verbrachten sie jeden Augenblick zusammen. Er malte sie in seiner Wohnung, die Konturen ihres Körpers wurden in seinem Pinsel lebendig. Sie sang, während sie ihm Modell saß; Lieder des Nordens schmolzen zu Liedern von Liebe, die Sprache übersteigt: Nächte wurden zu Tagen, sie schlüpften ins Bett und wieder hinaus, in ihre Kleider und wieder hinaus, und als sie malten und sangen, wurde ihr Plural ein Singular, jede Seele mehr sie selbst in Gegenwart der anderen.

Ihre Liebe war eine seltsame neue Metallurgie: Vorher waren sie unraffiniertes Eisen; ineinander fanden sie Feuer.

Die Tätowierungen waren Sølvis Idee. Sie hatte welche im Gefängnis gesehen, auch wenn Étienne das niemals erfahren würde. (An manche Orte kehrt man nicht zurück, auch nicht in der Erinnerung.) Sein neuestes Gemälde von ihr – sie stand nackt am Fenster, und riesige Flügel sprossen ihr aus dem Rücken – hatte ihr den Gedanken in den Kopf gesetzt. Ihr Französisch war jetzt besser, wenn auch immer noch rudimentär; als sie ihm ihre Idee mitteilte, hatte er gefragt, warum sie ihre Körper brandmarken sollten, da sie weder Kriminelle noch

Königliche Hoheiten waren. Daraufhin warf sie die Laken beiseite, kletterte auf ihn, beugte sich zu seinem Ohr und sagte: »C'est pourquoi.«

Das reichte ihm als Grund.

Sie fanden einen Mann in einem Keller, der das Werkzeug und die Ausbildung besaß. Er warnte sie vor großen Schmerzen und einer langwierigen Heilung. Zur Antwort klappte Sølvi das Buch auf, das sie mitgebracht hatte – *Histoire des oiseaux* –, und zeigte auf den Vogel, den sie für sie ausgewählt hatte.

»C'est de la folie«, sagte der Mann.

»Oui«, sagte Étienne, setzte sich auf den Stuhl des Mannes und legte die Hand auf den Tisch. »Une folie á deux.«

In diesem Frühjahr, als sich Sølvis Französisch weiter verbesserte und die Tätowierungen fast verheilt waren, wurde sie krank. Was als Bauchschmerzen und Erbrechen begann, wurde zu Krämpfen und unerträglichen Qualen. Étienne brachte sie rasch ins Hôtel-Dieu, ein Krankenhaus auf der Île de la Cité, und als sie dort ankamen, war er selbst nicht mehr gesund. Monatelang hatten sich Gerüchte über die Cholera wie ein Flächenbrand in Paris verbreitet; jetzt, wo die Krankheit da war, verbreitete sie sich noch schneller. In benachbarten Betten wurden Sølvi und Étienne mit jeder Stunde kränker, während sich das Hôtel-Dieu um sie herum mit anderen wie ihnen füllte.

»Sølvi.« Étienne streckte die Hand nach ihr aus und wedelte schwach damit. Ein einzelner Flügel, der zu fliegen versucht. Sie berührte seine Hand auf halbem Weg. Die beiden Flügel vereinten sich, der Vogel wurde ganz. Étienne lächelte – dann ließ er plötzlich ihre Hand los, drehte sich um und übergab sich auf dem Fußboden.

In leisem, gebrochenem Französisch erzählte sie ihm die Geschichte eines Mädchens, das verlassen, misshandelt, eingesperrt worden war. Sie erzählte die Geschichte eines hohen Fensters, von Vögeln, die zwischen den Gitterstäben saßen, und wie das Mädchen sich vorstellte, bei ihnen zu sein und kommen und gehen zu können, wie es ihr gefiel. Jede Nacht übertönte das Mädchen das Wehklagen dieses Orts mit Gesang, schwor denen Rache, die sie dort zum Sterben zurückgelassen hatten. Und als eine Gelegenheit des Wegs kam, ergriff sie sie. Und als ein Schiff des Wegs kam, nahm sie auch das. Sie wusste nicht viel über ihre wahre Vergangenheit, aber da war ein Wort, ein Ort, der in den Tiefen ihrer Erinnerung versteckt war: *Paris*. Und so war das Mädchen gekommen, um ihren Vater umzubringen, nur um festzustellen, dass er längst tot war. Und der Platz in ihrem Herzen, der einst voller Rachegelüste gewesen war, hatte sich mit überraschender, überwältigender Liebe gefüllt.

»Fin«, sagte sie, die Geschichte war zu Ende. Aber Étiennes Augen waren glasig und starr.

Über ihren Betten schien durch ein hohes Fenster die Sonne, der Himmel war blauer als blau. Und als sie sich fragte, was sie im Tod erwarten würde, ob sie weiterreisen würde als das Blau, kam ein neues Lied in ihr Herz, nicht über Rache oder Liebe, sondern ein Versprechen. Sie ließ den Kopf auf die Seite fallen, der Hülle von Étienne zugewandt. »*Je te trouverai*«, sang sie – *Ich finde dich* –, und die Seele in ihr tat ihren letzten Atemzug als Sølvi aus dem Norden.

TEIL ZWEI

# NOCTURNE

# EVAN

*kafkaesk*

Ich will Maya von Mom erzählen. Ich will ihr von dem Vogel im Park erzählen und was letzte Woche auf der Party passiert ist, und ich weiß nicht, ob sie irgendwas dabei machen kann, aber irgendwie geht's ja vor allem darum, ihr Sachen zu erzählen, oder?

»Du wirkst ...« Maya legt den Kopf schief und betrachtet mein Gesicht auf eine Weise, dass ich mich frage, wie ich wirke.

»... fröhlich«, sagt sie.

Ein unerwartetes Manöver.

»Wirklich?«

»Ja.«

Ich zucke die Achseln. »Es ist Dienstag.«

»Ah. E. T. und Jet's?«

»Wir haben sieben Dienstage nacheinander E. T. geguckt. Ich werde für *Wall-E* oder *Der fantastische Mr. Fox* plädieren, und was Pizza angeht, ist Jet's offensichtlich die beste Wahl, aber ich muss mir die Gutscheine dieser Woche angucken. Könnte auch 'ne Domino's-Woche werden, kommt drauf an.«

»Papa Johns hat meistens gute Gutscheine.«

Ich mach diese Sache, bei der ich die Nasenlöcher aufblähe, und alle wissen, dass ich es ernst meine. »Klar. Okay. Papa Johns. Ich mein, wir haben diesen alten rassistischen Fahrradreifen in der Garage. Wir könnten auch darauf ein bisschen Käse schmelzen und das Geld sparen.«

Ich warte in der Stille, die auf den Donner eines selbstbewusst gerissenen Witzes folgt: Es liegt eine seltsam erschreckende Verletzlichkeit darin.

Wir reden unweigerlich über die Schule, wie meine erste Woche im Schuljahr läuft, war ja klar. Ich hab zwei Kurse mit Ali, hab die guten AP-Lehrer gekriegt (d. h. die Lehrer, deren Augen und Stimmen noch Akku haben) und ein zweites Jahr Kreatives Schreiben bei Mr Hambright. Alles in allem sollte ich euphorisch sein. Ich sollte Purzelbäume schlagen. Aber über das letzte Jahr der Highschool zu reden, führt immer dazu, über das zu reden, was *nach* der Highschool kommt, und dieser Tage reiß ich lieber Witze, die nicht zünden, als über meine *ach so strahlende Zukunft* zu reden.

Als klar wird, dass ich nicht mit dem Herzen dabei bin, legt sich eine schwere Stille über den Raum.

Draußen zieht eine Wolke über den Himmel; drinnen wandern Schatten über den Teppich. Ein langsamer Exodus folgt dem anderen.

Ich habe Leute nie verstanden, denen Schweigen unangenehm ist, aber ich muss glauben, dass sie sich schon vorher nicht besonders wohlgefühlt haben. Die Abwesenheit von Geräuschen ist die Gegenwart von Geist; Platz, wo ein Körper atmen kann. Schweigen ist ein großer Teil von dem, was wir hier machen. An manchen Tagen dehnen sich unsere Sitzungen vor uns aus, eine weite und abgelegene Wüste, in der kein Gespräch wachsen kann. An manchen Tagen sag ich, *es gibt echt nichts, worüber ich reden kann*, und dann reden wir über nichts, und ich fühl mich trotzdem hinterher besser. Aber meistens fängt die Stunde an, und das Gespräch blüht strahlend und überraschend auf, und am Ende bin ich nur noch halb so groß und mit Luft gefüllt und wirklich in Gefahr, von einer leichten Brise weggeweht zu werden.

Und das ist Therapie, glaub ich: auf Schwerelosigkeit hinarbeiten.

»Bald ist ein Jahr um«, sagt Maya.

»Hmmm?«

»Es ist fast ein Jahr vergangen, seit dein Dad gegangen ist. Wie geht es dir damit?«

»Ich weiß nicht. Besser als Mom.«

»Inwiefern?«

»Wenigstens kann ich drüber reden. Ich kann laut aussprechen, wie sehr ich ihn hasse. Sie versucht, so zu tun, als wär's keine große Sache.«

»Sie blendet es aus«, sagt Maya.

»Sie macht es klein.«

»Wie das?«

Wenn man drüber nachdenkt, kann man die meisten Familien auf die gleichen Kernelemente reduzieren: Geografie (unser Haus), Biografie (wer wir sind) und Philosophie (warum wir hier sind). Eher als ein Fundament ist es eine Absprache, die man gemeinsam trifft. Ein Code. Wenn also jemand geht, mit dem du zusammenlebst, ist es mehr als nur ein Weggang, es ist die Ankunft eines neuen Codes. Unsere Familie ist auf unterschiedliche Weise mit diesem neuen Code umgegangen: Will hat sich in seine eigene Welt zurückgezogen; ich hab angefangen, Stürme zu haben; und Mom ... »Sie nennt es ihren *I-A-Tag*«, sage ich.

»Sie nennt was wie?«

»Den Jahrestag, nachdem Dad uns verlassen hat. Für *Idiotist-Abgehauen-Tag.*«

»Ah.«

Mom ist eine Heldin, sage ich zu Maya.

Sie sagt, sie weiß das.

Dad ist ein beschissenes Arschloch.

Eine Sekunde lang sagt sie nichts, dann fragt sie, ob ich in letzter Zeit Stürme hatte.

»Seit Wochen nicht.«

»Das ist toll, Evan. Ich bin wirklich stolz auf dich.«

Durch das Fenster sehe ich einen Vogel auf einem Zweig landen; in einem der Nebenzimmer spielt jemand Musik, dasselbe Lied, das ich in jener Nacht im Park gehört habe, und am Morgen danach in Moms Zimmer.

»Evan?«

Ich will Maya von Mom erzählen. Ich will ihr von dem Vogel im Park erzählen, aber aus irgendeinem Grund wird mein Gehirn eine Feder, wenn ich an diese Nacht denke, meine Gedanken werden Gezwitscher und mein Mund ein nutzloser kleiner Schnabel.

»Woran denkst du?«, fragt sie.

Noch eine ziellose Wolke schiebt sich über den Himmel; ich betrachte den langsamen Exodus der Schatten auf dem

Teppich und erinnere mich mit ärgerlicher Genauigkeit an jenen Tag.

»An die Entstehung der Erde«, sage ich.

Als Dad uns sagte, dass er gehen würde, dachte ich zuerst, er würde von seinem Job reden. Als ich begriff, dass er *uns* verlassen wollte, stellte ich die einzige logische Frage: »Warum?«

»Es ist ... wie bei Pangaea«, sagte er, und ich fragte mich, ob er schon immer so viel Scheiße geredet hatte oder ob es eine neuere Entwicklung war. »Weißt du noch? Das Schulprojekt, bei dem ich dir geholfen habe? Die Welt verändert sich ununterbrochen, Evan. Mit der Zeit und ohne wirklichen Grund.«

Draußen log die strahlende Sonne darüber, was für ein Tag es war.

»Also gehst du ohne Grund.«

Dad seufzte, als hätte ich diesen Müllbrand von einem Gespräch gestartet. »Es ist etwas komplizierter.«

War's aber gar nicht. Dad hatte einen Grund, und der Grund war eine Brünette namens Stacey. Facebook zufolge hatte Stacey eine Zahnlücke, einen Pudel, der aussah wie eine verschrumpelte Kartoffel, und einen fast erwachsenen Sohn namens Nick. Nick hatte einen Job bei Staples und eine langjährige Freundin mit Namen Ruth. Ruth war eine Uber-Fahrerin und lächelte auf eine Art in die Kamera, als wollte sie gleich die Linse essen. Das war die Familie, die er gegen uns eingetauscht hatte.

Aber das würde ich alles erst später erfahren.

An jenem Tag lauschte ich Dads Geschwafel über Pangaea und wie er seine eigenen beschissenen Lebensentscheidungen mit Unvermeidlichkeiten verwechselte, während Mom mit einem übergroßen Weinglas in der Hand in der Tür zur Küche stand und genauso Teil der Unterhaltung wie Teil des Raums war.

»Was ist mit Will?«, fragte ich und hoffte, Dad würde die Frage unter der Frage hören: *Welches Monster verabschiedet sich freiwillig von dem kosmischen Geschenk eines solchen Kinds?*

Dads Blick schoss zum oberen Treppenabsatz, und für den Bruchteil einer Sekunde machte ich mir Sorgen, dass Will dort sitzen und alles mit anhören könnte. Aber das tat er nicht. Er war für den ganzen Tag zu einem Freund geschickt worden, ein gut geplanter Schachzug, wie ich in jenem Moment begriff.

»Dein Bruder kriegt das hin«, sagte Dad und fing dann wieder damit an, wie sehr er uns liebe, dass nichts das ändern könne, und dass nichts daran unsere Schuld sei, als wäre mir der Gedanke, ich könnte schuld sein, auch nur in den Sinn gekommen.

Während er redete, rutschte er auf dem Sofa herum, und ich dachte: *Wir brauchen ein neues Sofa.* Und als er Kaffee aus seinem Lieblings-NASA-Becher trank: *Wir brauchen neue Becher,* und im Bücherregal über seiner Schulter entdeckte ich die Erstausgabe von Salinger, die er mir zum sechzehnten Geburtstag geschenkt hatte und die natürlich ebenfalls würde gehen müssen. Und da kam mir der Gedanke, dass ein Zuhause nicht einfach ein Haus ist oder die Leute, mit denen du zusammenlebst – es sind die Dinge, die diese Leute benutzen. Dinge haben eine Art, das Leben der Menschen ihrer Umgebung anzunehmen, wenn dich also jemand im Haus verrät, wird dieser Verrat bis in alle Ewigkeit vervielfältigt: Deine Lieblingsbücher verwandeln sich in Gesülze; Kaffee aus Raumfahrt-Merch wird untrinkbar; Sofas werden undraufsitzbar. Und wenn der Verräter zum letzten Mal zur Haustür hinausgeht, musst du einen Tunnel unter dem Haus graben oder durch den Schornstein verschwinden, denn scheiß auf diese Tür.

»Ich weiß, es ist viel«, sagte Dad auf dem Sofa, das für mich tot war. »Rede mit mir, Ev. Was denkst du?«

Im Kopf zählte ich bis zwanzig. Langsam.

Mom stand in der Tür, sie nahm einen großen Schluck und zwinkerte mir über das Glas hinweg zu, und es war schwer zu sagen, ob ich sie schon immer mehr geliebt hatte als Dad oder ob unsere jetzige Situation bereits meine gesamte Geschichte neu geschrieben hatte.

Wir wussten beide, wie sehr er Schweigen hasste.

Nachdem ich ein weiteres Mal gemächlich bis zehn gezählt hatte, schlenderte ich zum Bücherregal und zog die Salinger-Erstausgabe raus. *Der Fänger im Roggen* ist total okay, aber die Familie Glass ist mir einfach lieber. Oben in meinem Zimmer hatte ich eine ältere Ausgabe von *Franny und Zooey*, aber *Hebt an den Dachbalken, Zimmerleute* war immer mein Lieblingsbuch gewesen, wichtig genug, um es im Bücherregal im Wohnzimmer zur Schau zu stellen. Es hatte mir viel bedeutet, als Dad es mir geschenkt hatte: ein Beweis, dass er wusste, was mir gefiel, und mich glücklich machen wollte. Als ich es ausgepackt hatte, wusste ich, dass es alt war – eine benutzte Bibliotheksausgabe ohne Schutzumschlag –, aber ich wusste nicht, dass es eine Erstausgabe war, bis er mir sagte, ich solle mir die erste Seite angucken. Und als ich ihm gedankt hatte, war es so gewesen, wie wenn man sich wirklich gesehen fühlt.

Aber dann –

Als ich zurückblickte, fielen mir ein paar Details auf, die mich einfach stutzig machen mussten. Zum Beispiel der traurige Tonfall in Moms Stimme, als sie kürzlich von dem Antiquariat gelesen hatte, das das Geschäft aufgab. Oder dass das Buch perfekt in Geschenkpapier eingepackt gewesen war, das ich dann so ungeduldig aufgerissen hatte, sogar an den Ecken, aber wenn ich überlegte, wann Dad jemals ein Geschenk eingepackt hatte, fiel mir nur ein, wie er in der Mall jemanden dafür bezahlt hatte.

Mom dagegen war äußerst geschickt im Geschenkeeinpacken.

»Der Zerfall radioaktiver Elemente«, sagte ich leise und starrte auf das verblichene Cover in meinen Händen, als mir plötzlich klar wurde, wo es herstammte. Und ich fragte mich, wie viele andere kostbare Besitztümer zwei Geschichten enthielten: eine innen, eine außen. »Und Restwärme von der Entstehung der Erde.«

Als ich aufsah, weinte Mom in der Tür, aber sie lächelte auch, und Worte wie *tektonisch* und *Mantel* und *Kern* fielen mir ein, und ich wusste, dass wir es schaffen würden.

»Ich weiß nicht, ob ich dir folgen kann«, sagte Dad.

Ich reichte ihm das Buch und wünschte mir, dass er das zusätzliche Gewicht seiner eigenen Geschichte spüren konnte. Und der Geschichte überhaupt.

»Pangaea«, sagte ich. »Wenn deine Welt auseinanderbricht, gibt es immer einen Grund.«

# SHOSH

*Nachrichten von kalten Orten*

Shosh blickte in den fischgrauen Himmel und lauschte dem Lied, das er für sie sang. Als ihre Mutter hereinkam, drehte Shosh sich nicht um. Ihrer Ansicht nach war Anklopfen die Voraussetzung dafür, dass das Eintreten gewürdigt wurde.

»*Shosh.* Mein Gott. Irgendwann fällst du noch aus dem Fenster.«

Vor nicht langer Zeit hatte Shosh festgestellt, dass das Fenster in ihrem Zimmer auf der gleichen Höhe war wie ihr Bett. Natürlich hatte sie ihr Bett an die Wand geschoben, und wenn sie jetzt das Fenster öffnete, konnte sie sich aufs Bett legen und die Beine raushängen lassen. In manchen Nächten lag sie dort, nur Zentimeter vom freien Himmel entfernt, und sah zu, wie die Sterne aufgingen. Ein paar Mal hatte sie zugesehen, wie die Sterne im Licht verschwanden, wenn die Sonne aufging.

»Dein Vater hat Essen bestellt. Es ist in zwanzig Minuten da.«

»Okay«, sagte Shosh, und sie dachte, *grau* – fischfarben oder anders – war nicht das richtige Wort für die Farbe des Himmels.

War *trostlos* eine Farbe?

»Sho—«

»Ich hab okay gesagt, Mom.«

Shosh schlürfte eine Dose Cola Light – zur Hälfte ersetzt mit Wodka aus einer Großflasche, die sie unter dem Bett aufbewahrte – und hörte das leise Klicken der Tür, die sich schloss, das Tapsen von Lana Bells strumpfsockigem Missmut den Flur hinunter.

In den Tagen nach dem Vorfall auf Heathers Party hatten ihre Eltern sie größtenteils nicht beachtet. Beide mussten arbeiten, und da Shosh mit der Schule schon fertig war, wussten sie nicht wirklich, was sie mit ihr machen sollten. In einer anderen Welt wären ihre Sachen jetzt gepackt gewesen, das Auto voll mit Klamotten und Schreibtischlampen und anderen Sachen fürs Wohnheimzimmer. Sie würde heulen und ihre Eltern umarmen und aus der Einfahrt fahren, auf dem Weg zu den hellen Lichtern einer vielversprechenden Zukunft an der Westküste.

Shosh nahm noch einen Schluck und starrte in den Himmel. Ihr fiel plötzlich ein Bild von vor Jahren ein, aus einer Kindersonntagsschule vielleicht, mit Engeln und Trompeten und abtreibenden Wolken. Und sie fragte sich, ob da die Musik herkam, von irgendeiner perversen Version des Göttlichen.

Im Lauf der letzten Woche hatte sie nicht weniger als drei deutlich unterscheidbare Lieder gehört, als bräuchte die anhaltende Katastrophe ihres Lebens einen Soundtrack. Sie konnte nicht leugnen, dass sie die perfekte Begleitung waren: Ätherisch und wehmütig schienen sie ihr überallhin zu folgen, eine hörbare Regenwolke. Manchmal konnte sie einen Text heraushören, aber meistens waren die Lieder gedämpft und weit weg, so sehr, dass sie sich sogar gelegentlich fragte, ob es eine logische Erklärung gab – vielleicht Musik aus dem Haus eines Nachbarn oder ein Glitch in ihrem Telefon.

Als hätte das Telefon zugehört, brummte es in ihrer Tasche. Sie zog es heraus und fand einen Text von Ms Clark: Ich warte, Ms Frost ...

Im Kuchendiagramm von Shoshs Leben war das größte Stück immer Theaterspielen gewesen. Musik kam gleich an zweiter Stelle, aber da eine Kombination aus beidem indirekt ihr Leben zerstört hatte, war sie jetzt fertig damit. Schon vor Wochen, als sie das Ms Clark so mitgeteilt hatte, hatte ihre Lehrerin geantwortet: »Und was willst du dann machen?«

Shosh war damals angetrunken gewesen und hatte auf einer Schaukel in einem Park in der Nähe gesessen. »Ich verstehe die Frage nicht.«

»Es ist eigentlich ganz einfach, Shosh. Menschen wie wir machen etwas, im Sinne von herstellen oder produzieren. Wenn wir damit aufhören, füllen wir diesen Teil unserer Seele mit etwas Geringerem. Wodka zum Beispiel. Ich möchte also Folgendes wissen: *Was wirst du machen?* Ich verlange nicht viel, aber ich kann dir sagen, dass die Geduld, die ich für diese betrunkenen nächtlichen Schwätzchen aufbringe, in direkter Beziehung zu deiner Antwort steht. Denk also gut darüber nach.«

»Ich bin nicht betrunken.«

»Dann streng dich mehr an. Mal sehen, wohin dich das bringt.«

Nachdem sie eine Minute lang nachgedacht hatte, hatte Shosh ein einziges Wort gesagt: »Poesie.«

Es war nicht Theaterspielen, es war nicht Musik – soweit sie sagen konnte, wusste niemand mit Sicherheit, was es war. Eins war ihr jetzt klar, und sie wünschte, sie hätte es da schon gewusst: Eine Bühnenkünstlerin zu sein war schwer; eine Dichterin zu sein war praktisch unmöglich.

Sie trank im Fenster, wechselte zu Instagram und scrollte durch die Fotos mit »Winterlandschaften«, die sie gespeichert hatte. Vor Kurzem hatte sie bei einem vorgeschlagenen Account ein Bild von einem Häuschen auf dem Land in Norwegen gesehen und war diesem Account und einem Dutzend ähnlicher unversehens gefolgt. Jetzt war ihr Feed voll mit Hütten im Schnee, die gewagt auf zerklüfteten Bergen oder eingequetscht zwischen riesigen Nadelbäumen standen, verwaschene, eisige Farben, aus denen die Essenz eines Worts sickerte, das gleichzeitig Richtung und Ort war: *Norden*.

Leider war die entlegene Wildnis nur idyllisch, insofern Instagram es erlaubte. Offensichtlich konnte sie nicht einfach packen und in eine dieser schneebedeckten Hütten *einziehen* – egal, wie sehr ihr thoreausches Herz es wollte –, warum sie also nicht in Kunst verwandeln?

Für diesen speziellen Zweizeiler wählte sie eine eingeschneite zartorange Hütte, in das schwache Leuchten der Morgendämmerung getaucht. Der Himmel hatte Tiefe – war nicht wirklich violett, sondern was violett eigentlich sein wollte. Über der Hütte hing ein moosbewachsener Baum, die Zweige weiß bereift wie der Bart eines Riesen. »Da gibt's einen Ort, wo wir gerne hingehn«, flüsterte sie, und obwohl die Worte vertraut klangen, tippte sie sie ins Display, gerade als ihr die zweite Zeile einfiel …

*Da gibts einen Ort, wo wir gerne hingehn*
*Wo Geheimnisse versteckt sind in Bäumen voll*
*Schnee*

Die Position des Texts war wesentlich. Am oberen Rand, wie zufällig leicht dezentriert, genau die richtige Schriftart. In die untere Ecke tippte sie *Hüttenpoem #6* und ging auf Teilen.

Es gab vieles in Shoshs Leben, über das sie keine Kontrolle hatte. Zum Beispiel, wie oft ihre Eltern sie noch vom Polizeirevier abholen mussten oder wie viele Flaschen Wodka geheimnisvoll aus dem Tiefkühler verschwanden oder wie viele Pkw sie noch in Pools fuhr. Das würde nur die Zukunft zeigen. Aber sie konnte wunderschöne Hütten in ihrem Feed finden, sie mit mittelmäßigen Gedichten paaren und auf Teilen gehen wie eine Blöde. Was Suchtverhalten anging, war das locker das am wenigsten schädliche.

# EVAN

*Stürme*

Ich scrolle durch die App von Jet's, betrachte jeden Gutschein, als wäre er eine Matheaufgabe. Wenn 8 Pizzastücke Käse $ 12,99 kosten, können wir uns Breadsticks für $ 4,99 leisten, wenn x = Zahlungsgebühren und y = Lieferung, Trinkgeld und Mehrwertsteuer?

»Mehrwertsteuer«, sage ich zu niemandem beziehungsweise zu meiner kleinen Küche, und ganz ehrlich: Ich bin ein großer Fan der Idee, dass Worte wichtig sind. Man kann nicht einfach ein Wort vor ein anderes stellen, um die Bedeutung so hinzubiegen, wie man will. Genau wie bei einer schönen Wurzelbehandlung oder einer ausgelassenen Beerdigung ist es unmöglich, einer Steuer durch irgendwelche positiven Zusätze einen Mehrwert zu verpassen.

Die Haustür geht auf, Wills Rucksack fällt mit dem vertrauten Geräusch auf den Boden, und in wenigen Sekunden wird Will in seinem roten Kapuzenpulli, den er jeden Tag trägt, um die Ecke kommen, mit leuchtenden Augen und dem von der Fahrradfahrt nach Hause geröteten Gesicht. Wir werden Abendessenspläne besprechen (Jet's oder Domino's), Filmpläne (*E. T.* oder buchstäblich alles andere) und dann unsere Hausaufgaben auf dem Esszimmertisch ausbreiten, bis die Herrlichkeit der Budazeit beginnt.

»Die Gutscheine von Jet's sind nicht so toll, Kumpel«, rufe ich aus der Küche. »Wir können Breadsticks und Abholen nehmen oder keine Breadsticks und Liefern – was denkst du?«

Aber er antwortet nicht. Stattdessen höre ich seine Schritte die Treppe hinauftoben, seine Zimmertür auf- und wieder zugehen, und dann das Räderwerk im Inneren meines Gehirns, das sich angesichts dieser unerwarteten Entwicklung zu drehen anfängt.

Unten an der Treppe blicke ich zum oberen Flur hinauf, der ein ziemlich genaues Sample vom Rest des Hauses ist: eng, verblichener Teppich, Wände, die dringend einen neuen Anstrich bräuchten. Gegenüber von Wills Zimmer ist meins, zwischen beide ist ein kleines Bad gezwängt. Egal, welche Teile des Hauses sich verändert haben, nachdem Dad uns verlassen hat, das Obergeschoss gehört glücklicherweise immer noch *uns*.

Budazeit hat vor Jahren angefangen, als Will zwei war und alles so, wie es sich gehörte, Gutes hinter jeder Ecke. Dads Pokerabend fiel auf denselben Abend wie Moms Sportgruppe beim YMCA, und plötzlich waren die Dienstagabende »Budazeit« (*Buda* war Wills Wort für *Bruder*). Ich war jung, aber alt genug, um ein paar Stunden auf ihn aufzupassen. Jeden Dienstagabend bestellten wir Pizza und guckten einen Film und hatten praktisch den ganzen Abend sturmfreie Bude.

Inzwischen ist alles anders. Dad ist, wie sich herausgestellt hat, weniger ein »Dad« als ein Hund, dessen Kopf aus dem Fenster eines fahrenden Autos hängt. Der YMCA ist ein Luxus aus der Vergangenheit, und nachdem Dad uns verlassen hat, hat Mom einen Zweitjob als Barkeeperin in Ramsey's Diner angenommen, ein Restaurant ein Stück die Straße runter. Wir waren häufige Gäste im Ramsey's gewesen, aber jetzt nicht mehr (siehe: Luxus aus der Vergangenheit). Mit all dem will ich nur sagen, dass Will und ich zwar jetzt *jeden* Abend sturmfreie Bude haben, aber die Budazeit geblieben ist. An Dienstagen gab und gibt es für alle Zeit Pizza und Filme und Magie.

Ich bin jetzt oben und klopfe leicht an Wills Tür.

»Komm rein!«

Das Zimmer meines Bruders ist ein ständiges Durcheinander aus Stofftieren, Dog-Man-Büchern, Lego-Bausätzen, Schienen, verstreuten Minions und Star-Wars-Figuren. »Hey«, sage ich, und obwohl ich ihn nicht sehen kann, weiß ich genau, wo er ist.

Aus der Ecke, von irgendwo aus dem übergroßen Karton, kommt ein gedämpftes »Hi, Evan.«

Letztes Jahr haben wir einen neuen Kühlschrank gekriegt, und ich bin mir ehrlich nicht sicher, wer sich mehr gefreut hat: Mom über den automatischen Eiswürfelbereiter oder Will über den riesigen Karton, in dem er geliefert wurde. Nachdem er jede Taschenlampe und sämtliche Alufolienrollen im Haus zusammengesucht und diese Gegenstände dann an strategischen Stellen am Kühlschrankkarton befestigt hatte, hatte er schließlich einen sehr beeindruckenden Nachbau von E. T.s Raumschiff konstruiert. Zu Moms großem Entsetzen schrieb er dann auf jede Wand seines neuen Raumschiffs sehr groß mit Edding drei Wörter: NACH HAUSE TELEFONIEREN.

Der Junge würde in einem Kühlschrankkarton wohnen, wenn wir ihn ließen.

»Will, würde es dir was ausmachen, kurz aus dem Raumschiff zu kommen?«

Ein längeres Rascheln tief aus dem Bauch der Papprakete. Irgendwann steckt er den kleinen Kopf aus einem Seitenfenster: zarte weiße Haut, struppiges braunes Haar, bei dem ich immer noch nicht rausgefunden habe, wo ich den Scheitel ziehen soll, strahlende blaue Augen und lange Wimpern, was bei fast jedem, dem er begegnet, etwas auslöst, das mit Liebe auf den ersten Blick verwandt ist. Will sehen ist, wie am eigenen Leib erfahren, dass Menschen grundsätzlich gut sind und das Leben ein wunderschönes Geschenk ist. Man weiß gleich, dass er ein lieber Junge ist, ein sanfter Junge, zu gut für diese Welt, und das sage ich nicht nur, weil er mir der liebste Mensch auf der Erde ist (was er ist), sondern weil da etwas leuchtet in seinem Gesicht, ein Blick, der irgendwie gleichzeitig glücklich und traurig wirkt, schwer und federleicht, wie eine Kerze, die am Grund eines Brunnens brennt, und er mag vielleicht überall auf seinem Weg Unordnung hinterlassen und gelegentlich vergessen aufzuhören zu reden, aber ich liebe ihn mehr, als irgendwas irgendwas anderes liebt.

»Da bist du ja«, sage ich.

»Da bin ich.«

»Ich hab dich heute vermisst, Kumpel.«

»Ich hab dich auch vermisst.«

Und plötzlich fällt es mir auf: *keine Pflaster.*

Ich versuche, meine Überraschung zu verbergen, so zu tun, als wäre das Nichtvorhandensein von Pflastern nicht weiter wichtig. »Ich weiß nicht, ob du das mit den Gutscheinen gehört hast. Ich dachte, wir lassen heute die Breadsticks aus und entscheiden uns für Liefern. Ich hab nicht wirklich Lust, extra loszufahren.«

Ich warte auf etwas, irgendwas, aber er steht nur da, sieht mich an und trägt kein Pflaster.

*Zeit upzuleveln.*

»Außerdem«, sage ich, »hab ich richtig Lust auf E. T. Das ist heute das Richtige, oder?«

Will legt den Kopf schief. »Ich dachte, du brauchst eine Pause von E. T.«

»Ich hab's mir überlegt.«

Um Klartext zu reden: Will hat eine Tüte Reese's Pieces in seinem Schreibtisch, trägt jeden Tag einen roten Kapuzenpulli und ist wahrscheinlich der einzige Zweitklässler, der mit dem Rad zur Schule fährt. Es sind nur anderthalb Blocks, aber es brauchte trotzdem ein bisschen Überredung, bevor Mom einverstanden war. Überzeugt hat sie dann schließlich, als er erklärte: »Ich bin ein E. T.-Junge, Mom. E. T.-Kids fahren Fahrrad.«

E. T.-Kids fahren Fahrrad. Was soll man dagegen einwenden?

»Was denkst du?«, fragte ich. »Soll ich E. T. schon mal aufrufen?«

Er macht diese Sache, bei der sein Kopf ein bisschen wackelt und er die Augen schließt, als würde alles von der Antwort auf diese Frage abhängen. »Nein ...« Und dann leise: »Ich hab heut schon geweint.«

Er lächelt leicht und verschwindet wieder in seinem Raumschiff; ich steh nur da, und es drückt mir das Herz ab.

Nachdem ich ihn ein paar Sekunden lang in seinem riesigen Pappkarton herumrascheln höre, sage ich »Okay«, gefolgt von dem Einzigen, zu dem ich mich in der Lage fühle: »Ich bin immer bei dir.«

Es gibt da diese Szene in E. T., wo der Junge, Elliott, sich den Finger an einem Sägeblatt schneidet. Ein winziger Tropfen Blut. Er hält ihn hoch und sagt: »Autsch«, und E. T. hebt auch den Finger hoch, leuchtend wie ein Glühwürmchen, und heilt Elliotts Schnitt einfach, indem er ihn berührt. Im Hintergrund liest Elliotts Mom seiner kleinen Schwester aus Peter Pan vor – Tinkerbell stirbt, und man kann sie nur retten, wenn man in die Hände klatscht und sagt, dass man an sie glaubt.

Eine Woche nachdem Dad uns verlassen hatte, kam Will mit Heftpflastern bedeckt aus dem Badezimmer. Mom und ich haben uns Sorgen gemacht, klar, aber er hat sich komplett normal verhalten, als wäre es völlig vernünftig, sich von Kopf bis Fuß mit kleinen Wundverbänden abzudecken. In dem Jahr, das seitdem vergangen ist, hat er sie nur ein paar Mal erwähnt und sie nie Pflaster genannt, sondern immer »Autsch-Schilde«.

Ich habe keine Angst vor großer Liebe. Und vielleicht ist es komisch, dass ein Siebzehnjähriger so denkt, aber manchmal mache ich mir Sorgen, was für ein Dad ich sein werde. Ich mache mir Sorgen, weil ein Dad sein Kind mehr lieben sollte als jeden anderen auf dem Planeten, und ehrlich gesagt, ist diese Stelle schon besetzt. Ich mache mir Sorgen, weil ich fühle, wie zerbrechlich Will ist, wenn ich ihn umarme, und ich stelle ihn mir als einen Vogel mit winzigen Knochen mitten in einem wütenden Sturm vor und wünschte, ich könnte ihn retten, indem ich in die Hände klatsche und sage, dass ich an ihn glaube, aber das kann ich nicht. Ich wünschte, ich könnte ihm sagen, dass ihn seine Autsch-Schilde beschützen, aber das kann ich auch nicht. Die Wahrheit ist, dass es zerbrechlichen Dingen selten wohlergeht auf der Welt; viel öfter sagen sie ihr Lebwohl.

Stürme fangen im Bauch an.
 Überwältigende Furcht, so greifbar wie unvorhersehbar.
 Dann steigen sie langsam vom Bauch hoch in die Brust, werden größer und umfassender, kleben meine Füße am Boden fest und nehmen mir den Atem und die Fähigkeit, mich zu bewegen. Von diesem Punkt an entladen sich die Stürme in alle Richtungen, eine plötzliche Explosion, die sich auf albtraumhafte Weise kribbelnd und lebendig in meinen Schultern, Armen, Händen fortsetzt, mein Gesicht wird heiß, mein Herz hämmert –
 *Atmen ...*
 Einfach, um zu atmen.
 Um zu fühlen, dass ich existiere.
 Was real ist und was nicht.
 Ich bin inzwischen in meinem eigenen Zimmer, mache die Tür zu, und um mich herum verwandelt sich die Luft in Nebel; der Weg zum Bett ist eine Übung in Durchhaltevermögen, eher Schwimmen als Gehen. Ich setze mich auf die Bettkante, mein Herz ist ein unregelmäßiges Feuerwerk, und Bilder von Will blitzen vor mir auf: Er ist in seinem Kühlschrankkarton, er malt an seinem Kunsttisch, ist erfüllt vom fiebrigen Rausch, etwas Neues zu erschaffen. Seine planlosen Bilder, wie er Blätter

zusammentackert, um ein Buch zu machen, wie er die Dinge liebt, die er liebt (wie ein Ertrinkender einen Rettungsring), und dass er denkt, Limonade würde »Limolade« heißen, und angefangen vom Nichtvorhandensein von Pflastern über das Verzichten auf E. T. bis hin dazu, dass er die Dienstagsrituale ausfallen lässt, stimmt etwas nicht, es stimmt etwas nicht, es stimmtstimmtstimmtstimmtstimmt etwas nicht –

Atmen …

Fühlen, dass ich existiere.

Stürme erzeugen Stürme: einen zu haben führt dazu einen zu haben führt dazu einen zu haben führt dazu einen zu haben –

Atmen …

»Fünf Dinge, die ich sehen kann«, sage ich und sehe mich im Zimmer um: staubige Gitarre in der Ecke, eins; Dads alter Plattenspieler, zwei; Opas noch älteres Radio, drei; Sofa vom Garagenverkauf, vier; Zeichenblock auf dem Nachttisch, fünf. »Vier Dinge, die ich berühren kann.« Bettlaken, eins. Computer, zwei. Telefon in der Tasche, drei. Zeichenkohle, vier.

Drei Dinge, die ich hören kann …

Zwei Dinge, die ich riechen kann …

Als ich ein Minzbonbon aus der Nachttischschublade nehme (ein Ding, das ich schmecken kann), lässt der Sturm nach, das Feuerwerk ist vorbei, der Himmel im Zimmer klart auf.

Ich bleibe sitzen und warte. Manche Stürme kommen in Wellen. Manche treffen dich hart und lassen dich völlig zerschlagen zurück. Ist noch zu früh zu wissen, zu welcher Sorte dieser gehört.

Als sie vor einem Jahr angefangen haben, hatte ich dauernd welche. Damals hat Mom in einer Tour telefoniert – mit meiner Ärztin und irgendwann mit Maya. Es war eine Zeit des Zuhörens, des Lernens von neuen Begriffen: Erdungstechniken; Entkatastrophisieren; Achtsamkeit. Maya hat mir beigebracht, Sturm zu reden und wie ich antworten muss, damit sie nicht so oft kommen und nicht so hart zuschlagen.

Eines der ersten Dinge, die ich ihr gesagt habe, war, dass mir der Begriff *Panikattacke* so falsch vorkam. »In welcher Hinsicht?«, hat sie gefragt, und ich hab ihr erklärt, dass *Panik* mir als Wort zu schwach erschien, und *Attacke* zu normal war. Ich sagte: »Es sollte nicht danach benannt werden, was es ist, sondern danach, wie es sich anfühlt.« Als Maya fragte, wie es sich denn anfühlte, sagte ich das einzige Wort, das mir einfiel, das auch nur ansatzweise die extrem unkontrollierbare Natur dessen beschreiben konnte, was in meinem Körper geschah: »Wie Stürme.« Maya nickte und sagte: »Dann nennen wir die so«, und da fing ich an, ihr zu vertrauen.

Erschöpft lasse ich mich rückwärts aufs Bett fallen, starre hinauf zu den langsam rotierenden Flügeln des Deckenventilators. Ich frage mich, was das Nichtvorhandensein von Pflastern bedeuten könnte. Ich frage mich, was in aller Welt ich mit diesem Abend anfangen soll, der seit Jahren mein erster Dienstag allein ist. Und ich frage mich, ob es mehr als nur eine Art Sturm geben kann: Manche sehen aus wie Panikattacken und manche wie Kühlschrankkartons.

# SHOSH

*einzelgängerische Amphibien*

Die Geschichten von Frosch und Kröte gehörten zu Shoshs frühesten Erinnerungen. Anders als die zahllosen Figuren, Filme und Plüschtiere, die in einem Wimpernschlag von *Besessenheit* zu *Dachboden* wechselten, blieben Frosch und Kröte über die Jahre unerschütterliche Bollwerke der schwesterlichen Beziehung.

»Ich bin absolut Kröte«, sagte Stevie spät an einem Abend, irgendwann um Thanksgiving letztes Jahr. Aus Familientradition hatten sie sich drei Tage lang vollgestopft, nicht nur mit Essen, sondern auch mit der kompletten Kollektion der Star-Wars-Filme. Jetzt, sozusagen als Rachenputzer, lagen sie auf dem Bett und waren halb durch eine der früheren Staffeln von *Project Runway*.

»Halt die Klappe«, sagte Shosh. »Du bist auf keinen Fall Kröte.«

»Kröte ist next-level thirsty.«

»Genau. Und deshalb bin eindeutig ich Kröte.«

Sie hatten die komplette Lobel-Sammlung und kannten jede Geschichte auswendig, aber am besten fanden sie »Allein«. Darin kommt Kröte eines Morgens zu Froschs Haus, entdeckt, dass Frosch weg ist, und findet einen Zettel von Frosch, auf dem er erklärt, dass er allein sein will. Beunruhigt sucht Kröte nach Frosch, und nachdem sie ihn auf einer Insel mitten in einem Fluss entdeckt, eilt sie schnell zurück und packt ein Picknick aus Butterbroten und Eistee. Als sie wieder zum Fluss kommt, bittet sie eine Schildkröte, sie zu der Insel zu bringen. Die Schildkröte weist Kröte klug darauf hin, dass sie Frosch vielleicht lieber allein lassen sollte, wenn er allein sein will, woraufhin Kröte natürlich total ins Schleudern gerät, und als sie anfängt, Frosch Entschuldigungen zuzuschreien wegen all der nervigen Dinge, die sie immer macht, rutscht sie vom Rücken der Schildkröte in den Fluss. Am Ende erzählt Frosch Kröte, dass er mit einem glücklichen Gefühl aufgewacht war und nur mal einen Moment allein sein wollte, um darüber nachzudenken, wie gut er es hat. Die letzten Zeilen der Geschichte sind: »Die beiden Freunde aßen die durchweichten Brote auf und verbrachten den Tag auf der kleinen Insel. ›Wir sind hier ganz allein‹, sagte Frosch. ›Aber zusammen‹, sagte Kröte.«

»Ich habe mich verpflichtet, dahin zu ziehen, wo auch immer du aufs College gehst«, sagte Stevie. »Das ist echt pathologisch thirsty. Super krötig.«

Sie führten seit Jahren die eine oder andere Version dieses Gesprächs, wie bei einem Videospiel, mit dem man nie fertig ist, nur den Stand speichert und später weitermacht. Und welche Schwester welcher anthropomorphen Amphibie ähnlicher war, war nur wichtig, weil sie sich Tattoos stechen lassen wollten: Die eine Schwester würde Frosch kriegen, die andere Kröte; auf beiden Tattoos würden die Worte *zusammen allein* stehen.

»Frosch ist ein Jedi-Meister«, sagte Shosh und setzte sich im Bett auf. »Ich krieg selbst an guten Tagen kaum einen Luke hin.«

»Wenn George Lucas Superlative verteilt hätte, wäre ich Armseligster Padawan.«

»Wenn Jar Jar ein Kind mit Salacious Crumb hätte und das Kind sich betrinken würde – das wär ich.«

»Ich bin so nutzlos wie Darth Vaders Umhang.«

»Warum hat er überhaupt einen Umhang?«

»Warum hat *überhaupt jemand* einen Umhang?«

»Leute in Umhängen sind Schwindler.«

»Weißt du, wer kein Schwindler ist? Arnold Lobel.«

Shosh küsste zwei Finger und warf sie gen Himmel. »Möge er in Frieden ruhen.«

»Weil er hochwertige queere Inhalte seit 1970 reingeschmuggelt hat.«

Auf dem Bildschirm beendete Heidi Klum gerade einen dreiminütigen Monolog über ihre eigenen Boobs, als Stevie auf Pause drückte. »Denkst du je über den Anfang von ›Allein‹ nach? Frosch wacht auf und beschließt, dass er Zeit auf einer Insel im Fluss verbringen will. Und was ist das Erste, was er tut?«

»Er schreibt einen Zettel«, sagte Shosh.

»War ja nicht so, dass sie *Pläne* gehabt hätten. Aber er hinterlässt eine Nachricht. Weil er genau wusste, dass Kröte vorbeikommen würde.«

Es kam den Schwestern oft so vor, als würden sie sich unter derselben Decke verstecken, ihr Leben in einer geheimen Welt leben, die sonst niemand sehen konnte.

Ein paar Minuten später, während einer von Tim Gunns weinerlichen Standardansprachen, sagte eine Schwester: »Tim Gunn ist total Frosch«, und die andere sagte: »Am froschesten«, und als die Folge vorbei war, ließen sie die nächste starten, und obwohl keine von ihnen es aussprach, wussten sie, dass überhaupt nicht wichtig war, wer Kröte und wer Frosch war; das Einzige, was zählte, war ihre geheime Welt unter der Decke und die Gewissheit, dass sie, auch wenn sie allein waren, zusammen allein waren.

# EVAN

*Nachtapparate*

Und jetzt September. Eine dieser Nächte am Ende des Sommers, wenn Insekten die Tore zur Hölle aufbrechen, als würden sie spüren, dass das Wetter bald umschlägt, ihre Zeit auf Erden fast abgelaufen ist, und noch mal alles rausholen, solange es noch geht.

Ich hab immer gern nachts gezeichnet. Unser Garten ist ein 2000-Quadratmeter-Chaos aus Miniaturbergen, verwilderten Sträuchern und einem Apfelbaum in der hinteren Ecke, alles umgeben von Maschendrahtzaun. Als Dad noch da war, haben wir vier kleine, aber bedeutungsvolle Gegenstände ausgewählt und in einer Zeitkapsel unter dem Apfelbaum vergraben.

Und, Metapher aller Metaphern, der Baum, der eh von Anfang an krank war, scheint jetzt zu sterben.

Ich sitze mit Kopfhörern im weichen Gras – verbunden, aber stumm, weil ich auf Musik warte –, habe den Zeichenblock direkt vor der Nase, und es ist fast, als wäre ich nicht mal da. Wie damals, als Will ein Kleinkind war und wir Kuckuck gespielt haben, und er die Augen zugemacht und gedacht hat, wenn er mich nicht sehen könnte, könnte ich ihn auch nicht sehen. Herbeigewünschte Unsichtbarkeit.

Mom liegt seit zwei Tagen im Bett. Ich leiste ihr Gesellschaft, wenn ich aus der Schule nach Hause komme, und halte ihr Will vom Leib. Wir haben beschlossen, ihm *etwas* zu sagen, aber nicht *alles*. Mom will nicht, dass er sich Sorgen macht, aber wir wollen ihn auch nicht einfach anlügen. Sie hatte die Idee, ihm das Ganze im Zusammenhang mit seiner Mandeloperation zu erklären. »Weißt du noch, wie du dich hinterher gefühlt hast?«, hat sie ihn gefragt. »Der Kopf hat sich gedreht?«

»Das war lustig.«

»Okay, na ja, und als es nicht mehr lustig war, tat es ein paar Tage weh, aber es ging dir gut, oder? Ich muss mich einer ähnlichen OP unterziehen, aber mir wird es auch gut gehen, genau wie dir.«

»Was musst du dir für ein Oweh unterziehen?«, hatte er gefragt und direkt durch sie hindurchgesehen.

Ich hatte ihr einen Blick zugeworfen: *Ich hab's ja gesagt.*

»Ein Oweh, das dich nichts angeht«, hatte sie geantwortet, und ihm dann erklärt, dass sie ihn eine Weile nicht würde hochheben können und ihn nicht normal umarmen, und dann hatte ich *E. T.* gestartet, bevor er noch mehr Fragen stellen konnte.

Mom und ich haben die letzten Tage viel Zeit miteinander verbracht. Abends spielen wir Scrabble in ihrem Zimmer. Ich versuche, sie davon zu überzeugen, ihren Zweitjob in Ramsey's Diner sausen zu lassen. Die Krankenversicherung kommt sowieso von ihrem normalen Job als Rechtsanwaltssekretärin, aber sie sagt, wir brauchen das Geld, und das Restaurant war wirklich verständnisvoll – sie geben ihr so viel Zeit, wie sie braucht –, also bleibt sie da. Wir reden über die Schule, aber ich merke, dass sie mit sich selbst beschäftigt ist, denn gleich danach diskutieren wir über die Scrabble-Gültigkeit des Wortes *gnatzig*, und dann über das Wort *Wort*, und dann über den Unterschied zwischen *Wörtern* und *Worten,* und jetzt sind wir bei ihrer religiösen Erziehung.

»Ich habe die meiste Zeit meiner Zwanziger damit verbracht, Positionen zu beziehen«, erzählt sie mir. »Und die meiste Zeit meiner Dreißiger, wieder davon abzurücken.« Sie sagt, ihr Glaube hätte sich entwickelt, aber deshalb wäre er nicht weniger wahr oder wichtig oder real. Sie sagt: »Es geht weniger darum, sich sicher zu sein, als darum, Trost in der Unsicherheit zu finden«, und ich sage ihr, dass das logisch ist, obwohl es das eindeutig nicht ist, und ich frage mich, ob Sterblichkeit die Sprache beeinflusst, all diese großen Ideen an kleinen Orten, wie eine herausgezoomte Szene von einem Manuskript in Großaufnahme.

Ich will es mal so sagen: Hoffen wir, dass das Wort Gott mit sage und schreibe 6 Punkten im Leben mehr wert ist als beim Scrabble.

Eine Brise im Gesicht.

Die Insekten machen ihr Ding.

Es ist zwei Wochen her seit jener Nacht im Park mit dem stillen Vogel und dem traurigen Lied. Am nächsten Tag hatte ich dasselbe Lied aus Moms Zimmer gehört; dann hab ich andere, ähnliche in der Schule, in Mayas Büro, in meinem Zimmer, im Auto gehört. Vor ein paar Jahren hat Ali mich auf eine

Musikerin namens Julianna Barwick gebracht, und die Lieder erinnern mich an sie: ätherisch und vielschichtig, Gesang wie eine verirrte Plastiktüte im Wind. Meistens sind sie a cappella, nur in einem Lied gibt es ein Klavier, das klingt, als wäre es tief in einer Höhle aufgenommen worden, alles flimmernd und unerreichbar.

Es gibt kein erkennbares Muster für ihr Kommen und Gehen. Wenn Stürme im Bauch anfangen und sich nach außen vorarbeiten, sind die Lieder das genaue Gegenteil, sie fangen im Äther an und arbeiten sich bis in meine Seele. Nicht greifbar, unsichtbar, ärgerlich wie ein Regenguss bei klarem blauem Himmel. Ich versuche, mich zu ermahnen, dass es immer überall Musik gibt: vorbeifahrende Autos, offene Fenster, Handys in Taschen, aber immer, wenn ich mich von einer logischen Erklärung überzeugt habe, höre ich wieder die Musik in ihrer ganzen Unlogik.

Vor ein paar Tagen hatte ich die Idee, das Lied mit dem Handy aufzunehmen, aber als ich die Datei abspielte, war da nur Rauschen. Ich habe die Gesichter der Leute um mich herum betrachtet, nach Anzeichen gesucht, dass sie es auch hören, aber nichts.

An diesen Tagen ist der Schlaf wie ein Flur mit endlos vielen Türen.

Also gehe ich raus, setze mich zu den Nachtinsekten ins Gras und zeichne. Ich mache mir Sorgen um Mom in ihrem Bett, um Will in seinem Karton und das Gehirn in meinem Kopf. Und als das Lied endlich kommt, rollt es gleichmäßig heran, überschlägt sich wie eine Welle in Zeitlupe, die Stimme der Sängerin erhebt sich und brandet sanft und durchnässt mich bis auf die Knochen mit ihrer schaumigen Gischt.

»Was ist mit mir los?«, frage ich den Sommermond.

Als er nicht antwortet, tausche ich sein Licht gegen das Licht eines zugänglicheren Apparats: Ich öffne Apple Music; spiele das erste laute Stück; zeichne, trenne die Verbindung, verschwinde.

# SHOSH

*morgendliche Reflexionen*

Shosh stand im oberen Flur, Zentimeter entfernt von einer Tür, die seit Monaten nicht geöffnet worden war.

Es war entweder zu spät, um es Nacht zu nennen, oder zu früh, um es Morgen zu nennen – nicht, dass das wichtig gewesen wäre. Vor nicht sehr langer Zeit war Liebe durch dieses Haus geflossen wie Blut durch eine Ader. Die Morgen waren bloß ein Beweis dafür gewesen: das geheime Waffelrezept ihres Dads; ihre Mom, die, wie herbeigerufen von der aufgehenden Sonne, in jedes Zimmer geeilt war, die Vorhänge zurückgezogen und ausgedachte Lieder über die herrlichen Möglichkeiten des Tages gesungen hatte. Ihre Welt war nicht perfekt gewesen, aber sie hatte diesen perfekten äußeren Lack gehabt, einen Glanz, der reserviert war für diejenigen mit einem heilen Leben, deren Angehörige gesund und glücklich waren. Damals hatte Shosh so getan, als ob es sie nerven würde, aber Tatsache war, dass sie jetzt jedes Mal, wenn der Wecker klingelte und sie in einem leeren Zimmer aufwachte, jedes Mal, wenn sie eine gefrorene Fertigwaffel in den Toaster steckte, die bleibenden Reste ihres alten Lebens fühlte, ein Haus ohne Liebe, einbalsamiert mit einer Auswahl von enttäuschenden Behelfsmitteln.

Aber irgendwie – irgendwo hinter dieser geschlossenen Tür – war die Wärme der Liebe noch da.

Sie fuhr mit dem Finger über die Schallplatte hinter Glas. Stevie hatte das Album bei einem Garagenverkauf entdeckt, und als Shosh sie darauf hingewiesen hatte, dass sie keinen Plattenspieler besaß, hatte sie gesagt: »Das ist *Pet Sounds*, Shosh. So was lässt man nicht einfach liegen.«

Und doch war es trotz der Bemühungen ihrer Schwester hier. Liegen geblieben.

Mindestens einmal am Tag stand Shosh an dieser Stelle. Sie machte die Tür nie auf. Soweit sie wusste, war sie seit Stevies Tod geschlossen, all ihre Sachen darin genau so, wie sie sie hinterlassen hatte. Dieser Raum war alles, was blieb, nicht nur von einem Haus, das einmal von Liebe erfüllt gewesen war, sondern auch von dem Glauben, dass Liebe das Universum antrieb. Natürlich wusste Shosh es jetzt besser. Obwohl die Schwestern aus Liebe einen Plan geschmiedet hatten, um zusammen zu sein, hatte das Universum diesen Plan benutzt, um sie voneinander zu trennen.

Sie starrte die gerahmte Schallplatte an, das grüne Cover verschwamm, und Shosh sah ihr eigenes Spiegelbild im Glas. »Du hast vergessen, eine Nachricht zu hinterlassen«, flüsterte sie und stellte sich vor, wie ihre Schwester im Jenseits auf einer Insel in einem Fluss saß, allein …

Im Schlafzimmer ihrer Eltern klingelte ein Wecker.

Morgen also.

Shosh hob zum Gruß ihre Aluminiumdose, kippte den Rest des Wodka Light runter und hatte zum ersten Mal seit Langem Lust zu singen.

# EVAN

*die Anhängsel von Gordon Walmsley*

Letztes Jahr am ersten Schultag waren Ali und ich in die Cafeteria gegangen, und sie so: »Ich ertrag diesen Ort nicht«, und ich so: »Yeah«, und sie so: »Es riecht wie eine Hefefabrik, die von einer Familie kotzender Dachse betrieben wird«, und ich sagte: »Na gut«, und also wurde unsere Mittagspause in die Bibliothek verlegt. Da wir beide nicht besonders scharf auf Veränderungen sind, sitzen wir hier über ein Jahr später und essen Mittag unter Literaten, kein kotzender Dachs in Sicht.

Ali hat sich auf eine Couch gefläzt, die Stiefel aufgestützt, als würde ihr der Laden gehören. Sie isst ihr übliches Sonnenblumenbutter-Honig-Sandwich, während sie so tut, als würde sie *In Swanns Welt* lesen. Ich kann mich nicht daran erinnern, wessen Idee es war, aber wir haben schon ziemlich früh beschlossen, unsere Bibliotheksmittagessen dafür zu nutzen, uns durch die hochtrabendsten Bücher zu arbeiten, die wir finden konnten.

»Wie ist dein Buch?«, frage ich und weiß genau, dass sie nicht über die erste Seite hinausgekommen ist.

»Echt cool.«

Ich hab da diese Theorie, dass die einzigen Leute, die Proust wirklich kapieren, es nie zugeben würden. Und, ja, ich weiß, über Geschmack lässt sich nicht streiten, meinetwegen, aber ich weiß auch, dass man ganz bestimmte Fähigkeiten braucht, um Proust nicht nur zu *lesen*, sondern sich an Proust zu *erfreuen*.

»Sag noch mal, worum es da ging?«

Ali beißt einen riesigen Happen ab und sieht mich über das offene Buch hinweg an. »Ich mein, es geht nicht darum, *worum* es geht, oder? Proust steht über so was.«

»Wie Plot und Figuren und so.«

»Genau.«

»Trotzdem. Wenn du es zusammenfassen müsstest …«

»Es ist – *surreal*«, sagt sie und schwenkt ihr Sonnenblumenbutter-Sandwich, als wollte sie damit demonstrieren, *wie* surreal. »Ich würd sagen, es handelt von einem Mann, der eine schwierige Beziehung zu Schlaf hat. Den der Gedanke an Schlaf eigentlich weckt.«

»Interessant.«

»Ist es wirklich«, sagt Ali.

»Das ist genau die erste Seite.«

Proust landet zusammengeklappt auf ihrem Bauch. »Du hast es *gelesen*?«

»Ich hab die erste Seite gelesen. Was gereicht hat, um zu wissen, dass ich nicht mehr lesen will.«

Wenn jemand über das ausgefranste Seil meiner Freundschaft mit Ali stolpern und ihm zu den ersten Ursprüngen folgen würde, dann würde sich dieser Jemand bei einer Turnaufführung der dritten Klassen wiederfinden, in einem schwach erleuchteten Backstage-Bereich während einer kurzen Pause.

Es gibt nur eine schmale Linie zwischen turnenden Kindern und einer Horde wilder Makaken, die an Lianen herumschwingen, und diese Ähnlichkeit fiel Menschen meines Alters in der Regel nicht auf. Ich war noch ein kleiner Kerl, aber ich fing an, solche Dinge zu bemerken, fing an, nach dem *Warum* der Dinge zu fragen. Zum Beispiel der fünfzehn Zentimeter hohe Schwebebalken. Schon mit acht dachte ich *Machen wir das wirklich?* Und es wäre auch okay gewesen, allerdings hatte ich die Woche davor eine perfekte Freiheitsstatue aus Lego gebaut, und es hatte niemanden interessiert. Und da es in dem Alter noch keine Buchstabennoten gab, hatte ich, nachdem ich in jedem Fach Vieren gekriegt hatte (»erfüllt Anforderungen«, was auch immer das hieß), Google benutzt, um meine Tests selbst zu benoten.

Alles As ohne Ausnahme. Ohne Scheiß.

Aber fünf Rollen vorwärts hintereinander? Bingo! Der totale Wahnsinn! Grenzenloses Lob. Ein Publikum aus sonst vernünftigen Erwachsenen verlor seinen gesegneten Verstand. Ich erinnere mich daran, wie ich nach meiner letzten Rolle vorwärts den donnernden Applaus hörte, an mir hinunterblickte und mich fragte, ob es was mit den Leggins zu tun hatte oder den Satinschärpen, die wir alle tragen mussten. Und plötzlich kam mir der Gedanke, dass die obligatorische Bekleidung eine unverhältnismäßige Bedeutung zu haben schien beim Streben nach turnerischen Spitzenleistungen.

Als ich die Bühne nach links verließ, hatte ich den Bullshit durchschaut.

Das Schlimme daran, Bullshit zu durchschauen, ist nicht

der Bullshit selbst, sondern die Angst, dass du der Einzige sein könntest, der ihn durchschaut.

Jedenfalls befand ich mich in einer ziemlich existenziellen Gemütslage, als mein Mit-Makake-in-Leggins Gordon Walmsley sein glänzendes neues Taschenmesser hervorholte und damit prahlte. »Es hat ganz viele Anhängsel«, sagte Gordon immer wieder, als hätte er das Wort *Anhängsel* gerade gelernt und würde es unbedingt benutzen wollen.

Vor diesem Tag wusste ich von Gordon Walmsley nur, dass er monströse Zähne hatte, und sein Atem roch, als hätte Taco Bell sich selbst zu Mittag gegessen, was hieß, dass ich gewöhnlich einen großen Bogen um Gordon Walmsley machte.

»Hey, Evan«, sagte Gordon.

Ich konnte den Burrito an ihm riechen.

»Das musst du dir ansehen«, sagte er.

Wetten, das musste ich nicht.

»Es hat einen Zahnstocher, siehst du?«

Es gibt eine gewisse Verantwortung, die mit dem Durchschauen von Bullshit einhergeht.

»Und eine Nagelfeile, nur für den Fall.«

Es ist nicht so, dass ich Gordon Walmsley schlagen *wollte*; er musste geschlagen werden, und da ich der einzige selbstreflektierte Makake war, lag es an mir, das zu erledigen.

Gordon Walmsley klappte eine der größeren Klingen aus. »Aber das ist mein Lieblingsanhängsel.«

Und ich schlug zu. Direkt auf die Riesenzähne.

Wie sich herausstellte, benötigten diese Zähne einen ziemlich bauchigen Kopf, um sie zu beherbergen, und der brauchte einen dicken Hals, um darauf zu ruhen, und der brauchte einen baumstammähnlichen Körperbau: Gordon Walmsley war sehr groß, und ich wäre erledigt gewesen, wäre da nicht dieser kleine Wirbelsturm von einem Kind aus dem Nichts aufgetaucht und hätte ihn *zur Strecke gebracht*.

Seit damals hat Ali Pilgrim mich öfter gerettet, als ich zählen kann. Sie ist mein Consigliere in Kriegszeiten, eine Naturgewalt, und vor allem meine beste Freundin auf dieser Welt.

Sie wirft *In Swanns Welt* auf ein Beistelltischchen, reißt eine Tüte Chips auf und deutet mit dem Kinn auf das Buch, das ich lese. »Ich dachte, du hasst Melville.«

»Ich hasse *Moby Dick*.« Ich drehe das Cover meines Buchs um. »Das ist *Bartleby*.«

»Und worum gehts da?«

Ich lege das Buch weg und nehme den Zeichenblock in die Hand. »Ich möchte lieber nicht.«

»Du bist echt unmöglich.«

»Nein, ich meine, darum geht's in dem Buch.« Während ich zeichne, erkläre ich die Philosophie der Figur Bartleby, die jedes Mal, wenn ihr Chef sie bittet, etwas zu tun, einfach sagt: »Ich möchte lieber nicht.«

»Ich möchte lieber nicht«, sagte Ali probehalber, und es sind solche Momente, in denen ich an das nächste Jahr denken muss. Egal, ob ich nach Glacier Bay gehe oder nicht, wer weiß, wo Ali landet. So oder so werden wir wahrscheinlich nicht in derselben Stadt wohnen, und ich frage mich, wie es sein wird, sie zu vermissen. Die zerrissenen Jeans und Schnürstiefel, die T-Shirts mit Aufdruck und die Karohemden; dass niemand außer mir sie wirklich kennt, aber sich trotzdem alle leicht in ihre Richtung neigen, wenn sie einen Raum betritt.

Damals in der dritten Klasse, als sie den Burrito-Makaken attackierte, empfand ich die kindliche Entsprechung von *das ist die Richtige*. Als wir älter wurden, begriff ich irgendwann, dass sie nicht auf diese Weise auf mich stand, und dann wurde klar, dass sie nicht auf diese Weise auf Jungs stand, oder vielleicht auf niemanden, und da stehen wir nun, und ich liebe sie sehr. Ich liebe, wie sie *Akte X* und *Schitt's Creek* und alles aus Mittelerde liebt: ungeniert. Ich liebe, wie sie Promi-Klatsch liebt: kompromisslos. Ich liebe, wie sie das Chili's liebt: hungrig. Vor allem liebe ich, wie sie sich selbst liebt: bedingungslos. Eine beste Freundin wie sie zu haben, ist an gewisse Besitztümer gekoppelt, eine kleine Sammlung von Erkenntnissen, die man wie Glücksbringer an einem Armband trägt. *Ich kenne dich. Hier ist das Armband, das es beweist.*

Ich denke meine besten Gedanken, wenn ich zeichne, selbst wenn die Zeichnungen selbst nach nichts aussehen. »Hier«, sage ich, reiße die Seite aus dem Zeichenblock und gebe sie ihr. »Damit du dich an mich erinnerst.«

Ali nimmt sie und lächelt sofort. Es ist eine Skizze von uns beiden in einer Cafeteria, umgeben von kotzenden Dachsen.

»Evan.«

»Ali.«

»Du weißt, dass du mir alles sagen kannst, ja?«

»Ja?«

»Gut. Weil du dir schon den ganzen Nachmittag zwanghaft die Haare hinters Ohr schiebst.«

»Was?«

»Es ist dein Tell.«

»Es ist nicht mein *Tell*. Ich mach das immer.«

»Du machst das selten, es sei denn, etwas beschäftigt dich.«

Das ist wahrscheinlich das Problem, wenn man das Armband von jemandem hat – die haben auch deins.

»Ich hab nur an nächstes Jahr gedacht«, sage ich. »Wie sehr ich das hier vermissen werde.«

»Nein, das ist es nicht.« Die übliche Sanftheit in ihren Augen wird durch Verbissenheit ersetzt. »Seit dieser Nacht im Park. Ich glaube, mein Unterbewusstsein hat deine Weirdheit seitdem aufgezeichnet, die Information aber erst jetzt an mein Gehirn weitergegeben.«

»Dein Unterbewusstsein sollte seine Quellen überprüfen.«

»Du warst stellenweise distanziert seit Heathers Party.«

»Stellenweise distanziert?«

»Lass das.«

»Was?«

»Das. In aller Ruhe Teile meines Satzes zu wiederholen, weil du nicht auf die – komm schon. Sag es einfach.«

»Hör zu, Ali –«

»Ha!« Sie zeigt auf meine Hand, die zu meinem großen Leidwesen mitten dabei ist, mir Haare hinters Ohr zu schieben. »Wir waren bei Heather«, sagt sie. »Du hattest ein halbes Dutzend Wodka Tonics –«

»*Es waren drei.*«

»– Heather hat Scheiße über deinen Bruder geredet. Du bist gegangen, ich bin dir gefolgt, du hast dich im Park übergeben ...« Ali hält inne, denkt nach. »Was hab ich übersehen?«

»Ali.«

»Du sagst es mir sowieso irgendwann.«

Zuerst Maya, jetzt Ali, und ich weiß nicht, *warum* es so

schwer ist, das mit Mom laut auszusprechen. Fast als – als gäbe es eine Chance, dass es nicht real ist, solange ich die Neuigkeiten für mich behalte.

»Evan ...«

»Ich höre Lieder«, sage ich, als würden sich die Wörter in einen Fahrstuhl quetschen, bevor die Türen zugehen. Und bevor mein Gehirn noch analysieren kann, wie ich die Lieder benutze, um von Mom abzulenken, fange ich mit der Nacht im Park an, dass ich da das erste Lied gehört hab und seitdem überall, wo ich hingehe, ähnliche Lieder höre, eine Dichterin mit Flüsterstimme, die mir Geheimnisse ins Ohr singt.

»Das ist abgefuckt«, sagt Ali.

»Vielen Dank.«

»Hörst du jetzt ein Lied?«

Pause, lauschen ... »Nein.«

Sie nickt langsam, bedächtig. »Nun. Nicht dass du zusätzliche Gründe gebraucht hättest, dich zu betrinken, angesichts der unangemessenen Molekülansammlung namens Heather fucking Abernathy. Aber wenn ich ein Lied hören würde, das niemand außer mir hört, würde ich wahrscheinlich auch versuchen, es irgendwie zu übertönen.«

Ich kläre Alis Missverständnis nicht auf. Umso besser, wenn die Lieder die Schuld für mein Betrunkensein abkriegen.

»Worum geht's darin?«, fragt Ali.

»Sie sind ziemlich ruhig und hallig. Eins ist über Bäume im Schnee, glaub ich. Aber ich weiß es nicht wirklich.«

Ali lässt das Gesicht in die Hände sinken.

»Was?«

»Du hörst Lieder, die sonst niemand hört, und hörst nicht

mal zu? Ist dir mal der Gedanke gekommen, dass du die aus einem Grund hörst? Dass das Universum oder Gott oder ein großes Auge im All oder *du selbst* in einer anderen Realität —«

»Ich selbst in einer anderen Realität?«

»Ist dir mal der Gedanke gekommen, dass dir jemand etwas sagen will?«

Ich hatte die Möglichkeit erwogen, dass Ali glaubt, ich hätte den Verstand verloren. Nicht erwogen hatte ich die Möglichkeit, dass sie mich herunterputzt, weil ich nicht *zuhöre*. Ich erkläre ihr, dass ich nur Rauschen empfange, wenn ich versuche, die Töne mit Sprachmemos aufzunehmen, aber sie starrt mich mit verschränkten Armen an. Zum Glück klingelt es, bevor sie mir weiter Vorhaltungen über meinen glanzlosen Umgang mit der Situation machen kann.

Wir verlassen die Bibliothek, treten in die Meeresströmung aus Geplapper und Bewegung auf dem Flur.

»Glaubst du, ich bin verrückt?«

Ali dreht sich zu mir um, legt mir beide Hände auf die Schultern, und plötzlich ist es, als wären wir in unserer eigenen kleinen Kapsel im Ozean. »Ich glaube, du solltest die Texte aufschreiben. Find raus, was die Lieder zu sagen haben, bevor du dir den Kopf zerbrichst, wo sie herkommen. Und wer weiß. Vielleicht lösen sie die Rätsel des Universums. Nichts ist unmöglich.«

»Abgesehen vom Katamarangutan.«

Ali hält mir den erhobenen Zeigefinger vors Gesicht. »Nur weil es den Katamarangutan bisher nicht gab, heißt es nicht, dass er unmöglich ist.«

»Ali.«

»Ich meine, allein die Flügelspannweite —«

»Alison Pilgrim.«

»Glaubst du nicht, ein Orang-Utan könnte ein seetüchtiges Schiffsfahrzeug führen?«

»Du hörst nicht, was du sagst, oder?«

»Nehmen wir an, du bist im Urlaub in irgendeinem Luxusresort, und du mietest einen Katamaran für einen angenehmen Nachmittag auf See.«

»Das klingt nicht sehr nach mir.«

»Sag mir, du würdest nicht auf der Stelle *sterben*, wenn du an Bord gehen und feststellen würdest, dass ein Orang-Utan der Kapitän des Schiffs ist.«

»Wahrscheinlich würden wir alle sterben.«

Wir wenden uns voneinander ab, verlassen unsere Kapsel, trotzen der reißenden Strömung.

»Die Geistermusik ist alles?«, fragt Ali. »Das ist es, was du mir nicht erzählt hast?«

Ich werde mich nie verstehen. Warum ist es so schwer, mit Leuten, die dich sehen, über wichtige Dinge zu reden. Aber vielleicht ist es *deswegen* schwer. Vielleicht wäre es leichter, Maya von den Liedern zu erzählen, wenn sie nicht so gut darin wäre, mich zu sehen. Vielleicht wäre es leichter, Ali von meiner Mutter zu erzählen, wenn sie mich nicht so gut kennen würde.

»Ja«, sage ich und frage mich, wie es sein wird, Ali anzulügen. »Das ist das Einzige, was ich dir nicht erzählt habe.«

All diese Worte, wie zerbrochenes Glas in meinem Mund.

# SHOSH

*what J'd be without you*

Das Klavier war kleiner, als sie es in Erinnerung hatte. Und staubiger.

Shosh saß allein in der hallig-stillen Aula und strich leicht mit den Fingern über die schwarzen und weißen Tasten. Sie konnte sich noch so sehr verstellen, die Wahrheit war, dass sie es vermisst hatte. Alles. Vom Klavier über die Garderobenräume zum Chorraum – sogar diesen herben Duft der Angst: den Geruch der Bühne. Wenn sie die Augen schloss, spürte sie das Zwicken der Panik, die in den langen Sekunden vor dem Öffnen des Vorhangs einsetzte, und die Welle der Erleichterung, wenn es endlich losging.

In diesem Moment ergab das Leben Sinn.

Theaterspielen war immer das einzige Schwierige gewesen, das ihr Spaß gemacht hatte. Als Kind hatte sie mit Kartons und Vorhängen aus Decken im Esszimmer improvisierte Bühnen errichtet und ihre Lieblingsfilme mit sich selbst in der Hauptrolle neu interpretiert. Mit der Zeit verwandelte sich das

Nachmachen in schöpferisches Genie, und Shosh führte eigene Einakter auf, oft mit Stevie oder einem ihrer Eltern am Klavier, die den auch von Shosh geschriebenen Soundtrack spielten. *Ein Naturtalent*, sagten alle, und also war es natürlich ein Talent, das kultiviert werden musste: Privatunterricht am Wochenende, Bücher über Methoden und Geschichte des Theaters, Vorsprechen für die jeweilige Frühreifes-Kind-Figur im Community Theater, und als Shosh in die Highschool kam, war ihr Stern schon weit auf dem Weg nach oben.

Sie war immer selbstbewusst, getrieben, zielstrebig gewesen. Mit Ms Clarks Hilfe lernte Shosh diese Zielstrebigkeit zu kanalisieren, ohne sich davon verschlingen zu lassen. Sie war Aschenputtel in *Into the Woods*, Belle in *Die Schöne und das Biest* und trat in einem halben Dutzend anderer Musicals auf, bis sie irgendwann etwas begriff: Sie konnte singen, ja, und tanzen, klar, aber Schauspielen liebte sie am meisten. Andere Leben leben. Sie spielte in *The Wolves* und *Hexenjagd*. Sie las Stanislawski und Uta Hagen, und bei all dem lernte Shosh, so tief in eine Figur einzutauchen, dass es sich nicht länger wie Theaterspielen anfühlte, sondern einfach wie leben.

Die Kultivierung ihres Talents führte zu einer unvermeidlichen Frage: *Welches College?* Nach unzähligen Stunden Studienpläne recherchieren, Erfahrungsberichte durchforsten und Kriegsrat mit Ms Clark fiel die Wahl eindeutig auf die University of Southern California. LA war einschüchternd, aber nicht mehr so sehr, seit sie wusste, dass ihre Schwester ihr im Jahr darauf folgen würde. Stevie studierte Kunstgeschichte in Chicago und belegte Sommerkurse, um den Abschluss ein Jahr früher zu machen und dann nach LA zu Shosh zu ziehen.

»Du solltest nicht hier sein«, sagte eine Stimme.

Shosh wirbelte herum und entdeckte hinter sich im Gang ein Mädchen mit blauen Haaren, High-Top-Chucks und krass verschränkten Armen. Die Aula war leer gewesen, als Shosh angekommen war, und sie hatte niemanden reinkommen hören, war aber auch in sich selbst versunken gewesen.

Shosh holte ihren Flachmann raus, nahm einen Schluck, sah sich um. »Weißt du – ich dachte, es ist nur das Klavier. Aber der ganze Raum ist kleiner.«

»Als was?«, fragte das Mädchen.

»Als ich ihn in Erinnerung habe.«

Das Mädchen legte den Kopf schief, als wollte sie Shosh aus einem anderen Blickwinkel betrachten. »Wie bist du hier reingekommen?«

»Woher weißt du, dass ich nicht hier sein sollte? Vielleicht bin ich 'ne Vertretung.«

Der Blick des Mädchens wanderte zu der Wand neben der Treppe, die auf die Bühne führte, wo nicht weniger als vier Bilderrahmen hingen, alle mit Fotos oder Schulzeitungsausschnitten des Juwels des Iverton-High-Theaterkurses, Shosh Bell höchstpersönlich.

»Du bist in die *USC* reingekommen«, sagte das Mädchen. »*Und bist nicht hingegangen.*«

»Das ist korrekt.«

»Ich mein – sie haben dich *genommen*.«

»Jepp.«

»Und du hast *Nein, danke* gesagt.«

»Eigentlich hab ich gar nichts gesagt.«

Das Mädchen blickte zum Ausgang, und Shosh kam der

Gedanke, dass sie wahrscheinlich nur begrenzt Zeit hatte. Sie krempelte sich die Mantelärmel hoch und wandte sich wieder dem Klavier zu. Es wirkte vielleicht kleiner, aber es fühlte sich genauso an wie immer.

»Also … wenn du nicht auf die USC gehst«, fragte das blauhaarige Mädchen, »was machst du dann?«

Shosh legte die Hände auf die Tasten, schloss die Augen. »God only knows«, sagte sie und fing dann leise an, das Lied mit diesem Titel zu spielen. Sie kannte es gut, hatte es oft mit Stevie gesungen. Bei der ersten Strophe breitete sich ihre Stimme in der Aula aus wie Tinte in Wasser, langsam und rein, und es fühlte sich an, als hätte sie diesen Raum nie verlassen, einfach immer weitergemacht und ein Lied, ein Stück, einen Dialog nach dem nächsten aufgeführt.

Irgendwo hinter ihr fiel die Tür der Aula zu, aber sie hörte nicht auf zu singen. Und als sie die Tür wieder aufgehen hörte – und wieder und wieder –, sang sie nur lauter, nicht länger rein, sondern durchdrungen von Bedauern und Hunger und den tausend namenlosen Furien des Verlusts. Sie schmetterte das Lied bis hoch zur Traverse, versetzte den Raum in hypnotisches Staunen, und auch wenn sie die Menge nicht sehen konnte, die sich hinter ihr versammelt hatte, erkannte sie ein gebanntes Publikum, wenn sie eins hatte. Und so sang sie dieses Lied, das gleichzeitig eine Frage und eine Antwort war, dieses Lied, das sie und ihre Schwester geliebt hatten, auch wenn sein Potenzial ihnen Angst gemacht hatte. Und sie fragte sich nicht mehr, was sie ohne Stevie sein würde. Sie wusste genau, was aus ihr geworden war.

# EVAN

*221b*

»Meinst du das ernst?«, fragt Sara.

»Das *kannst* du nicht ernst meinen«, sagt Yurt.

Sara sieht Ali an. »Er macht Witze, oder?« Dann zu mir: »Du machst Witze.«

»Witzig, witzig«, sagt Yurt.

»Nein«, sage ich. »Ich meine, ja, ich meine es ernst. Und nein, ich mache keine Witze.«

Sara lehnt sich zurück und verschränkt die Arme; Yurt sieht aufmerksam zu und macht sie ganz genau nach.

Es ist ziemlich schwierig, in den Kreatives-Schreiben-Kurs reinzukommen. Nicht aus Gründen, die mit dem Schreiben zu tun hätten, sondern weil alle wissen, dass Mr Hambright scheißegal ist, wie die Dinge üblicherweise gehandhabt werden. »Vertrauen«, hatte er am ersten Kurstermin in seinem fesselnd monotonen Ton gesagt. »In diesem Kurs werden wir über Methode, Formate, Stimmen reden. Ich bin nicht hier, um Sie zu babysitten. Ihre Klausurergebnisse sind mir egal. Wirklich egal. Sie sind junge *Erwachsene*, und ich *vertraue* darauf, dass Sie die Arbeit so gut machen, wie Ihnen möglich ist. Und sollten Sie das nicht tun, fliegen Sie aus dem Kurs.«

Alle paar Monate munkelte man, Mr Hambright sei kurz davor, seinen Job zu verlieren, man war sich einig, dass der Mann einfach zu viel *Sinn* ergab.

»Wie geht es den Girls heute?«, fragt Hambright und schlendert zu unserer kleinen Runde herüber.

In der ersten Woche des letzten Schuljahrs hatten wir vier – Ali, Sara, Yurt und ich – eine Mash-up-Fanfiction mit dem Titel *Die Golden Gilmore Gossip Girls* geschrieben. Das hatte uns ein leises Lachen von Hambright eingebracht (das höchste Lob) und einen Spitznamen, der hängen geblieben war: Seitdem waren wir nur noch »die Girls«.

Wir geben Hambright nacheinander eine kurze Zusammenfassung, wo wir bei unserer jeweiligen Geschichte stehen, und benutzen wohlweislich Hammy-erprobtes Blabla (*den Entwurf köcheln lassen* und *sich mit den Notizen auseinandersetzen*), und dann sagt Sara zu meiner endlosen Bestürzung: »Evan ist schon ewig in dasselbe Mädchen verliebt und zu feige, es ihr zu sagen.«

Ich starre sie an. »Ein wirklich geschickter Themenwechsel, Sara.«

»Das ist die Wahrheit«, sagt sie, und Yurt fällt ein: »Wahrheit tut weh, yo.«

Jason Yurt ist ein Gesprächsparasit, schnappt sich jeden gesunden Wirtssatz in Reichweite und hängt sich dran. Allerdings hat er eine wahre Kunst daraus gemacht. In weniger fähigen Händen würde so was wehtun, aber es ist irgendwie sein Ding, so sehr, dass die ganze Schule ihn dafür liebt.

Außerdem sind wir alle ziemlich davon überzeugt, dass er leicht in Sara verliebt ist.

»Wir sollen hier unser Schreiben kritisieren«, sage ich im Versuch, das Ruder rumzureißen. »Nicht unser Leben.«

»Zwei Seiten derselben Medaille«, sagt Hambright. »Jetzt wünscht man sich, es wäre anders, aber Zurückweisung in der Liebe ist eine starke Motivation hinter vielen bedeutenden Werken. Zurückweisung führt zu Isolation, und damit ist man im Land von Hemingway und den Brontës. Nicht zu vergessen Cervantes, von dem man im Allgemeinen annimmt, er hätte im Gefängnis gesessen, als er *Don Quijote* erdacht hat.«

»Kopf hoch«, sagt Sara. »Du kannst dich immer noch aufs Gefängnis freuen.«

»Knastbruder, yo.«

Hambright, Hände in den Taschen, fragt todernst: »Dürfte ich fragen, wer die unwerte Adressatin von Mr Tafts soeben erwähnter unerwiderter Liebe ist?« An diesem Punkt sind alle kurz davor loszulachen.

»Darf ich kurz —« Ich setze die Kapuze auf und ziehe die Bändsel fest. »Na also.«

Ali fängt damit an, wie ich mich in der fünften Klasse in Sherlock Holmes verliebt hatte. »Du hattest dich als Teletubby verkleidet, wenn ich mich richtig erinnere«, sagt sie.

»*Ich war Sonic the Hedgehog*«, sage ich, und alle lachen los, während mich die Erinnerungen an jenen schicksalhaften Tag überkommen, als Riley Conway an Halloween als Sherlock Holmes in die Schule kam und sich noch dazu richtig Mühe gegeben hatte mit einem karierten Anzug, einer authentischen Deerstalker-Mütze und einer Pfeife. Wie sich herausstellte, fand mein präpubertäres Herz (neben anderen Körperteilen) dieses Maß an Bekenntnis zu seinem fiktionalen Helden absolut unwiderstehlich. In den Jahren danach hatte ich vielleicht oder vielleicht nicht einen wiederkehrenden Traum, in dem ein erhitzter Streit zwischen Holmes (Riley) und Watson (meine Wenigkeit) zu einer unvermeidlichen sexuellen Begegnung führt, die man wohl am ehesten als ein hitziges Konglomerat aus kitschigem Steam-Punk-Traum-Sex bezeichnen könnte.

An jenem Tag in der Schule hatte unser Lehrer der fünften Klasse ihren Einsatz gelobt, während ich nur beten konnte, dass sie das gebrauchte Sonic-the-Hedgehog-Kostüm nicht bemerkt hatte, das sie verstohlen von hinter dem Periodensystem aus anglotzte.

Ich war damals und heute ein aussichtsloser Fall.

»Sprung zu einer Party vor drei Wochen«, sagt Sara und übernimmt die Zügel des Gesprächs. »Cervantes ist da, er und Sherlock kommen sich in einer Ecke näher —«

»Wir sind uns nicht *nähergekommen*«, sage ich, aber mein Kopf steckt in einem Kapuzen-Kokon, und ich weiß nicht, ob mich jemand gehört hat.

»— als er plötzlich aufsteht und *verschwindet*«, sagt Sara. »Er lässt nicht nur seinen Schwarm hinter sich, sondern die ganze Party. Bis *jetzt* hatte ich *angenommen*, dass Evan abgehauen ist, weil Riley seine Avancen zurückgewiesen hat.«

»Lauf, mein Hündchen«, sagt Yurt.

»Ich nehme an, das ist nicht passiert?«, sagt Hambright.

»*Er hat sie nie gefragt*«, sagt Sara.

»Zu Evans Verteidigung«, fällt Ali ein, »und aus Gründen,

die wir in diesem Moment nicht weiter erläutern werden: Er musste weg von dieser Party.«
   Heil dir, Ali Pilgrim! Heldin der Nation!
   »*Allerdings*«, sagt sie …
   Nieder mit Ali Pilgrim! Verräterin!
   »Ich glaube, er findet Riley nicht mal richtig gut.«
   Ich kann praktisch *fühlen*, wie Sara sich vorbeugt. »Erzähl weiter«, sagt sie, und Yurt so »Los, sag schon«, und, ganz ohne Scheiß, der gute alte Hammy zieht sich geräuschvoll einen Stuhl heran und setzt sich, und ich hab mich inzwischen so weit in die Tiefen meiner Kapuze zurückgezogen, dass ernsthaft die Gefahr besteht, dass der Stoff reißt.
   Ali fängt an mit einer psychologischen Abhandlung darüber, dass Riley nur ein Platzhalter für irgendein Fantasiemädchen ist, das nicht existiert. »Ein idealer Geist«, sagt Ali. »Und weil sie nicht real ist, kann keine sie übertreffen.«
   Eine Sekunde lang ist es still; Hambright räuspert sich, senkt die Stimme. »Ich werde jetzt etwas sagen.«
   Die Atmosphäre verändert sich in nur einer Sekunde; ich komme aus der Kapuze wie ein schüchternes Murmeltier, und als ich mich umsehe, weiß ich, dass ich es nicht als Einziger bemerkt habe. Es geschieht etwas.
   Hambright lacht leise, und ich könnte schwören, dass er *idealer Geist* murmelt, bevor er fortfährt: »Solange du ein Kind bist, sind deine Freunde Zufall. Kids in deiner Klasse, Kids in der Nachbarschaft, Kids, deren Eltern mit deinen Eltern befreundet sind, Leute, die sich zufällig in derselben Umlaufbahn befinden. Aber dann wird man älter. Und man sieht sich um und bemerkt, dass sein Freundeskreis viel kleiner ist als früher.

Das ist nicht schlecht, es ist nur – absichtsvoller. Weniger Leute in der Umlaufbahn. Ich sage das nicht vor dem ganzen Kurs, weil es nicht auf jeden zutrifft. Aber ich glaube, es gibt einen guten Grund, warum Sie befreundet sind. Es ist kein Zufall, und das ist selten in Ihrem Alter. Vergessen Sie das nicht, okay?«

Eine andere Gruppe braucht Hilfe. Hambright steht auf, lächelt, geht weg.

»Und zack«, sagt Ali, »so geheimnisvoll, wie er aufgetaucht ist ...«

Wir sehen zu, wie er, Hände in den Taschen, den Raum durchquert und der anderen Gruppe in aller Ruhe etwas erklärt.

»Was ist das bloß an ihm?«, fragt Sara, und Yurt sagt in einer überraschenden Demonstration von Autonomie: »Er sät.«

Die Ehrfurcht, die wir alle eben noch Hammy entgegengebracht habe, richtet sich jetzt auf Yurt.

»Weißt du, du machst nicht immer Sinn«, sagt Sara. »Aber wenn, dann echt voll.«

Yurt spürt den besonderen Moment, beschließt, ihn zu nutzen, verschränkt die Hände hinter dem Kopf und lehnt sich so weit zurück, dass er umkippt.

»Wie gewonnen, so zerronnen«, sagt Ali, und dann reden wir übers College, Zukunftspläne, ein Gespräch, das ich im Schlaf aufsagen könnte: Sara versucht es an der DePaul; ein Freund von Yurts Dad arbeitet in der Zulassungsstelle bei der Duke, also drücken die Yurts Daumen und große Zehen; Ali ist still bei dem Thema, und wie immer nehmen wir an, dass sie irgendwas Künstlerisches machen wird, vielleicht Film oder Fotografie. Als ich dran bin, fragen sie, wie meine Bewerbung bei Headlands läuft, und ich sage, dass es zu früh ist (*wahr*), dass ich mir nicht ganz sicher bin, ob ich einen Auslandsaufenthalt in Alaska machen will (*falsch*), und dass ich, selbst wenn, wahrscheinlich eh nicht das gewisse Etwas habe, um für das Glacier-Bay-Programm angenommen zu werden (reell), »und selbst wenn sie mich nehmen, krieg ich wahrscheinlich nicht die nötige finanzielle Beihilfe, also …«

Die drei starren mich an, und ich köchele in einem Eintopf aus brennendem Selbstvertrauen.

Zum Glück klingelt es, und ich werde vor weiterer Schmach gerettet. Wir packen unsere Sachen zusammen, gehen zur Tür, und sobald wir Hambrights Kursraum verlassen, ist klar, dass irgendwas vor sich geht. Die Flure brummen vor Betriebsamkeit, alle hasten in dieselbe Richtung. Als Ali fragt, was los ist, sagt irgendein vorübergehendes Kind: »Shosh Bell ist in der Aula«, und jetzt hetzen wir mit dem Rest der Menge den Flur hinunter. Sobald wir die Aula betreten, hört der Lärm auf, das Brummen aus den Fluren lässt nach, alle blicken nach vorn.

Ich habe nie ein Wort mit Shosh Bell gewechselt, aber ich kenn sie vom Sehen aus den Fluren und aus eigentlich jedem Schulmusical. Jetzt auf der Bühne spielt sie megakrass Klavier und singt aus vollem Hals. Ich kenne das Lied, aber ich habe es noch nie so gehört: als hätte das Lied die Sängerin betrogen, und sie würde sich jetzt rächen.

»Ich würde *töten* für ihre Haare«, flüstert das Mädchen neben mir. Unter den Umständen ist es komisch, das zu sagen, aber ich versteh's irgendwie.

Shosh Bell sieht aus wie eine kontrollierte Explosion: Sie trägt einen übergroßen karierten Mantel, Stiefel, ein T-Shirt mit Ufos; ihre Haare sind rebellisch, lang und dunkel neben blasser weißer Haut. »*Chic*-wild«, flüstert Sara, und Yurt murmelt: »Man weiß nicht, *was* diese Haare als Nächstes tun werden.«

Auf der anderen Seite der Bühne, als würde sie auf der Lauer liegen, steht die Theaterlehrerin im Schatten eines Vorhangs und sieht mit einer Miene zu, die ich nicht wirklich erkennen kann.

Solange das Lied dauert, stehen wir dort wie hypnotisiert, und dann ist es irgendwann vorbei, und in der hallenden Stille der Aula fängt jemand an zu klatschen. Jetzt klatschen alle, und als Shosh aufblickt, kann ich sogar von hier ihre Augen sehen: blau wie Polareis, hervorstechend und traurig. Es ist nicht das Gesicht von jemandem, der gerade einen meisterhaften Auftritt zu Ende gebracht hat; es ist das Gesicht von jemandem, der auftaucht, um Luft zu holen.

# SHOSH

*die Motte*

»Also …«

»Klar«, sagte Shosh. »Das war total normal.«

Ms Clark nickte. »Zu hundert Prozent.«

Zusammen saßen sie am Bühnenrand und blickten über das Meer leerer Plätze. Eher als ein zweites Zuhause war dies ihre Zuflucht, der Ort, wo sie zahllose Stunden damit verbracht hatten, andere Leben zu leben.

»Haben Sie keinen Unterricht?«

»Och«, sagte Ms Clark. »Die Kids kriegen das schon hin.«

»Dann ist das Ihre Mittagspause?«

Ms Clark holte einen Apfel aus der Tasche und biss ein großes Stück ab.

Shosh lächelte und schwieg. Sie würde nicht diejenige sein, die die Party eröffnete.

»Was machst du hier, Shosh?«

Was machte sie hier? Sie hatte zu Hause im Flur gestanden, die Beach-Boys-Platte an der Zimmertür ihrer Schwester angestarrt und plötzlich das Bedürfnis verspürt zu singen. Aber anstatt zur Gitarre in ihrem Zimmer oder zum Klavier nach unten zu gehen, war sie hergekommen.

»Ich weiß es nicht«, sagte Shosh.

Ms Clark biss noch einmal ab, kaute, sah auf den Apfel hinunter. »Wir haben diesen Sommer eine Terrasse gebaut. Oder eine bauen *lassen*. Es gibt eine Feuerstelle und einen Laubengang, an dem überall kleine Lichter hängen. Es ist friedlich, du solltest es dir mal ansehen. Eines Abends letzte Woche hat Charlie die ganzen Motten bemerkt, die direkt in die Lichter fliegen. Du weißt, dass er lispelt? ›Die Inßekn ham ßich vabrannt, Mama.‹« Ms Clark lächelte, so wie Eltern über die harmlose Niedlichkeit ihres Nachwuchses lächeln. »Natürlich hat er gefragt, *warum* sie direkt ins Licht fliegen, und natürlich habe ich keine Ahnung. Also schlage ich es nach. Es heißt *Phototaxis*. Die Reaktion von Organismen auf Licht. Kakerlaken sind negativ phototaktisch – sie laufen davor weg – Motten sind positiv phototaktisch. Niemand weiß, warum, aber eine Theorie hat mit der Mottenwanderschaft zu tun.«

»Motten wandern?«

»Manche. Und sie benutzen den Mond als Navigationshilfe. Ihre ganze Orientierung hängt davon ab, wie hell der Himmel im Vergleich zum Boden ist. Während die Erde sich dreht, bewegt sich der Mond über den Himmel, und die Motten justieren entsprechend ihre Flugwege. Aber sie können nicht zwischen dem Licht einer Lampe und dem Mondlicht unterscheiden, in solchen Momenten wird die Lampe also ihr Mond. Wenn sie dagegenfliegen, führt das zu völliger Orientierungslosigkeit.«

Ms Clark biss noch einmal von ihrem Apfel ab und blickte in

die Dunkelheit des Zuschauerraums. »Ich erinnere mich an ein Mädchen. Selbstbewusst, ehrgeizig, fleißig. Lebendig. Sie hatte nicht viele Freunde, aber denen, die sie hatte, war sie treu. Wenn sie auf der Bühne weinte, hat man auch geweint. Wenn sie lachte, lachte man. Sie wusste, was sie konnte, und wusste, was es kostete. Wusste, wohin sie wollte und wie sie da hinkommen würde. Dieses Mädchen hatte einen sehr gut justierten Flugweg.«

»Ich bin also die Motte, wollen Sie sagen. Und das Theater ist mein Mond?«

Ms Clark betrachtete den Apfel in ihrer Hand, und Shosh wusste, was sie sagen würde, bevor sie es sagte. »Stevie war dein Mond, Shosh. Und auf die Gefahr hin, die Metapher richtig breitzutreten, du fliegst direkt auf die Lampe zu.«

Shosh fühlte das kalte Metall des Flachmanns in ihrer Manteltasche und fragte sich, wie lange es noch dauern würde, bis sie ihn endlich austrinken konnte. *Ich könnte gehen*, dachte sie, *den Tag vertrinken*, aber dann legte Ms Clark den Arm um sie, und sie lehnte den Kopf an die Schulter ihrer Lehrerin. Sicher unter den Fittichen des Schwans.

»Ich vermisse diesen Ort«, sagte Shosh. »Aber ich wünschte, ich würde es nicht tun.«

»Könnten wir uns nur aussuchen, was wir vermissen.«

Shosh hatte einmal gelesen, dass die Natur des Theaterspielens ein Tausch war. Der Schauspieler oder die Schauspielerin gab kleine Stücke seiner Seele, und dafür gab das Publikum ihm oder ihr das Einzige, was wirklich wichtig war: seine ganze Aufmerksamkeit. Vielleicht war sie deshalb an diesen Ort zurückgekommen. Um zu sehen, ob noch etwas von ihr übrig war, das sie geben konnte.

»Was ist Ihr Mond, Ms Clark?«

»Drogen, eindeutig. Drogen nehmen, Drogen verkaufen, alles, was mit Drogen zu tun hat.«

Im Cocktail der Existenzkrisen war Lachen ein belebender Bestandteil.

»Jetzt mal wirklich.«

»Wirklich?« Ms Clark seufzte. »Unterrichten. Hätte ich nie gedacht, als ich jünger war, aber so ist es.«

Eine Minute oder mehr verging so, die beiden saßen auf der Bühne, und Shosh fragte sich, wie oft dieser Ort sich neu erfinden könnte: Klassenraum, Zuhause, Zuflucht, Leuchtturm.

»Eine Sache über sie?«, sagte Ms Clark.

Shosh atmete ein, und aus einer Sache wurden sieben, Erinnerungen an Stevie vervielfachten sich wie die ersten Sterne des Abends.

# EVAN

*der Big Bang*

»Mit dem jetzt und der Nummer bei Heather diesen Sommer ist es ein ziemlich offensichtlicher Hilfeschrei«, sagt Sara.

»SOS, yo.«

Nach Shoshs improvisiertem Auftritt fragt sich die ganze Schule eine Version derselben Frage: Wie war das Mädchen, das die Schule letztes Frühjahr mit Auszeichnung abgeschlossen hatte – nach allem, was man hörte, theaterbegeistert, entschlossen, im Herbst auf die USC zu gehen, worauf Ruhm und Reichtum folgen würden –, vielleicht high, aber garantiert betrunken in der Aula gelandet, um dort »God only knows« von den Beach Boys zu schmettern?

»Welche Nummer bei Heather?«, fragt Ali.

»Ach, komm. Ich weiß, ihr seid früher gegangen, aber der Scheiß war überall auf Social Media.« Sarah erzählt, wie Shosh Chris Bonds Pick-up *in* Heather Abernathys Pool gefahren hat. Sie ergänzt die Story mit fotografischen Beweisen, gepostet von verschiedenen Partybesuchern, die dabei waren, und jetzt holen alle ihr Telefon raus, gehen auf Shoshs Profil und reden über ihre allumfassende Badassigkeit. Ali sagt, ihr Mantel sieht aus wie der, den Kaley Cuoco in *The Flight Attendant* anhatte. Yurt weiß nicht, wer Kaley Cuoco ist, und als Sara sagt, »Aus *The Big Bang Theory*«, prägt Yurt einen neuen Spitznamen für Shosh, der letztlich nicht landet: Big Bang Cuoco.

Das ist das, was passiert, aber ich nehme es kaum wahr. Ich nicke und lächle, aber ich denke nicht an die Unterbrechung des heutigen Tages oder das schöne Mädchen, das ihn unterbrochen hat.

Ich denke an einen anderen Auftritt, der gleich losging, als Shoshs vorbei war.

Bis jetzt hatte die mysteriöse Sängerin sich damit zufriedengegeben, im Hintergrund zu bleiben, leise und zurückhaltend. Aber jetzt ist das auf einmal anders. Zuerst in der Aula und jetzt überall in den Fluren singt sie mir – in genau diesem Moment – ins Ohr, macht sich auf neue und gewaltige Art bemerkbar, wogt, schlängelt, überlappt einen Liedtext mit dem nächsten, bis ihr Lied ein Ozean ist, der mich in seiner Strömung mitreißt.

# IRGENDWO IM NORDATLANTIK

*1885*

Dein ertrinkender Gedanke ist ein Singvogel,
den niemand hören kann.
Du singst trotzdem, von Anfang an.
Die Tagträume der Kindheit –
– von Liebe und fernen Ländern.
(Es schien so oft dasselbe.)
Die mäandernde Musik, Lieder, die unter der
Zunge sprudeln.
Heimlich studieren – Geologie, Philosophie, Latein, Botanik.
Lernen zu lieben zu lernen.
*Kein Platz für Mädchen*, sagte Vater.
Verhandlungen im Spiegel –
*Wer bist du?*
Und in der Kirche der ständige Kampf.
Bitten um ein Zeichen, und sei es nur symbolisch.
*Bitte, etwas, irgendwas*, aber nichts.

Und dann –
Eine Stimme in der Nacht.
Die dich nach Massachusetts, zu dir selbst führt.
Nach Amherst, schönes Amherst.
Die Hochschule, Aufblühen, dumme Jungen,
die auf Bäumen wachsen.
Und jener Tag auf der Wiese, Vögel beobachten.
*Vögel erinnern an den Himmel*, sagte sie.
Du drehst dich zu ihr um und beendest dein Davor.
*Ich liebe Vögel*, sagtest du. *Sie können überallhin.*
Lächeln, einschätzen, sich vorstellen.
*Ich bin Emily*, sagte sie.
*Siobhan*, sagtest du.
Und so beginnt dein Danach.
Gespräche über Gott und Tod, über Kunst und
Unsterblichkeit, und jetzt –
Vögel beobachten mit Emily.
Lesen mit Emily.
Singen mit Emily.
Alles mit Emily.
*Deine Stimme ist ein Traum, den ich mal hatte*, sagt Emily
über ihre sprudelnden Lieder.
Du staunst über die Farbe des Errötens.
Nicht in ihrem »Fünferkreis« – so sei es.
Heimlich ist besser.
Ihr habt mehr, ihr habt Vögel, und Vögel haben Flügel.
Aber die Zeit fliegt auch.
Amherst endet – Emily ist fort.
(Vögel für immer verdorben.)

Du heiratest William – einen anständigen Mann.
Weil die Welt die Welt ist – so ist es eben.
*Eine große Hochzeitsreise,* schlägst du vor. *Irgendwo nach Norden, zu Schnee und Eis.*
Vielleicht kommt die Liebe in einem fernen Land.
(Die zwei schienen immer noch dasselbe.)
*Später,* sagt William. *Zuerst Kinder.*
Sich in New York niederlassen, auf Später warten.
Und als keine Kinder kommen, weißt du, warum.
Als William krank wird, weißt du, warum.
Als du ihn begräbst, weißt du, warum.
Asche zu Asche, Lust zu Lust.
Bitten um ein Zeichen, und sei es nur symbolisch.
*Bitte, etwas, irgendwas,* aber nichts.
Und dann –
Ein Brief von Emily.
*Meine liebste Schev ...*
(Steigt auf, steigt auf, schöne Vögel!)
Und du denkst wieder an Amherst, schönes Amherst.
Vögel beobachten auf der Wiese.
*Sie erinnern an den Himmel*: Emilys Grund.
*Sie können überallhin*: dein Grund.
Jetzt, mit vierundfünfzig, kennst du die Wahrheit –
*Ich bin der Vogel.*
Dein Später ist da – Zeit zu fliegen.
New York nach Liverpool auf der *SS Arctic Tern* –
nicht hochzeitlich, aber groß.
Koffer gepackt, ihre Briefe in der Tasche.
*Ich möcht kein Bildnis malen,* steht darin.

Obwohl sie könnte, du hast ihre Zeichnungen gesehen.
Aber nein.
*Wär eher noch bereit, mich zu verweilen,* schreibt sie.
Du verstehst es, weil du sie verstehst.
Es bringt dich zum Lächeln.
*Bon voyage,* zwei Wochen auf See.
Eisfelder im Nordatlantik.
So viel Eis.
Zu viel Eis.
Die Langsamkeit des Kenterns.
Menschen huschen umher wie Ratten.
Verhandlungen im Spiegel, *bitte, etwas, irgendwas,* aber nichts.
Asche zu Asche für alle.
Hoch am Himmel fliegt ein Seevogel.
Erinnerungen an Amherst, schönes Amherst.
Ihre Briefe durchnässt und sicher in der Tasche.
In der Kälte versinken, ein Lächeln, ein Lied.
Von den Tagträumen der Kindheit.
Von Liebe und fernen Ländern.
(Es schien nicht länger dasselbe.)
*Ich finde dich,* singst du und sinkst ...

# TEIL DREI

# FUGE

# EVAN

*zuhören ...*

Ich bin ein Liedflicker, füge Stücke auseinandergebrochener Melodien zusammen. Ich bin ein Textsammler, durchsiebe Schätze nach fehlenden Bindegliedern, sortiere doppelte aus. Die Musik quillt aus dem Boden, einfach so aus dem Nichts. Ich weiß nicht, wann oder warum, aber ich bin bereit dafür. Bereit zu hören, was sie mir sagen will.
    Ich nenne sie *Nachtvogel*.

Es gibt da diesen Ort. Ein unbebautes Grundstück nicht weit von unserem Haus, mit Bäumen, verwilderten Sträuchern, einem kleinen Bach, der langsam hindurchfließt wie ein altersloses Gewässer. Es gibt keine Hinweisschilder, dass es der Stadt oder dem Kreis gehören würde, keine Warnungen, dass das BETRETEN oder der ZUTRITT VERBOTEN sei. Auf allen Seiten zugunsten von Wohnsiedlungen und Einkaufszentren abgeholzt, ist dieser kleine Wald ein Relikt aus einer anderen Zeit, und obwohl es verlockend ist, ihn sich als eine alte Frau vorzustellen, die sich ans Leben klammert, sehe ich in ihm eher einen gewieften Überlebenden, eine uralte Wildnis, die die moderne Welt überdauert, indem sie sich vor aller Augen versteckt.

In den letzten zwei Wochen war ich während des einstündigen Zeitfensters, bevor Will nach Hause kommt, jeden Tag hier, um zu zeichnen und zuzuhören. Manchmal kommt Nachtvogel, manchmal nicht. Vorbereitet sein ist entscheidend. Mein Telefon liegt immer bereit, aber es ist nicht mehr Apple Music geöffnet (mein Versuch, die Lieder auszublenden) oder Sprachmemos (mein Versuch, die Lieder zu beweisen), sondern meine Notizapp. Auf Alis Anregung führe ich ein Texttagebuch; bis jetzt habe ich Teile von drei unterschiedlichen Liedern identifiziert:

Nachtvogel Songtexte
(Notizen **fett**, Texte *kursiv*)

LIED #1:
**Das hör ich mit Abstand am meisten. Ich glaub, ich hab die erste und dritte Strophe komplett, aber vom Refrain und der zweiten Strophe nur Teile. Bei der letzten Zeile bin ich nicht 100 Prozent sicher. Französisch?**
*(Atme aus)*
*Ich nehm es alles auf*
*(Leise, sacht)*
*Geh Brooklyn lang bei Nacht*
*Was kalt begonnen hat, gefriert von ganz allein*

---

*Brücken auf meinem Weg*

*(Gewinnen wirst du nie)*

_____

*Ich halt alles aus, solange nur gilt, du plus ich*
*Aber deswegen bist du weg*
*Du sagst, Glücklichsein _____*
*Aber ich will nur den finden, der dir wehgetan hat*

_____

*Ich habe so lang an falschen Orten gesucht*

_____

*Und wieder ein Fehlstart*

_____

*Es passiert ganz bald*
*wenn der Mond erstrahlt*
*Ich versteh nicht deine Worte*
*doch dein Lied hab ich im Kopf*
*Je t'aime, je t'aime, je t'aime.*


LIED #2

**Hab ich nur ein paar Mal gehört. Ich glaub, der Text ist aus dem Mittelteil, aber ich kann es nicht sicher sagen.**
*Da gibts einen Ort, wo wir gerne hingehn*
*Wo Geheimnisse versteckt sind in Bäumen voll Schnee*

_____

_____

*Von der Seine zum Meer ist deine Stimme in mir*
*In dem Wahnsinn zu zweit find ich dich.*

**LIED #3**

**Fast nicht zu verstehen. Ich glaub, ich habe den Anfang, aber bin mir nicht sicher. Stimme und Klavier verschmelzen so miteinander, dass man sie nicht mehr auseinanderhalten kann.**

*Frag nicht, warum ich's nie versuch*
*kennst du doch so gut wie ich*
*Den Unterschied zwischen Liebe und Verlust*

Die Stimme von Nachtvogel zu verstehen ist nicht immer leicht, und da die Lieder selten am Anfang anfangen und bis zum Ende gehen, höre ich manchmal tagelang immer wieder denselben Abschnitt eines Lieds und dann erst Tage später einen völlig neuen.

Deshalb: vorbereitet sein.

Während ich warte, lehne ich mich an einen Baum und zeichne ein Porträt von Will, als er jünger war, aus der Phase, als er *begeistert* immer mit *bekleistert* durcheinandergekriegt hat. »Ich bin von *E. T.* bekleistert«, sagte er, und wir verbargen unser Lächeln, weil wir die Schönheit seiner Unschuld nicht kaputt machen wollten.

Nicht weit weg landet ein Vogel auf einem Zweig.

Ich sehe von meinem Zeichenblock auf und starre den Vogel so lange an, dass ich mich frage, wer hier wen anstarrt.

»Ich bin von diesem Ort bekleistert«, sage ich.

Er zwitschert: *ich auch.*

Als er wegfliegt, wende ich mich wieder dem Zeichenblock zu, der verrückten Idee, reine Unschuld in Graphit einfangen zu wollen.

# SHOSH

*andere Leben leben*

Die meisten sozialen Räume waren aus einem Grund sozial. Ein Nachtclub zum Beispiel. Wenn man nicht schon mit Freunden oder einem Date hinging, dann wahrscheinlich in der Hoffnung, jemanden kennenzulernen, sich mit im Dunkeln tanzenden Körpern zu umgeben, mit der tröstlichen Anonymität einer pulsierenden Menge. Cafés waren ein natürlicher Treffpunkt für Freunde, und man könnte auch allein in eins gehen, würde aber wahrscheinlich ein Buch oder einen Computer mitbringen und vorhaben, an einem Ort etwas zu tun, der nicht zu Hause war.

Ein Kinobesuch wurde dagegen kein bisschen durch die Gegenwart von anderen aufgewertet. Man saß zwei Stunden lang in einem dunklen Raum vor einer riesigen Leinwand, die dir gleich zu Anfang die Anweisung gab, freundlicherweise die Klappe zu halten. Kinos waren dafür gemacht, eine umfassende Erfahrung zu bieten, Zeit, in der man sich in einer anderen Welt, einem anderen Leben verlor. Und nichts konnte dich aus dem wundersamen Leben der anderen herausreißen, wie eine Freundin am Telefon oder ein Dad, der nicht aufhörte zu fragen, worum es ging, oder eine Mom, die jedes Mal missbilligend mit der Zunge schnalzte, wenn eine Figur fluchte.

Wenn es ein Sport wäre, allein ins Kino zu gehen, wäre Shosh eine Weltklasse-Olympionikin.

»Ich verstehe nicht«, sagte der Kartenverkäufer, der etwa wie zwölf aussah.

»Ich will einfach nur eine Karte.« Shosh hielt ihre Debitkarte durch das Schalterfenster.

»Aber Sie wollen mir nicht sagen, welchen Film Sie sehen wollen.«

»Es ist nicht so, dass ich es nicht sage, weil ich mich bedeckt halten will. Mir ist *egal*, welchen Film ich sehe.«

»Es ist Ihnen egal«, sagte der Mitarbeiter.

»Ganz genau.«

Der Kind-Mann seufzte, nahm ihre Karte, zog sie durch, riss ein Ticket ab und gab ihr beides zurück. »Sie werden ihn hassen.«

Das Discount war einer dieser Orte, die ihre wahre Natur nicht verbargen. Irgendein Bauunternehmer hatte irgendeinen Flächennutzungsplan übersehen, und das Ding war hochgezogen worden, bevor sie begriffen hatten, dass ihnen von Rechts wegen gar nicht erlaubt war, Filme zu zeigen. Jedenfalls keine, die neu herauskamen. Also hatten die Anzugträger die Köpfe zusammengesteckt und sich was ausgedacht, um das Geld zu retten, das sie schon in den Bau versenkt hatten. Und jetzt konnte sich jeder in Iverton für zwei Dollar vier Monate alte Filme angucken.

Abgesehen von der Bühne selbst war es immer ihr Lieblingsort gewesen. Geburtstage, Feiertage, Wochenenden – ihre halbe Kindheit war sie entweder im Discount gewesen oder hatte sich gewünscht, hier zu sein. Am Getränkestand bestellte sie eine große Cola Light mit extra Eis. Auf der Toilette kippte sie die Hälfte davon weg, holte Flachmann #1 aus ihrer Manteltasche und füllte den Becher bis oben auf. Wieder im Gang gab sie das Ticket dem Kartenabreißer, der ihr den Weg zu Kino Neun zeigte, und als sie dort ankam, liefen schon die Vorschauen.

Zwei Stunden später verließ Shosh Kino Neun, während der Abspann lief, ging in dieselbe Toilette, erleichterte sich, kippte den Rest von Flachmann #1 in die eisigen Reste des Bechers und ging dann in aller Ruhe in Kino Dreizehn.

Zwei Stunden später ging sie wieder zum Getränkestand, bestellte eine Nachfüllung Cola Light zum halben Preis und goss – wieder in derselben Toilette – die Hälfte davon ins Waschbecken, holte Flachmann #2 aus einer zweiten Tasche (die unendlichen Wunder ihres Mantels!), füllte den Becher wieder auf und ging in Kino Drei.

Etwa um diese Zeit verlor Shosh langsam den Überblick. Das betraf nichts Wichtiges, nur die Uhrzeit, wie lange sie schon hier war und in wie viele Filme sie sich reingeschlichen hatte. Sie hasste die Schauspieler dieses konkreten Films, obwohl es nichts mit der Qualität ihres Spiels zu tun hatte (die Fähigkeit gutes von schlechtem Spiel zu unterscheiden, war ein weiteres Skillset, das sie momentan verlegt zu haben schien). Nein, sie hasste diese Schauspieler, weil sie es geschafft hatten: Sie hatten es erfolgreich von der beliebigen Stadt, in der sie wohnten, auf diese Leinwand in Iverton, Illinois, geschafft.

Sie hatten den Traum verwirklicht, dem sie einmal gefolgt war, als es noch Sinn gemacht hatte, Träumen zu folgen, und sie dachte, »Scheiß auf diese Leute«, oder sagte es vielleicht sogar laut. Kinobesucher in den Reihen vor ihr drehten sich um und starrten sie an, und ihr kam der Gedanke, dass der Mensch, der alle paar Minuten *Psst* machte, vielleicht wollte, dass *sie* leise war. »Zu fucking wem sagst du Psst?«, fragte sie seinen Hinterkopf, und so wie Kröte ihr Schicksal besiegelt hatte, als sie auf den Rücken einer Flussschildkröte geklettert war, wusste Shosh, dass sie ihres besiegelt hatte, als der Mann aufstand und den Kinosaal mit entschlossener Miene verließ. Sie wartete nicht ab, bis sie rausgeworfen wurde, und ging.

Jetzt stand sie allein auf dem Parkplatz.

Es war dunkel draußen, aber das konnte nicht stimmen. Sie war heute Morgen mit einem Uber gekommen. Garantiert war sie nicht schon den ganzen Tag hier.

Sie holte das Telefon raus und wählte Ms Clark – ob die sie abholen oder ihr einfach Gesellschaft leisten sollte, wusste sie nicht so genau –, aber legte auf, bevor jemand ranging.

Sie war nüchtern genug, um zu wissen, dass sie für Ms Clark zu betrunken war.

»Kröte schaute durch alle Fenster«, sagte sie und zog die Uber-App auf ihrem Telefon in Betracht. »Sie suchte im Garten.« Nein, kein Uber mehr. Sie fühlte sich grüblerisch, und die grüblerische Shosh ging gern zu Fuß. Sie steckte das Telefon ein, ging grob Richtung nach Hause und sagte im Gehen die Geschichte auf. »Aber Frosch war nirgends zu sehen.«

Irgendwann fing es zu regnen an, zuerst ein bisschen, dann in Strömen.

»›Die beiden Freunde aßen die durchweichten Brote auf.‹«

Noch im Gehen, von Kopf bis Fuß durchnässt, dachte sie an das letzte Mal, als sie so nass gewesen war und zuerst aus dem Fenster des untergegangenen Wagens und dann ganz aus dem Pool gestiegen war.

»›Und verbrachten den Tag auf der kleinen Insel‹«, und gerade, als sie überlegte, vielleicht doch ein Uber zu rufen, sah sie es. Durch den strömenden Regen blinkten Neonlichter in einem Fenster, als kündeten sie von einem sicheren Hafen in einer stürmischen See: INK YOUR FACE TATTOOS.

»›Wir sind hier ganz allein‹, sagte Frosch. ›Aber zusammen‹, sagte Kröte.« Shosh trat ein.

# EVAN

*Implikationen der grenzenlosen Vorstellungskraft*

Ich rede nicht gern über die Therapie. Und ja, ich versteh's. Zuerst beschwer ich mich, wie hart es ist, über wichtige Dinge zu reden, und dann sag ich, ich will nicht über wichtige Dinge reden. Betrachten Sie meine Vielheiten als entfesselt. Ich weiß nicht, ob das für andere Leute anders ist, aber meine Therapie gehört mir, und ihr kriegt sie nicht.

»Okay«, sagt Maya.

»Ich – ich meinte nicht Sie«, aber ich denke, sie weiß das, weil sie lächelt, und plötzlich fällt mir auf, wie wenig ich über sie weiß.

Maya ist eine Anomalie: weich und hart, ausweichend und direkt, der unergründlichste Mensch, der jemals das Herz auf der Zunge trug. Ihre Bürowände sind mit der Art Kunst dekoriert, die alles gibt, um nichts zu sagen: bunte Muster, ruhige Pinselstriche. Es gibt keine gerahmten Fotos. Keine Porträts von Kindern, die auf Wiesen lachen, oder von barfüßigen Familien im Bett, und ich frage mich, ob sie Kinder hat, einen

Partner, jemandem, zu dem sie nach Hause kommt. Vielleicht will sie das nicht. Vielleicht ist allein leben für Maya kein Sprungbrett, um *nicht mehr* allein zu leben.

»Hat dich jemand gebeten, über die Therapie zu reden?«, fragt Maya.

»Hmm?«

»Du hast gerade sehr starke Gefühle darüber geäußert, nicht über die Therapie reden zu wollen. Was kein Problem ist. Aber es bringt mich auf die Frage, wer gefragt hat.«

»Es ist nur ... damals in den Achtzigern oder so war es absolut tabu. Was scheiße war, voll. Aber jetzt gehört es zur grundlegenden medizinischen Versorgung. Und um etwas zu entstigmatisieren, redet man offen drüber, das weiß ich, es ist nur – manche behalten es eben lieber für sich.«

Wenn ich in diesem Büro bin, verarbeitet mein Gehirn Dinge mit anderen Geschwindigkeiten, wie ein aufgemotztes Betriebssystem, das eine Million Kilometer pro Minute macht.

»Ich hab da diese Freundin«, sage ich. »Oder eher ... wir waren *früher* befreundet. Heather. Sie hat am Ende des Sommers 'ne Party gegeben und hat gar nicht wieder aufgehört, von wegen ihre Therapeutin dies, ihre Therapeutin das, und ich hab nur gedacht, *so funktioniert das nicht.*«

»Funktioniert was nicht?«

»*Das hier.*« Ich wedele mit den Armen im Büro herum. »Ich bin wegen der Stürme hier. Weil ich Hilfe brauche. Nicht, damit ich mich auf Partys betrinken und darüber reden kann, dass ich auch eine Therapeutin habe. Als wäre es ein Ehrenabzeichen.«

Maya sagt nichts, aber wir wissen beide, es ist die Art Schweigen mit kurzer Haltbarkeit.

Ich lehne mich auf der Couch zurück, sehe mich im Raum um und sehe sie wieder an. »Was?«

»Ich hab grad an die Leistenbruchoperation meines Dads gedacht.«

»Okay ...«

»Ich war noch ein Kind. Es war ein kleiner ambulanter Eingriff, er konnte nach kürzester Zeit wieder arbeiten. Aber dieser Mann hat für den Rest seines Lebens immer wieder Wege gefunden, wie er die Leistenbruchoperation bei jedem Gespräch einbringen konnte, an dem er beteiligt war. Familienessen, Feiertage, Fremde in der Schlange beim Gemüsehändler. Es war richtig beeindruckend, wie er ein Gespräch verdrehen konnte, um die Worte ›hervortretender Darm‹ unterzubringen. Jahre nach seinem Tod erwähnte Mom beiläufig, welche Angst er vor der Operation gehabt hatte. Er hatte offensichtlich die Tage davor nicht geschlafen.« Wo auch immer Maya in ihrem Kopf gewesen war, um diese Geschichte zu finden, jetzt ist sie wieder da und sieht mich an. »Menschen brauchen aus allen möglichen Gründen eine Therapie. Manchmal sind diese Gründe klar. Manchmal weniger. Manche Menschen denken, offen über die Therapie zu reden, würde sie klein machen, und das ist in Ordnung. Aber manche Menschen *müssen* sie klein machen. Sie finden Trost darin, sie aus dem Schatten zu holen und zu benennen. Also reden sie darüber. Manchmal *viel*. Du musst deine Therapie nicht wie ein Ehrenabzeichen tragen, Evan. Aber ich möchte dich ermutigen, es noch einmal zu überdenken, bevor du jemanden verurteilst, der das tut.«

Es gibt da dieses Gefühl – das mir seit Kurzem vertraut ist –, absolut und völlig besiegt zu sein. Wir sitzen eine Minute da: Maya wartet geduldig und professionell; ich fühle mich wie ein kürzlich kastrierter Hund. Irgendwann räuspert sie sich, und als sie sagt: »Da ist etwas, über das ich gern reden würde«, wird mir flau im Magen.

Meiner Erfahrung nach ist es nie ein gutes Zeichen, wenn das, worüber man reden muss, eine Einführung erfordert.

»Ich habe hin und her überlegt, ob ich es zur Sprache bringen soll«, fährt sie fort. »Du hast es nicht erwähnt, und ich wollte das respektieren. Aber ich glaube, du solltest wissen, dass ich mit deiner Mutter gesprochen habe. Wenn du lieber nicht darüber reden willst, verstehe ich das. Du solltest trotzdem wissen, dass ich weiß, was mit ihr ist.«

Manchmal hasse ich Maya, um ganz ehrlich zu sein. Manchmal sagt sie etwas so Wahres, dass es die Haut an meinen Ohren verbrennt. Meistens passiert das, wenn wir über Will reden, darüber, dass ich mich um ihn kümmern und vor der Welt beschützen will, und sie mich daran erinnert, dass ich nicht sein Dad bin, und ich die plötzliche Neigung verspüre, ihr Büro anzuzünden.

»Sie sagt, sie glaubt, es wurde früh entdeckt?«

Ich nicke einmal; im Moment habe ich kein anderes Werkzeug parat.

Es ehrt sie, dass sie meinen nonverbalen Hinweis wie ein Profi bemerkt und in einen anderen Gang schaltet. »Was ist mit Stürmen? Hattest du in letzter Zeit welche?«

Ich blicke aus dem Fenster. »Nicht seit diesem einen Dienstag.« Ruhig und noch wankend beim Gedanken an Moms und

Mayas Gespräch blubbert ein Bild an die Oberfläche meines Verstands: goldene Kreuze und weinrote Teppiche, rote Gesangsbücher in Holzregalen hinten an Sitzbänken. »Wir sind früher zusammen zur Kirche gegangen. Heathers Familie und meine.«

»Das ist die Freundin, die die Party gefeiert hat?«

»Ex-Freundin. Und ich bin nur auf ihre blöde Party gegangen, weil Ali gesagt hat, wenn ich nicht mal rauskomme, würde ich mich buchstäblich in das Arschloch eines Einsiedlers verwandeln.«

»Okay.«

»Die Idee ist, wenn schon ein Einsiedler nie das Tageslicht sieht, stellen Sie sich das Arsch...«

»Ich hab's schon verstanden, danke.« Ein kurzes Lächeln, dann: »Geht ihr noch zur Kirche?«

»Ja. Nein. Ich meine – wir haben ein paar Monate, nachdem Dad weg war, damit aufgehört.«

Auf dem Couchtisch steht eine kleine Topfpflanze. Ich kenn mich nicht aus mit Blumen. Wenn man mir die Pistole auf die Brust setzt, würd ich Gänseblümchen sagen. Sie steht direkt neben den Taschentüchern; keine Ahnung, wie ich sie bisher übersehen konnte.

»Jemand ist hingefallen, hat sich das Knie aufgeschlagen oder so«, sage ich.

»In der Kirche?«

»Auf der Party. Wir waren im Keller, und jemand hat sich verletzt.«

Lilien vielleicht? Schwertlilien. Was auch immer es ist, es steht in voller Blüte, weiß und gelb.

»Heather hat diesem Typ mit der Verletzung geholfen, und

als sie die Pflaster rausgeholt hat, fing sie von diesem Kind an, das früher in ihre Kirche gegangen ist – ›so ein komisches Kind‹, hat sie gesagt, das am ganzen Körper Pflaster getragen hat. Sie sagte, es hätte ganz klar was nicht gestimmt mit dem Kind, aber niemand hätte das zur Kenntnis genommen«, und jetzt frage ich mich, ob diese Blumen überhaupt echt sind, ob etwas so Perfektes auch lebendig sein kann.

»Wusste sie, dass sie über deinen Bruder redet?«

»Es war ziemlich voll. Ich weiß nicht, ob sie überhaupt wusste, dass ich da war.«

Maya denkt nach. »Es ist nicht das erste Mal, dass du jemanden so über Will reden hörst.«

»Sind die echt?« Ich zeige auf die Blumen auf dem Couchtisch. »Die können nicht echt sein, oder?«

»Doch, sind sie.«

Ich beuge mich vor, um an ihnen zu riechen, und ja – definitiv echt.

»Evan.«

»Ich verstehe einfach nicht, wie ihn jemand verlassen kann.« Ich berühre ein weiches Blütenblatt, erwarte halb, dass es abfällt, aber es hält stand.

»Will ... verlassen?«

»Er ist so ein zarter Junge. Lieb und still, und er würde in einem Kühlschrankkarton wohnen, wenn ich ihn ließe, und ich – ich verstehe einfach nicht, wie ihn jemand verlassen kann.«

»Hast du in letzter Zeit mit deinem Dad gesprochen?«

Ich sage ihr, dass ich das nicht habe und dass Dad sehr gut weiß, wo er mich findet, wenn er reden will, und dann rutsche ich auf die Sofakante, beuge mich über den Couchtisch und schiebe das Gesicht tief zwischen die Blüten im Blumentopf, und irgendwann denke ich, dass ich das lassen muss.

»Evan, ich bin neugierig – als du gehört hast, was Heather über deinen Bruder gesagt hat, wie hast du reagiert?«

»Gar nicht. Ich bin gegangen.«

»Gehen ist eine Reaktion.«

»Sie wissen, was ich meine.«

»Du hast nichts zu ihr gesagt?«

»Nein, aber – ich hatte ziemlich viel getrunken.«

»Ich wusste nicht, dass du trinkst.«

»Tu ich auch nicht. Normalerweise.«

Es ist eine Minute lang still, und ich kann sehen, dass sie abwartet. Eine ganz eigene Kunstform: sitzen; starren; schweigen.

»Ehrlich gesagt – bin ich nicht direkt gegangen.«

Maya sieht mich an, wartet, eine wahre Meisterin ihres Fachs.

»Nach der Sache über Will hat sie damit angefangen, auf welche Weise unser Körper für sich selbst sorgt. Wie ein Schnitt im Finger von selbst heilt. Wie das Herz schlägt, die Lunge atmet, und je mehr sie geredet hat, desto mehr hab ich getrunken. So viel, dass ich meine Füße nicht mehr fühlen konnte, und dann, als ich sie doch wieder fühlte, bin ich losgegangen. Ali ist mir hinterhergekommen. Wir haben etwa einen Block geschafft, bevor ich in einen Park kotzen musste.«

Verstehen Sie das, Maya? Bitte sagen Sie, dass Sie es sehen, diese langsame, eckige Lichtflut auf meinem Zimmerboden. Bitte sagen Sie, dass Sie den stillen Vogel im Baum sehen. Wie alle meine Davors enden, meine Danachs beginnen. Bitte sagen Sie ... »Sie haben den Film gesehen, oder?«

Sie muss nicht fragen, welchen. »Es ist eine Weile her.«

»Ihre Herzen leuchten auf. Knallrot. Es gehört dazu, wie E. T. und die anderen Außerirdischen kommunizieren. Als wir ihn zum ersten Mal gesehen haben, sagte Will, es würde ihn an uns erinnern. Wir saßen auf dem Boden, den Rücken ans Sofa gelehnt, den offenen Pizzakarton auf dem Couchtisch. Als die kleinen Außerirdischenherzen aufgeleuchtet sind, hat Will genau aufgepasst. ›Das ist wie bei uns‹, hat er gesagt. ›Mein Herz glüht für dich. Und deins glüht für mich.‹«

Wenn Gefühle haben eine Krankheit wäre, wäre ich im Endstadium. Ich nehme ein Taschentuch aus der Box, wische mir die Augen ab, und als Maya sagt: »Es ist mehr als ein Film für euch – es ist eine Sprache«, fällt mir plötzlich ein, warum mich der Blumentopf auf dem Couchtisch so beschäftigt hat. Er erinnert mich an die Topfpflanze im Film, deren Blätter E. T.s Gesundheit imitieren und parallel zu seinem Leben und Tod verwelken und aufblühen.

»Er hat aufgehört, sie zu tragen«, sage ich leise.

Kurze Pause, während Maya das verarbeitet. »Wann?«

»Vor etwa einem Monat. Eines Morgens ging er mit Pflastern bedeckt zur Schule. Als er nachmittags zurückkam, waren sie weg. Er redet nicht drüber. Ich weiß nicht, warum ich es nicht letztes Mal schon erzählt habe —«

»Es ist okay.«

»Ich werde nicht derjenige sein, der ihm sagt, dass er härter werden soll.«

»Ich weiß.«

»Das mach ich nicht.«

»Evan … warum glaubst du, bist du von Heathers Party weggegangen?«

»Da sind wir noch? Ich hab doch schon gesagt, was sie über Will gesagt hat. Wenn ich nicht gegangen wär, hätt ich ihr eine reingehauen.«

»Was sie über deinen Bruder gesagt hat, war unentschuldbar. Aber ich glaube nicht, dass du deshalb gegangen bist.«

Wieder dieses Bild: mein Zimmer und Licht, das auf den Teppich fällt.

»Ich konnte nicht atmen«, sage ich. »Mir ist egal, was Heather sagt, das Herz ist ein Muskel, und wenn es nicht glüht, dann stirbt es —«

Sobald das Wort aus dem Mund ist, weiß ich die Wahrheit. Und als ich Maya ansehe, sehe ich das Gesicht von jemandem, der da schon längst angekommen ist und wartet, dass ich aufhole.

»Manchmal«, sagt sie – vorsichtig, sanft – »können unsere Körper sich nicht selbst heilen. Oder?«

Ich nehme mir noch ein Taschentuch aus der Box.

In der Nacht, in der meine Mutter mir gesagt hatte, dass sie vielleicht Krebs hat, hatte ich mich schlafend gestellt. Meine Augen waren geschlossen, und ich konnte nicht sehen, wie sie den Kopf durch die Tür steckte, konnte das Flurlicht nicht sehen, das sich in dieser langsamen eckigen Flut auf dem Boden ausbreitete. Aber ich wusste, dass es da war.

Woran man sich so erinnert, ohne es zu wollen, Eindrücke auf Augenlidern.

»Ev?«, hatte sie geflüstert. »Bist du wach?«

Sich schlafend zu stellen ist die kindischste Form der Rache: hellwach in der Dunkelheit mit geschlossenen Augen, *jetzt zeig ich's ihr aber.* Als wäre es ihre Schuld, dass sie spät nach Hause kommt. Als *wollte* sie von einem Job zum nächsten fahren.

Aber trotzdem liege ich im Bett wie ein unbeachtetes Kind und mach es ihr unmissverständlich klar: *Ja, Mom, du bist spät. Wie spät? Sieh einfach mich an. Ich schlafe tief und fest.*

»Evan?«

Es war noch Sommer, das Zimmer stickig warm. Genau vierundzwanzig Stunden später würde Ali meine Haare festhalten, während ich in einen Park kotzte.

Ich hörte, wie die Tür sich langsam schloss, und ich kann nicht sagen, warum, aber ich machte die Augen auf und setzte mich hin. »Mom.«

Die Tür schwang wieder auf. »Hey. Ich wollte dich nicht wecken.«

Wir flüsterten, unsere Blicke schossen zur geschlossenen Tür auf der anderen Seite des Flurs. Seit Dad weg war, hatte sich unsere gemeinsame Liebe zu Will in etwas Neues verwandelt, einen geschwisterlich-elterlichen Hybrid, als hätte es im Haus einen »Dad«-Platzhalter gegeben, und wir hätten in Abwesenheit des wirklichen Dads unsere Kräfte vereint, um die Rolle auszufüllen.

In gewisser Weise war Will die Konstante in der Variablen unserer Familie: Wir dachten niemals *nicht* an ihn.

Mom sagte, dass sie mit mir reden wolle, aber blieb dann einfach reglos in der Tür stehen. Ich war mir nicht sicher, ob sie auf eine Erlaubnis wartete, also sagte ich: »Okay.«

»Ich wollte über –« Sie verstummte mitten im Satz, kam endlich rein, machte die Tür zu und knipste eine Stehlampe an.

»Hi«, sagte sie.

»Hi.«

Ich hatte mich oft gefragt, was meine Mutter, abgesehen von der Realität, in der sie gelandet war, für Möglichkeiten gehabt hätte. Dunkle Haare, dunkle Augen, dieselbe sommersprossige weiße Haut, die sie an mich und Will weitergegeben hatte. Anders als die Mütter meiner Freundinnen und Freunde akzeptierte sie das Alter auf eine Weise, die dem Alter erlaubte, sie zu akzeptieren, und wenn sie ein bisschen abgespannt war in letzter Zeit, nun, dann konnte man es ihr nicht übel nehmen. Meine Mutter redet wie ein Roman, schwingt nach Belieben schöne Worte, genaue Worte, die perfekt zum jeweiligen Thema passen. Sie ist auf eine Weise klug, die Leute überrascht, und klug genug, um freundlich zu Leuten zu sein, und vielleicht ist sie vor allem auf eine Weise witzig, die daher kommt, dass sie klug und freundlich ist, und ich liebe sie sehr. In einer anderen Welt hätte sie vielleicht etwas Eindrucksvolles gemacht, etwas Großes, etwas ... irgendwas anderes. Egoistischerweise bin ich erleichtert, dass wir in dieser Welt leben. Aber manchmal frage ich mich, ob sie es auch ist.

»Ich habe etwas gefunden«, flüsterte sie und lehnte an der Innenseite meiner geschlossenen Zimmertür.

Ich weiß nicht, was ich als Nächstes erwartete. Eine verlegte Halskette vielleicht. Ein Paar Socken hinter einer Kommode.

»Ich habe einen Knoten gefunden«, sagte sie. Langsam hob sie die Hand an ihre Brust. »In einer Brust.«

Ich hatte keine Worte. Ich versuchte, etwas zu sagen, aber es kam nur »Wann?« heraus.

»Letzte Woche.«

»Okay.«

»Ich hatte gestern eine Biopsie —«

»Mom.«

»Es geht mir gut. Tut ein bisschen weh, aber —« Sie blickte zu Boden und schüttelte den Kopf, und als sie aufsah, hatte sie denselben Gesichtsausdruck wie vor Jahren, als ich aus der Schule nach Hause gekommen war und erfuhr, dass unser alter und geliebter Hund an dem Morgen eingeschlafen und nicht wieder aufgewacht war.

Wir hatten gesagt, wir würden warten, bevor wir uns wieder einen Hund anschafften. Um die Erinnerung zu ehren.

Wir warteten immer noch.

»Bist du okay?«, fragte ich, eine Frage, die sich gleichzeitig dumm und nicht dumm anfühlte.

»Sie haben gesagt, sie rufen in ein paar Tagen an. Mit den Ergebnissen.« Sie blickte im schwachen Licht auf ihre Füße und sah sich dann im Zimmer um, und ich dachte, *sie schindet Zeit,* und begriff, wie sehr sie in diesem Moment nicht allein sein wollte.

»Sie wissen also nicht, ob es …« Allein der Gedanke, das Wort auszusprechen, brachte mich dazu, es kauen, runterschlucken und nie wieder schmecken zu wollen. Schnell, bevor sie eine Chance zu antworten hatte: »Ich hätte dich fahren können. Wenn du jemand gebraucht hättest.«

»Ein Freund von der Arbeit hat mich hingefahren. Ich hab mich danach ein bisschen bei ihm ausgeruht. Jedenfalls war es ambulant.« Dann mehr zu sich selbst. »Komisches Wort. Ambulant. Als wäre ich keine richtige Patientin, nur weil ich nicht über Nacht bleibe.« Endlich sah sie mich an. »Ich wollte es dir eigentlich nicht sagen. Und dann bin ich durch die Haustür gekommen und die Treppe hoch ...«

»Und hast es mir gesagt.«

Sie wandte wieder den Blick ab, wischte sich über die Augen, und erst da sah ich die Tränen. Meine eigenen Tränen würden irgendwann kommen, aber in diesem Moment wurde ich von einer neuen Offenbarung überwältigt, die sich durch eine feine Unterscheidung von Pronomen ergeben hatte: Ich hatte Dad immer dafür gehasst, dass er *uns* verlassen hatte; bis jetzt hatte ich nie daran gedacht, ihn dafür zu hassen, dass er *sie* verlassen hatte.

Ich stand auf, ging durchs Zimmer zu ihr. »Ich hab dich lieb, Mom.«

»Ich hab dich auch lieb.«

Am nächsten Tag ging ich auf eine Party, auf der Heather Abernathy Scheiße über meinen Bruder und über den Körper redete, der sich selbst heilt, und ich musste weg aus diesem Keller voller atrophierter Herzen. Ich rannte die Straße hinunter und übergab mich in irgendeinem Gebüsch, und meine beste Freundin bewies mir ihre beste Freundinnenheit, indem sie mir die Haare aus dem Gesicht hielt, und ich fing an, Lieder zu hören, die sonst niemand hören konnte, und aus irgendeinem Grund kann ich mit meiner besten Freundin über diese Lieder reden, aber nicht über den Krebs meiner wunderschönen Mutter, und ich kann mit meiner Therapeutin über den Krebs meiner Mutter reden, aber nicht über diese Lieder. Und dann

fällt mir wieder ein, dass wir in einer Welt leben, in der sehr kluge Menschen einmal glaubten, dass Vögel auf dem Mond überwintern würden, und mir kommt der Gedanke, dass die Möglichkeiten endlos sind, wenn man nichts versteht.
Die Welt stellt sich schlafend wie ein kleines Kind.

Zwei Nächte später wälzte sich das eckige Licht wieder über meinen Teppich. Ich setzte mich sofort auf, kein Schlafendstellen. »Hey.«
Sie sagte kein Wort; ich kannte die Wahrheit, weil ich Mom kannte.
In den kommenden Wochen und Monaten würden wir neue Wahrheiten erfahren, manche willkommener als andere. Es würde neue Ärzte mit neuen Fachausdrücken geben, und die willkommenen Wahrheiten, alle ein Grund zum Feiern – die erfolgreiche Entfernung des Knotens; die Lymphknotenbiopsie, die ohne Befund ist; die Nachricht, dass keine Chemo nötig ist – würden von einer anderen Sorte Wahrheit gedämpft werden, die, die aufsteigt, wenn die Sonne untergeht.
Du fragst dich, was passieren wird, wenn das Schlimmste passiert.
Du richtest deine Hoffnungen neu aus, suchst nach Möglichkeiten, um das plötzlich kürzer gewordene Seil in deiner Hand dicker zu machen.
Du verhandelst mit einem Gott, dessen potenzielle Existenz und potenzielle Nichtexistenz du gleichermaßen furchterregend findest.
Du redest in Prozentsätzen, als wären Lebensjahre Dollars, die man sparen und ausgeben kann.

Seit du ein Kind warst, hat man dir beigebracht, dass nichts ewig währt, und doch bist du jetzt, konfrontiert mit der sich andeutenden Sterblichkeit deiner Mutter, erschüttert über den Gedanken, dass sie nicht unendlich ist.

Vor allem fragst du dich, wenn du bis spät in die Nacht wach liegst, wie man je von dir erwarten konnte, in einer Welt zu leben, in der es den Menschen, der dich dort hineingesetzt hat, nicht mehr gibt.

# SHOSH

*die Kunst des vornehmen Diebstahls*

Shosh saß auf dem Rücksitz des Ubers und blickte auf ihr Telefon – das Display erhellte ihr Gesicht wie bei einem Monolog vorn auf der Bühne – und fragte sich, ob sie schon immer eine Betrügerin gewesen war.

»Hey, alles okay?«

Als sie aufsah, entdeckte sie ein Paar wasserblaue Augen, die sie im Rückspiegel anstarrten. Die Fahrerin hatte blonde Locken und war etwa in ihrem Alter, was das ganze Fahrerinnending fragwürdig und unangenehm machte.

»Du blutest«, sagte das Mädchen. Sie holte eine Küchenrolle aus dem Nichts und reichte sie nach hinten.

Tatsächlich sickerte ein Rinnsal Blut unter dem Verband um Shoshs Unterarm hervor. Sie hatte damit gerechnet, dass das Tattoo wehtat, aber nicht mit so viel Blut. Nachdem sie die Sauerei beseitigt hatte, gab sie die Küchenrolle zurück und wandte sich dann wieder ihrem letzten Hüttenpoem und der schleichenden Erkenntnis zu, dass sie betrogen hatte.

Das Foto zeigte eine moderne Hütte im Wald. Der Himmel war von einem tiefen ozeanischen Blau, der Farbe von wahrer Dämmerung; Schnee lag auf dem Boden und auf dem Dach der Hütte, überzog die schwarzen Äste mit dünnen weißen Streifen wie schwarz-weiße Zuckerstangen. Aber was die Hütte einzigartig machte, war ihre Asymmetrie: Die ganze rechte Seite war aus Glas, drinnen schimmerte ein warmes Licht über einem Bett, man dachte nicht an Liebende, sondern an einen Ort, wo vor Kurzem Liebende gewesen waren; links verlängerte sich das Dach zu einem Vordach über einer kleinen offenen Veranda.

Auf das Foto hatte Shosh geschrieben:

> *Ich bin ein schiefes Gemälde von einem*
> *Ort ungewiss*
> *Mit Händen, gemacht, um zu umrahmen*
> *dein Gesicht*

»Ein Künstler zu sein, heißt, geschickt zu stehlen«, sagte Ms Clark immer, und damit war gemeint, dass jeder Raum, in dem du dich aufhältst, jeder Mensch, den du kennenlernst, Futter für die Muse ist. Es fängt an mit dem Akzent eines Freunds oder einer bestimmten Eigenheit, die du interessant findest, und schon bald bist du ein Eimer, der, wohin du auch gehst, aus der Quelle von allem und jedem schöpft. Diese Quelle anzuzapfen, wird dir zur zweiten Natur. So sehr, dass es dir gelegentlich so scheint, als hätte schon existiert, was du erschaffst, hätte in der Luft gelegen, um gepflückt, aufgeschrieben, sich zu eigen gemacht zu werden.

Als sie ihr letztes Gedicht betrachtete, begriff Shosh, dass sie genau das getan hat.

»Ein guter Rat«, sagte die Fahrerin. »Du solltest wirklich nicht trinken, bevor du dich tätowieren lässt. Ich verurteile dich nicht. Aber ich hab selbst ein paar Tattoos, und Alkohol verdünnt das Blut. Nur als Hinweis für die Zukunft. Ich bin übrigens Ruth. Hamish.«

Ruth hatte einen starken Südstaatenakzent und eine Art zu reden, die den Eindruck erweckte, dass sie mit älteren Brüdern aufgewachsen war: schnell, selbstbewusst, eine Stimme für einen Hinterhofstreit.

»Ich bin Shosh.«

»Yeah, ich weiß, wer du bist. Keine Sorge, du kannst mich nicht kennen. Ich war ein Jahr über dir auf der Ivy. Und im Venn-Diagramm für Bekanntenkreise hatten wir echt *null* Schnittmengen. Ich meine, ich bin jetzt sexyer als früher. Unter anderem, weil ich mich besser kenne. Aber damals in der Schule, keine Chance. Du dagegen warst – nicht mal in 'ner anderen Liga, sondern in 'ner anderen Galaxie. Jetzt wär'n wir aber vermutlich Freundinnen.«

Abgesehen von Chris Bonds Pick-up war Shosh seit dem Tod ihrer Schwester nicht Auto gefahren. Wenn sie nicht zu Fuß an ihr Ziel kam, nahm sie ein Uber, und so war sie in letzter Zeit so etwas wie eine Expertin für die Annehmlichkeiten des Mitfahrens geworden: die kleinen Wasserflaschen, die Minzbonbons in der Mittelkonsole, die extralangen Telefonladekabel. Sie hatte eine Menge Anekdoten und Geschichten gehört, Neuigkeiten über Kids, die sie nie kennenlernen würde, Orte, wo sie nie hingehen würde, aber man konnte mit ziemlicher Sicherheit sagen, dass sie nie jemanden getroffen hatte, der Ruth Hamish ähnelte. »Auf der Bühne bist du übrigens der Wahnsinn«, sagte Ruth. »Ich war vier Mal in *Hexenjagd*, um dich zu sehen. Das dritte Mal hab ich mich aus dem Unterricht geschlichen. Fucking *genial*.«

Shosh wusste nicht, ob sie lachen oder weinen sollte, und als sie den Mund aufmachte, um zu sagen, *Danke, aber das war in einem anderen Leben*, kam heraus: »Meine Schwester ist von einem betrunkenen Fahrer umgebracht worden.«

Pause, bevor die blauen Augen sie wieder aus dem Rückspiegel ansahen. »Scheiße.«

Shosh legte den Kopf an das kalte Fenster, die vorbeifliegenden Lichter der Stadt ein hypnotischer Balsam. »Ich war im Sommer auf einer Party. Hab mit keinem geredet. Nur getrunken. Zuerst ein bisschen, dann viel. Der Einzige, der noch betrunkener war als ich, war vielleicht dieses Arschloch Chris Bond. Kennst du den?«

Ruth schüttelte den Kopf.

»So ein Typ, der absichtlich unten an der Treppe wartet, um dem Mädchen mit dem Rock hinterhergehen zu können. Jeder Witz ist sexuell oder geht auf Kosten von jemand anderem. Er hat mich bestimmt zehn Mal gefragt, ob ich mit ihm ausgehe. Ich hab ihm gesagt, dass er sich verpissen soll, er hat gelacht, als wär's ein Witz, und dann rumerzählt, *er* hätte *mich* abgewiesen.«

Ein Teil von ihr fragte sich, warum es so leicht war, einer völlig Fremden das Herz auszuschütten. Vielleicht war's auch leicht, *weil* Ruth eine Fremde war. Es steht nichts auf dem Spiel, wenn deine Vertraute ein Augenpaar in einem Rückspiegel ist.

»Jedenfalls wurde es richtig spät«, sagte Shosh. »Die Leute gingen schon nach Hause. Ich hab gesehen, wie er aus der Tür wankte und die Schlüssel um den Finger kreisen ließ. Und da wusste ich, was ich zu tun hatte. Er hatte seinen beschissenen Riesentahoe vor dem Haus auf der Straße geparkt. Ich hab gewartet, bis er den Motor angelassen hat, dann bin ich rausgerannt und hab ihm gesagt, dass Heather in der Küche was für ihn hätte. Sobald er drinnen war, hab ich mich auf den Fahrersitz gesetzt, Gas gegeben, bin auf den Bordstein und durch den Garten ums Haus gefahren und hab das fette Teil direkt in den Pool gelenkt.« Eine eisige Entschlossenheit sickerte aus ihren Knochen, füllte ihren Körper wie Wasser einen Ballon, bis sie plötzlich unbedingt irgendwo anders sein wollte, egal, wo, und in einer neuen Stadt unter einem neuen Namen ein neues Leben anfangen. »An den meisten Tagen ist es, als würd ich den Verstand verlieren.«

»Manchmal denkt man, man verliert den Verstand, obwohl in Wirklichkeit alle anderen ihren verloren haben.«

Shosh drehte sich vom Fenster zu dieser offenbar weisen Uber-Fahrerin um. »Das ist echt krass-cooler Scheiß, Ruth Hamish.«

Ruth hob schnell eine Augenbraue, als wollte sie sagen *Ich hab's drauf.*

»Dann findest du es nicht verrückt?«, fragte Shosh. »Einen Pick-up in einen Pool zu fahren?«

Ruth nahm sich etwas Zeit, dann sprach sie mit dem gemessenen Tempo eines Zitats. »*Der Tod hielt freundlich für mich an, als ich vorbeieeilt. Im Karren war nur Platz für uns und für Unsterblichkeit.*«

»Von wem ist das?«

»Keine scheiß Ahnung.« Ruth hielt einen kleinen Abreißkalender mit dem Datum von heute hoch. »Mein Freund hat mir diesen Kalender mit kleinen Gedichten für jeden Tag gekauft. Warte —« Sie sah sich den Kalender genauer an und sauste dabei über eine strittig gelbe Ampel. »Emily Dickinson.«

Als sie in Shoshs Viertel einbogen, wurde die Geistsängerin eingeblendet – sang von schiefen Gemälden und ungewissen Orten –, und Shosh dachte über die Worte nach, die sie aus der Luft gepflückt und als ihre eigenen ausgegeben hatte. Mehr als der Gedanke eines zufälligen Plagiats machte ihr Sorgen, wie die Lieder ihr Unterbewusstsein bis zu dem Punkt unterwandert hatten, dass sie nicht mehr unterscheiden konnte zwischen dem, was sie konsumiert, und dem, was sie erschaffen hatte.

Als sie vor ihrem Haus hielten, dankte sie Ruth für die Fahrt, aber bevor sie aussteigen konnte, schrieb Ruth ihre Nummer auf einen Zettel, reichte ihn ihr nach hinten und sagte, dass sie jederzeit anrufen könne, Tag und Nacht. »Ich denke nicht, dass du verrückt bist, weil du das Auto von diesem Schwachkopf in den Pool gefahren hast«, sagte Ruth. »Ich denke, du konntest deine Schwester nicht retten und hast deshalb versucht, jemand anderen zu retten.«

# EVAN

*keine Muskeln*

Wir gehen nicht oft essen. Moms Arbeitszeiten und die Bestrahlungstermine machen es fast unmöglich. Heute jedoch ist das Schicksal auf unserer Seite: Zusätzlich zu einem seltenen freien Abend hat Mom bei irgendeiner Tombola in ihrem Tagesjob eine Geschenkkarte für das Chili's gewonnen, und das ist wie Bargeld.

Kurz bevor wir loswollten, erwähnte sie noch die Reste im Kühlschrank in diesem Erwachsenentonfall, so *Eigentlich sollten wir*, woraufhin ich die Tatsache hervorhob, dass wir schon vor drei Wochen erfahren hatten, dass der Krebs nicht gestreut hatte und sie keine Chemo brauchen würde, und das immer noch nicht gefeiert hätten. »Scheint, als wären ein paar leckere Appetizer angebracht«, sagte ich. »Oder allermindestens diese Honig-Chipotle-Hühnchenteile.«

Ich konnte ihre Zahnrädchen arbeiten sehen. »Die heißen *Crispers*«, sagte sie.

Ich sagte: »Stimmt ja, genau«, und siehe!, in diesem Moment

sitzen wir im Chili's an einem Tisch und warten auf Crispers *und* leckere Appetizer.

Was soll ich sagen. Wir sind echt wild, wir Tafts, machen auf dicke Hose bis zum bitteren Ende.

»Hat es funktioniert?«, fragt Mom.

»Noch nicht.« Ich versuche, Moms Geschenkkarte auf meinem Telefon in der Chili's-App zu registrieren, angeblich, um einen Appetizer umsonst zu kriegen.

»Hast du nicht gesagt, es ist kein Ding?«

»Da steht nur ›Laden Sie unsere App runter, registrieren Sie Ihre Geschenkkarte, holen Sie sich einen Gratis-Appetizer.‹«

»*Hol dir App und Appetizer*. Wie schwer ist das? Ich hätte ins Marketing gehen sollen.« Mom schüttelt auf ihre typische Art schnaubend den Kopf. »Oh, hey, wir hätten Ali mitnehmen sollen. Sie liebt das Chili's doch, oder?«

Ali liebt wirklich das Chili's. Aber wir haben nur eine Geschenkkarte, die wahrscheinlich nicht mal alles abdecken wird, und ich wollte nicht, dass Mom sich genötigt fühlt, sie einzuladen. Das sage ich aber nicht; stattdessen zucke ich mit den Schultern: *zu spät*.

Auf der anderen Seite des Tisches singt Will, die Nase in eine illustrierte Bilderbuch-Version von *E. T.* gesteckt, immer wieder zu John Williams' Kult-Soundtrack: »*Hol dir App und Appetizer*«.

»Falls du dich besser fühlst«, sage ich, »diese App ist scheiße. Das macht mich wahnsinnig.«

»Bist du sauer?«, fragt Will, ohne von seinem Buch aufzusehen.

»Nicht auf dich, Kumpel. Ich bin wütend auf die Technik.«

»Technik kann nicht mal gehen oder reden.« Er blättert eine

Seite um und fährt ruhig fort. »Technik hat keine *Muskeln*. Du solltest nicht wütend auf etwas ohne Muskeln sein.«

Mom lächelt und zuckt die Achseln: *Er hat nicht unrecht.*

»Ich muss bald Wasser lassen, Mary.« Will guckt auf seine Uhr, drückt ein paar Knöpfe. »In zwei Minuten.«

Mein Bruder ist das einzige Kind, das ich kenne, das seine Toilettenbesuche per Countdown regelt. In den meisten Häusern ist das Piepen eines Alarms ein Weckruf. In unserem signalisiert es den Ruf der Natur.

»Du weißt, ich finde es besser, wenn du mich *Mom* nennst.«

»Du heißt Mary«, sagt er. »Genau wie Elliotts Mom in *E. T.* Und Evans Initialen sind E. T.«

Ich sehe von meinem Telefon auf. »Okay, das ist ... weird.«

»Schatz –« Wie um ihre Momhaftigkeit zu beweisen, wechselt sie ganz in den Mom-Ton und sagt dann etwas, das ich eine Million Mal im Kopf gesagt, aber nicht über die Lippen gebracht habe: »Mir ist aufgefallen, dass du deine Autsch-Schilde nicht mehr trägst.«

Stellt euch ein Chili's am Meeresboden vor, dunkel und still, die Lautstärke ganz runtergedreht, Stühle und Tische und Besteck schweben wie halb volle Luftballons im Wasser.

Will, die Nase ins Buch gesteckt, kommt nicht mal zum Luftholen hoch. »Schnee von gestern, Mary.«

Mom zuckt mit den Schultern und versucht es eindeutig mit dem alten Trick Lässigkeit. »Das ist mir egal. Du machst etwas fast ein ganzes Jahr lang jeden Tag und hörst dann auf. Ich bin einfach nur neugierig.«

Leider geht der Alarm von Wills Uhr los; er stellt ihn aus und sieht uns an. »Wer ist dran, mit mir aufs Klo zu gehen?«

# SHOSH

*alles passiert aus einem Grund
(und andere Brocken totalen Blödsinns)*

»Ich weiß, es ist verrückt, aber in Evansville gibt es kein Chili's, und ich hab Schmacht nach diesen Fajitas, als wär ich hochgradig schwanger.«

Shosh sah zu, wie ihre Freundin sich eine halbe gefüllte Tortilla in den Mund schob; sie hätte es abstoßend gefunden, wäre sie nicht so erleichtert, Zeit mit jemandem zu verbringen, der nicht ihre Eltern oder die guten Leute auf dem Polizeirevier Iverton waren.

»Bist du?«, fragte Shosh.

»Bimiffwaff?«

»Schwanger?«

»Meequapff.«

Ella Tubb, eine andere Theaterbegeisterte aus Shoshs Jahrgang, hatte diesen Morgen getextet, dass sie wegen einer Beerdigung in der Stadt war (eine Großtante, die sie kaum kannte) und ob Shosh mit ihr essen gehen würde, sie zahlte.

»Und wie ist es?«, fragte Shosh.

»Könnte mehr Koriander dran sein.«

»Ich meinte Evansville.«

Sie zuckte die Schultern. »Ganz gut. Der Fachbereich Theater ist großartig, auch wenn die Dozentinnen alle nicht Ms Clark sind. Wir spielen *The Wild Party*. Ich bin Kate. Was noch … Meine Mitbewohnerin ist total irre. Ihre Eltern sind evangelikale Fundamentalisten oder so. Hütte in den Bergen, Ende-der-Welt-Scheiß, keine Ahnung. Sie hat sie echt nicht mehr alle. Hat aber 'ne Tabelle an der Wand, wo sie Buch über ihre sexuellen Ausschweifungen führt, das ist ganz witzig.«

In den Monaten nach Stevies Tod hatte es online eine Welle von Beileidsbezeugungen gegeben. Freunde hatten sie angerufen oder getextet, um zu sagen, dass es ihnen leidtäte und sie an sie dächten, aber es war der Sommer nach dem Schulabschluss, und fast alle machten sich fürs College bereit oder quetschten noch irgendeinen dekadenten Urlaub in die letzten Wochen der Freiheit. Das gesellschaftliche Fundament, das in den letzten vier Jahren gegolten hatte, war schon zu der Zeit von Stevies Tod gebröckelt. Weshalb Ellas Nachricht an dem Morgen umso mehr bedeutete.

Trotzdem konnte ein Teil von ihr es nicht lassen, neidisch auf Ella zu sein. Das Theater war zwar wettbewerbsorientiert, aber wenn man die Nase vorn hat, misst man sich an der Bühne selbst, am Traum.

Sie und Ella waren dasselbe Rennen gelaufen; jetzt sah Shosh von der Tribüne aus zu.

»Wie geht es Lana und Jared?«, fragte Ella.

Shosh suchte nach Worten, um den momentanen Zustand

ihrer Eltern zu beschreiben. »Es ist ... als würden wir im selben Haus, aber unterschiedlichen Ländern wohnen.«

Ella wischte sich den Mund mit einer Serviette ab und schob langsam den Teller weg. »Und wie geht es dir? *Wirklich?*«

Shosh hatte früher oft gelächelt. Sie hatte jedenfalls Fotos gesehen, Versionen von sich selbst als glücklicher Mensch. Jetzt versuchte sie, ein Lächeln aufzusetzen, wie in den alten Tagen. »Mir geht's prima.«

»*Sho*. Hast du Chris Bonds Tahoe in Heathers Pool gefahren oder nicht?«

»Er war sturzbetrunken und wollte damit nach Hause fahren.«

»Verstehe. Und du warst nüchtern, als du dich hinters Steuer gesetzt hast? Ich kenn mich aus mit Heldengeschichten, Shosh, und ich glaub kein Wort davon. Wie oft hast du bei uns übernachtet? Und wie oft hat meine Mom uns um zwei Uhr nachts geweckt, weil sie in mein Zimmer getaumelt und dann umgekippt ist? Ich zweifle nicht an deinen guten Absichten. So funktioniert Abhängigkeit. Glaub mir, ich weiß das.«

»Was soll ich sagen?« Shosh stocherte an ihrem Burger herum, überlegte, wie sie das Gespräch woandershin lenken könnte. »Ich vermiss sie einfach.«

»Natürlich tust du das. Aber du kannst dich nicht einfach so verkümmern lassen. Das ist nicht das, was ...« Ella erstarrte, als könnte es Shosh daran erinnern, dass Stevie tot war, wenn sie ihren Namen laut ausspräche. »Sie würde das nicht wollen.«

»Du *kanntest* sie gar nicht.«

Ihr Kellner erschien wie ein Geist aus der Flasche. »Und wie geht es meinem Lieblingstisch? Waren die Fajitas in Ordnung?«

»Alles gut, danke«, sagte Ella.

»Ehrlich gesagt –« Shosh nahm die Getränkekarte von der Tischmitte, zeigte auf einen riesigen Frozen Cocktail vor einem Strand unter der Aufschrift *Tropical Sunrise Margarita* auf einem Regenbogen am sonnigen blauen Himmel. »Kann ich so einen haben?«

Und so begann der Tanz des Einschätzens. Sie hatte den ersten Schritt getan und den Gatekeeper eingeschätzt: Ihr Kellner schien Ende vierzig zu sein, kurz davor, die Haare zu verlieren, aber mit einem gewissen Restlook von Jugend, als würde er sich an der untersten Sprosse festhalten. Das war gut. Damit konnte sie arbeiten. Nachdem sie ihre Frage gestellt hatte, wartete sie, dass der Gatekeeper seinen Zug machte: Sie spürte seinen Blick, wie er versuchte, ihr Alter einzuschätzen, konnte sagen, dass er mit sich debattierte, ob er cool sein oder sich an die Regeln halten sollte. In diesem Fall, wie Shosh vorausgesehen hatte ...

»Klar.« Der Kellner lächelte sie beide an. »Zwei hübsche Ladys wie ihr.«

»Hey«, sagte Ella. »Das ist widerlich.«

Das Lächeln des Kellners verschwand; er drehte sich zu Shosh um. »Ich bin gleich mit deinem Drink zurück.«

Nachdem er weg war, sagte Ella: »Örks.«

»Yeah.«

»Sag mir, dass du so was nicht dauernd machst.«

Shosh zuckte die Schultern und wandte sich wieder dem Burger zu. »Ich seh eben älter aus, als ich bin.«

»Du bist ein strahlender Fuchs, Sho. Natürlich bringt er dir einen Drink.«

»Strahlender Fuchs?«

»Und was ist das?« Ella zeigte auf das Tattoo auf Shoshs Unterarm, das gerade unter ihrem Mantelärmel hervorgelugt hatte. »Hast du den Tätowierer auch reingelegt?«

»Ich bin achtzehn. Ich könnte mir einen Sleeve stechen lassen, wenn ich wollte.«

»Ist das eine *Kröte*?«

»Nicht *eine* Kröte. Es ist *Kröte*. Von Frosch und ...«

»Was steht da?«

Widerstrebend schob Shosh den Ärmel hoch und zeigte das einzelne Wort, das unter das Bild von Kröte tätowiert war: *allein*.

»Ist nicht so wichtig«, sagte Shosh.

»Kommt mir echt traurig vor.«

»Es ist nur ein – hör zu, können wir das lassen?«

Sie aßen ein paar Minuten lang schweigend, aber als Shoshs Bottich mit Tropical Margarita kam, war Ella wieder ganz die besorgte Freundin. Sie säuselte, dass es eine Zeit zu trauern gäbe und eine Zeit weiterzugehen, sagte zwei Mal, dass alles aus einem Grund geschähe, und Shosh war sich nicht sicher, was überzuckerter war: ihr Getränk oder ihre Freundin. »Ich muss mal pinkeln«, sagte sie und hatte plötzlich beide satt.

Ella deutete mit dem Kinn auf die jetzt leere Glasschüssel. »Kann ich mir vorstellen.«

»Hör mal –« Shosh holte das Telefon raus und fing an, Ruth zu schreiben. »Ich weiß es zu schätzen, dass du mir helfen willst. Aber mir geht's gut. Wirklich.« Sie beendete den Text und rutschte von der Bank. »Kann ich dir das Geld fürs Essen paypalen?«

»Nicht nötig. Du fährst doch nicht?«

»Ich fahre nicht«, sagte Shosh.

»Ich kann dich bringen —«

»Schaff ich schon.« Shosh beugte sich vor, stolperte, sammelte sich wieder und gab Ella einen Kuss auf die Wange. Sie bedankte sich für das Essen, wandte sich den Toiletten zu und wünschte, Ella wäre einfach bei der Beerdigung geblieben.

Es schien merkwürdig, dass Vertrauen an Zeit geknüpft sein sollte und die Menge des einen von der Menge der anderen abhängig war. Shosh hatte noch nichts von der Welt gesehen. Warum dachte sie angesichts der beschränkten Nähe zu ihrer Weite, dass sie die, die sie in diesem Leben am meisten lieben würde, schon kennengelernt hatte? War Geografie nicht wichtiger als Zeit, wenn es um Vertrauen ging?

Eine Freundin, die sie jahrelang gekannt hatte, war nicht mehr da.

Eine Freundin, die sie gerade erst kennengelernt hatte, hatte gesagt, sie solle jederzeit anrufen.

# EVAN

*merkwürdig akkurate Eigenschaftsworte*

Wenn Leute behaupten, Schweine seien saubere Tiere, kann ich nur annehmen, dass sie das im Vergleich mit anderem Stallvieh meinen. Holt man ein Schwein ins Esszimmer seiner Großmutter, sagt niemand: »Also, dieses Schwein ist wirklich *blütenrein*.« Mit derselben Logik kann man auch die Toiletten im Chili's sauber nennen – trotzdem sind es immer noch öffentliche Toiletten.

Sobald wir eintreten, schnuppert Will einmal kräftig. »Es riecht hier drin saftig und anstrengend.«

Ein Fremder kichert in einer Kabine.

Ich zeige Will das niedrige Pissoir und warte am Waschbecken, und natürlich beschließt Nachtvogel, uns ausgerechnet hier Gesellschaft zu leisten. Sie ist wieder laut, fast so laut wie an dem Tag in der Schulaula, als ich Shosh am Klavier singen gehört hatte. Es ist Lied #1, das ich am häufigsten höre, aber sie ist in einem Abschnitt, den ich noch nie gehört habe. Ich hole das Telefon heraus, öffne Notizen und gebe aufgeregt den neuen Text ein, meine Finger versuchen mitzuhalten, als –

»Sieht aus, als bräuchte der Junge Verstärkung.«

Der Fremde aus der Kabine steht jetzt hinter mir und zeigt auf Will, der auch dort steht und mich mit ausgestreckten Armen ansieht.

»Klar. Sorry.« Ich stecke das Telefon ein und hebe Will an der Taille hoch, damit er an den Wasserhahn kommt. »Warum hast du nichts gesagt, Kumpel?«

»Hab ich. Du warst in einer weit entfernten Galaxie.«

Welche Galaxie es auch ist, ich bin immer noch dort, als wir die Toilette verlassen und im Gang mit jemandem zusammenstoßen. »Sorry«, sage ich, aber als ich aufblicke, sehe ich, dass es nicht irgendjemand ist: übergroßer karierter Mantel, chicwilde Haare, so strahlende Augen, dass meine Füße schwitzen.

»Alles gut«, sagt Shosh mit einer Art Lachen, diesem amüsierten Singsang, den Mom manchmal kriegt, wenn sie ein drittes Glas Wein hatte. »In den Toiletten vom Chili's besteht bekanntermaßen erhöhte Kollisionsgefahr.« Sie kommt näher, und einen Moment lang denke ich, dass sie mich küssen wird. Ein Hauch von Alkohol in ihrem Atem – *Bedauerlich*, denke ich, *aber kein Ausschlusskriterium* – und dann, ganz verschwörerisch, flüstert sie: »Ich überlege, einen Brief zu schreiben.«

Eine Sekunde lang starren wir uns an, sind uns so nah, dass ich sie atmen höre. Und dann verändern sich ihre Augen, die Luft wird zähflüssig, und ich weiß nicht, wie ich erklären soll, was als Nächstes passiert, aber es ist wie in einem dieser Kinderbücher, in denen ein Kind durch ein Portal stolpert und sich in einer völlig anderen Welt wiederfindet. Und es sind nicht nur ihre Augen, auch ihr Geruch, ihre Lippen, der Schönheitsfleck auf ihrer Wange – sie ist eine Welt, die ich erkunden will, und doch irgendwie auch eine, die ich schon kenne.

»Evan«, sagt Will und zieht an meiner Hand.

Der Moment vergeht; Shosh blickt nach unten, lächelt Will an und verschwindet in der Damentoilette.

Als würde sie ihr folgen, löst Nachtvogel sich auf.

»Kennst du sie?«, fragt Will.

»Gewissermaßen ...«

»Sie ist hübsch.«

»Jepp.«

Gerade will ich mit Will zurück zu unserem Tisch gehen, als mir der Gedanke kommt, dass die Garderobenwahl heute Morgen – meine Lieblingshose von Puma – ein entscheidender Fehlgriff war.

Shosh ist mir ziemlich nah gekommen.

Die Hose von Puma ist ziemlich dünn.

»Evan.«

»Sekunde.« Ich hole mein Telefon raus und tue so, als würde ich scrollen, während ich bis dreißig zähle, und als ich meiner Fähigkeit, aufrecht durch einen vollen Raum gehen zu können, wieder vertraue, stecke ich das Telefon ein und sehe Will an. »Okay. Kartoffeln?«

»Kartoffeln«, sagt er.

Ich hebe ihn hoch, werfe ihn mir über die Schulter, dass er kichern muss, und trage ihn durch das Restaurant zu unserem Tisch, wo Mom lächelt. »Lieferung für Mary Taft«, sage ich mit tiefer Stimme. »Ich hab hier einen Sack Kartoffeln mit Ihrem

Namen drauf.« Das Kichern wird lauter, und mein Verstand ist vielleicht in eine Million Richtungen gespalten, aber mein Herz glüht nur in eine.

Als ich ein Kind war, hat mir irgendein Freund eine Lego-Minifigur geschenkt. Ich hatte kein Lego und wusste nicht, was ich damit anfangen sollte, also nannte ich sie Hubbel (wegen dem runden Hubbel auf dem Kopf), stellte sie in ein Regal und vergaß sie. Zu Weihnachten bekam ich dann eine ganze Kiste mit Lego, und plötzlich, im Kontext, ergab Hubbel Sinn.

Ein Windstoß rüttelt an meinem Zimmerfenster. Draußen die frühen Spuren des Herbsts: eine Pause von der Hitze, in der alte Dinge auf schöne Weise sterben und sich der Rest von uns für den drohenden Zorn des Lake Michigan bereit macht. Es ist spät, aber ich bin hellwach, sitze im Bett, wechsle von Notizen zu Maps wieder zu Notizen, während ich leise den neuen Text singe und denke, dass das Lied plötzlich – zusammen mit dem alten Text – im Kontext Sinn ergibt.

> *(Atme aus)*
> *Ich nehm es alles auf*
> *(Leise, sacht)*
> *Geh Brooklyn lang bei Nacht*
> *Was kalt begonnen hat, gefriert von ganz allein*
> *(Gib auf und spring rein)*
> *Brücken auf meinem Weg*
> *(Gewinnen wirst du nie)*
> *Verbuch es als Verlust*
> *Ich halt alles aus, solange nur gilt, du plus ich*

*Aber deswegen bist du weg*
*Du sagst, Glücklichsein ist jetzt von Bedeutung*
*Aber ich will nur den finden, der dir wehgetan hat*
*Alles um den Schlusspunkt*
*Ich habe so lang an falschen Orten gesucht*
*so viel Falsches gesagt, falsche Gesichter bewahrt*
*Und wieder ein Fehlstart*
*Steh auf, steh auf und zur Division Street*
*siegreich erhebt sich dort das Winterlicht*
*Es passiert ganz bald*
*wenn der Mond erstrahlt*

Maps zufolge gibt es Dutzende Division Streets im ganzen Land. Aber wenn man den Rest des Textes in Betracht zieht …
Ich gehe zu Nachrichten, texte Ali: **Bist du wach?**
Innerhalb von Sekunden drei Pünktchen, und dann …

Ali: **Für dich? Immer**

Ich: **Ich muss wo hin. Wär deine Stimme gern dabei?**

Ali: **Ruf einfach an!**

Ich stehe vom Bett auf, ziehe Jacke und Schuhe an. Die Nacht ist plötzlich pulsierend und lebendig, als ich die Treppe hinunterlaufe, dabei geschickt das verräterische Knarren der vorletzten Stufe überspringe, die Haustür öffne, sie mit einem leisen Klicken hinter mir zuziehe und Ali anrufe …

»Und wo geht's hin?«, fragt sie.

»Ich hab heute im Chili's neuen Text bekommen —« Noch während die Worte aus meinem Mund kommen, bereue ich sie.

Am anderen Ende Totenstille, gefolgt von einem leisen »Interessant.«

»Ali —«

»Nein, alles gut. Ich meine, du weißt, dass ich das Chili's liebe, aber schon okay.«

»Alison? Wir hatten eine Geschenkkarte. Es war eine Last-Minute-Geschichte. Aber ja, okay, ich entschuldige mich dafür, mit meiner Familie essen gegangen zu sein und dich nicht eingeladen zu haben.«

»Dein Sarkasmus ist vermerkt. Fahr fort.«

»Das Ding ist, ich glaube, du hattest recht.«

»Offensichtlich.« Dann: »Womit?«

Von allen Division Streets in Amerika gibt es eine ganz bestimmte von besonderem Interesse. Die Straße ist nur zwei Kilometer von uns entfernt und mir nicht nur wegen dieser Nähe bekannt, sondern wegen eines gewissen Wohnsitzes, den man in ganz Iverton als Winterleuchtturm kennt. Jedes Jahr am ersten Dezember verwandelt sich ein ansonsten unscheinbares Haus in den Stoff, aus dem Legenden sind: Die Wände und das Dach, die Fenster und Türen, jeder Zentimeter ist mit blinkenden Glühbirnen bedeckt; riesige falsche Schneemänner sehen einem riesigen falschen Weihnachtsmann dabei zu, wie er eine riesige falsche Leiter zum Dach hinaufsteigt, und während das alles sicherlich Publikum zieht, ist es trotzdem nicht das, was die Allgemeinheit dazu antreibt, Jahr für Jahr mit heißem

Kakao im Flanellpyjama in ihre Vans zu steigen. Diese Auszeichnung gebührt der größten aufblasbaren Leuchtfigur auf dieser Seite des Mississippi, einem Fünfzehn-Meter-Jesuskind – unwahrscheinlich aufrecht und mit ausgestreckten Armen und gekrönt von einer riesigen Sternschnuppe, auf deren Schweif die Worte ERHEBE DICH SIEGREICH stehen.

In klaren Nächten kann man den schimmernden Säugling angeblich von den Hochhäusern der Michigan Avenue aus sehen.

Wahrscheinlich sieht man ihn sogar aus dem Weltraum.

So jedenfalls hat das Haus sich seinen Spitznamen verdient: der Winterleuchtturm.

Nachdem ich links in die Chestnut einbiege, erzähle ich Ali von den letzten Texten von Nachtvogel, mit einem besonderen Fokus auf den letzten Zeilen des Refrains –

*Steh auf, steh auf und zur Division Street*
*siegreich erhebt sich dort das Winterlicht*
*Es passiert ganz bald*
*wenn der Mond erstrahlt*

– ein langer Seufzer am anderen Ende der Leitung, gefolgt von: »Ohne Scheiß.«

»Ich weiß nicht, wer Nachtvogel ist oder warum sie mich ausgewählt hat, aber die Lieder kommen mir langsam weniger rätselhaft und eher geografisch vor.«

»Als würde sie dir eine Karte zeichnen«, sagt Ali.

»Die Frage ist, eine Karte wofür?« Und obwohl wir in dieser Nacht nichts herausfinden (es ist viel zu früh für das prächtige

Jesuskind und die siegreich sich erhebenden Lichter), bleibt Ali am Telefon bei mir, und wir werfen mit Theorien um uns, während ich die Division Street auf und ab gehe. Und ich frage mich, ob es jemals ein befriedigenderes Geräusch gab als den Rhythmus von Schritten auf dem Pflaster in einer ruhigen Nacht, die Straßen kalt und verlassen, der Abend wie eine leere Leinwand vor dir ausgebreitet, die Stimme deiner besten Freundin im Ohr.

Als ich nach Hause komme, gehe ich auf Zehenspitzen in die Küche, um Wasser zu holen, und finde auf der Arbeitsplatte Wills Entwicklungsbericht mit einem Post-it von seinem Lehrer: *Wills Matheergebnisse sind unter dem Durchschnitt – er muss daran arbeiten!!* Und zum zweiten Mal heute denke ich an ein Spielzeug namens Hubbel. Ich denke daran, wie häufig ein Wert an einen Kontext gekoppelt ist und wie oft wir versuchen, beides voneinander zu trennen. Ich denke an die Dinge, die wir in staubige Regale stellen, und frage mich, ob unter anderen Umständen – in einer Umwelt, die ihr Wesen besser reflektiert – vermeintliche Mängel vielleicht aufschlussreiche Eigenschaften werden.

Auf dem Weg aus der Küche knülle ich das Post-it zusammen und werfe es in den Müll.

# SHOSH

*Telefon im Haus*

Es gab einmal eine Zeit, als nicht Leute Telefone hatten, sondern Häuser.

Shosh stand in der Küche und starrte auf die Stelle an der Wand, wo vor Jahren das Festnetztelefon gehangen hatte. Sie hatte keine Erinnerung an ein Festnetztelefon, aber dieser ungestrichene Fleck – in der exakten Form des prähistorischen Kommunikationsgeräts – bewies seine Existenz und war als Denkmal ein wahrer Schandfleck.

Es war spät. Als sie in der Nacht nach Hause gekommen war, war das Haus still gewesen; wahrscheinlich schliefen alle. Sie war im Wohnzimmer aus dem Mantel geschlüpft, in die Küche gegangen, um sich was zu essen zu holen, und obwohl dieser beige Umriss immer da gewesen war, war es, als hätte sie ihn bis jetzt nicht bemerkt.

Wie konnten sie das so lassen? Es war schließlich kein größeres Bauvorhaben, nur eine kleine Ausbesserung. Allerdings ging es um dieselben Eltern, die sich weigerten, das Zimmer ihrer toten Tochter zu betreten. Vermeidung war ihr Modus Operandi.

Eine leise Stimme im Hinterkopf: *Sie sind nicht die Einzigen, die nicht in ihr Zimmer gegangen sind.*

Shosh holte ihr Telefon raus und rief Ruth an.

»*Mmmh-hi.*«

»Bist du wach?«

»Wiespätistes?«

»Wie ging noch dieses Gedicht, das du zitiert hast. Das von Emily Dickinson.«

Ruth räusperte sich wie ein brunftiger Ochsenfrosch. »Ich … weiß … nichts …«

»Ich stehe grade vor einem Fleck in unserer Küchenwand.«

»Okay.«

»Ich stehe vor einem Fleck in unserer Küchenwand, der zu meinen Lebzeiten nicht gestrichen worden ist. Mit dem Umriss eines Festnetztelefons, wenn du das glauben kannst.«

Pause, dann: »Mussma pieseln. Warte.«

Als Ruth wieder dran war, fragte Shosh sie nach den geltenden Fristen für Farbausbesserungen. »Ich denk, so zehn Monate, oder? Länger, und man ist eine faule Sau.«

»Faulheit ist eine Möglichkeit«, sagte Ruth.

»Hast du 'ne andere?«

»Na ja. Wenn du nicht zu faul bist, um es auszubessern, versuchst du, jemandem irgendwas zu beweisen. Also lässt du es so. Als Statement.«

Shosh dankte Ruth, legte auf und holte dann einen Pinsel und einen halb leeren Farbeimer aus der Garage. Und als sie mit der Küche fertig war, ging sie hoch, um sich um die andere

Sache zu kümmern, aber anstatt die Tür zum Zimmer ihrer Schwester zu öffnen – nicht um zu putzen oder etwas zu verändern, sondern nur um *drin* zu sein –, ging sie einfach daran vorbei, schloss sich in ihrem eigenen Zimmer ein, googelte »Emily Dickinson Unsterblichkeit« und las Gedichte, bis die Sonne aufging.

# EVAN

*nach Hause telefonieren*

»Ich wünschte, du würdest mich mitkommen lassen.«

Mom räumt ihre Müslischüssel in den vollen oberen Korb, an einen perfekt für eine Schüssel dieser Größe passenden Platz. Mit der gleichen Bewegung holt sie ein Spülmittel-Tab unter der Spüle hervor, wirft ihn, ohne hinzusehen, in den Geschirrspüler, klappt die Tür zu und drückt auf Start. Gäbe es ein Geschirrspül-Olympia, würde ihr niemand Konkurrenz machen.

»Mom –«

»Was soll ich dir sagen, Evan. Diese Termine sind keine große Sache.«

»Super. Dann komm ich mit. Keine große Sache.«

Sie betrachtet den Kalender an der Küchenwand. »Ich hab für die Budazeit diese Woche an Taco-Auflauf gedacht. Ich fühle mich schrecklich, dass ihr immer nur Pizza kriegt.«

»Wir lieben Pizza.«

»Ich kann mehr machen für Mittwoch gleich mit.«

Ohne es zu bemerken, fängt sie wieder an, an dieser Stelle

auf ihrer Brust zu kratzen. Als ich sie gestern danach gefragt habe, meinte sie, es sei nur eine »Strahlungsverbrennung«, *was zur Hölle*. Erst auf mein Drängen hin hat sie mir erklärt, dass sie auf dem quadratischen Bestrahlungsfeld einen kleinen Sonnenbrand bekäme, und sie habe zwar Cremes dafür gekriegt, aber da sie zehn Wochen lang fünf Mal die Woche eine Behandlung habe, könne sie eigentlich nur abwarten, bis die zehn Wochen um seien. Da habe ich gesagt, dass ich heute mitkommen würde, und sie wurde sarkastisch, dass ich anscheinend glaubte, ich könne sie vor einem Sonnenbrand beschützen, und ich habe gesagt, dass es darum gar nicht ginge, und da stehen wir jetzt.

»Vorausgesetzt, dass ihr euch darauf beschränken könnt, nicht *zwei Mal* nachzunehmen«, sagt sie, starrt immer noch den Kalender an und kratzt munter weiter. »Ich weiß nicht, was der Taco-Auflauf hat, dass er meine Jungs in einen Wurf wilder Füchse verwandelt.«

»Geheck.«

»Was?«

»Die Jungen von Füchsen werden *Geheck* genannt.«

»Wirklich?«

»Mom.«

»Warte, woher weißt du das?«

»Ich komme mit.«

Sie dreht sich vom Kalender zu mir um, und ich sehe in ihren Augen, dass sie meinen Tonfall bemerkt hat: Wir reden jetzt als Erwachsene. »Nein, Evan, das wirst du nicht.«

»Du hast gesagt, manche Leute bringen Angehörige mit. Mir gefällt der Gedanke nicht, dass du da allein bist.«

»Pech gehabt.«

»Mom –«

»Verdammt, Evan, für mich ist wichtig, dass das was Normales bleibt!« Sie wendet sich ab; ich erstarre, Blut steigt mir ins Gesicht, und als sie sich wieder zu mir umdreht, lächelt sie unter Tränen. »Weißt du, wie viele Nachrichten ich von Frauen bekomme, die – die Unterstützung suchen, jemanden, mit dem sie ihre Erfahrung teilen können, und vielleicht brauche ich das auch irgendwann. Aber im Moment ist es wichtig, dass es ganz normal ist. Ich gehe allein. Wie zu jedem anderen blöden Termin. Okay?«

Ich schlucke meine eigenen Tränen runter. »Okay.«

»Gut.« Sie wischt sich mit dem Handrücken über die Augen und dreht sich wieder zum Kalender um. »Ich mach den Taco-Auflauf.«

Als Mom im August die Lumpektomie hatte, kam mir der Gedanke, dass jemand es Dad sagen sollte. Ich dachte darüber nach, ihn anzurufen, und dann wurde mir sein Name in meinem Instagram-Feed vorgeschlagen, und weil ich nicht *glauben* konnte, dass Dad auf Instagram war, hab ich seinen Account angeklickt und einen Haufen Fotos gefunden, die einen Wachalbtraum hervorgerufen haben, gefolgt von einem meiner denkwürdigeren Stürme. Es gab Fotos von Stacey am Strand. Fotos, auf denen sie beide mit der verschrumpelten Kartoffel von einem Pudel spazieren gingen, oder mit Staceys Sohn und seiner Freundin, und überall war Dads Glück für jeden sichtbar zur Schau gestellt. Und das war der Beginn einer neuen Geisteshaltung in Bezug auf meinen Vater:

»Scheiß auf ihn«, sagte ich an jenem Tag und warf mein Telefon aufs Bett.

Aber an diesem Tag, als Mom allein zu ihrem Bestrahlungstermin fährt, beschließe ich, ihn anzurufen. Ja, ich muss mich dafür bei ihm melden, aber angesichts meiner eben erwähnten Geisteshaltung ist der Anruf weniger ein Olivenzweig als ein Gummiknüppel.

Ich mache den Anruf in meinem Zimmer.

»Hallo?«, antwortet eine Stimme, die ich nicht kenne.

»Äh – hi?«

»Oh, hey. Ist da Evan?«

Und da sitze ich, kampfbereit, und spüre, wie mir der Gummiknüppel aus der Hand rutscht. »Sorry, wer bist du?«

»Ich bin Ruth. Die Freundin des Sohns der Freundin deines Vaters.«

Noch während ein Teil von mir spürt, wie mein Geist meinen Körper verlässt, erkennt der andere Teil von mir die Absurdität des Moments. Fast frage ich nach der verschrumpelten Kartoffel von einem Hund.

»Das ist irgendwie schräg, oder?«, sagt Ruth, eine Bemerkung, die keine weitere Handlung meinerseits erfordert. »Greg sagt, du gehst nächstes Jahr nach Alaska? Cool, Mann. Ich war nie da, weiß nicht, ob ich mit der Kälte klarkommen würde.«

Darüber werde ich mich auf keinen Fall mit der Freundin des Sohns der Freundin meines Vaters unterhalten, die anscheinend mit ihm per Du ist.

»Ist *Greg* da?«, frage ich.

Als Dad rangeht, vergesse ich fast, warum ich angerufen habe.

»Hey, Kiddo.«

»Hey, Greg.«

Schweigen und dann: »Okay.«

»Hat sich dein Handy in ein Festnetztelefon verwandelt?«, frage ich. (*Ha!*)

»Was? Oh – sorry, nein. Ich war ... beschäftigt.«

Eine schnelle gedankliche Überprüfung des in diesem bestimmten Tonfall ausgesprochenen Worts führt mich zu der Schlussfolgerung, dass Dads Beschäftigung entweder im Schlaf- oder im Badezimmer stattgefunden hat, und da beides unappetitlich ist, rede ich weiter.

»Mom hat Krebs.« Einfach so. Es soll wehtun.

Nichts am anderen Ende der Leitung. Nur Atmen.

»Wir brauchen nichts von dir«, sage ich. »Ich dachte nur, du willst vielleicht wissen, dass die Frau, mit der du ganze –« *Scheiße.* Wie lang waren sie zusammen? Ich versuche, es schnell zu überschlagen, aber bevor ich ein Ergebnis habe –

»Einundzwanzig Jahre, Kumpel.«

»Die Frau, mit der du einundzwanzig Jahre verbracht hast, hat Brustkrebs, und ich dachte, du willst es vielleicht wissen.«

In den folgenden Momenten des Schweigens überspült mich die Wahrheit in einer kalten Welle.

»Evan ...«

»Du weißt es schon.«

»Nur weil ich nicht da bin, heißt das nicht, dass deine Mom und ich nicht reden«, und jetzt startet er richtig durch, der ewige Schwätzer, über die verschiedenen Möglichkeiten, wie Menschen präsent sein können. Er sagt, dass er stolz auf mich sei, dass Mom in guten Händen sei, und ich will sagen, *Ja, aber nicht meine Hände haben ihre vor einem Altar gehalten, nicht ich hab ihr versprochen, bei ihr zu sein in Krankheit ...*

»Du bist genau wie er«, sage ich ruhig.

»Wie wer?«

Eine der genialeren Entscheidungen in *E. T.* ist, dass man nie den Dad sieht. Man nimmt ihn durch seine Abwesenheit wahr: Als Elliott und Michael ein altes Hemd von ihm in der Garage finden und sich daran erinnern, wie er riecht; oder ziemlich am Anfang, als Elliot seine Mom zum Weinen bringt, nur weil er erwähnt, dass sein Dad in Mexiko ist; und später, als Elliott und Michael nicht rechtzeitig zu Hause sind und ihre Mom sie suchen muss, murmelt sie leise das Wort *Mexiko*, und wir begreifen, dass sie nicht wütend auf ihre Kinder ist, weil die nicht nach Hause gekommen sind – sie ist wütend auf ihren Mann, weil er sie verlassen hat.

Dee Wallace ist die Schauspielerin, die die Mutter spielt. Ich hab's nachgeschlagen. »*Mexiko*«, sagt sie und fährt rückwärts aus der Einfahrt, um ihre Kinder zu suchen.

Manchmal braucht es nur ein Wort, um unendlich viele Gefühle zu vermitteln.

»Fick dich, Dad.«

Manchmal braucht es drei.

# UNST, SHETLANDINSELN

*1899*

Onkel Arran verfluchte den Tag, an dem Ewans Mutter gestorben war. Nicht weil er besonders viel Liebe für die Frau übrig gehabt hätte, sondern wegen der Farben, die sie dem jungen Ewan vermachte. Oft sah er Ewan wütend an und murmelte etwas von Zeitverschwendung, und Ewan zuckte mit den Schultern, als wollte er zeigen, wie wenig ihm die Farben bedeuteten.

Eine Lüge. Zu malen liebte er mehr als alles andere.

Seine Tage verbrachte Ewan im Sechsriemen mit seinem Onkel und fischte vor den nördlichen Küsten auf Hering oder Kabeljau. Die Arbeit war mühsam; abends sank Onkel Arran auf dem kleinen Gehöft zusammen und erklärte mit einem großen Stoßseufzer: »Dat is good sick op sien egen Grund hentolegen.« Ewan tat so, als würde er zustimmen, aber in Wahrheit fühlte er sich gar nicht wohl – nicht in seinem Zuhause, nicht in seiner Haut. Jede Woche zählte er die Tage bis zu seinem einen freien Tag, wenn er endlich die Farben ans Ufer tragen und er selbst sein konnte.

An einem Ort zur Welt zu kommen und dort aufzuwachsen, heißt, seine Eigenarten mit Normalität zu verwechseln: Ewan war immer einsam, er wusste es nur nicht.

Mit Sicherheit aber war er weniger einsam gewesen, als seine Mutter noch gelebt hatte. Damals standen sie zusammen am Rand des Meeres und blickten zum fernen Horizont – Norwegen, nur dreihundert Kilometer weit weg – und stellten sich Wikinger in Schiffen vor, den Schrecken drohender Invasionen und anschließender Kämpfe, und Ewan konnte den Fisch riechen – Echos seiner alten Vergangenheit vermischt mit seiner Gegenwart, hier, auf dieser Insel im Nordatlantik. Er nahm an, dass sie schön war – Sandstrände und Küstenklippen, hügeliges Grasland und weidende Schafe –, aber mit vierzehn Jahren war die Linie zwischen Schönheit und Langeweile schmal. Ewan sehnte sich nach mehr, wobei er nicht sagen konnte, von *was* mehr, nur dass er beim Malen am ehesten das Gefühl hatte, er würde es bekommen.

Er hielt sich an kleine Steine am Strand, malte Miniaturbilder, um nicht zu viel Vorräte auf einmal zu verschwenden. Manchmal allerdings brannte die unbenannte Sehnsucht zu hell für kleine Steine, und wenn das geschah, zog sich Ewan an einen Teil des Strands zurück, wo die Klippenwand glatt war und nach Norden zeigte und ihn vor den neugierigen Augen seines Onkels schützte.

Hier, in dieser verborgenen Nische, malte Ewan sie.

Er hatte keinen Namen für das Mädchen. Jeder Versuch,

ihr einen zu geben, kam ihm übergriffig vor, und weil sie nur in der schwimmenden See seines Geists existierte, war Ewan zufrieden damit, sie immer wieder auf den kalten Felsen zu malen. Das Mädchen hatte Sommersprossen und fließende Haare, die von einem Haarreif zurückgehalten wurden. Der Reif selbst war unverwechselbar durch seine Flügel, einer auf jeder Seite des Kopfs, als würde das Mädchen gleich losfliegen. Und das passte, da Unst voller Seevögel war. Sie gesellten sich oft zu Ewan in die geheime Nische, versammelten sich und flatterten, schrien und tauchten, während er arbeitete. In ihrem Chaos fand Ewan Ruhe und eine gewisse Inspiration, wenn es zu den Feinheiten im Gesicht des Mädchens kam: Wie ein Seevogel war sie weder an Land noch an Wasser gebunden.

Erst wenn er ein Porträt beendete und zurücktrat, um ihr Gesicht zu bewundern, konnte Ewan seinem Onkel zustimmen. »Aye«, sagte er. »Dat is good sick op sien egen Grund hentolegen.«

Alles erzählt eine Geschichte. Manche Geschichten werden am falschen Ort zur falschen Zeit geboren. Manche müssen an ihren richtigen Ort gemalt werden. Das dachte Ewan an einem strahlenden Frühlingsmorgen, als Onkel Arran ihn anwies, eine Tasche zu packen. »Dat geiht to de Sund«, war alles, was sein Onkel sagte, und Ewan spürte, wie sein Geist sich regte.

Wenigstens zwei Mal im Jahr verschwand Onkel Arran mit Vorräten von Wolle und gesalzenem Hering in die nächste Stadt, nur um Tage später mit leeren Händen und einem blauen

Auge zurückzukehren und das Gehöft mit dem essigsauren Gestank von Alkohol zu überfluten. Dies war das erste Mal, dass Ewan seinen Onkel in die Stadt begleiten sollte, und während sich ein Teil von ihm über den Sinneswandel wunderte, nahm er an, dass die Antwort in Arrans immer schlimmer werdendem Husten zu finden war. Sein Onkel war kein junger Mann, er war weder gesund noch besonders warmherzig; aber er war auch nicht grausam. Falls er diese Erde verlassen sollte, würde er seinen Neffen nicht hilflos im Nordwind zurücklassen.

Es war eine Tagesreise. Auf dem Weg lauschte Ewan, wie sein Onkel Lieder auf Norn sang, von Booten und starken Stürmen. »*Starka virna vestalie, obadeea, obadeea*«, sang Arran, und Ewan dachte an das Leben seines Onkels, wer er jetzt war, wer er einmal gewesen sein könnte.

Als sie in die Stadt kamen, sah Ewan Dinge, die er sich bisher nur vorgestellt hatte: Gebäude aus Stein, Gassen und Läden, einen Hafen mit Schiffen und rollenden Fässern. Die Hügel, die Küste und das Grasland waren auch noch da, Spuren der Vergangenheit vermischt mit der Gegenwart. Eine Welt, die er kannte, unter einer neuen Welt.

»Stah dor nich rum as een Fohl ohne Modder«, sagte Onkel Arran, und Ewan eilte hinter ihm her die Straße hinunter, dann eine andere. Irgendwann zeigte Arran auf eine Treppe, sagte Ewan, dass er warten solle, und verschwand in einem Gebäude.

Ewan setzte sich hin und wartete. Er versuchte, seine Sinne an den Trubel der Stadt zu gewöhnen.

Minuten vergingen, dann stieg aus dem Lärm ein Lied auf, eine hohe, trällernde Melodie, anders als alles, was er je gehört hatte. Das Lied kam von einer kleinen Ansammlung von Zelten ein Stück die Straße hinunter, Händler, die Waren anboten. Ewan blickte zu den Zelten, während die Waagschalen seines Verstands sich erst zur einen, dann zur anderen Seite neigten: der mögliche Tadel seines Onkels gegen seine eigene Neugier. Am Ende war nichts zu machen.

Er stand auf und eilte die Straße hinunter; unter den Verkäufern waren Kleinbauern, Schreiner, Fischer. Aber als er den Ursprung des Lieds endlich genau bestimmt hatte, konnte er kaum glauben, was er sah – ein Zelt voller Gemälde. Er betrat es, als würde er eine Kirche betreten: ehrfürchtig, ängstlich, sich seiner eigenen Unzulänglichkeiten grenzenlos bewusst. Überall waren Leinwände, auf Tischen gestapelt, in Kisten gepackt. Zeitweise von dem Reichtum an Farbe abgelenkt, vergaß er das Lied, sah durch die nächstbeste Kiste und entdeckte Gemälde von gepflasterten Straßen, von Schiffen, die über das Meer segelten. Es gab Vögel und Musikinstrumente und die sonderbare Darstellung einer Frau, die mit einem kleinen Lächeln im Gesicht in den Wellen versank. Gerade als er aufstehen und gehen wollte (Onkel Arran würde seine Missetat sicher bald entdecken), erstarrte Ewan und spürte, wie ihm das Herz in die Hose sank –

Er starrte das Gemälde an und fragte sich, wie das sein konnte. Er war natürlich geschockt, verblüfft, aber es gab keinen Zweifel. Die Haare, die Augen, die Nase mit dieser Spitze, die er immer gehasst hatte –

Alles war da. *Er* war da.

Er war auf diesem Gemälde. Als würde er in einen Spiegel sehen.

»Een fiene Dach hüt«, sagte die leise Stimme der Verkäuferin hinter ihm, und als Ewan sich umdrehte, fand er sich einem Mädchen seines Alters gegenüber, Sommersprossen auf Nase und Wangen verteilt, die Haare von einem Haarreif mit Flügeln zurückgehalten. »Ick heff di funnen«, sagte das Mädchen, und einen Moment lang starrten sie sich an, zwei an den richtigen Ort gemalte Seelen, und Ewans Herz erhob sich aus der Hose in seine Brust und seine Kehle, flog einfach aus seinem Kopf heraus in den Himmel, weder an Land noch an Wasser gebunden.

# TEIL VIER

# SONATE

# EVAN

*dieses Gespenst ist nicht Ihre Tochter*

Ich bin noch dabei, mich anzuziehen, als es an der Tür klingelt. Unten höre ich, wie Will sie reinlässt, und dann eine gemurmelte Diskussion, deren Große Inquisition ich mir kaum vorstellen kann, und als ich Michaels kultigen Hut mit dem Messer im Kopf schließlich richtig aufgesetzt habe und die Treppe hinuntergehe, dreht Will Ali richtig durch die Mangel.

»Ich versteh es nicht«, sagt er.

Ali wirft mir einen Blick zu: *Hilfe.*

Ich zucke mit den Schultern: *Ich hab's dir gesagt.*

Sie sieht wieder Will an. »Du hast *Herr der Ringe* gelesen, oder?«

»Ich bin sieben.«

»Stimmt. Okay. Also. Da gibt es diesen Hobbit namens Frodo Beutlin.«

»Du bist Frodo?«

»Viel besser. Ich bin Frodos missratener Cousin *Alfredo* Beutlin.«

Will starrt Ali ganze acht Sekunden lang einfach nur an, dann gebe ich ihr die *E.-T.*-Maske und ein weißes Laken, und sie nimmt beides mit müder Resignation.

»Ich dachte wirklich, dies wäre das Jahr«, sagt sie und setzt pflichtbewusst die Maske auf.

»Alfredo Beutlin?«

»Ich fand es witzig.«

Ali wirft sich das Laken über das gesamte Kostüm, mit E. T.-Maske und allem. Ich tätschele ihr den Rücken, sage ihr, dass es immer noch das nächste Jahr gibt, wohl wissend, dass sie E. T. sein wird, bis Will es nicht mehr von ihr erwartet, wobei Alis Halloween-Kostüm dann auch meine geringste Sorge sein wird.

Mom kommt aus dem Schlafzimmer und ist angezogen wie Michaels und Elliotts Mom im Film, und man muss ihr lassen, dass sie das Outfit mit Leopardenprint und Katzenmaske absolut rockt. Will ist natürlich genau wie Elliott angezogen – was er ja immer ist, aber jetzt eben wie der Halloween-Elliot, nicht mit einem roten, sondern einem grauen Kapuzenpulli und dazu grauer Schminke und einem Umhang.

»Wartet mal«, sagt Mom, holt die Polaroidkamera und zitiert den Film, noch bevor sie ein Foto macht. »Ahh, ihr seht fantastisch aus!«

Nach ein paar weiteren Bildern dreht Will sich mit dem Gleichmut einer gelangweilten Katze zu Ali um. Durch das dünne weiße Laken sieht Ali ihm in die Augen, bis sie endlich einknickt und sich so tief runterbückt wie möglich, um E. T.s Statur nachzuahmen. Nach noch ein paar Fotos gehen wir los für unsere Fan-Fic-Süßes-oder-Saures-Tour in Traumbesetzung.

Etwa zwei Stunden später kehren wir als Helden zurück.

Wir kippen die Süßigkeiten im Wohnzimmer auf dem Boden aus, berichten Mom die Höhepunkte aus Horror und Komik und begeben uns, den Geist erfüllt von gruselsüchtigem guten Willen, gemeinsam zum Fernseher für die wahre Bedeutung von Halloween: das jährliche *E. T.*-Gucken.

Ja, Will und ich haben den Film seit dem letzten Halloween etwa fünfzig Mal gesehen, aber Mom und Ali nicht, und selbst wenn: Niemand legt sich an mit der Taft/Pilgrim-Halloween-Tradition. Irgendwann kommen wir an die Stelle im Film, wo die Figuren für Süßes oder Saures rausgehen, und da unser Cosplay so großartig war, kommt es uns fast so vor, als würden die Schauspieler im Film *uns* cosplayen. In der Szene versuchen die Jungs, E. T. aus dem Haus zu schaffen, ohne dass ihre Mom es merkt, also hängen sie ihm ein Bettlaken über den Kopf und tun so, als wäre er ihre kleine Schwester, und ihre Mom findet Gertie als Gespenst anscheinend nur richtig süß, und wenn ich an dem Film was zu meckern habe, dann ist es dieses Element der Handlung.

»Moment mal«, sagt Ali.

»Lass es«, sage ich.

»Ich will nur was klarstellen.«

»Es ist es nicht wert.«

Ali zeigt auf den Bildschirm. »Ich kapier ja, dass die Frau einen Haufen Probleme hat, aber … glaubt sie wirklich, E. T. ist ihre Tochter?«

»Ich geb Ali recht.« Mom wickelt einen einzeln verpackten Gummiwurm aus und lässt ihn beim Reden aus dem Mund hängen. »Mir war nie ganz klar, was da passiert.«

Will nimmt die Fernbedienung, drückt auf Pause und erklärt

ausführlich, *was genau* passiert und warum. Ich liebe es, wenn er so ist, als wären wir Patienten in einem Wartezimmer, und er so: »Hi, ich bin Dr. E. T. med. Will Taft, und ich fürchte, Sie leiden unter einem schweren Fall von Akutem Langweiligen Normalsein.«

Sobald er fertig ist, drückt er auf Play, und ich muss wohl nicht hinzufügen, dass für den Rest des Films keiner mehr eine Frage stellt. Und bei der Schlussszene, überdreht von Zucker und Gefühlen, weinen wir alle ungeniert, und ich weiß nicht – manche Familien spielen zusammen Golf, manche backen, manche gärtnern oder gehen an den Strand. Wir dagegen, wir heulen zusammen bei herzerwärmendem Kino.

»Okay, Will. Zeit fürs Bett.« Mom schlägt sich auf die Knie, gibt eine unchristliche Menge an Geräuschen von sich, als sie vom Sofa aufsteht, und ich kann nicht anders, als mir Sorgen zu machen. Dann treffen sich unsere Blicke, sie lächelt, und ich mache mir *deswegen* Sorgen. Lächelt sie, weil es ihr gut geht, oder lächelt sie, damit ich mir keine Sorgen mache, weil es ihr nicht gut geht?

»Was sagst du zu Evan und Ali für dieses weitere besondere Halloween?«, sagt sie.

Will wankt zu Ali und legt ihr beide Arme um den Hals. »Du bist ziemlich okay als E. T.«, sagt er, und Ali umarmt ihn auch und sagt mit liebevollem Sarkasmus: »Danke, Will.«

Und jetzt steht er vor mir, die kleinen Arme weit ausgebreitet, den Kopf zur Seite geneigt, und mir kommt der Gedanke, dass für den Rest meines Lebens – von jetzt bis zu dem Tag, an dem ich sterbe – jede Umarmung an dieser einen gemessen werden wird.

»Mein Herz glüht für dich«, sagt er mir ins Ohr.
»Ich bin immer bei dir«, sage ich.
Und ich denke über die Physik der Liebe nach, frage mich, wie die ganze Welt in eine Umarmung passen kann.

# SHOSH

*letzte Male*

Es war die Art Herbstnacht, in der die Sterne sich wie Regen anfühlten und der Himmel wie ein Regenschirm, der sich neigte, um sie zu schützen. Shosh saß in ihrem offenen Zimmerfenster und ließ die Beine baumeln, die Aufmerksamkeit zwischen der Symphonie oben und dem Lärm unten geteilt. Das Viertel war voll mit verkleideten Kindern, die auseinander- und zusammenliefen wie Ameisen um einen gefundenen Krümel. Eltern gingen den jüngeren hinterher, die älteren trugen blutigere, sexyere Kostüme, und über allem sang die Geistsängerin von Liebe und Verlust und Bäumen im Schnee.

Das war jetzt ihr Leben: ein Film mit einem eigenen Original-Soundtrack.

Sie leerte die Dose, ging nach unten und holte sich noch eine aus dem Kühlschrank; wieder oben, zog sie eine Großflasche Wodka unter dem Bett hervor. Die Hälfte der Cola Light kippte sie aus dem offenen Fenster auf die sterbenden Rosenbüsche ein Stockwerk unter ihr, dann füllte sie die Dose aus der Wodkaflasche auf.

Auf der anderen Straßenseite lachte ein Einhorn mit einem Jack Skellington.

Eine Gruppe Superhelden, Marvel und DC gleichermaßen, nahm zusammen eine Abkürzung durch einen Garten.

Eine Familie mit Kindern in Cubs- *und* White-Sox-Trikots.

Wie harmonisch war die Welt an Halloween.

Ihr Telefon summte; sie zog es heraus und sah einen eingehenden Face-Time-Anruf von Ms Clark, aber als sie wischte, um ihn anzunehmen, blickte ihr ein anderes Gesicht entgegen.

»Oh, hallo, Baby Yoda«, sagte sie und lächelte.

Mit der wahrscheinlich niedlichsten Stimme aller Zeiten – todernst und mit einem leichten Lispeln – antwortete Charlie: »Mein Name ißt Grogu.«

»Klar.« Shosh nickte. »Grogu, sorry.«

Charlie reckte den Kopf, als wollte er ihn durchs Telefon stecken. »Und waß bißt du?«

»Ich bin« – Shosh zog eine unheimliche Grimasse und machte mit einer Hand eine Klaue – »*ein Geschöpf der Nacht*«, sagte sie mit rauer Stimme.

Charlie kreischte grinsend, ließ das Telefon fallen und rannte weg.

Eine Sekunde lang starrte Shosh an die Decke des Wohnzimmers der Clarks, bis Ms Clark das Telefon aufhob. »Hey, sorry. Er wollte dich unbedingt anrufen und dir sein Kostüm zeigen.«

»Ich bin froh, dass er das gemacht hat. Großer Abend für den kleinen Mann.«

»Du hast ja keine Ahnung. Wir hatten die Hälfte unserer Süßes-oder-Saures-Tour geschafft, als er plötzlich pinkeln musste. Ich will dich nicht mit den Details des Töpfchentrainings langweilen, aber sagen wir einfach, es ist gerade ein *großer* Erfolg. Wie geht es dir?«

»Ach, Sie wissen schon. Ich sitz hier rum und seh dabei zu, wie das Viertel den Verstand verliert.«

»Bitte sag mir, dass du nicht schon wieder in diesem Fenster sitzt.«

»Ich sitze nicht schon wieder in diesem Fenster?«

Sie sah es zuerst in ihren Augen – den Übergang von guter zu schlechter Laune –, und Shosh wusste, dass sie geliefert war.

»Darf ich dich was fragen?«, sagte Ms Clark.

»Okay.«

»Warum, glaubst du, trinkst du?«

Um das Thema war herumgeredet worden, es war angedeutet, aber nie direkt angesprochen worden. Shosh konnte easy hundert kleine Gründe auflisten – und einen so großen, dass er drohte, sie von innen zu verschlingen –, aber sie sagte nur: »Warum nicht? Ich fahr ja nicht Auto.«

Ms Clark verzog die Miene, sah weg – wahrscheinlich Richtung Badezimmer, wo der kleine Charlie sein Geschäft erledigte. »Ich hab jetzt keine Zeit«, sagte sie seufzend und sah dann wieder Shosh an. »Ich bin froh, dass du nicht fährst, Shosh. Das sagt mir, dass dir die Sicherheit und das Wohlbefinden anderer wichtig sind. Ich wünschte einfach, du würdest dich selbst auch so wichtig nehmen.«

Als sie aufgelegt hatten, merkte Shosh, dass Ms Clark ihre übliche Bitte, dass Shosh eine Sache über Stevie erzählen sollte, weggelassen hatte. Es war nur eine Kleinigkeit, und offensichtlich musste Ms Clark sich heute Abend um ihren eigenen Scheiß kümmern, aber Shosh machte das ziemlich fertig. »Eine Sache über sie«, sagte sie zu dem geschäftigen Viertel unten. »Sie liebte Halloween.«

Unten schrie ein kleines Kind in Gespensterkostüm einen Darth Vader an, dass er nicht auf es warten würde, und Shosh erinnerte sich plötzlich an etwas: Sie war zwölf gewesen, Stevie vierzehn. Sie waren an Halloween immer zusammen losgegangen, aber in diesem Jahr hatte Stevie eine neue Freundin mitgebracht. Shosh konnte sich nicht an ihren Namen erinnern, aber das Mädchen war ohne Kostüm aufgetaucht und hatte den ganzen Abend auf ihr Telefon gestarrt, und Shosh war so wütend auf Stevie gewesen, weil sie dieses Mädchen mitgebracht hatte. Im Jahr danach hatte Stevie gesagt, sie würde sich zu alt fühlen, um noch zu gehen, und deshalb war das Jahr mit der doofen Freundin ihr letztes gemeinsames Halloween gewesen.

Ihr Telefon summte mit Nachrichten von Ms Clark:

> Wir reden bald, ok? Ich bin da.
> Und tust du mir einen Gefallen?
> Komm von diesem verdammten Fenster runter, bitte, danke.

Shosh rutschte nach hinten aufs Bett und dachte über die Formulierung von Ms Clarks erster Frage nach: Nicht *Warum trinkst du*, sondern *Warum, glaubst du, trinkst du?* Die Hinzunahme dieser zwei Wörter – *glaubst du* – bedeutete, dass Ms Clark ihre eigene Meinung dazu hatte. Wenn man eine so gewaltige Frage aufbrachte und sie so formulierte, dass klar war, dass man selbst eine Antwort darauf hatte, sollte man gezwungen werden, die auch auszusprechen, dachte Shosh gereizt und ging wieder auf ihren Thread.

> Shosh: Bin aus dem Fenster raus, sind Sie jetzt zufrieden?

> Ms Clark: Sehr, danke.

> Shosh: Also …
> Warum glauben *Sie*, dass ich trinke?

> Ms Clark: Du bist die Einzige, die das beantworten kann.

> Shosh: Sie ist weg. Und sie kommt nie zurück.

> Ms Clark: Ich weiß.
> Und ich will diesen Grund nicht anzweifeln
> Aber ich denke manchmal …
> …
> …
> Es ist möglich, etwas so Großes zu verlieren, dass es andere Verluste überschattet.

Shosh war sauer. Stevie war ihr Mond gewesen; das wusste Ms Clark, aber seinen Mond zu verlieren, reichte anscheinend nicht als Grund, um seinen Schmerz betäuben zu wollen. Sie warf das Telefon auf den Boden, starrte an die Decke, lauschte den entfernten Geräuschen der Kinder, die um Süßes bettelten.

Ihre Mom, selbst Lehrerin, hatte immer eine Schwäche für Ms Clark gehabt. »Die Besten unterrichten nicht, sondern führen die Schüler an den Teich des Wissens«, sagte sie gern. Was absolut auf Ms Clark passte. Direkte Antworten zu bekommen, war immer eine Herausforderung gewesen; anstatt deine Frage zu beantworten, hatte sie dich ruhig an die Hand genommen und zum Wasser geführt.

*Es ist möglich, etwas so Großes zu verlieren, dass es andere Verluste überschattet.*

Shosh schloss die Augen und versuchte, sich daran zu erinnern, wann sie das letzte Mal auf der Bühne gestanden hatte – richtig auf der Bühne, nicht im planlosen Dunst der Trunkenheit –, aber sie konnte es nicht. Jahrelang hatte das Theater sie verschlungen, aber genau wie bei diesem Süßes-oder-Saures erkennt man das letzte Mal oft erst, wenn es vorbei ist.

# EVAN

*unmögliche Wanderungen*

»Ich würde nicht sagen, dass ich *täglich* an Stinktiere denke.«
»Sehr vernünftig von dir.«
»Ich mach mir allerdings schon Gedanken über ihre Pisse.«
»Du bist auch nur ein Mensch.«

Ali und ich sitzen auf dem Fußboden in meinem Zimmer und halten am Geist von Halloween fest, indem wir *Nightmare before Christmas* auf meinem Laptop gucken. Ich habe mir meinen Skizzenblock geholt und zeichne Jack und Sally als Vampire, auf der anderen Seite des Flurs ist Mom noch nicht wieder aus Wills Zimmer gekommen. Zehn zu eins ist sie auf seinem Bett eingeschlafen. Das macht sie dauernd.

»Also – das Zeug, das sie versprühen, um Raubtiere abzuwehren«, fragt Ali. »Ist das Stinktierpisse?«

»Wusstest du, dass jedes Jahr Hunderte neue Meeresarten entdeckt werden?«

»Sind die so hochentwickelt, dass sie gelernt haben, ihren eigenen Urin als Waffe einzusetzen?«

»Man fragt sich, was man so kriegt, wenn man Meeresfrüchte bestellt. Ich sag's ja nur.«

»Ich hab mal geträumt, dass ich von einem Fisch mit Beinen verfolgt wurde«, sagt Ali.

»Hat er dich gekriegt?«

»Ich hab mich in letzter Sekunde in ein Five Guys gerettet.«

»Toll, jetzt will ich einen Five-Guys-Burger.«

»Was glaubst du, was das bedeutet?«

»Ich glaube, Bock auf Burger ist nicht wirklich mehrdeutig.«

»Mein Traum, Ev.«

»Na ja, da ist das Offensichtliche«, sage ich.

»Welches Offensichtliche?«

»Hast du nicht letzten Sommer mit deinem Onkel etwa vier Eimer Fische gefangen? Logisch, dass die rausspringen und *dich* fangen wollen.«

Ein leises Klopfen an der Tür, und Mom streckt den Kopf rein. »Hey ihr.«

»Hey«, sage ich. »Ich dachte, du wärst da drin eingeschlafen.«

Ein Riesengähner. »Bin ich auch. Dieser Junge hat das weichste Bett in diesem Haus.«

»Wie geht's ihm?«

»Der Süße ist voller Süßigkeiten.« Sie zeigt auf den Computer vor uns auf dem Fußboden. »Jack im Christmas Land?«

»Christmas *Town*, Mom.«

Ali atmet geräuschvoll ein. »Gut, dass Will nicht hier ist, er würde ausrasten.«

Mom fängt an: »Also, *eigentlich*«, und erklärt uns, dass der Ort theoretisch »Christmas Town« heißt, Jack ihn später in dem Lied in der Rathausszene aber »Christmas Land« nennt.

Nachdem sie uns den Kopf zurechtgerückt hat, guckt sie für eine Sekunde den Film mit, summt ein paar Takte von »What's This?« und gähnt dann wieder. »Okay, Leute. Ich geh ins Bett.«

Ich springe vom Boden auf, gehe durchs Zimmer und umarme sie.

»Heute war schön«, sagt sie.

»Heute war großartig.«

Mom verabschiedet sich kurz von Ali und geht dann, und Ali sagt: »Deine Mom ist meine Heldin.«

»Geht mir genauso.«

»Du hast gesagt, sie hat einen zweiten Job?«

»Ja. Warum?«

»Nichts. Sie ist nur öfter weg als sonst. Und sieht müde aus.«

Ich weiß nicht, wie lange ich Moms Krebs noch vor Ali geheim halten kann. Ich hab keine Ahnung, warum es so schwer ist, ihr davon zu erzählen, die führende Theorie ist allerdings, dass mein Gehirn sein eigenes Gehirn hat, das wiederum seinen eigenen Kopf hat, und da kann ich halt echt nichts machen.

Ali nimmt die halb fertige Zeichnung von Sally, die Blut aus Jacks Hals saugt. »Ich schwöre bei Gott, Evan. Wenn du aufs College gehst und nicht Kunst studierst, werde ich dich ewig verfolgen. Das ist genial.«

»Das ist nur Gekritzel.« Ich nehme ihr die Zeichnung wieder ab.

Ali schüttelt den Kopf. »Evan, Evan, Evan.«

»Hör auf.«

»Evan, Evan, Evan, Evan.«

Wir hatten dieses Gespräch in wechselnder Form seit ihrem Geburtstag vor ein paar Jahren, als ich ihr eine gerahmte Zeichnung von Mulder und Scully mit David und Alexis Rose auf einer Bowlingbahn geschenkt hab. Das Ding ist, ich weiß, dass meine Zeichnungen nicht *schlecht* sind. Aber ich weiß auch, wie gut man sein muss, um gut zu sein. Und da bin nicht mal in der Nähe.

»Gibt's was Neues von Nachtvogel?«, fragt Ali.

»Nichts seit unserer Wanderung zum Winterleuchtturm.«

»Zeig mir noch mal die Texte.«

Ich öffne die Notizen-App und gebe ihr mein Telefon. Auf dem Laptop holt Jack die Bewohner von Halloween Town zusammen, damit sie sich verbünden und Weihnachten stehlen.

»Will sagt, die Lieder für den Film sind vor dem Drehbuch geschrieben worden. Kannst du dir das vorstellen? Ich meine, was man da alles abstimmen muss –«

»Geh Brooklyn lang bei Nacht.« Ali lässt mein Telefon fallen und holt ihres raus.

»Was?«

Sie tippt, scrollt und sagt: »Man geht keine Stadt lang. Man geht durch eine Stadt oder in eine. Weißt du, was man entlanggeht?«

Sie lächelt und reicht mir ihr Telefon. Darauf ist Maps geöffnet, reingezoomt auf mein Viertel.

»Brooklyn Way«, lese ich. »Es ist eine *Straße*.«

»Und guck mal.« Sie zeigt auf den Punkt auf dem Telefon, wo der Brooklyn Way die Division Street kreuzt. »Da ist es, oder? Der Winterleuchtturm?«

»Alfredo Magellan Beutlin.«

»Alle nehmen immer Magellan.«

»Alfredo Ernest Shackleton Beutlin.«

Wir springen auf, ziehen Schuhe, Jacken, Mützen an.

»Wer war das noch gleich?«, fragt Ali.

»Ich glaub, Antarktis.«

Wir sind schon halb die Straße runter, als einem von uns einfällt, dass wir Jack und Sally sich selbst überlassen haben.

»Viele Leute lieben Hamilton, aber nur eine Familie hat eine überdachte Terrasse mit dem Namen Lin-Manuel-Veranda.«

»Fairerweise«, sagt Ali, »glaub ich, ihr seid die einzige Familie, deren Terrasse überhaupt einen Namen hat.«

Sie bläst sich in die Hände, ihre Nase ist betenrot, und obwohl Halloween ist, hat unser kleines Viertel die Bürgersteige hochgeklappt, die Straßen sind ruhig und kalt, der Mond ist ein großer und reifer Neonapfel. Es ist die Sorte Nacht, in der man Lust kriegt, was anzustellen (als ob), zum Beispiel Eier auf ein Haus zu werfen (klar) oder eine Rolle Klopapier in einen Baum (geht das überhaupt). Ali und ich würden nie so etwas tun, aber es ist dieses Gefühl von Möglichkeiten, das die Nacht lebendig macht, sie summen lässt wie ein Bienenstock auf der Kippe.

Wir gehen mitten auf der Straße, als wäre sie nach uns benannt.

»Evan?«

»Ja.«

»Ich hab vor etwa zwei Querstraßen nach deiner Headlands-Bewerbung gefragt.«

»Stimmt.«

»Und du hast irgendwie abgelenkt.«

»Nein, ich hab dich gefragt, ob du *Vaiana* gesehen hast, was wiederum zu Miranda führte. Ich war dabei, mich zu einer Antwort vorzuarbeiten.«

»Okay.«

»Und, hast du ihn gesehen?«

»Du meinst das Epos von Vaiana auf Motonui, der mutmaßlichen Thronerbin, die alles riskiert, um den Halbgott Maui zu finden und ihr Volk vor dem sicheren Untergang zu retten? Ja, den hab ich gesehen. Ich bin nicht völlig unzivilisiert.«

Zwischen Chestnut und Ash gehen wir rüber zur ersten der Kompass-Straßen: Southview, Westlawn, Eastbrook. Ich erzähle Ali von dem Headlands-Aufsatz, in dem ich über ein Lieblingsbuch oder einen Lieblingsfilm schreiben soll, und analysieren, warum es oder er mich so berührt hat.

»Schreibst du nicht über *E. T.*?«

»Hab ich überlegt. Und dann hab ich mich sofort verfranst, als ich darüber nachgedacht hab, wo ich anfangen soll. Jedenfalls ist das bestimmt ein Schock für dich, aber bei Vaiana musste ich weinen.«

»*Sacrebleu!*«

»Schon, aber ich weine eben an komischen Stellen. Wie die Szene, als sie klein ist und zum ersten Mal das Wasser trifft? Den Ruf des Ozeans spürt? Da heule ich immer. Und Will sagt kein Wort und klettert einfach auf meinen Schoß«, und ich staune über die magischen Eigenschaften eines nächtlichen Spaziergangs mit einer Freundin, wie er die Zunge und die Seele löst. Irgendwann kommen wir in einen neueren Bereich des Viertels, wo sich die Stadtplaner weniger an den Kompass, sondern eher an Alliterationen mit Vornamen gehalten haben: Rhodes Road; Sage Street; Daphne Drive. Nachdem wir nach links in die Adalynn Avenue einbiegen und uns der Division Street nähern, verändert sich die Luft, und ein paar Minuten später sind wir an der Kreuzung zum Brooklyn Way und stehen vor dem Winterleuchtturm.

»Du hast meine Frage immer noch nicht beantwortet«, sagt Ali.

»Die Deadline für Bewerbungen ist der 30. November.«

Ali wippt in der Kälte auf und ab und starrt das Haus an. »Ich weiß, Headlands ist das Meer für deine innere Vaiana, Ev. Was ich nicht verstehe, ist dieser neue Unterton, wenn du darüber redest. Als wüsstest du, dass es nicht klappen wird.«

Wir stehen da, unser Atem kommt und geht in kleinen hauchigen Blumen, erblüht und stirbt vor unseren Augen. Nichts beweist deine Sterblichkeit wie zu atmen in einer kalten Nacht.

»Mom hat Brustkrebs.«

Alis Hauch verschwindet. Dann kommt ein langer Hauch. »Scheiße.«

»Oder – sie *hatte* welchen? Ich weiß nicht wirklich, wie man ...«

»Geht es ihr gut?«

»Sie hatte Ende August eine Lumpektomie.«

»*Scheiße*, Ev.«

»Der Onkologe sagt, wir hatten Glück. Er ist schnell entdeckt worden, also hat er nicht gestreut. Sie braucht keine Chemo.«

»Das ist super. Ich meine – das ist doch super, oder?«

»Ja.«

»Also ...«

»Sie ist grade mitten in der Strahlentherapie.«

»Ich dachte immer – Bestrahlung und Chemo sind aus irgendeinem Grund –«

»Es gibt Millionen Möglichkeiten. Manchmal macht man Chemo und Bestrahlung zusammen und manchmal nicht. In Moms Fall haben sie bei einer OP den Knoten entfernt, aber auch ein paar Lymphknoten, um zu sehen, ob er gestreut hat, was nicht so war. Bestrahlung sorgt dafür, dass keine Krebszellen zurückbleiben. Und dann macht man Hormontherapie – ich glaub, fünf Jahre.«

»Weiß es dein Dad?«

»Ja, er weiß es, das Riesenarschloch. Er ist nicht ein einziges Mal vorbeigekommen, aber anscheinend reden sie miteinander, was mir neu war.«

Ali fragt, ob sie irgendwas tun kann, und ich sage, dass sie es wahrscheinlich am besten niemandem gegenüber erwähnt, nicht mal Mom gegenüber, die bei der ganzen Sache ziemlich zurückhaltend war. »Andere, die Krebs überlebt haben, haben angerufen und getextet. Meistens Freunde von Freunden, Leute, die sie kaum kennt, die jemand suchen, mit dem sie über die Erfahrung reden können. Mom ist natürlich freundlich, aber sie will das nicht.«

»Warte – die Lumpektomie war Ende August, hast du gesagt.«

»Ja.«

»Und wann hat sie es dir erzählt?«

»In der Nacht vor Heathers Party.«

Eine Pause, dann die Erkenntnis in Alis Augen, genau wie bei Maya, warum ich damals von der Party weggegangen bin. Verstehst du, Ali? Alles atrophiert. Wenn der Körper eine Maschine ist, ist sein Ende unvermeidlich: kaputt und verlassen, ein verrostetes Auto am Straßenrand. Bitte sag, dass du verstehst, warum ich jetzt nicht wegkann.

»Das ist der Unterton«, sagt Ali, so viele Hauche, winzige Beweise des Lebens. »Du machst dir gar keine Sorgen, dass sie dich bei Headlands ablehnen. Du machst dir Sorgen, dass sie dich *annehmen*.«

Und plötzlich ist es total klar. Warum ich es Ali nicht erzählen wollte. Ich kenne sie gut genug, um zu wissen, dass das nicht reichen wird. Sie wird mich trotzdem drängen, nach Alaska zu gehen, und ich werde Beweismaterial sammeln müssen, ihr meine Liste von Gründen geben, warum das mit Headlands nicht geht, ihr alle Möglichkeiten aufzeigen, wie das Ganze schiefgehen kann.

Maya nennt das *Katastrophisieren*. Kognitive Verzerrung. Jede Situation bis zum Schlimmsten durchspielen.

Ich nenne es Vorausplanen.

Es geht so: Was wird mit Will? Dad ist weg, Mom ist krank, und selbst wenn es ihr besser geht, was, wenn ...

Der Krebs wiederkommt. Krebs macht so was. Und selbst wenn nicht, was, wenn ...

Sie einen Autounfall hat. Oder in Ohnmacht fällt und sich den Kopf auf dem Gehweg aufschlägt. Was, wenn ...

Dad nie zurückkommt und Will ohne Vater *und* ohne älteren Bruder aufwächst? Und was, wenn ...

Dad *doch* zurückkommt? Was, wenn er *bleiben* will, und Mom geschwächt von der Krankheit ist, und Will schwach ist, weil er sieben ist, und niemand die Kraft hat, um Dad zu sagen, dass er seine Chance hatte, und was, wenn ...

Es einen Tornado gibt oder eine Flut oder Teile eines explodierten Flugzeugs durchs Dach fallen oder ...

Eine nukleare Katastrophe eintritt und ich nicht da bin, um sie vor den Plünderern der verbrannten Erde zu verteidigen, oder ein durch die Luft übertragenes Virus, und ich bin nicht da, um sie zu schützen, oder irgendetwas, über das ich nie nachgedacht habe, Ereignisse, die ich nie vorausgeahnt habe, was, wenn ich nicht da bin, um all den möglichen namenlosen Bedrohungen entgegenzutreten?

»Lerne, deine Gedanken zu erforschen, dann kannst du sie selbst korrigieren«, sagt Maya immer. »Man nennt das *Ent*katastrophisieren.«

Ich versuche es. Tu ich wirklich. Ich weiß, dass meine Ängste nicht logisch oder wahrscheinlich sind. Das Dumme ist, dass Logik und Wahrscheinlichkeit bei Katastrophen nur selten eine Rolle spielen. Wenn Flugzeugabstürze wahrscheinlich wären, würde nie wieder jemand fliegen. Wenn Brückeneinstürze logisch wären, würden wir alle den langen Umweg nehmen. Unwahrscheinliche Unlogik ist genau das, was eine Katastrophe so katastrophal macht. Während ich also liebend gern in einer Welt leben würde, in der sich das Verfolgen meines Traums nicht potenziell nachteilig auswirkt für die Menschen, die ich am meisten liebe, hab ich genug damit am Hals, in einer Welt voller Möglichkeiten zu leben.

Die Leute sagen das, als wäre es was Gutes.

Genau wie in dem Lied gehen wir den Brooklyn Way lang bei Nacht. Bald endet eine Reihe Häuser abrupt in einer Sackgasse am Willow Seed Park, diesem kleinen minimalistischen

Spielplatz voller düsterer Bäume mit einer alten Schaukel, einer Rutsche, einer Drehscheibe. Mom und ich sind in der Zeit vor Will oft hergekommen.

Alle Häuser sind dunkel, die Straße verlassen, der Willow Seed Park leer.

»Wie ging der Text noch?«, fragt Ali.

Durch Straßen streifen, die uns nicht gehören, Ängste benennen, die es doch tun, unsere Leben wiedergeboren in einem kalten Atemzug nach dem nächsten – es passt irgendwie, einen Text aufzusagen, den wir beide nicht ganz verstehen.

Als ich fertig bin, wippt Ali wieder auf den Füßen, um die Durchblutung anzuregen. »Ich denke, ich werde Medizin studieren«, sagt sie. »Mit Schwerpunkt Onkologie.«

»Echt?«

»Was? Glaubst du, ich wäre keine gute Ärztin?«

Immer wenn die Zukunft zur Sprache kommt, wirkt Ali von unserer Gruppe am lockersten, ihre künstlerische Empfindsamkeit macht es uns leicht, die Leerstellen einfach selbst auszufüllen: das Loft in Bushwick mit unverputzten Mauern, zufällig bekleckten Leinwänden und Farbe in den Haaren; das Set irgendeines Indie-Films, Regisseurin oder Kamerafrau; ein altes Dorf im Himalaya, verewigt in ihren preisgekrönten Fotografien.

»Ich wusste nicht, dass du dich abgesehen von *Akte X* für Wissenschaft interessierst.«

Ali lächelt. »Ich liebe dich dafür, dass du Wissenschaft und Science-Fiction verwechselst. Und unbewusst war Scully vielleicht eine frühe Inspiration. Aber der Gedanke, dass ich vielleicht Ärztin werden will, ist mir erst vorletzten Sommer gekommen.«

»Was war vorletzten Sommer?«

»Die Fahrradrampe war vorletzten Sommer.«

Ich sehe Ali vor mir durch die Luft fliegen. Sie war zu schnell angefahren, hatte den Sprung in einem blöden Winkel angesetzt und war gute vier Meter entfernt gelandet. »Dr. Flomenhoff war cool«, sagt sie. »Irgendwann hab ich es nicht mehr *gehasst*, zu meinen Terminen zu gehen. Und dann war da die Technikerin, die sich um den Gips gekümmert hat, und die war auch cool, und ich dachte einfach, vielleicht ist das mein Ding.«

Ich habe mir Ali oft als eine Pflanze in der Ecke vorgestellt, die nur alle paar Tage gegossen wird. Sie lebt, das schon, aber nicht mal annähernd so, wie es unter den richtigen Bedingungen möglich wäre. Nicht dass ihre Eltern und Freunde sie nicht unterstützen würden, aber manchmal, wenn sich ein Mensch so wohlfühlt in seiner Haut, betrachtet man ihn als selbstverständlich. Ich kenne sie länger als alle anderen, und ihre Zukunft war immer ein Rätsel. Ich denke, vor allem hatte ich gehofft, sie würde bei Leuten landen, die sie ordentlich gießen würden, egal, wo das ist.

»Weißt du, was ich denke?«, sage ich.

»Was?«

»Ich denke, du wärst eine großartige Ärztin. Wahrscheinlich die beste überhaupt.«

»Danke.«

Im Schein einer einzelnen Straßenlaterne stehen wir am buchstäblichen Ende des Wegs und fühlen das Gewicht der Metapher.

»Weißt du, was ich denke?«, sagt Ali.

»Was?«

»Ich denke, es ist normal, dass du präventiv etwas ablehnst, weil du Angst hast, dass es nicht funktioniert, aber deshalb ist es noch lange nicht richtig.« Sie dreht sich um, sieht mich an. »Ich denke, die Liebe deines Bruders sollte dich besser machen, nicht geringer. Ich denke, du solltest diesen Aufsatz schreiben.«

Und meine Liste mit Gründen zerfällt, einfach so.

Wir blicken beide zum riesigen Mond hinauf, als könnte der erklären, was wir hier machen, was die Lieder bedeuten, was ich wegen Headlands machen soll, irgendwas.

»Wie viele Meeresarten sagtest du noch gleich?«, fragt sie.

»Jedes Jahr werden Hunderte neue entdeckt.«

»Und die Leute haben wirklich geglaubt, dass Vögel auf dem Mond überwintern …?«

»Ganz genau.«

Irgendwann gehen wir nach Hause, und wenn ich an all die Dinge im Lauf der Geschichte denke, die Leute geglaubt haben und die sich schließlich als unwahr herausstellten, kommt es mir dumm vor zu denken, dass wir irgendwas mit Sicherheit wüssten. Aber vielleicht ist das die menschliche Natur: Wir würden an alles glauben, wenn es bedeutet, an etwas zu glauben.

# SHOSH

*verpasste Anschlüsse*

Das Ivy-Kids-Kunst-Fest war eine wiederkehrende Veranstaltung in der Woche vor Thanksgiving, bei der die Schüler der Grundschule Iverton ihre künstlerischen Fähigkeiten in einer von drei Kategorien zur Schau stellten: eine Kunstausstellung, die überall in den Gängen der Schule gezeigt wurde, das Vorlesen eines eigenen Textes in der Bibliothek oder eine Theateraufführung auf der Bühne in der Turnhalle.

Es war Tradition, dass Shosh in der Klasse ihrer Mutter half. In vergangenen Jahren hatte sie eine Freundin aus ihrer Schule mitgebracht, und sie hatten geholfen, die Kinder auf der Bühne einzusammeln, ihnen Einsätze beigebracht und leise über die Vielfalt von Erstklässlerfaxen gelacht, die als darstellende Kunst durchgingen.

*Wessen schönes Leben war das gewesen,* fragte sie sich jetzt, als sie von der Seitenbühne aus zusah, wie eine Gruppe kleiner Kinder kurz vor der ersten Nummer, einer Szene aus *Der Zauberer von Oz,* herumzappelte.

»Du vermisst es, oder?«

Shosh drehte sich um und entdeckte neben sich ihre Mutter, den Blick auf die Kinder gerichtet.

»Was vermiss ich?«

Als sie ihre Schüler betrachtete, wanderten Lana Bells Mundwinkel auf beiden Seiten nach oben, und auch wenn niemand bei vollem Verstand das als Lächeln bezeichnen konnte, war es so nah an einem dran wie seit Monaten nicht mehr. »Ich weiß, du denkst, ich hab zu früh wieder angefangen zu arbeiten. Aber ich brauchte etwas, das ... nichts mit ihr zu tun hatte. Ich brauchte einen Anker, Shosh. Wie wir alle.« Sie wandte sich von ihren Schülern ab zu ihrem Kind. »Du vermisst es, oder? Auf der Bühne zu stehen?«

Sie merkte es vor allem in den Schultern, auch im Hals und in den Armen, als hätte sie seit Wochen einen Felsbrocken einen Berg hochgerollt. Als hätte die geistige Kraft, die nötig war, um sich gegen etwas so Natürliches zu wehren, einen körperlichen Tribut gefordert. Es war schwer zu sagen, was sie mehr ärgerte: dass sie das Theaterspielen so sehr vermisste, dass es wehtat, oder dass ihre Mutter es sah.

Nur eine Sekunde lang stellte Shosh sich vor, sie würde ihre Mutter um die Taille fassen, den Kopf an sie lehnen und weinen, aber stattdessen sagte sie: »Ich muss mal.«

»Du wirst die erste Nummer verpassen.«

Aber Shosh war schon weg, sprang von der Bühne, ging durch die Turnhalle zu den Türen. Sobald sie den Flur betrat, materialisierte sich die Stimme der Geistsängerin. Es war dasselbe Lied, das sie aus Versehen geklaut hatte, über Geheimnisse, die sich in Bäumen voll Schnee versteckten, und gerade wollte sie frustriert losschreien – wegen der Musik, wegen der Bühne, wegen ihrer Unfähigkeit, vor beidem davonzulaufen –, als ein bekanntes Gesicht aus einer der Toiletten kam.

»Oh. Hey.« Seine Augen waren von einem dunklen Blau, die Haare lang und halb zurückgebunden, und sie wusste, dass sie ihn schon einmal gesehen hatte, aber konnte sich nicht erinnern … »Das Klo im Chili's«, sagte er.

Das Lied war noch da, aber jetzt leicht abgeschwächt.

»Stimmt«, sagte sie. »Mit dem kleinen Jungen.«

Er lächelte seine Schuhe an, schob sich eine lose Strähne hinters Ohr. »Das ist mein Bruder. Will. Ich bin Evan.«

»Shosh.«

»Ich weiß. Wir waren auf derselben Schule. Ich meine – ich geh da noch hin. Ich bin ein Jahr jünger.«

Evan war auf eine Weise süß, wie große Hunde manchmal rückgratlos waren: Er hatte keine Ahnung, womit er es zu tun hatte. Plötzlich wünschte Shosh, sie hätte mehr als etwa null-Komma-null Sekunden vor dem Spiegel verbracht, bevor sie das Haus verlassen hatte. Wenn man allerdings bedachte, dass er wahrscheinlich ihren betrunkenen Auftritt in der Schulaula gesehen (oder davon gehört) hatte und vermutlich von ihrem betrunkenen Auftritt auf Heather Abernathys Party wusste, war ihr momentanes Aussehen ihre geringste Sorge.

»Komisch, oder?« Er zeigte auf die Toilettentür. »Zuerst bei Chili's, jetzt hier. Ist wohl unser Ding. Sich vor Klos treffen.«

Sie wollte gerade einen Witz machen, dass das der perfekte Stoff für eine Romcom wäre, als das Lied der Geistsängerin anschwoll, und sie konnte sich nicht erklären, was als Nächstes passierte, aber sie hätte schwören können, dass in Evans

Augen ein Wiedererkennen aufflackerte. Wenn sie zurückdachte, erinnerte sie sich an ein ähnliches Gefühl an dem Tag im Chili's, als hätten sie und Evan einmal etwas miteinander geteilt – Zeit, Verständnis, einen Platz auf der Welt. Aber der Moment verging, und sie waren wieder zwei Menschen allein in einem Flur.

»Nur dass du's weißt«, sagte er, und als er sie jetzt ansah, sprach er entschlossen, bestätigte ihre Vermutung, dass ihr Ruf ihr vorauseilte, und bot ihr gleichzeitig den Trost, dass dieser Ruf nicht durchgängig belächelt wurde. »Chris Bond ist ein 1a Vollpfosten. Das denkt jeder.«

In dieser Nacht und den folgenden Nächten der Woche konnte Shosh nicht gut schlafen. Sie schrieb es den Katerkopfschmerzen zu, den unaufhörlichen Liedern der Geistsängerin und weil sie Stevie vermisste. Aber in der achten Nacht, in der sie sich hin und her wälzte, setzte sie sich auf, umarmte ein Kissen und akzeptierte widerstrebend die Wahrheit: Ihre Schlaflosigkeit hatte einen Namen. Sie hatte dunkle blaue Augen und lange, halb zurückgebundene Haare und gab sich bescheiden und niedlich. »Du willst mich wohl verarschen«, sagte sie zu ihrem leeren Zimmer. Und obwohl leere Zimmer selten antworten, fand sie ihres in jener Nacht besonders arrogant.

# EVAN

*mic drop*

*Ist wohl unser Ding. Sich vor Klos treffen.*
   Ich bin ein hoffnungsloser Fall.
   Mein Fall geht allein im Wald spazieren und glaubt schon lange nicht mehr, wieder rauszufinden. Hoffnungslos.
   »Hey –« Mom tippt mir auf die Schulter.
   »Was?«
   »Ich hab gefragt, ob du alles gut gefunden hast.«
   Sie macht ein breites Emoji-Lächeln nach, woraufhin ich ein großäugiges Emoji-Starren nachmache. »Frage: Könntest du noch nerdiger sein?«
   Es ist nicht so, dass ich vorher noch nie verknallt war. Und in vielerlei Hinsicht fühlt es sich genauso an. Wenn ich Shosh sehe, verwandelt sich mein ganzer Körper in eine dieser Plasmalampen – die leichteste Berührung führt zu einer Entladung.
   Aber da ist noch etwas anderes, und ich kann nicht genau sagen, was es ist.
   »Weißt du, welches Buch er ausgesucht hat?«, fragt Mom,

und wie bei einem Objektiv ändere ich den Fokus von Shoshwelt auf reale Welt.

»Ich schätze, *E. T. telefoniert nach Hause*. Oder vielleicht *E. T. telefoniert allein nach Hause*? Wobei er es hasst, mit einer Fortsetzung anzufangen.«

Um uns gute Plätze zu sichern, sind wir früh in die Bibliothek gegangen, aber wir hätten es besser wissen müssen. Mit den Eltern von Iverton Grundschulkindern ist nicht zu spaßen; wie sich herausstellt, war unser »früh« eher spät, und am Ende stehen wir ganz hinten im vollen Raum und recken die Hälse, um Wills Hinterkopf zu sehen.

Eine Lehrerin steht auf, begrüßt uns zum Ivy-Kids-Kunst-Fest, und in meinem Magen bildet sich ein Knoten. Die Aufregung bei uns zu Hause, die sich zu diesem Moment hin aufgebaut hat, kann nicht überbewertet werden. Wir wissen immer noch nicht, welchen eigenen Comic Will lesen wird, es sei nur gesagt, dass er den Abend mit dem gemessenen Ernst eines Konzertpianisten hat näher rücken lassen. Die Kinder sitzen in der ersten Reihe (scheinbar kilometerweit entfernt), und während die meisten sich auf ihren Sitzen umdrehen und ihren Eltern und Freunden winken, bleibt Wills Kopf still wie eine Statue nach vorn gerichtet, vollkommen konzentriert.

Nachdem die Lehrerin erklärt, wie alles abläuft – die Schülerinnen und Schüler lesen in alphabetischer Reihenfolge eine eigene Geschichte am Pult vor –, sagt sie: »Und jetzt bitte ich um einen großen Applaus für den ersten Schüler heute Abend, Jeffrey Adams, der uns vorlesen wird aus«, die Lehrerin wirft einen Blick auf ihr Clip-Board, hält inne und blickt dann entschuldigend auf. »*Zombie-Monster-Blut-Team*«, sagt sie mit einem gezwungenen Lächeln.

Mom flüstert: »Hölle, Tod und Teufel, Jeff«, und als das Licht gedimmt wird, schlendert ein Junge, der etwa doppelt so groß ist wie Will, ans Pult und liest eine gereimte Geschichte über ein apokalyptisches Blutbad. Als es vorbei ist, klatscht der ganze Raum, und ich und Mom blinzeln.

Maggie Boon liest eine Geschichte darüber, wie man bei *Minecraft* eine Waffenkammer baut.

Juliette Diallo liest eine Geschichte über Avengers gegen Ninja Turtles gegen Godzilla.

Cade Hunter liest eine Geschichte über den Ursprung der Muskeln von Football-Spielern.

Naomi Oliver liest eine Geschichte über einen Einhorn-Hai, der Leute mitten in der Luft frisst.

Etwa an dieser Stelle im Alphabet schießen Moms Blicke durch den Raum, und ich kann's verstehen, denn es ist so: Wenn du einen Will in deinem Leben hast, bist du ständig auf der Hut vor Will-Zerstörern. Manchmal ist es der übliche Raufbold mit dem fiesen Blick, manchmal der, von dem du es am wenigsten erwartest und der sich hinter einem Grinsen versteckt. Unsere Sorge rührt nicht von Scham oder Peinlichkeit her, sondern von einem Beschützerinstinkt: *Dieser Junge ist unserer, und er ist großartig, und wenn du seinen Geist brichst, brech ich dir die Knochen.* Wenn ich mit Maya darüber rede, erinnert sie mich daran, dass Will vielleicht hypersensibel ist, aber keinesfalls hilflos. Die Gespräche enden immer damit, dass eine Version von mir sagt: »Er ist nicht wie andere Kids«, und Maya sagt: »Ich weiß. Aber in vielerlei Hinsicht schon. Und du musst ihn in Ruhe lassen.«

Nachdem Abby Shafer ihre Geschichte über einen mittelalterlichen Ritter und ein schiefgelaufenes Turnier beendet (Spoiler: Er wird enthauptet), stellt die Lehrerin Will vor. Wir klatschen, und Mom pfeift, und wir geben uns echt Mühe, nicht durchzudrehen – nicht nur aus Liebe, sondern vor Angst.

Will-Zerstörer gibt es überall.

»Mein Buch heißt *Wills Frage*«, sagt er, als er mit wild entschlossener Miene in seinem roten Kapuzenpulli vor dem Pult steht und, Gott, ich liebe ihn so sehr.

Er räuspert sich, klappt das Buch auf und liest: »Erstveröffentlichung in den USA, Taft Verlag, Copyright Will Taft.« Er hält inne und beugt sich zum Mikro vor. »Das bin ich.«

Jemand kichert.

Ich werde ihn finden und bestrafen.

»›Andere Bücher von Will Taft‹«, liest er vor und blättert um. »*Krake gewinnt. Minions essen Pizza.* Die E. T.-telefoniert-nach-Hause-Trilogie.‹ Die ist ziemlich gut. ›*Die Große Schlangenflucht. Jack & Sally fliegen zum Mond. Brennende Städte.*‹ Da hatte ich einen schlechten Tag. ›*Pumba-Box-Würstchen. Hoch, Leute, hoch.*‹ Okay, ich lese jetzt dieses.« Er blättert noch einmal um. »Es ist ein Bilderbuch. Deshalb beschreibe ich beim Lesen die Bilder. Okay.«

Noch ein Räuspern, dann geht's los.

»›*Manchmal frage ich mich*: Wer bin ich?‹ Da ist ein Bild von mir, wie ich an einer Klippe stehe und schreie.«

Mom packt plötzlich meine Hand und drückt zu – fest.

Will blättert um. »›*Die Frage geht mir nie aus dem Kopf.*‹ Da ist ein Bild von mir, wie ich den Leser ansehe und so die Arme ausstrecke.« Er blickt auf, breitet schulterzuckend die Arme aus, wie um zu sagen: *wer weiß*, und blättert wieder um. »*Schon daran zu denken ist anstrengend.*‹ Da ist ein Bild von mir, wie ich richtig schwitze und mir die Haare raufe.« Nächste Seite. »*Was soll's!*‹ Da ist ein Bild, wo ich versuche, mich aufzumuntern.« Und wieder eine Seite. »*Hoffentlich finde ich es morgen raus!*‹ Das ist die letzte Seite. Da ist ein Bild von mir, wie ich weggehe. Manchmal hebe ich die Knie beim Gehen richtig hoch – so.« Will zeigt der versammelten Bibliothek, wie er beim Gehen die Knie hochhebt.

Mehr Kichern.

Meine Todesliste wird länger.

»Ende«, sagt Will ins Mikro, und wir klatschen und jubeln, und die meisten anderen Erwachsenen im Raum klatschen auch, aber man kann ihnen ansehen, dass sie unsicher sind, was das gerade war. »Sorry, einen Moment noch«, sagt Will ins Mikrofon. »Ich hab vergessen, die Widmung vorzulesen.«

Der Raum verstummt; Mom umklammert meine Hand wie ein Schraubstock.

»Ich widme dieses Buch Steven Spielberg, weil er den besten Film aller Zeiten gemacht hat. Und meinem Bruder Evan, der das auch findet. Und meiner Mom«, Will beugt sich zum Mikrofon und beendet seine Lesung mit den lautesten Worten des ganzen Abends, »die an Krebs stirbt.«

Ich weiß, dass ein Softeis von Dairy Queen nicht das Köstlichste auf der ganzen Welt ist, aber versuch mal, mir das zu sagen, während ich eins esse. Ich muss das Radio einschalten, nur um unser gieriges Schmatzen zu übertönen. Wie ein Rudel Wölfe, das gerne nascht.

Mein Telefon summt, als ein Text von Ali kommt. Ich öffne ihn und entdecke ein Foto von zwei College-Bewerbungen: eine für Georgetown, eine für Baylor. Ziemlich gute Unis für Medizin, schreibt sie. Wer weiß, ob sie mich nehmen, aber ich versuchs.

Ich kommentiere beides mit einem Herz: das Bild *und* den Text.

> Evan: Wenn ich mein echtes Herz in diesen Thread einfügen könnte, würde ich das tun.

> Ali: Irgendwie brauchst du's aber da, wo es ist.

> Evan: ILY so sehr
> Bin bei der Fam. ECHT WAS LOS. Später mehr

Während wir das Eis essen, berichtet NPR über anstößiges Verhalten von irgendeinem unwichtigen Politiker, und bevor Mom es ausstellen kann, fragt Will: »Was hat er *gemacht*?«

»Schreckliche Dinge, Schatz.« Ich sehe das Dilemma in ihren Augen: Eigentlich drückt sie sich bei so was nicht, aber angesichts der heutigen Ereignisse gibt es schon genug, worüber wir reden müssen, auch ohne die zusätzliche Tonnenlast von Männern, die sich danebenbenehmen.

»Er hat gesagt, dass es ihm leidtut.« Will zeigt auf das Radio. »Ich hab ihn gehört.«

Mom dreht sich in ihrem Sitz um und sieht ihn an. »Erinnerst du dich an das Abendessen bei den Rays? Als alle Kids eine Tüte Fruchtgummi zum Nachtisch bekommen haben? Du hast zuerst deine gegessen, und dann, als sie nicht hingeguckt hat, auch die von Hannah. Und als dein Dad gefragt hat, was du getan hast, hast du gesagt —«

»Ich hab ihre Fruchtgummis genommen und in den Mund gesteckt.«

Was eine Familie ausmacht, ist neben anderem auch das gemeinsame Erzählen von Geschichten, Erinnerungen, die als eine Art Kürzel funktionieren: *Weißt du noch*, sagst du, und alle werden an diesen Ort, zu diesem Moment, in dieses Gefühl versetzt. Eine Sekunde lang lächeln wir drei über die Erinnerung. Aber die Freude ist verdorben, weil Dad nicht da ist.

»Der Mann hat gesagt, dass es ihm leidtut«, sagt Mom, ihr Blick schweift ab, und ich frage mich, über wen sie grade eigentlich redet. »Aber es ist die Art Entschuldigung, die du auch zu Hannah gesagt hast. Du hast es nur gesagt, weil man dich erwischt hat.«

Plötzlich sehe ich Dad vor mir, wie er sich auf dem Sofa windet, während Mom in der Tür steht und Wein trinkt. Ich weiß von Staceys Zahnlücke. Ich weiß von dem Pudel und ihrem erwachsenen Sohn namens Nick, und ich habe sogar mit Ruth telefoniert. Und doch frage ich mich plötzlich, ob ich die ganze Geschichte kenne.

»Man nennt so was die Offenbarung einer Persönlichkeit, Schatz. Ein Mensch ist nicht immer der, für den man ihn gehalten hat.« Mom greift hinter sich und legt eine Hand auf Wills Knie. »Will, ich möchte gern mit dir über das reden, was du heute gesagt hast.«

»Kann ich noch ein Eis?«

»Nein.«

»Ich wollte Wasser trinken.«

»Will –«

»An dem Abend wollte ich Wasser trinken.« Es ist eine Sekunde lang still, bevor Will fortfährt. »Also bin ich aufgestanden und zum Waschbecken ins Bad gegangen. Und da hab ich gehört, wie du in Evans Zimmer geredet hast. Du hast gesagt, du hast einen Knoten in der Brust gefunden. Und dann musstest du dir das Oweh unterziehen, wie bei meiner Mandelation mit dem Drehkopf, aber das ist nicht dasselbe, weil Siri sagt, Knoten in der Brust sind Krebs.«

Mom sieht mich an, als wäre ich ihr in den Rücken gefallen. »*Mein* Telefon hat er nicht benutzt«, sage ich, und bevor sie nachfragen kann, sagt Will, er hätte ein iPad in der Schule genommen. »Siri hat gesagt, Krebs ist eine Krankheit mit abomalem Zelllachsthun. Und als ich sie gefragt hab, ob Leute daran sterben, hat sie gesagt, ja, tausend Millionen jedes Jahr. Und es gibt kein Schild dagegen.«

Zuerst bin ich verwirrt wegen seiner Wortwahl, und dann wird es mir klar. »Deshalb hast du aufgehört, sie zu tragen. Die Autsch-Schilde.«

Er erzählt uns, wie er nach dieser Nacht heimlich ein paar Pflaster auf Mom geklebt hat, als sie geschlafen hat, weil er dachte, die würden sie beschützen. »Aber das hat nicht funktioniert. Oder?«

Mom weint jetzt und tätschelt sanft Wills Knie. Er zuckt dann mit den Schultern wie ein Erwachsener, ganz lässig, *keine große Sache*, und irgendwas an diesen kleinen Schultern, die diese so einzigartig alltägliche Geste machen, weckt in mir den Wunsch ihn gut einzupacken und für immer zu beschützen.

»Ich dachte, vielleicht sind Pflaster magisch«, sagt er und blickt aus dem Fenster in die Dunkelheit des Dairy-Queen-Parkplatzes. »Aber Magie ist nicht wirklich wirklich. Ich will von jetzt an nur an wirklich wirkliche Sachen glauben.«

Es ist, als sähe ich die Unschuld aus seinen Poren sickern, sich über seinem Kopf in einer kleinen Wolke sammeln und sich dann komplett auflösen.

Mom schnallt sich ab und steigt aus, und als ich das sehe, mache ich es ihr nach. Beide setzen wir uns auf dem Rücksitz zu Will, ein Umarmungsmosaik aus Armen um Hälse und aneinandergedrückten Wangen, und wenn je eine Familie alle Sprachen der Liebe sprach, dann ist es unsere. »Ich hab dich lieb«, sagt einer von uns, und ein anderer sagt: »Ich hab dich lieb«, und der dritte dasselbe. Kein vereinter Chor, sondern ein verworrenes Tonchaos.

Wir sind ein perfektes Durcheinander aus Ich-hab-dich-Liebs.

»Außerdem hast du monatelang im Bett gelegen«, sagt Will.

»Es war nicht einmal eine Woche, Schatz.«

Will sieht Mom mit eindringlicher Neugier an. »Stirbst du?«

Mom erwidert seinen Blick ebenso eindringlich. »Also, es ist so: Ich hab's dir nicht gesagt, weil ich nicht wollte, dass du dir Sorgen machst. Ich weiß nicht, ob das richtig war, aber jetzt weißt du es sowieso, also – Karten auf den Tisch?«

»Karten auf den Tisch.«

»Siri hatte recht damit, dass viele Leute an Krebs sterben. Aber eins musst du über deine alte Mama Bär wissen: Ich bin praktisch der größte Glückspilz auf der Welt.«

»Wirklich?«

»Wirklich«, sagte Mom. »Und es gibt eine ganze Liste von

Gründen, warum ich der größte Glückspilz bin. Erstens haben sie den Krebs früh entdeckt, und das heißt, er war nur an einer Stelle. Wenn er an einer Stelle ist, kommt man leichter dran. Zweitens habe ich Ärzte, die praktisch Superhelden sind, okay? Und ich meine das ernst, sie sollten Umhänge tragen und fliegen und Katzen aus Bäumen retten und so.«

»Das ist richtig gut.«

»Und ob. Die schneiden nämlich zuerst den Krebs raus, und dann *verbrennen* sie ihn. Die machen echt ernst. Was uns zum dritten Grund führt, weshalb ich so ein Glück habe, und der heißt Gesundheitsversorgung, und das besprechen wir jetzt nicht, aber viele Leute haben nicht dieselben Möglichkeiten wie ich. Manche Leute haben keinen Zugang zu Ärzten.«

»Superhelden.«

»Richtig. Manche Leute haben keinen Zugang zu Superhelden. Und manche Leute gehen vielleicht zu einem Superhelden, können ihn aber nicht bezahlen. Also habe ich auch da Glück. Und im Moment gehe ich fünf Mal die Woche zu einer Behandlung, und wenn das vorbei ist, nehme ich noch ungefähr fünf Jahre lang eine Tablette.«

»Fünf *Jahre*?« Will zählt sie an seinen Fingern ab. »Dann bin ich *zwölf*.«

»Ja, bist du, Schätzchen. Und das ist der Hauptgrund, weshalb ich so ein Glückspilz bin. Niemand sonst auf der Welt hat euch zwei als Familie. Meinen Will.« Sie küsst Will auf den Kopf. »Und meinen Evan.«

Als sie mich auf den Kopf küsst, schlingt sie die Arme fester um meinen Hals, und ich rieche die Lavendelseife, die sie benutzt – Moms Geruch – und sie umarmt mich noch ein bisschen länger.

»Also, was denkst du? Ziemlich viel Glück, was?«

»Jepp.«

Will seufzt mit dramatisch erwachsenen Tönen, dreht sich zum Fenster, und ich frage mich, ob er hindurchsieht oder die Scheibe ansieht, das Spiegelbild unseres Liebesmosaiks im Auto. »Übrigens«, sagt er, und die kleinen gasförmigen Partikel sickern aus seinen Poren, sammeln sich in einer Wolke und verschwinden für immer. »Ich heiße ab jetzt *William*.«

# SHOSH

*Dystopiefüllhorn*

Shosh hasste die Mall: die geförderte Idylle, den Krempel der Verkäufer; sie hasste, wie sie roch, die Attacken auf die Nase hinter jeder Ecke; sie hasste die Teams von Kioskangestellten, die ihr ein schlechtes Gewissen machten, wenn sie ihre Angebote ausschlug, »ihr etwas zu zeigen«, obwohl sie einfach nur einmal durch die verfickte Halle gehen wollte. In der Mall einzukaufen gab ihr das Gefühl, ein Konsumenten-Bot zu sein, der nach glänzenden neuen Spielzeugen suchte und kein einziges Mal innehielt, um diesen Trieb zu hinterfragen.

»Gott, Shosh. Ja, bitte, sag uns, was du wirklich denkst.«

Sie und ihre Cousine – die wirklich Karen hieß, und die sich die Verantwortung zu Herzen nahm, die auf den Karens der Welt lag – waren noch niemals über etwas einer Meinung gewesen.

»Ich sage ja nicht, dass *du* die Mall hassen sollst«, sagte Shosh.

»Danke, dass du das klarstellst«, sagte Karen. »Wir Konsumenten-Bots haben es nicht so mit Worten.«

»*Mädchen.*« Shoshs Mom blickte wütend über den Tisch und reichte eine Riesenschüssel Kartoffelbrei weiter.

»*Sie* hat angefangen«, sagte Karen und stieß mit der Gabel in Shoshs Richtung. »Mit ihrem voreingenommenen Scheiß.«

»*Hey*«, sagte Tante Helen. »Genug jetzt.«

Thanksgiving war der Feiertag, den Shosh immer am wenigsten gemocht hatte. Jedes Jahr standen sie bei Anbruch der Dämmerung auf und stiegen ins Auto für die etwa einstündige Fahrt nach Elgin, wo Shoshs Großeltern wohnten. Abgesehen von Stevie waren Nona und Pop-pop Shoshs Lieblingsmenschen auf der Welt, und dass sie den Tag trotzdem so sehr hasste, verriet ziemlich viel darüber, wie schrecklich die Familie ihrer Cousine war. Die Schwester ihrer Mutter, Tante Helen, war vom Typ »ich Arme«, eine Frau, die noch nie auf ein Gespräch getroffen war, das sie nicht zu einer Geschichte darüber hinbiegen konnte, wie man ihr Unrecht getan hatte. Onkel Bobby sagte selten etwas, das nicht leicht beleidigend war, und beendete fast jeden Satz mit »ich sag's ja nur«, als hätte er es nicht grade gesagt.

»Zu meiner Zeit gab es keine Malls.« Pop-pop, der sich seit einer halben Stunde mit derselben Scheibe Truthahn abmühte, beschrieb die seltsame Welt seiner Jugend, wo man, wenn man Schuhe wollte, ins Schuhgeschäft ging, und wenn man Hemden wollte, ins Hemdengeschäft. »Man brauchte den ganzen Tag, allein um von einem Ort zum anderen zu kommen.«

»Sitz nicht so krumm, Herman.« Nona tätschelte ihm die Schulter, und er richtete sich pflichtbewusst auf, bevor er sich wieder seiner unverwüstlichen Truthahnscheibe widmete. »Du kannst über die Mall sagen, was du willst«, sagte Nona. »Wir machen da unseren Morgenspaziergang, und ich bin dankbar dafür. Vor allem während der kalten Monate.«

Pop-pop kaute und nickte. »Wie wahr, meine Liebe.«

So war es mit Nona und Pop-pop: Sie sagte ihm ständig, dass er nicht so krumm sitzen sollte, er stimmte allem zu, was sie sagte, und die Sanftmut, mit der sie sich liebten, brachte Shosh auf die Frage, ob die Ehe etwas war, das die Welt vielleicht einfach hinter sich gelassen hatte. Selbst vor Stevies Tod waren ihre Mutter und ihr Vater nicht besonders liebevoll miteinander umgegangen. Gelegentlich hatten sie gesagt, *ich liebe dich*, und vielleicht liebten sie sich auch, aber wenn, dann war es die Art Liebe, die nicht vorauszusetzen schien, dass man sich auch mochte.

»Habt ihr das neue *internationale* Restaurant im Food Court gesehen?«, fragte Onkel Bobby.

Shosh legte ihre Gabel hin und warf ihrem Onkel ein falsches Lächeln zu. »House of Pancakes?«

Bevor Bobby antworten konnte, meldete sich Shoshs Mom zu Wort. »Wenn du den neuen Thailänder meinst, von dem hab ich nur Gutes gehört.«

Onkel Bobby zuckte die Schultern und schwenkte seinen Truthahnschenkel wie ein Zepter. »Ein Mann kriegt schon keinen Burger mehr.«

»Ist der nicht genau zwischen Wendy's und Burger King?«

Karen sah sie wütend an. »Ich dachte, du hasst die Mall.«

»Ja, tu ich auch. Aber ich mache mir wirklich Sorgen über die sinkende Anzahl von Geschäften, in denen ein Mann noch einen Burger kriegt.«

»Shosh«, sagte ihr Dad.

»Ich hab zu Hause 'ne Karte an der Wand mit Nadeln, die

die Lokale anzeigen, wo Männer mit Burgern versorgt werden, und ich muss leider sagen, dass nur *ein ganzer Arsch voll* davon übrig ist.«

»Es reicht, Shosh.«

»Total runtergegangen von dem *ganzen Riesenarsch voll* im letzten Jahr.«

Der Tisch war kurz davor hochzugehen, als Pop-pop, anscheinend aus heiterem Himmel, sagte: »Mit Tätowierungen ist es jedenfalls weit gekommen.«

So nah am Rande einer Explosion war die Stille irgendwie gewichtiger.

»Dad?« Shoshs Mom legte ihr Besteck hin und sah ihren Vater an.

»Du redest Unsinn, Herman«, sagte Nona.

Pop-pop fuhr selbstvergessen fort: »Zu meiner Zeit waren die für Seeleute oder leichte Mädchen. Wenn man sich tätowieren lassen wollte, musste man jemanden kennen. So was ändert sich natürlich. In der Generation vor mir hatten nur Kriminelle und Königliche Hoheiten welche gehabt. Aber ich wette, es tut noch genauso weh.« Und dann, nachdem er endlich die unendliche Truthahnscheibe verspeist hatte, zwinkerte er Shosh zu. »Hab ich recht?«

Alle Blicke lagen auf Shosh.

»Wovon redet er?«, fragte ihre Mom.

Shosh hatte gewusst, dass dieser Tag kommen würde; und trotzdem verwünschte sie seine Ankunft, jetzt, wo er da war. Sie rückte vom Tisch ab, zog den Ärmel hoch und streckte den Unterarm aus.

»Du hast dich *tätowieren* lassen?«, fragte Jared Bell.

»Wann ist das passiert?«, fragte Lana Bell.
»So – vor sechs Wochen.«
»Ich kann nicht glauben, dass du dich tätowieren lassen hast.«
»Warum einen Frosch?«
»Es ist Kröte.«
Onkel Bobby lachte leise und nagte.
»Seeleute und leichte Mädchen, ich sag's dir.«
»Sitz nicht so krumm, Herman.«
»Erinnert du dich an den Froschteich in unserem Garten, Lana?«
»Ich kann es nicht glauben.«
»Was haben diese Frösche für einen Lärm gemacht!«
»Man erzählt es ja wohl mindestens seiner Mutter, wenn man sich einen verdammten Frosch auf den Arm tätowiert.«
»Ich konnte nie schlafen.«
»*Es ist Kröte.*«
»Ich sag euch was«, sagte Onkel Bobby in dem ganzen Lärm. »Wenn Karen ihren Körper derartig verunstalten würde, dann würde ich sie, egal wie alt sie ist, übers Knie legen, ich sag's ja nur.«
»Ich sitze genau hier, Bob. Ich erziehe mein Kind so, wie ich es für richtig halte.«
Als der Tisch wirklich hochging und Shoshs Tattoo längst vergessen war, verlangsamte sich die Zeit, und der Raum krümmte sich mit ihr, und Shosh saß mitten in diesem schwarzen Loch einer Familie und wusste genau, was seine Entstehung ausgelöst hatte. In gewisser Weise wussten das alle. Dieselbe Gravitationskraft, die ihre Eltern in Schatten verwandelt hatte, trieb Shosh jetzt dazu, einen Flachmann in der Manteltasche zu haben. Es

war dieselbe Gravitationskraft, die sie alle in ihrer Umlaufbahn hielt und in den trüben Kern saugte. Shosh saß da drin und sagte nichts. Und als sie aufblickte, sah sie die Augen ihrer Großmutter, der lieben Nona, einer Quelle von Weisheit und Liebe, der einzigen anderen Person am Tisch, die das schwarze Loch wahrzunehmen schien. Nona lächelte freundlich und nickte, und Shosh sah es als das, was es war: eine Ermutigung.

»Sie wollte sich auch eins machen lassen.«

Langsam wurde der Tisch still. Abgesehen von Nona vermieden alle, Shosh anzusehen, als sie redete.

»Ich hab mir immer vorgestellt, wie wir die zusammen machen lassen. Die Stühle nebeneinander, damit wir den Fortschritt sehen konnten.« Shosh blickte auf ihr Tattoo. »›Wir sind hier ganz allein‹, sagte Frosch. ›Aber zusammen‹, sagte Kröte.‹ Das war unser Lieblingssatz aus unserer Lieblingsgeschichte. Und eigentlich sollten hier die beiden Worte ›allein zusammen‹ stehen.«

Leicht strich sie über das einsame Wort auf ihrem Unterarm, und obwohl es immerhin die Hälfte ihres ursprünglichen Plans war, war die Bedeutung eine komplett andere.

Lana Bell fing an zu schluchzen.

Der Rest der Familie lehnte sich mit ausdruckslosen Gesichtern zurück.

Das schwarze Loch am Werk.

Und gerade da, als hätte sie auf ein Gelegenheitsfenster gewartet, schwoll die Stimme der Geistsängerin im Zimmer an. Das Lied war ihr vertraut, Shosh nannte es inzwischen das Lied über »hoffnungslose Fälle und Sorgen«, aber während die Stimme vorher gedämpft und hallig gewesen war und der größte Teil des Textes unmöglich zu verstehen, konnte sie ihn jetzt ziemlich gut hören. Und obwohl das Lied selbst etwas von einem Traum hatte, war ihr beim Zuhören, als würde sie aus einem Traum aufwachen, als wären die Konturen von Shoshs Leben lange Zeit verschwommen gewesen und würden erst jetzt wieder scharf gestellt ...

> *Frag nicht, warum ich's nie versuch*
> *kennst du doch so gut wie ich*
> *Den Unterschied zwischen Liebe und Verlust*
> *Sieh genau hin, die Schönheit such,*
> *Das Gute kommt mit der Zeit*
> *Die reden Scheiß*
> *Es ist schon spät*
> *Komm, bleib und trink mit mir*
> *Oh Gott, sag nichts, sei einfach hier*
> *sei Seele und Herz, und schweig und frier*
> *Oh Liebe, das ferne Land*
> *Du wirst es wieder tun*
> *Im Willow Seed*
> *singen Bäume*
> *dreizehn Stück*
> *Ich frag, warum du's nie versuchst*
> *kennst du doch so gut wie ich*
> *Den Unterschied zwischen Liebe und Verlust*

Und genau hier am Esszimmertisch von Nona und Pop-pop begriff Shosh, dass das Lied mehr enthielt als nur Text – es enthielt eine Anleitung.

# EVAN

*ich bin immer bei dir*

Will – 'tschuldigung, *William* – will, dass ich ihn ins Bett bringe. Er wird immer anhänglich, wenn er große Gefühle geteilt hat, und ich weiß nicht, ob's daran liegt, dass er heute Abend besonders wegen Mom verletzlich war, aber er fragt nach mir, und ich bin zu hundert Prozent dabei.

In der Küche geht Mom auf ein Knie, umarmt ihn, und sie flüstern *Ich hab dich lieb* und *Gute Nacht*, und *Schlaf gut*, und als sie fertig sind, hebe ich Will hoch und werfe ihn mir über die Schulter. »Ma'am, haben Sie diesen Sack Kartoffeln bestellt?«, und sie ist so cool und macht mit: »Nein, Sir, das ist die Spezialbestellung für das Lager oben.«

Ich tippe mir an die imaginäre Mütze. »Vielen Dank, Ma'am.«

Will kichert auf dem ganzen Weg die Treppe hoch; er kichert noch immer, während ich ihn auf dem Bett ablade, und als ich mich umdrehe, um die kleine Mondlampe anzuschalten, bin ich völlig unvorbereitet auf das, was mich erwartet.

Der Kühlschrankkarton ist noch da, aber er ist nicht mehr E. T.s Raumschiff. Stattdessen wurde er zu einer Art seussschen Vorrichtung umfunktioniert: An der einen Seite des Kartons hängen ein alter Taschenrechner und eine Computertastatur, sodass es irgendwie nach »Motherboard« aussieht; Töpfe und Pfannen aus der Küche sind mit Pfeifenreinigern befestigt, die durch willkürliche Löcher in zufälligen Abständen gezogen wurden; ein paar von Wills alten Spielsachen – alles mögliche von einem kleinen Schaukelpferd über ABC-Bausteine bis zu einem lang vergessenen ferngesteuerten Lamborghini – sind mit Leim oder Tesa oder anders mit dem seltsamen Kartonapparat verbunden.

»Ich hab es geändert«, sagt er.

»Das sehe ich.«

Die Wände sind auch anders. Wo vorher mit Edding NACH HAUSE und TELEFONIEREN stand, wurden jetzt mehr Wörter hinzugefügt und andere geändert, und da steht jetzt: E. T. HAT NACH HAUSE TELEFONIERT. E. T. IST NACH HAUSE GEFLOGEN. ELLIOTT IST JETZT GANZ ALLEIN.

Ich schlucke schwer. Versuche, den Sturm in Schach zu halten.

Mich an diesem Ort, in diesem Zimmer zu spüren.

»Ich weiß, dass es E. T. nicht wirklich gibt«, sagt Will. »Aber vielleicht gibt es Außerirdische *wie* ihn, die heilende Kräfte haben. Also habe ich ein Gerät für Komm-Kation gebaut, wie im Film.« Er zeigt auf das Kartongebilde. »Wenn es funktioniert, können sie vielleicht ihre Glühfinger benutzen, um Mom wieder gesund zu machen.«

Ich frage mich oft, ob ich die emotional sprunghafte Chaosperson bin, für die ich mich halte, oder ob die Liebe meines Bruders emotionale Sprunghaftigkeit auslöst.

Nachdem wir seine Socken und Schuhe ausgezogen und seine Kleider für morgen rausgelegt haben, lesen wir eine Frosch-und-Kröte-Geschichte über einen Drachen, der erst fliegt, als Kröte alles gibt, und als wir fertig sind, stecke ich die Decke fest, wie er es mag, ich fange bei den Füßen an und arbeite mich bis zum Hals vor. »Ein kleiner Will-Burrito«, sage ich und setze mich auf die Bettkante.

»William, bitte.«

Ich seufze. »Ich will ehrlich sein, Kumpel. Das könnte 'ne Weile dauern.«

Ich streiche ihm leicht über die Stirn, sehe, wie er die Augen schließt, und gerade als ich aufstehen und zur Tür gehen will, sagt er: »Glaubst du, sie wird sterben?«

»Das glaube ich nicht.«

»Woher weißt du das?«

Ich reibe ihm weiter die Stirn, nur dieses kleine Zeichen der Beständigkeit. *Ich bin hier. Das wird sich nicht ändern.*

»Ich weiß es nicht«, sage ich. »Aber du hast gefragt, was ich glaube. Und ich glaube, sie wird wieder gesund.«

Er beugt sich zur Seite, öffnet die Schublade seines Nachtschranks und zieht einen selbst gemachten Comic heraus. »Den hab ich für sie gemacht. Zu Weihnachten. Nichts verraten.«

Ich halte die zusammengetackerten Seiten in den Händen, wie ich auch einen heiligen Text halten würde. Auf dem Cover steht in prächtiger Regenbogenschrift das Wort GLÜHEN, ganz in Großbuchstaben. Darunter: *Ein Comic von William Taft.*

Die Geschichte ist kurz, vielleicht zehn Seiten. Darin wohnen drei Figuren, »Mom«, »Junge« und »Freundlicher Außerirdischer«, zusammen in einem Haus. Sie gehen in den Park, in den Zoo und zu Jet's Pizza. Bei jeder Seite und in jedem neuen Abenteuer wird die Mom-Figur kleiner und sieht schwächer aus; die Haare werden drahtig und die Augen dunkler, bis sie beinahe am Ende, als die drei zusammen in ein Museum gehen, nur noch ein gebeugtes Strichmännchen ist. Auf dem letzten Panel der Seite fängt das Herz des Freundlichen Außerirdischen an zu glühen (dargestellt durch kurze, bunte Striche, wie die Strahlen einer Buntstiftsonne), und der Außerirdische sieht die Mom an und sagt: »Mein Herz glüht für dich, Mary.« Auf der letzten Seite steht die Mom wieder aufrecht, die Haare sind wieder voll, die Augen leuchten, und sie lächelt von einem Ohr zum anderen.

»Gefällt es dir?«

»Es ist das Beste, was ich je gesehen habe, William.«

Er richtet sich auf und geht auf die Knie, hält den Mund an mein Ohr und flüstert: »Du darfst mich Will nennen. Aber nur du.«

Ich lege den kostbaren Comic in die Schublade zurück, stecke Wills Decke ein zweites Mal fest und schalte die Mondlampe aus. An der Tür flüstere ich das Einzige, was wirklich zählt, das, was uns zu *uns* macht: »Ich bin immer bei dir, Will.«

Später werde ich wach im Bett liegen, die Schatten an der Decke anstarren und an die zwei Wörter denken, die Will gleich sagt. Und ich werde mich fragen, wie sich etwas so Kompliziertes als etwas so Einfaches verkleiden kann oder ob er wusste, was er sagte, als er es gesagt hat, aber nein, das kann er nicht, nicht wirklich. Er weiß nicht, wie anstrengend es ist, dieselbe Rechnung immer wieder aufzustellen und auf eine andere Lösung zu hoffen; er weiß nichts von dem in meinem Kopf rotierenden Film, dem 24/7-Kampf von *ich muss gehen, ich kann ihn nicht allein lassen, ich muss gehen, ich kann ihn nicht allein lassen*, und er kann auch nicht gewusst haben, dass seine Zwei-Wort-Antwort auf einer Seite dieses Kampfs ein Fähnchen einsteckt. Das wird mich später in der Nacht wach halten, nicht, was ich zu ihm gesagt habe – »Ich bin immer bei dir« –, sondern seine Antwort, in jeder Sprache die einfachsten, kompliziertesten Worte.

»Ich weiß.«

# SHOSH

*vier*

»Wir müssen uns unterhalten, Sho.«

»Was gibt's?«, fragte Shosh und zog neben der Haustür ihre Stiefel an.

Ihre Mom drehte sich um und rief die Treppe hinauf: »Jared!«

Das konnte nichts Gutes sein. Shosh nahm ihre Mütze von der Garderobe, versuchte, sich an das letzte Mal zu erinnern, als ihre Eltern geglaubt hatten, Verstärkung für ein Gespräch zu brauchen. Gerade als sie die Handschuhe anzog, polterte ihr Vater die Treppe hinunter, und allein an ihrer Körpersprache sah Shosh, dass sie geprobt hatten, was auch immer jetzt kommen würde.

»Wir haben ein paar Fragen«, sagte ihre Mom.

»Okay.«

»Zuerst mal würden wir gern wissen, wo du jeden Abend hingehst.«

Die Antwort darauf war gleichzeitig einfach und nicht. Seit

zwei Wochen – seit sie am Thanksgiving-Tisch laut und deutlich den Liedtext gehört hatte – ging Shosh jede Nacht in den Willow Seed Park. Sie packte sich warm ein und wanderte durch sinkende Temperaturen, die Windkühle wurde jedes Mal heftiger. Der Park, nicht weit von ihrem Haus, war von einer einzelnen Straßenlaterne beleuchtet und immer leer. Sie verweilte beim gefrorenen Bach, der schneebedeckten Rutsche und der Drehscheibe; sie schaukelte auf der Schaukel, die Ketten quietschten vor und zurück. In den meisten Nächten legte sie sich unter den Bäumen auf den Rücken, streckte die Arme im Schnee aus und blickte hoch zu den kalten Sternen, während sie über die unzähligen möglichen Versionen ihres Lebens nachdachte, in denen alles so gelaufen war, wie es sollte.

Ihre Nächte im Willow Seed Park wurden immer von der Geistsängerin begleitet. Inzwischen kannte sie die Lieder auswendig, sang im leeren Park mit, und obwohl es sich eindeutig so anfühlte, als würde sie auf etwas warten, konnte sie nicht sagen, worauf.

»Ich gehe in den Park«, sagte sie und bot ihnen die einfache Variante.

»Du gehst in den Park.«

»Willow Seed. Es gefällt mir da. Es ist ... beruhigend.«

»Es ist *eiskalt*«, sagte ihr Dad.

»Triffst du dich da mit jemandem?«, fragte ihre Mom.

»Wem zum Beispiel?«

»Einem Freund?«

»Ha. Klar. Okay.«

»Ich weiß es ja nicht.«

»Gibt es sonst noch was?« Shosh griff nach der Türklinke, sie wollte unbedingt raus.

Ihre Eltern räusperten sich und suchten nach Worten, und als ihr Dad sagte: »Wir haben ab jetzt keinen Alkohol mehr im Haus«, fühlte Shosh, wie ihr Geist ihren Körper verließ und dann aus dem Haus in die Nacht davonschwebte. »Wir wissen, dass wir nicht für dich da waren«, sagte ihre Mom, und Shosh war kein Mensch mehr, sondern ein großer herrlicher Schneevogel, der in den Himmel von Iverton aufstieg, und dicke Schneeflocken fielen in der leisen Stille herab.

»Es tut uns wirklich leid.«

Sie stürzte auf die Erde zurück wie totes Gewicht. »Es tut euch was?«

»Ich weiß, dass es das Problem nicht löst«, sagte ihr Dad. Seine Ohren waren rot, er blinzelte länger, und Shosh begriff, wie kurz er davor war zu heulen. »Aber es tut uns leid. Wir waren nicht ... was wir sein sollten. Wenn ich an sie denke und uns so sehe ...« Er unterbrach sich, seine Augen waren feucht; neben ihm weinte Lana Bell ungeniert und leise.

Shosh stand da und sah ihre Eltern an, und zum ersten Mal seit Stevies Tod konnte sie flüchtig ihre früheren Ichs sehen, die hinter dem Leichentuch hervorlugten. »Ihr wart die ganzen Monate Geister. Und jetzt lasst ihr euch plötzlich wieder blicken?«

»Sho...«

»Das ist doch scheiße. Ihr könnt nicht einfach in meinem Leben auftauchen und wieder verschwinden, wann es euch grade passt. Und nur zur Erinnerung, Mom, ich weiß, dass *wir sie alle verloren haben*. Der Unterschied ist, dass ich meine Schwester *und* meine beiden Eltern verloren habe. Also entschuldigt bitte, wenn ich *das hier*« – Shosh drehte ihre Hand in der Luft – »total *idiotisch* finde.«

Später würde sie sich fragen, warum sie in diesem Moment nicht einfach rausgegangen war. Sie hatte gewollt. Hatte es vielleicht sogar versucht. Aber irgendetwas hatte sie aufgehalten, irgendein Teil ihres Gehirns, der wusste, auf wen sie in Wirklichkeit wütend war, und als der Rest von ihr aufgeholt hatte, war es zu spät gewesen, um den stürmischen Abgang noch durchzuziehen.

Unter Tränen sagten ihre Eltern, dass sie sie lieben würden, dass es ihnen so leidtäte, und Shosh stieß sie weg, aber jetzt heulte sie auch, und ohne es zu wollen oder zu verstehen, wie es dazu kam, umarmten sich die drei, eine gleichzeitig sanfte und grimmige Umarmung, weil sie wussten, dass sie nie wieder zu viert sein würden, und sich fragten, ob sie jemals heilen könnten.

# EVAN

*Willow Seed*

»Wussten Sie, dass es am Grund des Lake Michigan ein Stonehenge gibt?«

Maya kneift die Augen zusammen. »Hör schon auf.«

»Ein Junge in meinem Schreibkurs hat davon geredet. Ich hab es nachgeschlagen. Ein kleines Mammut ist in einen der Steine geritzt, direkt auf dem Grund des Sees.« Ich verstumme, blicke aus dem Fenster; draußen schneit es wie verrückt. »Das war ein Mensch. Hat ein Mammut in einen Stein geritzt. Vielleicht war es in der Nähe von seinem Haus, vielleicht war es auf einem Feld, vielleicht war er nur auf der Durchreise. Aber er hat diesen großen Steinkreis gesehen oder sogar errichtet, und gedacht, *ich weiß, was ich mache.* Und jetzt sitz ich zehntausend Jahre später auf einem Sofa, scheißtraurig, und rede davon, dass es auf dem Grund eines Sees ein eingeritztes Mammut gibt.«

»Ich wusste nicht, dass du traurig bist.«

»Macht Sie das nicht traurig?«

»Dann bist du traurig wegen des Mammuts.«

Die ganze Woche war der Himmel grau gewesen, und es hatte leicht geschneit. Zum Teil freue ich mich, dass der Himmel endlich sein Versprechen hält.

»Ich habe da einen Ort entdeckt«, sage ich leise, und ich weiß nicht, warum, aber ich will, dass Maya von dem unbebauten Waldgrundstück in der Nähe unseres Hauses weiß, mit den alten Bäumen und dem Bach, der hindurchfließt. Und deshalb erzähle ich ihr davon, und dass es der ideale Ort zum Zuhören ist. Mein kleines Wäldchen, mein Relikt aus einer anderen Zeit.

»Hast du Felsritzungen von prähistorischen Tieren gefunden?«, fragt sie.

Ich denke kurz nach, und dann: »Vielleicht funktioniert das ja so.«

»Was?«

»Wenn man ein Mammut in einen Stein ritzt ... das ist vielleicht der gleiche Instinkt, der Leute dazu bringt, *Ich war hier* in eine Klokabine zu schreiben. Wir wollen etwas bedeuten, ob heute oder vor zehntausend Jahren. Es geht nicht um Unsterblichkeit, nur – um einen dauerhaften Grabstein.«

Irgendwo weiß ich, dass meine Angst im ultimativen FOMO wurzelt: Ich liebe mein Leben und will es nicht verpassen. Ich fühle zu viel und denke wahrscheinlich zu viel, und wenn man das tut, ist es nicht immer leicht. Wenn man die eigene Gesellschaft der von anderen vorzieht, wendet man sich an sich selbst, verliert sich so in seinem eigenen Kopf, dass es sich anfühlt, als würde man nie wieder rausfinden.

Ich weiß es nicht.

Manchmal existiere ich so hart, dass es hart ist zu existieren.

Ich blicke auf und sehe Maya, die nur dasitzt und mich ansieht.

»Sie halten mich für morbide«, sage ich.

»Du hast das Herz eines Dichters. Was wahrscheinlich oft eine Last ist.«

Nach ein paar Momenten Schweigen fragt sie, wie es mit Will läuft, und ich erzähle ihr von der Bombe beim Ivy-Kids-Kunst-Fest, und dass er von Moms Krebs wusste, seit sie es mir im Sommer erzählt hat. »Deshalb hat er aufgehört, die Pflaster zu tragen. Ich glaub, er hat ihr heimlich nachts eins auf den Knöchel geklebt, als sie geschlafen hat, und als es sie nicht geheilt hat … ich meine, er weiß es genauso lange wie ich. Aber ich hatte Sie, um darüber zu reden. Und Ali. Und Mom natürlich. Will hatte niemanden. Und außerdem ist er *sieben*, aber klar, Sie haben bestimmt recht. Kein Grund, traurig zu sein.«

»Ich habe nie gesagt, es gäbe keinen Grund, traurig zu sein.«

…

…

Maya schließt sich mir an bei der aufmerksamen Betrachtung des Schnees, der ans Fenster hämmert.

…

…

»Wie geht es deiner Mom?«

»Gut. Sie ist nächste Woche mit der Bestrahlung durch.«

»Das ist toll.« Fast kann ich ihr Lächeln durch den Raum hören. »Dann … gibt es auch Gründe, um glücklich zu sein.«

»Hey, sie darf fünf Jahre lang Tabletten nehmen, statt Spritzen zu kriegen, das ist also super. Außerdem muss sie mich nicht mehr davon abhalten, zu Behandlungsterminen mitzukommen, und mir auch nicht mehr verschweigen, was los ist, das ist also auch richtig geil. Warten Sie, was noch. Oh! Tamoxifen hat ein paar echt nice Nebenwirkungen. Hitzewallungen, Stimmungsschwankungen, Depressionen, vermehrte Knochenschmerzen –«

»Woher weißt du das alles?«

»Was?«

»Du hast gesagt, deine Mom erzählt dir nichts.«

»Ich hab das Rezept in ihrer Handtasche gefunden.«

Vor Jahren ist Dad mit mir zu einem Baseballspiel der Minor League gegangen. Da war vielleicht ein Dutzend Leute auf den Tribünen, und jedes Mal, wenn der Ansager über Lautsprecher einen Schlagmann vorgestellt hat, ist seine dröhnende Stimme durch das leere Stadion gehallt, noch verstärkt durch die absolute Stille dort.

Das Echo meines letzten Satzes hallt in Mayas Büro nach und wird wahrscheinlich den ganzen Winter über irgendwo über dem Gebäude hängen bleiben.

»Ich hab nicht rumgeschnüffelt.«

»Klingt aber so«, sagt Maya.

»Darum geht es nicht.«

»Darum geht es aber auch.«

»Wie soll ich ihr helfen, wenn ich nichts weiß?«

»Hat sie dich um Hilfe gebeten?«

»Ist immer noch besser, in ihrer Handtasche rumzuschnüffeln, als durch die Weiten des Internets zu wandern, das kann ich Ihnen sagen. In Blogs ersticken, in denen die Erfahrungen *mit allen Details* beschrieben werden – hey, wussten Sie, dass manche Ärzte, wenn sie mit Brustkrebspatientinnen reden, alles mit der Wahrscheinlichkeit ausdrücken, ob sie in fünf oder zehn Jahren sterben? Ich wollte nur —«

…

…

»— darf ich nicht wütend sein? Während ich gleichzeitig anerkenne, wie viel Glück wir hatten?«

…

»Natürlich darfst du das.«

…

…

»Okay.«

…

…

…

»Was hörst du?«, fragt Maya.

»Was?«

»Das kleine bewaldete Landstück, wo du warst. Du hast gesagt, es ist der ideale Ort zum Zuhören. Wem oder was hörst du zu?«

Als würde sie auf eine Beschwörung reagieren, kommt Nachtvogel in genau diesem Moment. Ihr Lied schwillt an, erhebt sich und stürzt ab, das Klavier heimatlos und hallig, und ich habe ihre Stimme schon lauter gehört, aber noch nie so deutlich, als würde sie mir direkt ins Ohr singen.

Maya bewegt den Mund; ich glaube, sie sagt meinen Namen, aber sie und alles andere wird von dem Lied übertönt. Und mit einer neuen Wendung, einem Teil des Refrains, den ich noch nie gehört habe, rückt das Lied in den Mittelpunkt.

Jetzt weiß ich genau, wo ich hin muss.

Chestnut hinunterfahren, in Ash einbiegen, das Herz pocht mir in den Schuhen. Ein Teil von mir wünscht sich, Ali wäre hier, aber tief in mir weiß ich, dass ich besser allein bin, egal, was vor mir liegt. Ich fahre um die Ecke in die Division Street, sehe die Menge vor mir, die Lichter, das hoch aufgerichtete und leuchtende Jesuskind. Die Straße ist praktisch ein Festzug aus Minivans mit Rudolph-Nasen und Geweihen; es sind so viele Kids da, ich muss im Schritttempo fahren, bis ich endlich den Abzweig zum Brooklyn Way erreiche. Als der Weihnachtsrummel im Rückspiegel kleiner wird, ist der Schnee auf der Straße vor mir frisch und unberührt, die Straßenlaternen säumen meinen Weg wie Fackeln.

Langsam rolle ich bis an die Sackgasse – parke, steige aus dem Auto und stehe vor dem Willow Seed Park auf dem Gehweg.

»*Im Willow Seed / singen Bäume / dreizehn Stück.*« Die Worte verwandeln sich in Atemwölkchen, kleine Beweise des Lebens, während ich die Bäume zähle, nur um sicherzugehen.

Genau dreizehn.

Ich schlendere ein paar Minuten durch den Park, ziellos, überschüttet von Kindheitserinnerungen. Der kleine Bach ist gefroren, und ich frage mich, ob es dieselbe alte Wasserader ist, die durch mein verborgenes Waldstück verläuft, sich ihren Weg durch die Regenwasserkanalisation sucht, unter Straßen, hinter Häusern, die ganze Nachbarschaft mit Lebensblut versorgt. Von Mondlicht übergossen steht ein kleiner Pavillon auf einem Hügel; da sind eine schneebedeckte Rutsche und eine vereiste Drehscheibe, und es fühlt sich an wie ein Ort des Friedens.

Ich wische den Schnee von der Schaukel und setze mich auf

die gefrorene Sitzfläche. Langsam, vor und zurück, quietschen die Ketten unter meinem Gewicht.

Vor, *quietsch.*

Zurück, *quietsch.*

Mom war oft mit mir hier, bevor Will geboren wurde. Wir waren noch ein paar Mal da, als er klein war, aber er ist nicht so fürs Draußensein.

Vor, *quietsch.*

Zurück, *quietsch.*

Jetzt hier zu sein fühlt sich an, als würde ich einen alten Teddy vom Dachboden runterholen, einen lang vergessenen Liebesbeweis halten.

Vor, *quietsch.*

Zurück, *quietsch.*

»Hi.«

Ich halte an.

Stehe von der Schaukel auf.

Drehe mich um.

»Hi«, sage ich.

Ihr Mantel ist schneebedeckt, ihre Haare im Winterwind eher wild als chic. Und ich bin mir nicht sicher, woher ich es weiß, aber ich weiß es.

»Du hörst sie auch«, sage ich.

Sie sieht sich um, summt leise ein jetzt vertrautes Lied …

# TOKIO

*1953*

An dem Morgen bevor Shizuko an die Universität ging, traf sie auf ihrer Schwelle einen Jungen. Er war allein, vielleicht zehn oder elf, und obwohl er dünn war, hatte er etwas Robustes an sich. Als wären seine Füße in den Boden gepflanzt worden und hätten Wurzeln geschlagen. »Ojama shite sumimasen«, murmelte der Junge und verbeugte sich leicht.

Shizuko fragte sich, ob er sich vielleicht verlaufen hatte, aber bevor sie fragen konnte, hob er den Kopf, und für den Bruchteil einer Sekunde hätte sie schwören können, dass sie ihn kannte.

Der Junge hob beide Hände und hielt ihr ein fest zusammengefaltetes Blatt Papier hin.

Sie zögerte – dann nahm sie das Blatt.

Der Junge drehte sich um und rannte weg.

Musik ist Shizukos früheste Erinnerung. Das kleine Haus in Nikkō, ihre Obāchan, die die Koto zupfte, während die junge

Shizuko im Seiza saß und leise mitsummte. Und als Shizukos Vater im Krieg eingezogen wurde, war ihre Obāchan gekommen, und die Musik mit ihr. Nach dem Krieg dann, als ihr Vater anfing, an der Universität zu unterrichten, brannten sich die Besuche bei ihm in Shizukos Erinnerung ein. Sie liebte ihn sehr, ja, aber die Reisen waren vor allem denkwürdig wegen des Flügels der Universität und dem Gesicht ihrer Obāchan, als sie es zum ersten Mal sah: ein so vollkommen feierlicher und entzückter Blick, als würde sie versuchen, ihre Liebe zu zügeln, damit sie das Ding nicht zerbrach. Selbst jetzt, Jahre später, fühlt Shizuko noch die kräftigen Hände, die die ihren über die Tasten führten wie ein Boot über das Meer, die durch die sanften Wellen der Tonleitern und Akkorde ruderten und ihr die Welt zeigten.

1955, noch als Studentin an der Tokyo National University of Fine Arts and Music, spielt Shizuko bei ihrem Bühnendebüt Mozart mit dem Tokyo Symphony Orchestra. Zwei Jahre später gewinnt sie den ersten Preis beim Internationalen Chopin-Wettbewerb in Warschau und führt ihre Arbeit als Pianistin und Komponistin fort. 1963, im Alter von achtundzwanzig, zieht sie nach Oslo, um an der Norwegischen Musikhochschule zu lehren. Von dem kleinen Haus in Nikkō aus nimmt die Musik sie an die Hand – nach Tokio und Warschau und Oslo –, rudert durch die sanften Wellen, zeigt ihr die Welt.

Shizuko spielt Klavier, weil sie das Klavier liebt; die Meisterschaft darin aber sucht sie im Namen derjenigen, die ihr beigebracht hat, es zu lieben.

Wie ein Trugbild sah Shizuko das Gesicht des Jungen in jeder Menge: Kinder, an denen sie auf der Straße vorbeiging, in

Läden, in Zügen, auf dem Markt. Mit der Zeit verblasste das Trugbild, ihre Erinnerung an das Gesicht aber nicht; die Zeichnung verblasste auch, in der Verwahrung der Zeichnung ließ sie aber nicht nach. Wenn diese Zeichnung von ihm stammte, war er ein Künstler mit einem bedeutenden Talent.

Der Junge war die beste Art von Mysterium: Er war nicht ganz verschwunden, sondern spähte um jede Ecke.

Winter 1966. Shizuko wird von der Osloer Philharmonie eingeladen, Rachmaninows Klavierkonzert Nr. 2 in Oslos historischem Nordraak Konserthus zu spielen. Das Gebäude, 1903 errichtet, ist ein reizvolles Wahrzeichen, angeblich spuken dort die Geister der zahllosen Musiker, die in seinem großartigen Konzertsaal gespielt haben. Leider gibt es noch etwas anderes in den Wänden des Saals: und zwar Fäule. Wäre der Gebäudeinspektor letzten Monat nüchtern gewesen, hätte man das Konzert verlegt, und Hunderte Leben wären gerettet worden.

Leider ist der Inspektor ein hoffnungsloser Trinker.

Rituale waren entscheidend. In den Minuten, bevor sie die Bühne betrat, suchte Shizuko sich eine ruhige Ecke oder schloss sich manchmal auf der Toilette ein und holte das raue Stück Papier aus der Tasche. Es war kein Aberglaube; es war eine Meditation. Sie visualisierte sich als die Frau auf der Zeichnung, wünschte sich ein ähnliches Maß an Konzentration. Schon vor langer Zeit hatte sie sich mit der Anonymität des Jungen abgefunden: Sie würde nie erfahren, wer er war, warum er an jenem Tag an ihrer Tür aufgetaucht war, warum er ihr die Zeichnung gegeben hatte und ob sie überhaupt von ihm stammte. Aber etwas an der Zeichnung zentrierte sie, trieb sie an, ihr Bestes zu geben, und so behielt sie sie immer in der Tasche.

Die Zeichnung selbst war schlicht, aber eindrucksvoll umgesetzt: Eine Frau auf einer Bühne spielte auf einem Flügel; auf dem Rand des Flügels hockte mitten im Scheinwerferlicht ein Vogel, die großen Flügel ausgebreitet, als würde er gleich losfliegen; es war aus der Perspektive des Publikums gezeichnet, Parkett ganz links, nur ein paar Reihen zurück.

Alles erzählt eine Geschichte. Unsere Leben hängen wie lose Fäden in einer offenen Tür, und gerade, wenn wir einen mit einem anderen verknoten, erscheint ein neuer Faden. Manche Geschichten bleiben am unteren Ende unverbunden, und deshalb vergessen wir die Wahrheit: Sie alle haben ihren Ursprung am selben Ort.

An ihrem letzten Abend auf Erden sitzt Shizuko im brechend vollen Saal am Flügel, der Geist ihrer Obāchan führt ihre Finger über die Tasten, als sie in der Menge einen Schrei hört. Sie spielt weiter, zwingt sich, so konzentriert zu bleiben wie die Frau auf der Zeichnung, und dann kommt noch ein Schrei, aber sie hört nicht auf zu spielen, nicht einmal, als der riesige Vogel auf dem Flügel landet. Sie spürt die Gegenwart des Vogels, sieht ihn am Rand ihres Sichtfelds, aber sie konzentriert sich weiter auf die Tasten, auf die Musik. Dann gibt es keine Schreie mehr, nur eine stille Ehrfurcht angesichts des Spektakels auf der Bühne. Irgendwo an der Traverse wird ein Scheinwerfer auf den Vogel ausgerichtet, und Shizuko fühlt ihr Herz rasen, während sie spielt, mit der ganzen Leidenschaft ihres Lebens spielt, mit der Liebe der einen, die sie zu lieben gelehrt hat. Und dann fängt Shizuko an, das Lied mitzusummen, im Geist ist sie in dem kleinen Haus in Nikkō, und sie kann nicht sagen, warum, aber in diesem Moment – und sie spielt noch, sie spielt die ganze Zeit – hebt sie den Kopf. Ihr Blick wandert über das Parkett ganz links, sie macht weiter mit der Suche, die nie aufgehört hat, nicht wirklich; ein paar Reihen zurück sucht sie jetzt ein Gesicht, das nie verschwunden ist, während sich alle Fäden ihres Lebens verbinden.

Da –

## TEIL FÜNF

# MENUETT

# SHOSH

*die sich drehende Nacht*

»Ich nenne sie Nachtvogel.«

»Ich ›Geistsängerin‹. Aber deins find ich besser.«

Evan und Shosh lagen auf dem Rücken auf der Drehscheibe, gaben sich mit den Füßen auf dem Boden langsam Schwung, blickten in den Himmel, während sie sich drehten. Es war spät, sie froren, aber das war Shosh egal. Mit Evan zu reden war eher wie eine Aufführung als wie eine Probe.

Außerdem mochte sie den Klang seiner Stimme.

»Sogar Freunden gegenüber«, sagte er, »waren die Lieder – wie verdächtige Schmerzen im Körper. Solange ich sie für mich behalten habe, konnte mich niemand diagnostizieren.«

Sie war nicht überrascht, dass er die Lieder auch hörte, obwohl sie irgendwo wusste, dass sie das sein sollte. Und sie war auch nicht überrascht, als nach einem flatterigen Geraschel in einem nahen Baum ein Vogel losflog und sie sich an etwas von Dickinson erinnerte, das sie vor Kurzem gelesen hatte – *Ich hoffe, du liebst auch Vögel.* Der ganze Abend war irgendwie surreal, als hätte sich ihr Leben zeitweise ins Innere eines Kaleidoskops verlagert. Oder als wäre jeder Schritt, den sie heute gemacht hatte, jedes Wort, jeder Windhauch vor Hunderten Jahren vorherbestimmt worden, und sie brächte es einfach nur zu Ende.

»Das versteh ich«, sagte sie. »Wobei ich über nichts wirklich viel mit Leuten rede, na ja.«

»Du kannst mit mir reden, wenn du willst«, sagte er, und also erzählten sie sich, wann und wie die Lieder jeweils zu ihnen gekommen waren, was zu Spekulationen und unausgegorenen Theorien darüber führte, was die Lieder bedeuteten und warum niemand sonst sie hörte. Als klar wurde, dass sie das heute nicht lösen würden, merkte Shosh, dass sie trotzdem noch nicht bereit war, zu gehen. Tief in ihrem Inneren wusste sie, dass das mit ihren Eltern vorhin notwendig gewesen war, aber neue rote Linien waren nie leicht, und sie war sich noch nicht sicher, was es bedeutete.

Zuhause war irgendwie kompliziert; das hier, was auch immer es war, war das Gegenteil.

»Als Kind«, sagte sie und starrte in die Sterne, »war ich besessen vom Weltraum. Hab jedes Buch gelesen, das ich in die Finger bekam. Romane, Sachbücher, Astronautenmemoiren, alles. Und da gab es diese Geschichte über die NASA in den Sechzigern. Ich weiß nicht mehr, wo ich es gelesen hab und ob es überhaupt wahr ist, aber da waren diese Astronauten im Weltraum und machten ihren Astrokram, als sie ganz plötzlich diese altmodische Musik hören. So in der Richtung ›You Are My Sunshine‹, irgendein altmodischer Radiohit. So weit von der Erde entfernt sind die offensichtlich für alles zu haben, was ihnen das Gefühl gibt, näher an zu Hause zu sein. Als das Stück vorbei ist, funkt einer der Astronauten die NASA an, um ihnen für die Übertragung zu danken, aber die NASA so: *Wir haben keine Ahnung, was ihr meint.* Und es stellt sich raus, dass niemand eine Übertragung geschickt hat. Also sehen die Astronauten sich an: *Du hast das doch auch gehört?* Und dann forscht die NASA ein bisschen, und es findet sich keine Aufzeichnung darüber, dass dieses konkrete Stück irgendwo auf der Erde gesendet wurde.«

»Und was haben sie gehört?«

»Nicht was. *Wann!* Das Stück war zuletzt in den 1930ern ausgestrahlt worden.«

»Wow.«

»Total. Ich sollte das mal googeln. Gucken, ob es stimmt.«

Neben ihr atmet Evan tief ein und in einem langen wolkigen Atemzug wieder aus. »Ich glaube, in jeder Geschichte steckt Wahrheit. Auch in den ausgedachten.«

Auf halbem Weg nach Hause zog Shosh ihr Telefon heraus. Es war spät, aber Ms Clark war bekanntermaßen eine Nachteule. Und wirklich, nach zwei Mal Klingeln –

»Hey«, sagte Ms Clark. Sie saß im Bett, hatte die Brille auf, die Haare hochgesteckt und las gerade. »Worüber lächelst du?«

»Ich lächele nicht«, sagte Shosh.

»Ich weiß, es ist eine Weile her, Süße, und du hast vielleicht vergessen, wie es sich anfühlt, aber das ist ein Lächeln.«

Shosh kam sich plötzlich albern vor. »Ich habe einen Freund gefunden.«

Jetzt war Ms Clark dran mit lächeln. »Wer ist es?«

»Niemand. Ein Junge in einem Park. Halten Sie den Mund.«

In einem nur als absolut tragisch beschreibbaren Dance-Move bewegte Ms Clark plötzlich den Kopf auf und ab und machte dieses »bow-chick-a-bow-wow«, das Erwachsene immer mit Sex assoziieren.

»Sie sind so ein Nerd.«

»Hat der Park-Junge einen Namen?«

»Evan. Er geht auf die Ivy, aber ist, glaub ich, nicht im Theaterkurs.«

»Ich stelle die Charakterstärke des Jungen infrage.«

»Sie stellen die Charakterstärke von jedem infrage, der kein Schauspieler ist.«

Ms Clark gähnte herzhaft, und Shosh dachte, jetzt oder nie.

»Hören Sie«, sagte sie. »Haben Sie – meine Eltern angerufen? Oder so?«

»Ob ich deine Eltern angerufen habe …?«

»Wir hatten heute Abend ein Gespräch, und ich weiß nicht. Sie haben … gewisse Gewohnheiten erwähnt. Ich hab mich gefragt, ob Sie mit ihnen gesprochen haben.«

Ms Clark nickte, und Shosh dachte, sie würde ein kleines Lächeln im Gesicht ihrer Lehrerin sehen. »Ich kann nicht behaupten, dass mir das nie in den Sinn gekommen wäre. Wenn du noch meine Schülerin wärst, hätte ich sie sicherlich angerufen.«

»Also … heißt das Nein.«

»Vielleicht hätte ich sollen. Aber nein, ich habe nicht.«

»Okay, ich dachte nur –«

»Ich weiß, dass deine Eltern gerade kämpfen, genau wie du. Aber ich denke, es ist gar nicht nötig, dass ich sie auf deine *Ge-*

*wohnheiten* aufmerksam mache, Shosh. Du bist vielleicht nicht so raffiniert, wie du denkst. Und sie sind auf keinen Fall so ahnungslos. Und jetzt, bevor ich schlafen gehe ...« Noch ein Gähnen, und dann: »Eine Sache über sie.«

Vielleicht etwas über den Vogel, aber plötzlich sah sie Stevie vor sich, wie sie, ein Lehrbuch vor sich aufgeschlagen, auf der Bettkante saß und einen traurigen kleinen Akkord anschlug.

»Sie lernte grade, Ukulele zu spielen.«

# EVAN

*zusammen allein*

Ich habe ihre Nummer.

Die Nummer zu ihrem mobilen Telefoniegerät.

Sie hat sie mir gegeben, was der Grund ist, weshalb ich sie habe.

Wir waren im Park, ich hatte erwähnt, dass wir in Kontakt bleiben sollten, da wir die einzigen Menschen auf der Erde sind, die diese Lieder hören (soweit wir wissen), und sie hat ihr Telefon rausgeholt und gefragt: »Wie ist deine Nummer?«, einfach so, kein Ding, also hab ich sie ihr gegeben. Und dann hat sie getextet: *Hier ist Shosh*, und dann haben wir den Park verlassen, Shosh mit meiner Nummer, ich mit ihrer.

Shosh Bells Telefonnummer.

Die ich jetzt habe.

Ich gehe nicht nach Hause, sondern schwebe.

Aber da ist noch etwas. Ich kann es nicht erklären, aber ich bin mir sicher, dass das heute kein Zufall war. So wie sie im Park aufgetaucht ist, als wäre sie aus dem Boden gewachsen wie ein Baum. So wie sie das Lied gesummt hat, wie wir geredet haben, als würden wir uns schon ewig kennen. Es wirkte irgendwie geplant, absichtlich, was die Nacht nur noch magischer machte, als ich also die Haustür aufmache und nach oben in mein Zimmer schwebe, könnte ich pennen, aber das Unfassbare passiert, und mein Telefon summt ...

> Shosh: Nur, dass du's weißt, ich geb meine Nummer sonst nicht an Jungs in Parks raus
> Das war eher was Einmaliges

> Evan: Ich fühl mich geehrt 😊
> Hey und meine Freundin Ali gibt morgen ne Party. So ne kitschige Weihnachtsfeier, die wir jedes Jahr machen
> Du musst unbedingt kommen

> Shosh: Ich würd ja gern
> Aber du hast vielleicht von meiner letzten Erfolgsbilanz auf Partys gehört 😕

> Evan: Okay, aber
> A) Vollpfosten sind nicht eingeladen
> B) Es gibt keinen Pool
> C) Es ist eher ein nettes Abhängen als ne Party

> Shosh: Ich liebe Abhängen

> Evan: Es ist meine liebste Art von Hängen

Shosh: Lass mich drüber nachdenken

Evan: Klar

Shosh: Hey, danke btw

Evan: ??

Shosh: Das klingt jetzt echt thirsty
Aber ich weiß nicht mehr, wann ich mich das letzte Mal mit jemand unterhalten hab, den ich nicht direkt aufhängen wollte

Evan: Und das ist meine am *wenigsten* liebste Art von Hängen

Shosh: 😀😀😀

Evan: Aber jetzt echt, ich bin froh, dass du heute da warst.

Shosh: Geht mir auch so. Ist schön, damit nicht allein zu sein

Evan: Zusammen allein ist mir immer lieber

Shosh: …
…
…
…

Eine Stunde später liege ich mit weit aufgerissenen Augen wach und analysiere jeden Satz im Thread nach möglichen Hinweisen darauf, was Shosh in den Drei-Pünktchen-Loop geschickt haben könnte. Schließlich falle ich, wie der Thread selbst, in einen tiefen und unguten Schlaf.

Am nächsten Morgen, statt Kaffee oder Dusche, erlebe ich, wie verjüngend eine Textnachricht von einem neuen Crush wirkt: **Wenn die Einladung zum Abhängen ernst war, bin ich dabei.**

Jetzt ganz cool bleiben, Taft.

Ich verbringe fünf Minuten damit, eine Stilübung in Lässigkeit zu verfassen, wie ich hoffe, schreibe ihr nur, dass die Einladung ernst war, dass ich mich freue, dass sie mitkommt, und ich bald die Details schicke. Dann texte ich Ali: **Ich lade eine Freundin zum weihnachtlichen Abhängen ein – ok?**

Ali: **Evan Frodo Taft**

Evan: **Bitte lass das**

Ali: **Evan Merriweather Lewis Taft**

Evan: **OK, ich sags dir nur, damit du den anderen sagst, dass sie kein großes Ding draus machen sollen.**

Ali: **Hä?**
**WER IST ES**
**?????????**

Evan: *flüstert* Shosh Bell *rennt weg*

Ali: NEEE
EVAN
DETAILS!!!

Evan: Nur wenn du versprichst, allen zu sagen, dass sie cool bleiben sollen

Ali: Ok

Evan: Das Letzte, was ich brauchen kann, ist Yurt, der wie Yurt ist und sie Big Bang Cuoco nennt oder so ne Scheiße

Ali: Ok

Evan: Und es muss in einem getrennten Thread ohne mich sein, sonst verarschen mich alle

Ali: Ok

Evan: Und ich will Screenshots als Beweis

Ali: Sag, hast du Shosh mit denselben supergechillten Vibes umworben?

# SHOSH

*Alis weihnachtliches Abhängen*

Ali Pilgrim war die Art Mensch, die einen dazu brachte, an eine höhere Macht zu glauben. So redete Evan jedenfalls über sie. Güte, Originalität, das Wissen, dass sie war, wer sie war, und der Gedanke, dass es, da es ihr reichte, verdammt noch mal auch allen anderen zu reichen hatte. Shosh hatte sie in der Schule mal gesehen, aber bis vor zehn Minuten hatten sie sich nicht gekannt. Jetzt in der Küche der Pilgrims, wo Ali ein Tablett mit Snacks vorbereitete, kapierte Shosh es langsam. Das Mädchen strahlte einfach so eine sonnenähnliche Energie aus; man wollte in ihrer Umlaufbahn sein.

Es war eine kleine Gruppe. Zusätzlich zu Ali und Evan waren da ein mitteilsames Mädchen namens Sara, weiß mit großen Sommersprossen und dunklen gewellten Haaren, die sie mit einem blauen Bandana zurückhielt, ein Schwarzes Mädchen namens Mavie, das eine Tasche mit Brettspielen dabeihatte, und Mavies Freundin, die nur als Balding vorgestellt wurde und deren vulkanische Eruption roter Locken an ihrem blassen Gesicht herabfloss wie Lava an einem schneebedeckten Berg.

»Okay, Leute. Gehen wir noch mal die Regeln durch, ja?« In Anbetracht der Ähnlichkeit war der Erwachsene, der gerade in die Küche gekommen war, eindeutig Alis Dad; da war ein Funkeln in seinen Augen wie bei einem Fernsehstaatsanwalt, der einen Verteidiger ins Kreuzverhör nahm, immer drei Schritte voraus. »Da es zu den Regeln gehört, werde ich fürchterlich entschlossen sein. Meine Entschlossenheit wird euch das Fürchten lehren.«

»Okay, Dad.«

»Erstens«, fuhr er fort. »Wenn ihr heute etwas trinkt, werdet ihr nicht fahren. Zweitens. Wenn ihr heute etwas trinkt, werdet ihr nicht fahren. Zuletzt, und am wichtigsten —«

Bevor er den Satz beenden konnte, rief der ganze Raum im Chor: »*Wenn wir heute etwas trinken, werden wir nicht fahren.*«

Er nickte und sah jedem von ihnen in die Augen. »Uber, Lyft, ruft eure Mom an, ruft euren Onkel an, verdammt, ruft mich. Ich habe gerade die Autobiografie von Tina Fey mit den riesigen Händen auf dem Cover angefangen. Also ja! Ich werde wach sein.«

Shosh konnte nicht umhin, sich zu fragen, ob diese kleine Vorstellung für sie gedacht war. In Iverton wurde geredet; was Stevie passiert war, war kein Geheimnis. Zudem konnte Mr Pilgrim gut von Shoshs kleiner Pool-Episode bei den Abernathys gehört haben, und in diesem Fall wäre das nicht so sehr als Unterstützung, sondern eher als Warnung gedacht.

»Ich kann auch fahren«, sagte Mavie. Dann, zu Mr Pilgrim: »Ich trinke nicht.«

Alis Dad nickte. »Also. Viele Möglichkeiten. Verstanden?«
Ein standhafter Chor rief *Jahaa!* durch die Küche, und Ali sagte: »Wir fürchten uns ausreichend, Dad«, und Shosh sah, wie Mr Pilgrim seine Tochter einfach umarmte, und für einen sehr kurzen Augenblick fragte sie sich, wie anders diese Umarmung aussehen würde, wenn Ali auch eine tote Schwester oder einen toten Bruder hätte. Shosh hasste sich in solchen Momenten, wollte trinken, wollte schlafen, egal, was, um die Rückstände der Trauer wegzuwischen, aber es gab nichts dagegen.
In einem schwarzen Loch zu leben war schon schlimm genug, ohne dass die Sonne mit ihrem Glanz prahlte.

Der Keller der Pilgrims definierte Weihnachtsstimmung neu: Zuerst mal gab es einen elektrischen Kamin, der Sims war mit Strümpfen und glitzernden Tannenbäumen geschmückt; eine Modelleisenbahn rollte im Raum herum an gelegentlichen Hügeln aus Kunstschnee, altmodischen Krämerläden, kleinen Gruppen von Sternsingern und endlos vielen Schneemännern vorbei; in einer Ecke lief auf einem alten holzgetäfelten Fernseher *Kevin – Allein zu Haus* auf VHS, in einer anderen stand im Takt blinkend zu »Jingle Bell Rock« ein Weihnachtsbaum, der sich unter dem Gewicht des Schmucks bog, als wäre jede Weihnachtsabteilung in jedem Walmart auf dem Globus explodiert und hätte sich wie durch ein Wunder zu diesem Baum in diesem Keller neu zusammengesetzt.

»Red Drink?« Evan hielt ihr einen Becher mit etwas grenzwertig Fluoreszierendem hin.

»Was ist das?«

»Wodka, Hawaiian Punch und etwa eine Million andere Dinge.«

Shosh nahm den Becher mit nicht geringer Erleichterung. Es war gut, höchstens etwas zu fruchtig für ihren Geschmack, aber nach ein paar Schlucken ging die Unruhe in ihrem Bauch etwas zurück.

»Aber sei gewarnt.« Er nahm einen Schluck und ihm schauderte, als es runterging. »Letztes Jahr hab ich zwei Becher getrunken und konnte drei Tage lang meine Zehen nicht mehr fühlen.«

Auf der anderen Seite des Raums drehte Ali den elektrischen Kamin hoch und rief: »Erzählt er diesen Quatsch von seinen Zehen?«

»Evan verträgt einfach nichts«, sagte Sara und schenkte sich einen vollen Becher aus der leuchtenden Bowle ein.

»Das stimmt nicht.«

»Kommt Yurt?«, fragte Mavie, woraufhin Balding mit einem »Fucking *Yurt*« die Augen verdrehte, woraufhin Sara sie niederstarrte.

»Wer ist Yurt?«, fragte Shosh.

»Er ist eher ein *was*«, sagte Balding, lächelte und trank.

»Er ist *sehr nett*, vielen Dank.« Sara ließ sich auf die Couch fallen, und als alle sich ums Feuer versammelten, erklärte sie, dass Yurt eine Persönlichkeit sei und man ihn wie alle Persönlichkeiten einfach kennenlernen müsse. »Er hat noch irgendein Familienevent, aber er kommt. Wir sollen schon mal ohne ihn anfangen.«

Ali zog einen Karton unter dem Couchtisch hervor, während jemand das Deckenlicht ausmachte. Mit dem elektrischen

Feuer und der reinen Menge an blinkender Weihnachtsbeleuchtung war der Raum noch immer hell, aber hatte jetzt eine zusätzliche Dramatik.

»Sehet!«, sagte Ali. »Hiermit beginnen wir diese Nacht aller Nächte, und ich erkläre den erwähnten Anfang unseres guten und treuen weihnachtlichen Abhängens, Version vier –«

»Ist es nicht die dritte?«

»– Version drei, in welcher wir, das Volk, uns jetzt und für immer –«

»Für immer?«

»– in welcher wir, das Volk, uns für die nächsten *paar Stunden* mit veritablen altmodischen Spielen, lebendigen Diskussionen –«

»Ich weiß nicht, ob du veritabel sagen kannst.«

»– und vor allen Dingen« – Ali holte einen wirklich schrecklichen Pulli aus dem Karton, auf dem der Weihnachtsmann als muskulöser Schwachkopf beim Gewichtheben abgebildet war – »hässlichen Pullovern zusammenfinden. Wer kriegt den Steroidnikolaus dieses Jahr?« Balding meldete sich, Ali warf ihn ihr zu und holte dann eine grüne Strickjacke mit zwei goldenen Glocken unter einem unglaublich aufgerichteten Baum heraus. »Jingle Balls geht natürlich an Evan –«

»Was ist daran natürlich?«, murmelte Evan und akzeptierte die Jacke wie ein Gefängnisurteil.

Mavie bekam den flauschigsten Pulli (alle acht Rentiere mit fluffigen roten Wattebauschnasen), Ali den widerlichsten (Randy Quaid im Bademantel, wie er in *Schöne Bescherung* Scheiße in eine Klärgrube pumpt) und Sara den sexyesten (Marilyn Monroe mit Nikolausmütze).

»Und für die Neueinsteigerin bei unserem weihnachtlichen Abhängen –« Ali hielt einen Pulli mit einem Weihnachtself mit dem photogeshoppten Kopf von Elvis Presley hoch. Darüber stand in Großbuchstaben: ELFIS PRESLEY.

Und so kam es, dass Shosh, angetrunken von einem fluoreszierenden Getränk, umgeben von einer Fülle fröhlicher Stimmung und angezogen mit dem schlechtesten Witz ihres Lebens, ihren Becher hob und mit den anderen auf den Abend anstieß.

Und dann ...

»Yo, yo, yo!«, kam eine Stimme von oben von der Treppe, und dann donnerndes Gepolter, als die Person herunterkam, sich umdrehte und Shosh in die Augen sah. »Oh, wow. Big Bang Cuoco, du bist echt gekommen.«

Sara verbarg das Gesicht in den Händen; Evan stand von der Couch auf, schien aber unsicher, wo er von da aus hinwollte. Balding trank ihren Becher aus, schnalzte mit der Zunge und sagte die einzigen zwei Wörter, die überhaupt jemand herausbrachte: »Fucking *Yurt*.«

# EVAN

*Elfis Presley*

Als ich von der Toilette komme, lehnt Ali direkt davor an der Wand. »Ich mag sie«, sagt sie.

»Natürlich magst du sie. Sie ist großartig. Zu schade, dass du sie nicht oft zu sehen kriegen wirst. So wie Yurt sich eben wie ein Idiot benommen hat und bei der schockierenden Effizienz, mit der ich unseren Chat gestern Nacht stillgelegt habe, bin ich überrascht, dass sie noch da ist.«

Das Kellerklo ist in einer kleinen Nische unter der Treppe. Zusammen spähen Ali und ich um die Ecke, während Mavie und Balding die grade laufende Szene von *Kevin – Allein zu Haus* nachspielen, bei der Harry und Marv von Farbdosen getroffen werden. Shosh sitzt neben Yurt auf der Couch, beide lachen.

»Aaah, die heilenden Eigenschaften von Red Drink«, flüstert Ali. »Ich sollte das Zeug in Flaschen abfüllen und ein Vermögen verdienen.«

In diesem Moment kommt Sara um die Ecke, klatscht lautlos in meine Richtung und strahlt über das ganze Gesicht. »Gut gemacht, Cervantes.«

»Hör auf.«

»Ehrlich gesagt freu ich mich einfach nur, dass du dich in jemanden außerhalb des Sherlock-versums verliebst. Baker Street ist echt 'ne krasse Hood, Mann.«

»Ich will dieses Cocktails-in-Flaschen-Money«, sagt Ali und starrt in die Ferne.

Sara beugt sich zu mir. »Was hat sie?«

»Das Übliche. Plant ihre Zukunft als Red-Drink-Magnatin.« Ich fahre mir mit den Händen durch die Haare, aber lasse sie dort, schiebe sie tief hinein, lasse dann die Haare irgendwie fallen und kratze mich wie ein Tier.

Sara beugt sich zu Ali. »Was hat er?«

»Das Übliche. Hat gestern bodenlos getextet, dann hat Yurt einen Yurt abgezogen, und da sind wir nun.«

»Ah.« Sara sieht mich an. »Nun, sie ist hier, oder? Gegen jede Wahrscheinlichkeit hast du ein heißes Mädchen auf eine Party mitgebracht. Und sie ist nicht gegangen. Ich würde sagen, das ist ein Erfolg, Watson.«

»Das ist das roteste mögliche Rot.« Balding starrt in ihren Becher, als würde sie in einen Abgrund blicken.

»Als ich in der achten Klasse war«, sagt Yurt, »hab ich das Buch *Sphere* bestellt.«

»Es gibt nichts Roteres auf der Welt.«

»Aber die haben vergessen, das Buch zu liefern. Oder haben es an die falsche Adresse geliefert.«

Es ist spät, der Raum ist eine gemütliche Decke aus festlicher

Beleuchtung und wir spüren in hässlichen Pullis und umgeben von Freunden die schläfrige Zufriedenheit, die sich in den frühen Morgenstunden einstellt. Wir haben Pantomime gespielt, Elfenwurf, das Trinkspiel mit den Zuckerstangen. Wir haben *Kevin – Allein zu Haus* und *Buddy – Der Weihnachtself* gesehen und sind jetzt etwa halb durch mit *Ist das Leben nicht schön?*, passen nur halb auf, die Hälfte von uns halb betrunken.

Was mich angeht, nippe ich noch langsam an meinem ersten Becher und habe vor, die Sträucher in der Gegend unbesudelt zu lassen. Außerdem, wie Sara so freundlich hervorgehoben hat, ist Shosh noch da. Ich möchte lieber einen klaren Kopf behalten.

»Hey –« Sara dreht sich zu Ali um. »Ich hab gehört, du hast dich in Baylor beworben?«

»Jepp. Und in Georgetown, was mir vielleicht lieber wär. Ich hab das frühe Zulassungsverfahren verpasst, also wird es dauern, bis ich Bescheid kriege.«

»Baylor ist ein Bär«, sagt Sara. »Was ist Georgetown?«

»Hoya.«

»Wasja?«

»*Hoya.*«

»Als das Buch endlich bei mir ankam, hatte ich vergessen, dass ich überhaupt auf ein Buch *wartete.*«

»Ich glaube, es verbrennt meine Netzhaut.«

Sara dreht sich zu mir um, und ich kann die Headlands-Frage kommen sehen. Bevor sie fragen kann, zeige ich auf den Bildschirm. »George Bailey geht zur Brücke, um zu springen«, sage ich. »Aber der Engel springt zuerst, weil er George dazu bringen will, ihn zu retten. Der Engel will George also davon abhalten zu springen, indem er ihn dazu bringt zu springen? Es ergibt keinen Sinn.«

»Ich hab *The Big Bang Theory* nie gesehen«, sagt Shosh.

Während der Raum vorher klang wie ein Orchestersaal kurz vor einem Konzert, wenn jeder Musiker seine eigene Stimme durchspielt, ist es jetzt, als hätte der Dirigent den Taktstock gehoben ...

»Ich auch nicht.« Balding flüstert fast.

Mavie lächelt. »Ich hab's auch nicht gesehen.«

Einer nach dem anderen bestätigt es: Keiner von uns hat je eine ganze Folge *The Big Bang Theory* gesehen.

»Vielleicht hat das niemand«, sagt Sara, und Yurt dann: »*Big-Bang*-Verschwörungs-*Theory*, yo.«

»Aber warum hab ich das Gefühl, als hätte ich es gesehen?«, fragt Balding.

»Mit den ganzen Clips, Memes und GIFs haben wir uns etwas zusammengesetzt«, sagt Ali. »Wie bei der Polizeizeichnung von einem Verdächtigen.«

»Falls es dich tröstet«, Sara wendet sich an Shosh, »ich glaub, die Cuoco-Figur hält den Laden irgendwie zusammen.«

»Und Leute denken, ich seh aus wie sie?«

Sara zuckt die Schultern. »Die Haare sind offensichtlich anders.«

»Außerdem«, sage ich, »bist du sehr viel hübscher.«

Es gibt Augenblicke, in denen unser Mund uns verrät und unser Gehirn völlig auf eigene Faust handelt. In den meisten Fällen ergeben sich diese Augenblicke, wenn wir abgelenkt sind – zum Beispiel, wenn wir versuchen, klaffende Handlungslücken in einem Filmklassiker nachzuvollziehen, während wir gleichzeitig zuhören, wie unsere Freunde über fehlgeschlagene Buchlieferungen und das Ausmaß der Röte ihrer Drinks reden.

»Danke«, sagt Shosh ruhig.

In der Festbeleuchtung ist sie die Einzige, die mich nicht anlächelt.

# SHOSH

*alternative Wege*

Die Rückbank in Mavies SUV war nicht wirklich für vier Leute gebaut, aber damit niemand auf dem Schoß von jemand anderem sitzen musste, quetschten Sara, Yurt, Evan und Shosh sich zusammen.

Vorne scrollte Balding durch eine Neunziger-Rap-Playlist und legte auf, während Mavie durch die verschlungenen Straßen hinter Ivertons Vorstädten navigierte.

Als Mavie angeboten hatte, alle nach Hause zu fahren, hatte Shosh gefragt: »Kannst du fahren?« Es war eher die Macht der Gewohnheit gewesen als etwas anderes. Zur Antwort hatte Mavie unter ihrem T-Shirt eine Kette hervorgezogen und im schummrigen Licht eine Medaille hochgehalten: »Sechs Monate nüchtern.«

Es entging Shosh durchaus nicht, dass genau das, was ihre Schwester das Leben gekostet hatte, jetzt das war, auf das sie sich in Abwesenheit ihrer Schwester verließ. Im Prinzip wusste sie, dass es auch Menschen gab, die nicht tranken, Menschen, die nicht trinken konnten oder sollten. Aber es hatte immer eine klare Linie gegeben zwischen den Phil Lessings und Chris Bonds dieser Welt – schwachen Menschen mit einem schwachen Geist – und Menschen wie Shosh. Vielleicht trank sie so viel wie die, aber es gab einen *Grund*, weshalb sie ganz aufgehört hatte zu fahren.

Und deshalb: War sie anders – und zwar *besser* – als die Lessings und Bonds.

Das hatte sie sich jedenfalls die ganze Zeit gesagt.

Aber jetzt war da Mavie. Ihre Nüchternheit hatte nichts Protziges an sich. Als sie ihr die Medaille gezeigt hatte, hatte in ihrem Lächeln ruhiger Stolz gelegen, aber in ihren Augen auch ein bleibender Funke von ... was ... Angst? Respekt? Demut? Was auch immer es war, es war irgendwie groß, irgendwie rein, und in seinem Licht hatte Shosh einen Riss im Fundament ihrer Logik bemerkt: Die ganze Zeit hatte sie Verhandeln mit Vernunft verwechselt.

Sie mochte Mavie. Es war schwer, das nicht zu tun. Aber Mavies Existenz war ein Beweis für Shoshs Schwäche, rückte ihre Welt näher an die Welt von Phil Lessing und Chris Bond, und genau deshalb konnte Shosh kaum *erwarten*, endlich aus diesem Auto auszusteigen.

»Und, was denkst du?« Als hätte sie Shoshs Gedanken erahnt, lächelte Mavie sie im Rückspiegel an. »Dein erstes weihnachtliches Abhängen.«

»Es hat ... eigentlich richtig Spaß gemacht«, sagte Shosh.

»Du klingst überrascht.«

»Es ist nur eine Weile her, seit ich Spaß hatte. Hab fast schon vergessen, wie es sich anfühlt.« Und vielleicht um gegen die missgünstigen Gefühle von vorher anzugehen, hatte sie das Bedürfnis, hinzuzufügen: »Ali ist cool.«

»Das denkst du jetzt«, sagte Sara. »Warte, bis sie dir das Ohr wegen dem Katamarangutan abkaut. Dann wirst du ein anderes Lied singen.«

Yurt nickte, so »Ein *ganz* anderes Lied, yo«, woraufhin Balding die Lautstärke aufdrehte.

»Hör nicht auf sie«, sagte Evan. »Ich mein, ja, sie wird dir das Ohr wegen dem Katamarangutan abkauen, aber Ali ist die Beste.«

Jeden anderen hätte sie bei der lauten Musik im Auto nicht verstanden. Aber Evan war nur Zentimeter neben ihr und erzählte ihr jetzt eine Geschichte von einem Jungen in der dritten Klasse, der versucht hatte, ihn zu verprügeln. »Aber Ali hat das nicht zugelassen. Sie hat ihn fertiggemacht, und das war's. Seitdem ist sie meine beste Freundin.«

Ein plötzliches Bild auf einem Fußballplatz, ein größeres Kind, das über ihr stand, und Stevie, die aus dem Nichts kam ...

»Es ist gut, so jemanden in seinem Leben zu haben«, sagte Shosh.

Auf dem Rest des Heimwegs betrachtete sie die unvertrauten Straßen, vorbeiziehende Bäume in der Nacht.

# EVAN

*gute Nacht*

Als wir bei Shosh halten, steige ich auch aus und sage Mavie, dass ich von da aus zu Fuß gehe.

»Sicher?«, fragt sie.

»Ja, es ist nicht so weit. Danke fürs Bringen.«

Shosh dankt ihr auch, und als der Wagen die Straße hinunter verschwindet, drehen wir uns zu ihrem Haus um.

»Es ist ziemlich kalt«, sagt Shosh, und plötzlich komm ich mir blöd vor, weil ich dachte, es sei eine gute Idee.

»Ich mag Kälte«, sage ich.

Meine Theorie ist, dass ich vielleicht auf den Geschmack komme, wenn ich genug Scheiße rede.

Wir stehen jetzt vor ihrer Haustür, und sie dreht sich zu mir um, und ich stelle mir eine andere Version von mir vor, die ihre Hand nimmt, sie in eine Drehung führt und dann so weit nach hinten beugt, dass sie schon denkt, wir würden umkippen, aber das passiert nicht, weil ich so ein krasser Tänzer (und so *trainiert*) bin, und dann küsse ich sie auf den Mund, und …

»Ali ist meine beste Freundin«, sage ich und bin so durch und durch *diese* Version von mir, es macht mich fertig.

»Ich weiß.«

»Klar. Nur wegen – eben. Als ich gesagt hab, wie toll sie ist. Ich will nur nicht, dass du einen falschen Eindruck kriegst. Ich meine, wir lieben uns, aber es ist nicht diese Art von Liebe.«

Gott, kann mich bitte jemand aus meinem Elend erlösen.

»Okay«, sagt Shosh.

Eine Sekunde lang stehen wir nur da, und ich ziehe erneut eine Welt in Betracht, in der ich die Eier habe, mich vorzubeugen und es einfach zu tun, aber leider ... ist es nicht diese Welt. Stattdessen, und ich kann es nur als eine außerkörperliche Erfahrung beschreiben, sehe ich entsetzt zu, wie sich mein rechter Arm bewegt, wie sich meine Hand ausstreckt, Handfläche senkrecht, Daumen himmelwärts, und ich würde alles geben, um es zurückzunehmen, aber das Einzige, was noch schlimmer ist, als dem Mädchen, das man eigentlich küssen will, die Hand zu geben, ist, damit anzufangen, ihr die Hand zu geben, und sie dann wieder wegzuziehen.

Und also tue ich das einzig Mögliche: Ich ziehe es durch.

Ich halte ihr die Hand hin und sehe ihr in die Augen: »Danke für den schönen Abend, Shosh Bell.«

Schweigen, ein Herzschlag.

Die Herrlichkeit der Herrlichkeit: ein Lächeln.

Sie tritt näher.

Nimmt meine Hand, sanft, weich, warm.

Hält sie, dann langsam auf und ab.

Macht den Mund auf, und ich kann ihren Atem riechen: herb, botanisch, süße Frucht.

»Gute Nacht, Evan Taft.«

Ich kann die Zukunft nicht sehen. Aber wenn wir eine Geschichte haben, wird das hier ganz oben stehen. Erster Kuss? Provinzliga. Unsere Nacht war so geil, wir haben uns die Hand drauf gegeben.

Ich bin auf halbem Weg nach Hause, als ich eine Nachricht von Shosh kriege. Nach der magischen Nacht muss ich sie mehrmals lesen, bevor ich begreife, wovon sie redet.

Shosh: Ich hab sie heut Nacht nicht gehört

Evan: Ich auch nicht

Shosh: Ich hab sie eine Weile nicht gehört

Evan: Ich auch nicht

Shosh: Ich frag mich, warum

Ich auch.

# SHOSH

*Vergangenheit, Gegenwart, Zukunft*

Die Bells verbrachten in den Weihnachtsferien immer eine Woche in Elgin. Zum Glück für alle Beteiligten waren Onkel Bobby, Tante Helen und Cousine Karen über Weihnachten in Florida (so was von klar), also waren nur Shosh und ihre Eltern und ihre liebste Nona und ihr Pop-pop da.

Man könnte die Woche in einem Wort zusammenfassen: Pyjamas. Morgens hieß es ausschlafen, Waffeln und Nonas berühmte Sausage Balls essen; nachmittags saßen sie mit einem Buch vor dem Kamin, naschten vom endlos vorhandenen Aufschnitt. Abends aßen sie mehr, lasen sie mehr, guckten Filme und bedachten die Menge an Schnee, die Menge an Essen und die nicht vorhandene Notwendigkeit, irgendwo zu sein oder irgendwas zu tun, und die Woche hätte wie ein Traum vorbeifliegen sollen. Und in den meisten Jahren tat sie das auch.

Zuerst machte Shosh die Rastlosigkeit in diesem Jahr am Offensichtlichen fest: An ihrem ersten Weihnachten ohne Stevie konnte man kaum erwarten, dass sie so täten, als wäre alles froh und munter. Am Tag ihrer Ankunft ging sie ins Bad und traf dort ihren Vater, der über dem Waschbecken weinte; mindestens zwei Mal rief Nona, nachdem sie einen Teller Waffeln mit Zimt bestreut hatte (Stevie aß sie nur so), Stevies Namen durchs Haus, und die ohrenbetäubende Stille danach war eine Erinnerung an ihr Fehlen.

Es war für alle kompliziert. Das war zu erwarten gewesen.

Aber nachdem ein paar Tage vergangen waren, konnte Shosh die zusätzliche Komplikationsschicht nicht ignorieren, die nur auf sie zutraf: *Ich vermisse ihn*, dachte sie.

Sie konnte es nicht glauben, aber so war's.

Bevor sie weggefahren war, hatten sie sich verabredet, um im neuen Jahr im Discount einen Film anzusehen. Plötzlich kam ihr das noch ewig hin vor, und Shosh war abwechselnd aufgedreht beim Gedanken, ihn zu treffen, und völlig verblüfft über die Heftigkeit ihrer Zuneigung. Sie ertappte sich dabei, wie sie nach Ausreden suchte, um ihm zu texten. Zum Beispiel dieses Meme, über das sie gestolpert war, mit einem Zitat, das man gemeinhin Nietzsche zuschrieb, und das lautete: »*Und die Tanzenden wurden für verrückt gehalten von denjenigen, die die Musik nicht hören konnten.*« Offensichtlich traf das auf ihre Sache mit Nachtvogel zu, und offensichtlich musste Evan sofort darüber informiert werden.

**Hast du das gesehen?** schrieb sie, zusammen mit dem Nietzschezitat.

Evan: **Wow. Als wenn er von uns wüsste.**

Shosh: **Oder???**

> Evan: Echt nett

> Shosh: Nein, echt Nietzsche 😃

> Evan: Cool

> Shosh: Und das trifft es nicht mal annähernd

Dann, nachdem sie ziemlich lange überlegt hatte, schrieb sie das: Egal, ich hab das Zitat gesehen und musste an uns denken.

# EVAN

*uns*

Drei Buchstaben, eine Silbe, überwältigend.

# SHOSH

*im stillen Schein*

Sie stand total neben sich. Es führte kein Weg dran vorbei. Aber keine noch so große Sehnsucht kann die Zeit beschleunigen, also suchte sie nach Möglichkeiten, um sich zu beschäftigen.

Seit sie bemerkt hatte, dass sie aus Versehen Zeilen von Nachtvogel geklaut hatte, hatte sie gezögert, das Projekt mit den Hüttenpoemen weiterzuführen. Aber als sie den letzten Post vom Norwegen-Account sah – ein kleines weißes Haus in einem großen, verschneiten Wald und der Sonne, die sich am Horizont erhob –, überlegte sie, wie lange es her war, seit sie die Lieder überhaupt gehört hatte, und dachte, *scheiß drauf.*

Ihr Bett bei Nona und Pop-pop war nicht auf einer Höhe mit dem Fenster, aber es stand ein gemütlicher Sessel davor, der ihr als poetische Operationsbasis dienen würde. Sie ließ sich draufplumpsen, fing an zu tippen, und nach kurzer Zeit hatte sie das:

*sie ging mit der Überzeugung ins Bett, die Nacht ginge nie vorbei,*

*beim Aufwachen aber bewies ihr die Sonne erneut*
*das Gegenteil*

Als Ms Clark ihr das Ultimatum gestellt hatte – mach etwas oder ruf nicht mehr an –, hatte Shosh Poesie gewählt, weil sie ihr völlig fremd erschienen war. Aber je mehr sie schrieb, desto vertrauter kam sie ihr vor, bis sie begriff, warum: Gedichte waren versteckte Lieder.

Sie postete *Hüttenpoem #8* und ging dann runter in die Küche, wo ihr ein Zwölfer-Pack Cola Light aus dem Kühlschrank entgegenblickte. Sie machte eine Dose auf und trank einen Schluck. Sie hatte fast vergessen, wie sie unverdünnt schmeckte. »Na gut«, sagte sie, nahm gleich drei Dosen und ging wieder in ihr Zimmer.

Dämmerung.
Verschneite Wälder.
Eine Blockhütte neben einem rauschenden Fluss.

*der Ruf des Schlafs, ich hör ihn jetzt, so laut wie*
*der Tag ist lang*
*und der rauschende Fluss murmelt so sanft, mein*
*liebster Wintergesang*

Grauer Himmel zieht herauf.
Eine schwarze Hütte am Meer.
Grünes Gras wächst auf dem Dach

*Dachpappen und Ziegel kannst du gerne behalten*
*mein Dach ist das coolste, da wächst ein Garten*

Ein kleiner See mit Windlichtern.
   In der Bildmitte eine gelbe Hütte.
   Verschneites Gebirge dahinter.
   Darüber Neonwirbel, wildgewordene Nordlichter.

   *mit zitternder Hoffnung im stillen Schein*
   *heben wir das Glas auf die alte Zeit*

Am nächsten Morgen wachte Shosh spät auf.
   Vier leere Dosen Cola Light auf dem Boden.
   Kopf klar, Seele voll.
   Vier Nachrichten auf dem Handy.
   Die erste von Ruth Hamish: Mein Girl bringts auf Insta! Die Dickinson von heute! Beste
   Und das war echt süß, aber erst wegen der nächsten drei Texte schwebte sie durch den Tag.

> Evan: Hey. Wow. Also. Du bist eine Schriftstellerin. Gut zu wissen.
> Und das geht jetzt vielleicht zu weit, und wenn ja, tuts mir echt leid, aber ich kann es nicht nicht sagen
> Ich vermisse dich.

Schneller, als sie je etwas getippt hatte, ohne cool oder zurückhaltend wirken zu wollen, antwortete sie: Ich vermisse dich auch.

# EVAN

*alles ist möglich und
alles ist perfekt*

Und sehet! Als der Tag der Tage gekommen ist – der Tag, an dem ich mit Shosh im Discount verabredet bin, nachdem ich sie zwei Wochen lang nicht gesehen habe –, sagt Mom, dass sie eine Extraschicht im Restaurant übernommen hat.

»Heute?«

»Neil fühlt sich nicht so gut.« Sie zuckt einfach mit den Schultern, als würde ihre Entscheidung nicht gerade mein Leben ruinieren. »Ich dachte, ich kann die Stunden gebrauchen.«

Es sind immer noch Weihnachtsferien. Wir drei essen Müsli im Fernsehzimmer und gucken eine von Wills neuesten Lieblingsserien, ein Zeichentrickjuwel namens *Die Oktonauten* über anthropomorphe Tiere, die in einem wunderbar gemütlichen Unterwasser-Hauptquartier wohnen und unterschiedliche Wasserabenteuer bestehen.

»Wer ist Neil?«, frage ich.

»Oh. Nur ein Freund von der Arbeit.«

*Ein Freund von der Arbeit.* Dieselbe Formulierung hatte sie benutzt, als es um ihre Biopsie gegangen war. Damals hatte ein »Freund von der Arbeit« sie abgeholt, und sie hatte sich danach noch bei ihm ausgeruht. Die meisten Söhne wollen wahrscheinlich nicht daran denken, dass ihre Mom datet – und ich liebe den Gedanken nicht unbedingt, aber niemand auf der Welt verdient es mehr, glücklich zu sein, als meine Mutter. Wenn sie nebenbei ein oder zwei Neils hat, bin ich cool damit, solange die nicht in unpassenden Momenten krank werden und alles kaputt machen.

»Dr. Sebastian find ich am besten«, sagt Will, völlig gefesselt von der Folge.

»Ist das der mit der Tasche?«, fragt Mom.

Will nickt. »Und er weiß alles. Siehst du?«

In dieser Folge erklärt Dr. Sebastian, dass ein gewisses Meereslebewesen in Wirklichkeit zwei *einzelne* Lebewesen sind: eine Krabbe mit einem Seeigel auf dem Rücken.

»Also muss ich bei Will bleiben«, sage ich.

»Wenn das okay ist.« Mom zeigt auf den Bildschirm. »Wie heißt der noch gleich?«

»Das ist Kapitän Barnius«, sagt Will. »Er ist der Anführer.«

»*Mom.*«

»Also, ich mag Barnius«, sagt Mom. »Dieser andere, Kwasi, ist mir zu eingebildet.«

»*Mom.*«

Sie sieht mich an. »Was?«

»Ich kann nicht.«

»Was kannst du nicht.«

»Heute zu Hause bleiben. Ich hab –«

Als sie ahnt, was ich sagen will, lächelt sie, legt den Kopf schief, und ich weiß, ich bin erledigt.

»Vergiss es«, sage ich.

»Was hast du – einen Termin?«

»Es ist nichts.«

»Ein Referat?«

»Will, kannst du diesen Teil lauter stellen?«, frage ich.

Mom beugt sich vor. »Es tut mir leid. Ich hätte dich zuerst fragen sollen.«

»Ist schon okay.«

»Kannst du sie herbitten? Oder ihn?« Sie sucht nach Worten. »Oder demm! Wen auch immer. Wer auch immer es ist, dey sind wirklich willkommen, heute herzukommen.«

»Danke, Mutter. Wir verschieben es einfach. Es ist wirklich nicht so wichtig.«

In der Folge versuchen die Krabbe und der Seeigel ihrer eigenen Wege zu gehen, aber wie sich herausstellt, braucht die Krabbe den Seeigel zum Schutz, und der Seeigel braucht die Krabbe für die Nahrungssuche. »Man nennt das *Symbiose*«, sagt Will. Dann, mit vollem Mund: »Getrennt können sie nicht überleben.«

Ach was.

Evan: Hey. Also.
Anscheinend hat meine Mom heute Abend

bei der Arbeit eine Schicht übernommen und es mir nicht gesagt
Ich muss bei Will zu Hause bleiben.
Es tut mir echt leid, es in letzter Minute zu verschieben. Können wir morgen gehen?

Shosh: HÄ
DU BIST FÜR MICH GESTORBEN
Nurn Witz
Kein Problem. Ich mein – blöd – aber ich versteh das!

Evan: Danke 🫶

Shosh: Und was macht ihr dann heute?

Evan: Höchstwahrscheinlich gucken wir zum millionsten Mal E.T.
FML
(aber eigentlich nicht)

Shosh: Cool!
Das ist einer von den Klassikern, die ich nie gesehen hab.

Evan: Was?

Shosh: E.T.

> Evan: Sorry, ich dachte, du hast gesagt, du hättest E.T. nie gesehen?

> Shosh: Hab ich nicht

> Evan: Sorry, ich dachte, du hast gesagt, du hast nicht?

> Shosh: Du hast keine Ahnung, wie lange ich das weiterführen kann
> Ich werde dich überdauern

> Evan: Na gut
> Wie wär's dann, wenn du einfach vorbeikommst stattdessen?

> Shosh: Kommt drauf an

> Evan: Worauf?

> Shosh: Gibt's Popcorn?

Sobald Shosh zur Tür hereinkommt, ist Will komplett aufgedreht.

Er besteht darauf, eine Führung zu machen, als wäre unser Haus Downton Abbey und er Carson, und zeigt ihr förmlich jedes Zimmer. Nach der Führung sagt er dann: »Guck mal«

und macht im Wohnzimmer eine sehr schlichte Rolle vorwärts, gefolgt von einem neuen Tanz-Move (der, ich hoffe bei Gott, ein *Versuch* sein muss). Es ist alles wenig berauschend, und ich frage mich, ob sich die meisten Kids genötigt fühlen, ihre alltäglichsten Fähigkeiten so zur Schau zu stellen, oder nur Will.

»Der ist für dich«, sagt er und gibt Shosh ein dekoratives Silvester-Hütchen.

»Vielen Dank, mein Herr«, und Shosh setzt es auf, grinst irre und dreht sich zu mir um. »Wie sehe ich aus?«

Ehrlich gesagt, sieht sie *fantastisch* aus, sogar mit dem dämlichen Hütchen, aber ich nehme mir Zeit, bin cool, stütze das Kinn in die Hand und nicke langsam, wie ein Modeschöpfer, der ein Model auf dem Laufsteg begutachtet. »Mit einem Wort?« Ich werfe die Arme hoch. »Fabelhaft.«

Will zieht uns in seine Kunstecke im Wohnzimmer, wo er uns eine seiner Lieblingsaufgaben stellt: Mach das, was du am besten kannst. »Du musst nur überlegen, was du am besten kannst«, sagt er. »Das machst du dann. Und dann zeigen wir uns, was wir gemacht haben. Wenn du zeichnen willst, solltest du aber wissen, dass Evan der *besteste* Zeichner ist.«

Shosh lächelt mich an, und ich murmle so was wie »wohl kaum« und versuche zu verbergen, wie sehr ich mich freue.

»Also dann, Taft-Jungs −« Shosh nimmt sich einen Stift und ein Stück Papier und geht in eine Ecke. »Los geht's.«

Die nächste halbe Stunde arbeiten wir im Geheimen an unseren Projekten. Während der ganzen Zeit zeigt Will uns weiter Alltägliches, reißt ausgedachte Pups-Witze und erzählt Geschichten, die nirgendwo hinführen. Ich will ihm eigentlich sagen, dass er mal runterkommen soll, aber Shosh gefällt es. Sogar jetzt in ihrer Ecke, während sie hart an dem arbeitet, »was sie am besten kann«, ist ihr Lächeln wie eine Lampe im Zimmer und ihr Lachen ein sprudelndes, leises Kichern, das bei jedem schlechten Witz lauter wird.

Ich hätte es nicht für möglich gehalten, einen noch größeren Crush auf dieses Mädchen zu haben, aber sie mit Will zu sehen – oder eher ihn mit *ihr* zu sehen, wie wohl er sich bei ihr fühlt – macht aus mir ein lebendiges, atmendes Emoji mit Herzchenaugen.

Als wir fertig sind, liest Will die alberne (aber zugegebenermaßen urkomische) Geschichte vor, die er geschrieben hat, *Rudys Riesenrülpser*, über einen Jungen, dessen Rülpser ein Bewusstsein entwickelt. Als er fertig ist, klatschen und jubeln wir, er verbeugt sich tief, und dann bin ich dran.

»Das ist ein Roboter mit Namen Q2-EV, im Prinzip der böse Cousin von C-3PO, der sich auf unnötige Zerstörung spezialisiert hat.«

Shosh nimmt mir das Blatt aus der Hand, um es sich näher anzusehen. »Meine Güte, wow!«

»Siehst du!«, sagt Will.

»Evan. Warum hab ich nicht gewusst, dass du so zeichnen kannst?«

Ich fühle, wie mein Gesicht heiß wird. »Das ist doch nichts.«

»Das ist *Pixar*. Jetzt ist es mir peinlich, meins zu zeigen.«

»Okay –« Ich schnappe mir meine Zeichnung. »Komm schon.«

»Ehrlich, das geht nicht.«

»Du musst aber«, sagt Will. »So sind die Regeln.«

Shosh wirft einen Blick auf das Blatt in ihrer Hand. »Na gut. Aber ich muss mich umdrehen. Ich will nicht, dass ihr mich anguckt.«

»Im Ernst?« Ich lächle sie an. »Trittst du nicht eigentlich vor Hunderten von Leuten auf?«

»Glaub mir. Das war *sehr viel* einfacher als das hier.«

Sie dreht sich um, räuspert sich, und ich weiß nicht, was ich erwartet habe, aber als sie zu singen anfängt, denke ich zuerst, Nachtvogel wäre im Zimmer gelandet. Das Lied ist neu, unbekannt, aber ihre Stimme hat eine ähnliche ätherische Qualität, hebt und senkt sich wie Wellen in Zeitlupe. Will und ich sehen erst uns, dann ihren Hinterkopf an, während sie singt.

Ihre Stimme ist so schön, sie bringt einen dazu, neu zu bewerten, wozu Menschen fähig sind: Wenn wir so singen können, was können wir dann *nicht*?

Als der erste Schock nachlässt, erkenne ich ein paar Zeilen aus ihren Hüttenpoemen. Es kommt mir vor wie eine unumgängliche Verwandlung, als wären die Gedichte von Anfang an Lieder gewesen. Sie singt von rauschenden Flüssen und zitternder Hoffnung, und ich ertappe mich dabei, wie ich etwas Neues empfinde, mehr als ein Crush, anders als Liebe: Ich bin dankbar, dass ich sie kenne.

»Das war *soooo* ... wow«, sagt Will, als sie sich wieder umdreht. »Ich wusste nicht, dass du das *kannst*.«

Ich merke, wie ich sie anglotze, und es ist mir völlig egal. »Du bist unglaublich«, sage ich, und sie lächelt mit gesenktem Blick, als ich begreife, was ich gerade gesagt habe. »Ich meine – *das* war unglaublich.«

»Danke«, sagt sie, und der Raum fühlt sich plötzlich leichter an, brummend, voller kinetischer Energie, als wäre alles möglich und alles perfekt. Und dann nimmt Will ihr Handgelenk, legt einen Finger auf ihr Tattoo und vernichtet diese Energie mit einer einzigen, unschuldigen Frage. »Ist sie einsam ohne Frosch?«

# SHOSH

*Filmabend bei Tafts*

Heute war wahrscheinlich der Rekord der meisten aufeinander vergangenen Minuten, in denen sie nicht an ihre Schwester dachte. Dieses Haus, diese Familie – sie fühlte sich wie sie selbst. Und es war schwer zu entscheiden, was schockierender war: in die schonungslose Realität von Stevies Tod zurückgeholt zu werden oder von einem Kind dorthin zurückgeholt zu werden.

Nicht dass er es mit Absicht gemacht hatte.

Sie spritzte sich Wasser ins Gesicht und betrachtete sich im Badezimmerspiegel.

Will war der erste Mensch auf Erden, der ihr Tattoo korrekt identifiziert hatte, nicht als *eine* Kröte, sondern als *Kröte*.

*Ist sie einsam ohne Frosch?*

»Ja«, flüsterte sie ihrem Spiegelbild zu.

Zurück im Wohnzimmer warteten Evan und Will mit Popcorn, das Licht war gedimmt, *E. T.* auf dem Bildschirm aufgerufen. Will saß auf einem Sitzsack auf dem Boden und starrte seine Füße an. »Es tut mir leid, dass ich deine Gefühle verletzt hab. Wegen Frosch und Kröte.«

Evan saß nervös lächelnd auf dem Sofa; es war klar, dass sie während ihrer Abwesenheit geredet hatten. Sie durchquerte das Zimmer, setzte sich neben Will auf den Boden und zog die Knie ans Kinn. »Das Ding ist, dass meine Schwester und ich Frosch und Kröte geliebt haben.«

»Ich auch«, sagte Will.

»Sie sind die besten, oder? Was ist deine Lieblingsgeschichte?«

»Mhmm, ›Der Drachen‹.«

»Die ist gut. Sie haben es den Vögeln gezeigt, oder?«

»Die konnten nicht so hoch fliegen wie der Drachen.«

»Kein bisschen. Unsere Lieblingsgeschichte war ›Allein‹.«

Will nickte. »Bei der muss Evan immer weinen.«

Evan räusperte sich auf dem Sofa. »Also – nicht täglich oder so.«

Shosh lächelte und hielt ihre Tränen jetzt zurück. »Ich muss bei allen Frosch-und-Kröte-Geschichten weinen. Vor allem in letzter Zeit.«

»Warum denn?«

Die Heizung sprang an, kleine Staubpartikel wirbelten aus einem Lüftungsschlitz in der Nähe in die Luft, erleuchtet vom blauen Schein des Fernsehers, und Shosh sah plötzlich ihre Mutter vor sich, wie sie morgens in ihr Zimmer platzte, überschwänglich die Gardinen zurückzog und überall Staub verteilte. Sie konnte sie jetzt sehen, wie sie sie damals gesehen hatte, wie einen schwerelosen Tanz, hell erleuchtet von der Morgensonne – und sie versuchte, sich zu erinnern, wann ihre Mutter sie das letzte Mal so geweckt hatte.

»Als wir klein waren, haben meine Schwester und ich immer ›Allein‹ aufgesagt, wenn wir nicht schlafen konnten. Das haben wir zusammen gemacht, bis eine von uns eingeschlafen ist. Aber ich bin immer zuerst eingeschlafen, und sie musste ›Allein‹ allein weiter aufsagen. Ich weiß nicht, warum ich da nie dran gedacht hab ...« Sie sah Will direkt an. »Meine Schwester ist gestorben. Deshalb weine ich jetzt oft.«

Will rutschte auf seinem Sitzsack herum, bis er nah genug war, um den Kopf auf ihre Schulter zu legen. »›Die beiden Freunde aßen die durchweichten Brote auf und verbrachten den Tag auf der kleinen Insel‹«, sagte er.

Shosh wischte sich die Augen ab, lächelte und lehnte den Kopf an Wills. »›Wir sind hier ganz allein‹, sagte Frosch. ›Aber zusammen‹, sagte Kröte.«

Mit Will und Evan *E. T.* zu gucken, war wie die Bestätigung, dass Magie im Universum existierte. Sie verständigten sich mit minimalen Gesten, und obwohl sie darauf achteten, nicht zu unterbrechen – sie redeten nicht, es gab kein Mitsprechen von Dialogen und keine lächerlichen Ausrufe wie *Gleich kommt das Beste* –, konnten sie unmöglich verbergen, wie nah ihnen der Film war. Er war eingebrannt in ihr Lächeln, während sie ihn guckten, in ihre Reaktionen, die jeden Moment ganz leicht vorwegnahmen, in die Blicke, die sie sich bei besonders bedeutsamen Szenen zuwarfen. Shosh kannte besser als jeder andere die geteilte Intimität von Geschichten, wenn alle Beteiligten offen und bereit sind.

Sie wagte nur ein einziges Mal, zu unterbrechen, und das auch nur, um zu erwähnen, dass E. T. in einem der Star-Wars-Prequels vorkam, woraufhin Evan leise lachte und Will so tat, als hätte sie nichts gesagt. »Doch, wirklich«, sagte sie.

Will drückte auf Pause. »Wie meinst du das?«

Shosh rief YouTube auf ihrem Telefon auf, und als sie fand, was sie gesucht hatte – eine sehr kurze Szene in *Die dunkle Bedrohung* –, drehte sie das Display um, und als Wills Gesichtsausdruck von Argwohn zu Freude wechselte, erzählte sie von der Tradition in ihrer Familie, an Thanksgiving alle Star-Wars-Filme zu gucken und wie tief jede Szene in ihrem Gehirn verwurzelt war, und erst da fiel ihr ein, dass sie die Tradition dieses Jahr ausgelassen hatten.

Trotz all der mit Verlust verbundenen Traumata redete niemand von den langfristigen Folgen: Trauer war Tod durch Papierschnitte. Ein Beben Stärke 10, gefolgt von kleinen Stößen für den Rest des Lebens.

»Ich kann nicht glauben, dass wir das nicht wussten«, sagte Will und wirkte gebührend beeindruckt über ihr filmisches Wissen.

Evan lächelte sie an. »Dir ist schon klar, dass dich das sofort zur Legende macht, oder?«

»Ist mir eine Ehre«, sagte sie, und als sie den Film weiterguckten, konnte Shosh nicht umhin festzustellen, dass sie jetzt auf der Couch dichter an Evan saß, aber ob sie näher an ihn herangerückt war oder umgekehrt, konnte sie nicht sagen. Nicht dass es wichtig gewesen wäre. Das Licht war aus, und sie saßen so dicht nebeneinander, dass sie die Wärme spürte, die von seinem Körper ausging. In der Dunkelheit wurden ihre Hände gleichzeitig Kompass und Ziel: das, was sie erreichen wollten, und der Weg dorthin. Wobei sie nicht nacheinander griffen, sondern sich eher entgegenwuchsen wie Unkraut, und als sie sich endlich berührten, schien es unvermeidlich zu sein, eine Fortführung des Händeschüttelns in der Nacht des weihnachtlichen Abhängens, als hätte Evans Hand sich ihre eingeprägt. Seine war etwas verschwitzt, oder vielleicht war's auch ihre, und da Will so nah dran saß, war die Party nur für Hände, was okay war, klar, aber auch dazu führte, dass Shosh die Einladung auf andere Körperteile ausweiten wollte.

Als der Film vorbei war, lösten sie sich voneinander und setzten sich gerade hin – hier gibt es nichts zu sehen.

»Und?«, fragte Will. »Was denkst du?«

»Wahnsinn«, sagte Shosh.

»Ja?«

»Ein wahres Meisterwerk. Aber ich habe eine Frage.«

»Oh nein«, sagte Evan.

Shosh trat ihm gegen den Fuß. »Es ist keine *Kritik*. Nur eine ehrliche Frage.«

»Okay«, sagte Will, als wollte er sie herausfordern.

»Also – okay, alles super, sie bringen E. T. nach Hause. Aber jetzt hat Elliott niemanden mehr. Meine Frage ist also, was ist mit Elliott?«

Eine bedeutungsschwangere Pause, dann drehte Will sich mit der Anspannung einer Löwin auf Beutezug zu seinem Bruder um. »Evan, du solltest sie heiraten.«

»Alles klar.« Evan stand abrupt auf und klatschte in die Hände. »Sag Gute Nacht zu unserem Gast, es ist Zeit, ins Bett zu gehen.«

Will umarmte Shosh; seine geflüsterten Worte trafen sie unvorbereitet. In dieser Nacht und an den folgenden Tagen dachte sie darüber nach, auf welche Weisen sie diese Worte nicht verdiente, auf welche Weisen sie hinter ihnen zurückblieb, und auf welche Weisen sie ihnen noch gerecht werden könnte.

»Mein Herz glüht für dich«, sagte Will.

Und dann gingen beide die Treppe hoch, einer, in den sie sich verliebte, und der andere, für den sie entschlossen war zu wachsen.

# EVAN

*sie ist ein Tarantino*

»Irgendwas ist anders«, sagt Maya, und ich frage mich, was sie sieht.

Offensichtlich Euphorie. Selbst an guten Tagen könnte ich Shosh nicht geheim halten.

Wahrscheinlich Entschlossenheit. Letzte Nacht, nachdem ich erfahren hatte, was Frosch und Kröte bedeuteten, habe ich zurückgescrollt und den Anfang unseres Threads überprüft, den ich so effizient zum Stillstand gebracht hatte: *Es ist schön, damit nicht allein zu sein,* hatte sie getextet. Und ich hatte *Zusammen allein ist mir immer lieber* geantwortet und ahnungslos den aufgeladensten Insiderwitz zitiert, der sie mit ihrer Schwester verband.

Eindeutig Frustration. Nachdem ich Will endlich dazu gebracht hatte, einzuschlafen, war ich die Treppe runtergekommen und hatte meine Mutter angetroffen, die von der Arbeit zurück war und Shosh das Ohr abkaute. Natürlich sagte Mom: »Beachtet mich einfach nicht, ich bin gar nicht da«, und tat so, als würde sie sich in ihr Zimmer schleichen, wie um zu beweisen, wie sehr sie *nicht da* war, aber, oh, sie war da, sie war sehr da, sogar absolut total *da*.

»Was ist anders?«, drängt Maya.

»Nichts. Ich bin ... nichts.«

»Evan.«

»Ich hab ein Mädchen kennengelernt«, sage ich, und bevor ich es richtig gemerkt habe, bin ich dabei, Maya alles über Shosh zu erzählen, wie wir uns im Park getroffen haben (die Lieder lasse ich natürlich aus), wer sie ist, wie ich mich fühle, wenn ich mit ihr zusammen bin. »Es ist, als wäre ich bei ihr mehr *ich*. Als wäre ich am *meisten* ich.«

»Mehr als bei Ali?«

»Nein, das – bei Ali hatte ich immer dieses Gefühl, aber es ist anders. Ich weiß nicht. Bei Ali ist es schwer zu erklären, aber leicht zu leben, verstehen Sie das? Bei Shosh ist es leicht zu erklären ...«

»Du bist verliebt.«

»Ich habe hier viele Dinge gesagt, oder? Alle möglichen Dinge, von denen ich *glaube*, dass ich sie meine oder von denen ich glaube, dass ich sie meinen *will*, aber ich bin mir nicht sicher, was ich meine, oder wenigstens nicht sicher, ob ich etwas anderes meinen *sollte* –«

»Du kannst ehrlich sein, Evan.«

»Sie ist *zu fucking cool* für mich.«

»Shosh?«

»Sie ist ein Tarantinofilm. Ich bin an guten Tagen ein Judd Apatow. Also nicht nichts, aber kein *Autorenfilm*, okay?«

»Ich mag Judd Apatow.«

»Das Ding ist, sie *verhält* sich nicht, als wär sie zu cool für mich, aber deshalb ist sie nur noch *mehr* zu cool für mich. Und am besten reden wir gar nicht davon, wie hübsch sie ist, okay?«

»Okay.«

»Fangen Sie nicht davon an.«

»Mach ich nicht.«

»Was auch immer die Leute für einen überholten, frauenfeindlichen Bullshit-Maßstab benutzen, um Schönheit zu beschreiben, Shosh sprengt ihn.«

»Okay.«

»Sie ist, was *Vogue* sein will. Sie ist ein fucking Platindings in einer Welt aus gebürstetem Messingscheiß. Und ich mein nicht nur, wie sie aussieht. Sie ist *an sich* verblüffend, und ich weiß, dass das abgegriffen klingt, aber es stimmt. Außerdem kann sie singen, wussten Sie das?«

Maya schüttelt belustigt den Kopf.

»Kann sie. Und sie hat die Stimme eines Engels. Außerdem liebt sie Will, und raten Sie mal?«

»Will liebt sie?«

»Will liebt sie! Und Ali auch und meine Mom und …« Ich seufze wie ein Zeppelin, aus dem man Luft ablässt.

…

…

»Es ist okay, Evan.«

»Ich will es noch nicht sagen.«

»Das ist auch okay.«

…

…

»Wir können auf dieses Gespräch zurückkommen, wann immer du willst«, sagt Maya.

»Okay.«

...

...

»Evan?«

»Was?«

»Was ist mit Headlands?«

Wenn ich die Theorie aus dem siebzehnten Jahrhundert überdenke, der zufolge Vögel auf dem Mond überwintert haben, denke ich weniger an den Wissenschaftler, dem das eingefallen ist, sondern eher an die Leute, die ihm geglaubt haben: die Bergleute und Fischer, die Schmiede und Bauern, Leute, die in ihrem Alltag alles Mögliche bedenken, das nichts damit zu tun hat, wo Vögel im Winter hinfliegen könnten. Ist es da ein Wunder, dass sie das bisschen Zeit, das sie für das Thema übrig hatten, nicht der *wahrscheinlichsten* Erklärung, sondern der *interessantesten* gewidmet haben? Ist es ein Wunder, dass sich ein im Gewöhnlichen verbrachtes Leben verrenkt, um wenigstens einmal eine Kostprobe von etwas Außergewöhnlichem zu bekommen?

»Ich hab die Deadline verpasst.«

Maya ist die Erste, der ich es sage. Ich dachte, es wäre das Beste, es ihr zuerst zu eröffnen, vor Mom oder Ali.

»Sie ist verstrichen«, sage ich und zucke mit den Schultern wie zum Beweis: *Sehen Sie, wie wenig mir das ausmacht?* »Das war's also.«

Ich bin der Bergmann, der Fischer, der Schmied und der Bauer.

Ich bin das gewöhnliche Leben. Shosh ist meine unwahrscheinliche Erklärung.

»Na dann –« Maya steht auf, steckt die Hände in die Taschen. »Die Zeit ist um.«

»Was?« Ich sehe auf die Uhr. »Wir haben grade mal zwanzig Minuten gemacht.«

Sie zuckt mit den Schultern – *siehst du, wie wenig mir das ausmacht*. »Das war's also, wie man so sagt.«

»Okay, ich weiß, was das soll. Aber ich bin nicht ihr Good Will Hunting.«

»Du hast hier einmal den Begriff der Atrophie erwähnt, Evan. Was glaubst du, ist das?«

»Ich lass mich nicht ködern.«

»Alles überall neigt dazu, zu zerfallen. Du kannst nichts dagegen tun.«

»Wenn Sie unbedingt nach Alaska wollen, sollten Sie selbst hinfahren.«

»Dann *willst* du also nicht mehr hin«, sagt sie. »Du willst nicht nach Alaska. Du willst nicht an diesem Programm teilnehmen und hast *deshalb* die Deadline verstreichen lassen?«

»Sie verstehen es immer noch nicht. Ich *kann* nicht gehen.«

»Wenn du dich entschließt, den Rest deines Lebens darauf zu warten, dass etwas Schlimmes passiert, was glaubst du, kommt dabei raus? Du wirst genau das tun.«

# SHOSH

*ihr liebster Ausblick*

In vielerlei Hinsicht war das Foto wie viele davor: der Blick von einem Berg, endloser weißer Wald; im Vordergrund ein paar Hütten, alle schneebedeckt; am Horizont die Sonne, die entweder auf- oder unterging, ein majestätisches Bild der Schönheit.

In einer Hinsicht war es ganz anders als die anderen Fotos, die sie benutzt hatte: Da war ein Mensch, der in eine Decke gehüllt auf die Landschaft blickte. Und trotz all der majestätischen Schönheit vor ihm war dieser Mensch eindeutig der Fokus des Bildes.

*im unermesslichen Kosmos (der sich weiter ausdehnt)*
*bist du mein liebster Ausblick, wie du einfach dastehst*

In die untere Ecke tippte sie *Hüttenpoem #22* und postete es.
Dann, mit Flattern im Bauch, schickte sie Evan den Post als PM: **Hab eins für dich geschrieben.**

# EVAN

*die Geilheit übernimmt*

Ali braucht etwa fünfzehn Sekunden, um auf den Screenshot zu antworten, den ich ihr geschickt habe. Das erste Dutzend Nachrichten sind nur Auberginen-Emojis, gefolgt von klatschenden Händen, gefolgt von Feuer, gefolgt von mehr Auberginen, und dann …

> Ali: Sie will dich

> Evan: Wie kann das sein?

> Ali: Das Universum ist unermesslich, schon mal davon gehört?
> Wann seht ihr euch wieder?

> Evan: Heute Abend. Wir treffen uns im Discount

> Ali: EDEL

Evan: IHRE IDEEE

Ali: Also werdet ihr du weißt schon

Evan: Ich mein

Ali: Genau

Evan: Ich würde sehr gern

Ali: Ja, klar

Evan: Es fühlt sich an wie

Ali: So fühlt es sich eben an

Evan: Aber dieses Gedicht ... Erhöht den Einsatz

Ali: Und auch andere Dinge (siehe: Auberginen-Emojis)

Evan: Ich mag sie wirklich

Ali: Also. Sie spielt offensichtlich in einer höheren Liga

> Evan: Voll

Ali: Nachdem ich das gesagt habe, drei Punkte …
1– Du denkst nicht positiv genug über dich selbst.
Du bist auf nerdige Art witzig, was manchmal nicht un-süß ist.
2– Du bist klug und du hast schöne Haare, und das solltest du nicht vergessen
3– Weil ich dich kenne, weiß ich, dass du dir irgendwann einreden wirst, dass sie dich auf keinen Fall gut finden kann. In diesem Moment erinnere dich:
Sie hat dir ein Gedicht geschrieben
Das macht man nicht für jemanden, dem man nicht an die Wäsche will

> Evan: Du hast mir Gedichte geschrieben

Ali: Das war was anderes
Wenn du das hier liest, kannst du fühlen, wie die Geilheit übernimmt

> Evan: Ja, ich fühl's

Ali: Vergiss einfach nicht, was ich gesagt hab, dann wird alles gut

Evan: Klar. Ich hab schöne Haare.

Ali: Und das mit nerdig und klug.

Shosh sagt, sie hat für die Fahrt zum Discount »ein Auto organisiert«, und ich soll um 18 Uhr vor dem Haus warten. Ich sage, dass ich fahren kann, aber sie will nichts davon hören, und in der Tat fährt um Punkt sechs ein Wagen in die Einfahrt, und Shosh steigt hinten aus.

»Hey du.«

»Hey.«

Da ist dieser Junge in der Schule, der jeden Tag dasselbe Bowie-T-Shirt trägt, und Shosh ist zwar nicht ganz auf dem Niveau, aber sie trägt denselben Mantel und dieselben Stiefel, ihre Haare sind dasselbe wunderschöne Durcheinander wie immer. Das Ding ist, sie ist umwerfend, und ich beweise gerade Alis dritten Punkt: Diese Frau kann auf keinen Fall auf mich stehen.

Und doch lässt sie meine Hand nicht los, als sie mich umarmt.

»Die hat Will für dich gemacht«, sage ich und gebe ihr eine Blume, die aus gelbem Papier ausgeschnitten ist und einen grünen Pfeifenreiniger als Stängel hat, und sie lächelt wie eine aufgehende Sonne, steckt sich die Papierblume hinters Ohr, und ich bin tot.

Als wir zum Auto gehen, frage ich sie, ob sie ein Uber bestellt hat, und sie sagt: »Sozusagen«, und dann, als wir hinten einsteigen: »Evan, das ist meine Freundin –«

»*Ruth?*«

# SHOSH

*Hände*

Es war schwer zu sagen, ob der Film wirklich so bodenlos war oder ob die Umstände ihm Bodenlosigkeit injiziert hatten.

Es war nicht voll, aber die Leute saßen überall verstreut; Shosh und Evan mussten in der Mitte einer Reihe sitzen, und ihre Hände nutzten die Situation zwar optimal aus, aber sie war für mehr als nur Hände bereit.

Auf dem Weg nach draußen textete sie Ruth, die sagte, sie wäre sofort da.

»Dann bezahlst du sie?«, fragte Evan, als sie vor dem Kino warteten.

»Ja, klar. Ich meine, sie sagt, ich soll nicht, aber wir sind nur wegen ihres Jobs befreundet, also –« Shosh blickte auf ihr Telefon und steckte es ein, schob sich die Haare aus dem Gesicht, nur damit der Wind sie wieder zurückblies. »Ich kann immer noch nicht glauben, dass ihr euch kennt.«

»Na ja. Nicht richtig.«

»Dein Pech. Dieses Mädchen ist ein hell leuchtender Stern.«

Evan sah unsicher aus, aber wechselte das Thema. »Will ist total neidisch, dass ich heute mit dir abhängen darf.«
»Dude«, sagte sie. »Dieser Junge.«
»Ich weiß.«
»Er ist –«
»Ich weiß.«
»– einfach der Beste.«
Mehr Wind, mehr Haare im Gesicht; sie gab auf, blies in ihre Hände, um sie warm zu halten, sah Evan an, als er wegsah.
Spürte seinen Blick, als sie wegsah.
Überall waren Leute, die ins Kino gingen oder aus dem Kino kamen, und mittendrin sahen Shosh und Evan sich gleichzeitig an.
Wind. Haare.
Zuerst Lächeln.
Dann kein Lächeln.
*Das*, dachte sie, und trat näher, hatte es plötzlich eilig.
Fühlte er es? Das hoffte sie, tat sie wirklich.
Sie nahm seine Hand, beugte sich vor, um es ihm zu sagen, aber als sie den Mund aufmachte, war ihr plötzlich wie in dem Moment zwischen Schlafen und Aufwachen. Und sie fragte sich, was sie eigentlich hatte sagen wollen.

# NEW YORK CITY

*1988*

An dem Morgen, nachdem Siggy die Stimme zuerst gehört hatte, redete er sich ein, dass es ein Traum gewesen war. *Das kommt nur von diesen Skor-Riegeln mitten in der Nacht*, dachte er und warf den Rest der Süßigkeit in den Papierkorb. Es war Dezember, die Luft war bitterkalt; letzte Nacht war er in Decken gewickelt eingeschlafen, und als die Stimme ihn wach gerüttelt hatte, hatte er sofort seinen Pyjama durchgeschwitzt.

Siggy war zwei Jahre aus dem College, lebte vom letzten Rest seines Stipendiums und arbeitete in einer Einzimmerwohnung ohne Fahrstuhl in Brooklyn Heights an seinem eigenen Musical. Und er war zwar grundsätzlich offen für die Idee einer höheren Macht (er hatte nie ein Baby gesehen und nicht *Wunder* gedacht), aber die Bereitschaft zu glauben war noch nicht Glauben an sich. Manche würden die Stimme vielleicht Gott zuschreiben, aber Siggy blieb wie immer skeptisch.

Everetts Mitbewohner nannten ihn »den Gläubigen«, eine Auszeichnung, die er in Ehren hielt. Sonntags konnte man ihn in der St. Augustine's Episcopal Church finden; neben seinem Bett meistens das Gebetbuch, und er konnte zwar seinen Glauben nicht beweisen, aber ihm war auch nie in den Sinn gekommen, es zu versuchen. Everett studierte im letzten Jahr Kunstgeschichte an der NYU und wohnte in einem Wohnheim im East Village. Wenn er nicht mit der Kirche oder der Uni beschäftigt war, beendete er seine Tage gern mit einer mühsamen und stillen Leidenschaft: Er puzzelte.

Vor Kurzem hatte er eine Reihe von Brücken in den USA mit tausend Teilen erstanden. Nachdem er die Golden Gate und die Mackinac Bridge fertiggestellt hatte, machte er mit seiner geliebten Brooklyn Bridge weiter. Die Malerei würde immer seine große Liebe bleiben, aber Puzzeln bot ihm etwas, das die Kunst nicht konnte: ein eindeutiges Ende.

Durchschnittlich brauchte er zehn Tage, um ein Tausend-Teile-Puzzle fertigzustellen, aber an der Brooklyn Bridge hatte er schon zwei ganze Wochen gearbeitet, und es war kein Ende in Sicht. Das Problem war, dass alles in einem verwaschenen Grau war. Himmel, Straße, Wasser – abgesehen von den Lichtern der Stadt und einem kleinen Vogel in der Ecke konnte Everett die Teile kaum auseinanderhalten.

»Willst du bei diesem Wetter raus?«, fragte sein Zimmergenosse eines Abends, als Everett einen Mantel anzog und eine Mütze aufsetzte. Es war nach Mitternacht, der Winterwind heulte durch die Gasse hinter dem Gebäude.

»Ich schiele schon von diesem Puzzle«, sagte Everett. »Ich muss ein paar Schritte gehen.«

Als er sechs Querstraßen weiter bemerkte, wohin ihn die Füße trugen, musste er lächeln.

Es lag nicht an den Schokoriegeln.
Die Stimme hatte Siggy zwei Wochen lang jede Nacht heimgesucht, immer mit demselben Befehl: »STEH AUF.« Entschlossen, die Herkunft der Stimme aufzudecken, hatte er versucht, wach zu bleiben, aber wenn sie kam, war da nichts zu sehen außer einem Vogel, der auf dem Fenstersims flatterte. Seine Tage waren erfüllt von Kopfschmerzen und unfreiwilligen Nickerchen; seine Musik litt, er aß kaum, und wenn die Uhrzeiger sich der Schlafenszeit näherten, lag über allem eine ängstliche Furcht.
Eines Nachts, in einem verzweifelten Versuch, dem zu entfliehen, verließ er seine Wohnung und wanderte durch die Straßen Brooklyns; er hielt sich vorsichtig an die vertrauten Wege und landete irgendwann mitten auf der Brooklyn Bridge und starrte über den East River.
»Hey.«
Siggy stammte nicht aus New York; er war in Tromsø geboren und aufgewachsen, und wenn man dort von jemandem angesprochen wurde, nahm man das wenigstens zur Kenntnis. Aber nachdem er sein erstes Collegejahr hier beendet hatte, hatte er die unausgesprochene Übereinkunft von New Yorkern auf der ganzen Welt verstanden: Augen immer geradeaus.
»Alles okay, Mann?«
Die Regeln waren klar und unerschütterlich, was hieß, dass dieser Typ ihn entweder gerade überfiel oder, schlimmer noch, ein Tourist war. Aber als Siggy sich umdrehte, um ihm die Meinung zu sagen, kam nur ein »Oh« heraus.

Die Nacht nahm eine angenehme Wendung, und bevor Siggy sich versah, unterhielten sie sich über das Musical, das er schrieb. »Es ist eine Liebesgeschichte im Paris des 19. Jahrhunderts«, sagte er errötend.

»Romantisch«, sagte Ev.

»Mit Cholera.«

»Ah. Also ... eine tragische Liebe.«

»Gibt es andere?«

Everett lächelte. »Ja, ich denke schon.«

Sieben Jahre später, 1995, werden Siggy und Everett diese Geschichte auf ihrem gemeinsamen Junggesellenabschied erzählen. Siggy wird sagen, dass es Liebe auf den ersten Blick war, eine erste Begegnung wie aus dem Märchenbuch. Everett wird den Kopf schütteln – »Du solltest einen Doktor in Geschichtsrevision machen«, wird er sagen und dann eine Version erzählen, die weniger nach erster Begegnung als nach Intervention klang. »Du hattest diesen Blick in den Augen, Sig. Ich hatte Angst um dich.« Und auch wenn sich ihre Erinnerungen an diese Nacht leicht unterscheiden, gibt es einen Teil des Gesprächs, an den sich beide perfekt erinnern:

»Ich habe seit Wochen nicht durchgeschlafen«, sagte Siggy in jener ersten Nacht mit Blick auf den East River.

Als Everett fragte, warum, sagte Siggy, er würde ihm niemals glauben.

»Rate mal, wie meine Mitbewohner mich nennen?«, sagte Everett.

Bei ihrem gemeinsamen Begräbnis 2006 wird Everetts Mutter unter Tränen erzählen, wie ihr Sohn die Liebe seines Lebens traf, weil er sein Puzzle nicht fertig bekam. Siggys Schwester wird sagen, was für ein Glück es war, dass ihr Bruder nicht schlafen konnte, und dass es manchen Menschen vorherbestimmt ist, sich zu finden. Und in der ersten Reihe der St. Augustine's Episcopal Church wird ein sechsjähriges Mädchen mit Namen Birdie auf die beiden Särge starren und wissen, dass Papa und Daddy da drin sind und dass sie auf einem kalten Berg in dem Land, wo Daddy geboren war, einen Unfall hatten.

Während sie dort sitzt, wird sie versuchen, die Reichweite von Zeit zu verstehen: die Sekunden, die man braucht, um zu sterben; die Ewigkeit, die man tot war.

Alle, die die beiden kannten, kannten ihre Geschichte. Aber von der Stimme wussten nur Everett und Siggy.

»Ich höre eine Stimme«, hatte Siggy in jener ersten Nacht auf der Brücke gesagt. »Sie sagt immer wieder die gleichen zwei Worte.«

»Was sagt sie?«, hatte Everett gefragt.

Achtzehn Jahre später, mitten in der Trauerrede ihrer Tante, wird Birdie sich hinstellen und schreien: »*STEH AUF!*«

TEIL SECHS

OPUS

# EVAN

*Blau*

Shoshs Zimmer ist die institutionalisierte Unordnung: Es ist schon so lange unordentlich, dass es einem nicht mehr unordentlich vorkommt.

»Ich mag's, dass du lange Haare hast«, sagt sie und zieht sanft ein paar Strähnen zu ihrer vollen Länge.

»Meine Freunde sind besessen von deinen«, sage ich.

»Wirklich? Die sind immer so ein Chaos.«

Als wir nach oben gekommen sind, hat sie mir zuerst gezeigt, dass ihr Bett auf einer Höhe mit dem Fenster ist, und gesagt, dass sie oft halb drinnen, halb draußen sitzt. Heute ist es zu kalt, um das Fenster aufzumachen, aber das hat uns nicht vom Bett ferngehalten. Ich bin mir nicht sicher, wie wir so gelandet sind – Shosh liegt irgendwie, mit meinem Kopf auf dem Schoß –, aber ich bin dabei.

»Hast du Nachtvogel in letzter Zeit gehört?«, fragt sie.

»Nein. Du?«

»Nicht seit der Nacht im Park. Es ist komisch, aber wenn ich jetzt an die Lieder denke, kommen sie mir vor wie Figuren in einer Wolke, die niemand sonst bemerkt hat. Jeder konnte sie sehen, aber nur, wenn man wusste, wo man hingucken muss.«

»Du klingst wie sie, weißt du das? Wenn du singst.«

Eine Minute lang sagt sie gar nichts, fährt mir nur langsam mit den Händen durch die Haare; als sie endlich redet, ist ihre Stimme dünn, und ich kann sagen, dass es sie Mühe kostet. »Stevie hat immer gesagt, Musik ist etwas, zu dem man zurückkommt. Man kann sie für eine Weile verlassen. Man kann denken, dass sie einen vergessen hat, aber wenn man bereit ist, ist sie auch bereit.« Eine Sekunde Schweigen, dann: »Ich vermisse es.«

»Musik machen?«

»Musik. Theaterspielen. Alles. Das Einzige, was noch anstrengender ist, als damit aufzuhören, ist, so zu tun, als würde ich es nicht vermissen.«

»Dann hör nicht auf.«

»Du klingst wie Ms Clark.«

»Die Theaterlehrerin?«

Shosh nickt. »Aber wir sind nur neun Jahre auseinander. Außerdem haben wir die letzten vier Jahre jeden wachen Moment zusammen verbracht, also ist sie praktisch Familie. Sie war eine Riesenhilfe bei der Bewerbung an der USC und versucht immer noch, mich zu überreden, mich *wieder* zu bewerben, aber – dieser Teil meines Lebens ist vorbei.«

Wenn die Zeit mit Maya mich etwas gelehrt hat, dann, dass jemand wirklich total von etwas überzeugt sein kann, das trotzdem nicht stimmt. Bei jedem Sturm, den ich jemals hatte, war ich mir sicher, dass ich sterben würde. Die Hälfte von dem, was ich in Mayas Büro gesagt habe, hat sich als falsch erwiesen, aber als ich es sagte, habe ich es zweifelsfrei geglaubt. Ich höre diese Sicherheit jetzt in Shoshs Stimme. Sie ist nicht dramatisch und will auch kein Mitleid oder Verständnis. Sie stellt nur etwas fest, das für sie eine einfache Wahrheit ist.

»Das erste Jahr, in dem Stevie in Chicago studiert hat, war schrecklich. Wir waren uns so nah, es war nur eine Frage der Zeit, bis ich auch auf die Loyola gehen würde. Aber dann hat sich das Schauspielen irgendwie verselbstständigt, und alle meinten *New York* oder *LA*, aber für mich war Chicago immer okay. Die Loyola ist eine gute Uni. Einmal abends am Telefon wurde sie dann ganz still. Sagte, es wäre unlogisch, dass ich *ihr* nachziehen sollte, nur weil sie älter wäre und zuerst aussuchen durfte. Und damit war das erledigt. Von da an war klar, dass sie dahin mitkommen würde, wo auch immer ich einen Studienplatz bekäme. Irgendwann ist uns aufgefallen, dass sie im letzten Jahr würde wechseln müssen, es sei denn, sie würde den Abschluss schneller schaffen – aber weißt du, was man machen muss, wenn man das Studium verkürzen will?«

Ich sage nichts; es ist nicht wirklich eine Frage.

»Sie war auf dem Weg zu ihren Sommerkursen, als der Pickup sie angefahren hat«, sagt Shosh. »Nur wegen mir war sie zu diesem Zeitpunkt auf dieser Straße. Wegen meinem Traum. Meinem Ehrgeiz.«

Ich will ihr sagen, dass es nicht ihre Schuld ist. Und das mache ich auch fast, aber dann denke ich daran, wie oft ich diese Worte gehört habe, nachdem Dad uns verlassen hat, und wie leer sie klangen. Ich denke daran, wie oft Maya mir mit irgendeiner Standardlösung hätte antworten können und stattdessen entschieden hat, mich da zu treffen, wo ich stand.

Ich will, dass meine Worte zählen. Ich will Shosh da treffen, wo sie steht.

Und deshalb erzähle ich ihr von Moms Krebs und von Headlands und warum ich mich, obwohl es mein einziger Traum ist, noch nicht einmal beworben habe, weil es hieße, Mom und Will im Stich zu lassen. »Es ist nicht dasselbe, das weiß ich. Aber ich versteh's, wie es ist, einen Traum zu haben, den man nicht verfolgen kann.«

Als ich fertig bin, wartet Shosh eine Minute; ich kann sagen, dass sie auch will, dass ihre Worte zählen.

»Das mit deiner Mom tut mir leid«, sagt sie.

»Ich glaub, es geht ihr gut. Aber es kann zurückkommen, weißt du? Und wenn das passiert ... ich seh einfach nicht, dass ich dann nicht da bin.«

Vorsichtig bewegt Shosh meinen Kopf und zieht einen Laptop unter einem Haufen Kissen hervor. »Ich bin in letzter Zeit total auf Emily Dickinson abgefahren«, sagt sie, klappt den Laptop auf, tippt, scrollt. »*Weil ich beim Tod nicht halten konnt – Stand freundlich er bereit – Die Kutsche trug Uns beide nur – Und die Unsterblichkeit –*‹. Ruth hat mich auf sie aufmerksam gemacht. Sie war besessen von Tod und Unsterblichkeit –«

»Ruth?«

»Emily. Was logisch ist, wenn man liest, wie viele Leute in ihrem Leben jung gestorben sind. Wenn man vom Tod umgeben ist, ist es schwer, ein ewiges Leben nicht in Betracht zu ziehen.«

»Ich habe einen gesunden Respekt für meine eigene Sterblichkeit. Der Gedanke, dass der Tod dir alles nimmt und in Nichts verwandelt ...« Ich verstumme, als mir klar wird, wie unsensibel das ist, wo wir gerade über Stevie gesprochen haben. »Shit. Sorry.«

»Schon okay. Aber dass du's weißt: Ich glaub nicht, dass du damit recht hast.«

»Nein?«

»Vielleicht. Ich weiß es nicht. Was glaubst du, was passiert?« Komisch, wie eine Frage sich verändert, je nachdem, wer sie stellt. Ich habe schon darüber nachgedacht, klar. Aber jetzt denke ich etwas anderes. »Ich hab mal diese Theorie über die Farbe Blau gehört. Das ist jetzt nur so grob, aber der Hauptpunkt ist, dass das Wort *Blau*, wenn man zurückblickt, in der Literatur jahrhundertelang nicht auftaucht. Es steht nicht in antiken Texten oder Büchern. Wenn Homer das Meer beschreibt, vergleicht er es mit Wein. Es gibt die Farbe ja, aber soweit man sagen kann, konnten Leute die Farbe Blau entweder nicht sehen, oder sie hatten kein Wort dafür. Und dann denke ich, dass wir vielleicht eine Entwicklung durchmachen mussten, um es zu sehen. Aber wenn das stimmt, sind ja nicht alle Menschen auf der Erde eines Morgens aufgewacht und, *bäm*, es gab Blau. Was heißt, dass es eine Phase in der Geschichte gab, in der manche Leute Blau sehen konnten und andere nicht. Und die, die es konnten, haben geglaubt, dass die Farbe existiert, oder? Sie war schließlich da. Aber für die, die es nicht konnten, war es weniger eine Farbe als eher ein Konzept. Eine Idee, so wie ... wahre Liebe. Man hat dran geglaubt oder nicht. Vielleicht ist es mit dem Leben nach dem Tod genauso.«

Ich fühle den Rhythmus von Shoshs Atemzügen und könnte ewig so daliegen, mit ihren Händen in meinen Haaren. »Ich weiß, dass sie nicht hier ist«, sagt sie. »Aber sie ist nicht Nichts. Und sie ist nicht nirgends.«

Als ich mehr von Dickinson hören will, liest sie mir ein paar Lieblingsgedichte vor, darunter eins, bei dem ich mich frage, ob die Schriftsteller früher ihre eigenen Nachtvögel hatten:

*Die »Hoffnung« ist ein Federding –*
*Das in der Seele hockt –*
*Und Lieder ohne Worte singt –*
*Sich niemals unterbricht*

Nachdem sie das vorgelesen hat, macht Shosh diese schulterzuckige Geste, bei der ich schmelze, und dann verändert sich unsere Atmung und die Luft lädt sich elektrisch auf.

Ich weiß nicht, wer sich zuerst bewegt.

Ich setze mich auf; sie klappt leise den Computer zu, schiebt ihn zur Seite, und jetzt liegen ihre Hände hinten an meinem Kopf, ihr Blick ist wie weiches Feuer.

Ich beuge mich vor, unsere Stirnen berühren sich, Galaxien prallen aufeinander – auch Vergangenheiten und Zukünfte –, alle unsere Ideen und Träume und Ängste werden eins.

»Ich bin ein ziemliches Wrack«, flüstert sie, und ich kann ihre Lippen riechen, aber ich warte.

Blicke nach unten, weiche zurück, nur ein bisschen.

Ihre Worte könnten *langsam* bedeuten oder *nein*, also warte ich.

Dann blicke ich hoch. Lächele.

# SHOSH

*wahres Blau*

»Niemand ist perfekt«, sagte er.

»Manche sind perfekter als andere«, sagte sie.

Shosh blinzelte, ein langsames Schweigen. Und als sie sich küssten, war es vulkanisch und molekular, fiebrig, ein Wunder, gleichzeitig uralt und neu. »Ich hab dich vermisst«, sagte sie, und der Kuss explodierte, wurde viele Küsse, weil sie recht hatte, es war nicht logisch, aber sie hatte recht. Nur eine kleine Bewegung, und sie lag auf ihm, und Zeit war nichts, Ozeane und Jahre waren nichts, es gab nur Shosh und Evan, ihre Münder und Zungen, die ihre Hände einholten. Fühlte er das? Sie hoffte es. Sie küsste ihn jetzt intensiver, um es ihm zu zeigen, tiefer, ihre Haare fielen ihm ins Gesicht wie die ersten Herbstblätter, ihre Hüften bewegten sich vor, zurück, langsam vor und zurück, und dann hörte sie auf – setzte sich gerade hin – zog sich das Shirt über den Kopf und legte sich wieder auf ihn, küsste ihn auf die Stirn, küsste ihn auf den Hals, die Wange, die Augen. »Ich glaube an Blau«, flüsterte sie beim Küssen.

# EVAN

*das Ding an sich*

»Wenn wir also den breiteren Kontext der 1950er in Chelsea betrachten, was meint Mila Henry wirklich, wenn sie davon schreibt, ›den Roboter abzuschalten‹?«

Ich kann mich nicht erinnern, jemals so abgelenkt gewesen zu sein in Mr Hambrights Kurs.

Und es hat ganz sicher nichts mit den Ereignissen der letzten Nacht zu tun.

»Sie meinte eindeutig *fickt das Patriarchat*«, sagt eine aus der Zehnten namens Laura, deren Level an Thirst mich zwingt zu glauben, dass sie noch nie befriedigt wurde. »Und dann, *peng*«, sagt Laura. »Wird scharf geschossen.«

Hambright nickt, gibt den ganzen Hammy. »Das ist eine Antwort, Laura, und ich danke dir dafür.«

Später, nachdem wir schon zwanzig Minuten an einer simplen Schreibaufgabe über Mila Henry arbeiten, bleibt Hambright an meinem Pult stehen und guckt mir beim Schreiben über die Schulter. »Hmm.«

Ich lege den Stift weg. »Kann ich Ihnen helfen?«

»Sind Sie der Meinung, dass *Erster Juni* vor allem von Mila Henrys – emotionalem und finanziellem – Konflikt als nichtberufstätige Mutter motiviert wird?«

Yurt hinter mir: »Bist du der Meinung, Bro?«

»Nein«, sage ich. »Ich bin der Meinung, dass *Erster Juni* überhaupt nur wegen Mila Henrys – emotionalem und finanziellem – Konflikt als *alleinerziehende* Mutter *existiert*.«

»Sie war mit Huston verheiratet.«

»Oh, bitte. Er war nicht da. Sie hat es allein gemacht.«

»Hmm. Warum macht sie es überhaupt?«, fragt er.

Ich kann mich nicht gegen das Gefühl erwehren, dass er mit mir spielt. »Was machen?«

»Allem Anschein nach war ihr erstes Buch ein völliger Fehlschlag. Niemand hat es gelesen – es schien niemanden zu interessieren. Es gab keinen Druck, keine vertraglichen Zwänge –«

»Es ging nicht um *Kommerz*. Sie musste das Buch schreiben. Die Arbeit selbst hatte einen Wert, das Ding an sich. Nicht nur, was vielleicht aus dem Ding werden könnte.«

Hambright scheint nachzudenken, nickt langsam, und dann: »Ihre Mutter hat mir erzählt, dass Sie die Deadline von Headlands verstreichen lassen haben.«

Ich verschlucke mich an meiner eigenen Spucke und sehe mich dann irgendwie beiläufig im Raum um, wer zuhört. (Alle.)

»Kein Glacier Bay?«, fragt Hambright.

»Äh, ja. Nein. Ich meine – ich hab mich entschieden, nicht zu fahren.«

»Zu schade. Ich fand, das Programm klang genau richtig für

Sie. Jedenfalls würde ich wirklich gern die Bewerbungsaufsätze lesen, die Sie geschrieben haben.«

Im Raum könnte man eine Stecknadel fallen hören.

»Ich hab die Aufsätze nicht geschrieben.«

»Warum nicht?«

»Ich hab doch gesagt, ich hab entschieden, nicht zu fahren. Welchen Sinn hätte das gehabt?«

So wie ein Weltklasse-Schachspieler verrät Hambright nie, was er tut, während er es tut. Man macht einfach mit, alles ist normal, und dann, *bäm*, liegt man am Boden der Grube, von der man gar nicht wusste, dass man sie gegraben hat.

»Ich dachte, der Sinn eines Aufsatzes«, sagt er ruhig und leise, »wäre der Aufsatz selbst, Evan. Der Wert des Dings an sich, ja? Nicht nur, was aus dem Ding werden könnte.«

# SHOSH

*auf die Plätzchen, fertig, backt*

Was die Winterwinde gestohlen hatten – Wärme, Atem, das Summen des Lebens –, brachten die Frühlingswinde im Überfluss zurück. Als würde die Luft selbst im Frühling einen neuen Ansatz verfolgen und *mit* der Natur arbeiten und nicht gegen sie. So sehr Shosh den Winter auch liebte, so sehr er sich eher wie Zuhause anfühlte als jede andere Jahreszeit, konnte man die Freuden eines ordentlichen Tauwetters nicht leugnen.

Noch war er nicht da, der Frühling. Aber als sie am Fenster stand, konnte sie ihn fast kommen hören. Auf jeden Fall konnte sie ihn riechen.

Wobei das vielleicht auch der Kuchen war.

»Bei Giuseppe sah es so einfach aus«, sagte ihr Dad.

Shosh drehte sich vom Küchenfenster weg und sah ihn vor dem Ofen hocken und hineinstarren, als wollte er mental einen brauchbaren Kuchen erzwingen. »Bei ihm sieht alles leicht aus«, sagte sie und holte sich eine Dose Cola Light aus dem Kühlschrank. »Und deshalb wird er gewinnen.«

»*Jürgen vor!*«, schrie ihre Mom aus dem Wohnzimmer.

»Bitte«, sagte ihr Dad. »Crystelle ist gerade im richtigen Moment in Spitzenform.«

Der Ursprung der neuesten Familienmanie lag unmittelbar auf den Schultern ihres Vaters. Bei ihm auf der Arbeit hatte jemand erwähnt, dass sie jetzt immer *The Great British Bake Off* guckten, und an dem Abend, als er es eingeschaltet hatte, hatte Shosh sich auf die Couch fallen lassen und fest vorgehabt, sich sowohl über die Sendung lustig zu machen als auch über ihren Dad, der sich so was anguckte. Drei Folgen später fühlte sie sich um etwa 400 Prozent entspannter als bei Betreten des Zimmers. Irgendwann war auch ihre Mom dazugekommen, und jetzt sprachen sie diese komplett andere Sprache mit klitschigen Böden und pappigen Kuchen, waren schlagartig Experten in Dingen, von denen sie vorher nie gehört hatten. Es war eine gute Sendung; Shosh konnte es nicht leugnen. Aber die Qualität der Sendung hatte wenig damit zu tun, warum sie sie sich so regelmäßig ansahen, genau wie ihr Grund zu backen wenig mit der Qualität ihrer Kuchen zu tun hatte.

Backen war nie ein Hobby der Bells gewesen. Und weil sie zu viert nie gebacken hatten, war es der perfekte Zeitvertreib für sie zu dritt.

»Wie heißt das noch gleich?«, fragte Shosh und starrte das Kuchenschlamassel an, das ihr Dad gerade aus dem Ofen geholt hatte.

»Amarenakirsch-Gugelhupf«, sagte ihr Dad, nachdem er das ausgedruckte Rezept konsultiert hatte.

»Ich würd sagen, es sieht ziemlich gugelhupfig aus.«

»Vielleicht *zu* gugelhupfig.«

»Wie viel Gugelhupf hättest du reintun sollen?«
»Ich weiß nicht.« Ihr Dad lächelte ihr zu. »Vielleicht sollten wir es gugeln.«

Sie salutierte mit der Dose, rief »und looos«, und sein Lächeln veränderte sich, wurde tiefer. Wie ein Frühlingswind brachte es Wärme, Atem, das Summen des Lebens.

Sanft legte er ihr beide Hände auf die Schultern und küsste sie auf die Stirn. »Alles wird gut«, flüsterte er.

Später am Abend, nachdem sie einen mittelmäßigen Kuchen und vier herausragende Serienfolgen des Britischen Rundfunks konsumiert hatten, schleppten sie sich auf zuckerschweren Beinen nach oben. Schon im Schlafanzug putzte sich Shosh die Zähne, und als sie vom Bad in den Flur trat, sah sie etwas, das sie seit Monaten nicht gesehen hatte: Die Tür zu Stevies Zimmer stand einen Spalt offen, sie sah Licht darin. Auf Socken schlich Shosh den Flur entlang und spähte durch den Spalt. Drinnen holte ihre Mutter Sachen aus Stevies Schrank, legte sie aufs Bett neben einen offenen Karton. Während sie arbeitete, summte sie leise eine vage vertraute Melodie, etwas aus der Zeit, als die Mädchen klein gewesen waren; neben dem Karton lag Stevies alte Ukulele auf dem Bett, als wäre sie erst gestern gespielt worden.

Shosh lächelte und ging in ihr Zimmer. Sie zog die Tür zu, lauschte …

Keine Lieder. Kein Nachtvogel. Nur die Geräusche eines ordentlichen Tauwetters. Als würde man die Bretter über einem alten Brunnen entfernen oder in der Sonne eine Decke ausbreiten.

Ohne lange darüber nachzudenken, holte sie ihr Telefon

raus und textete Evan: **Vielleicht irren wir uns. Vielleicht ist es okay, okay zu sein.**

Sie warf das Telefon aufs Bett, klappte den Laptop auf und schrieb eine E-Mail an ein Büro, mit dem sie seit Monaten keinen Kontakt gehabt hatte.

# EVAN

*die Eiskönigin*

Ich muss die E-Mail fünf Mal lesen, bevor ich sie ganz verstehe. Und selbst da bin ich mir noch nicht sicher. Benommen gehe ich in die Küche, wo Mom grade einen Taco-Auflauf für die Woche macht, und halte ihr das Telefon hin.

»Was ist das?«, fragt sie und wischt sich die Hände an der Schürze ab.

»Einer der Bewerber bei Headlands ist ausgestiegen. Es gibt einen freien Platz.«

»Moment mal –« Sie nimmt mein Telefon. »Ich dachte, du hast die Deadline verpasst?«

Ich erzähle ihr, wie Hambright mich angestachelt hat, den Aufsatz trotzdem zu schreiben. Und wie Shosh mir aus heiterem Himmel eine Nachricht geschickt hat, nach der ich gedacht hatte, dass ich mich vielleicht doch bewerben sollte. »Es war eine späte Bewerbung. Ich dachte, die lesen die nicht einmal.«

»Schatz – das ist ein *Zulassungs*schreiben.«

»Irgendwie schon. Sie haben nur diese merkwürdige ... Bedingung.«

Aber es ist zu spät. Mom weint und hält sich eine Hand vor den Mund, als sie die E-Mail noch einmal liest, und ich wünschte mehr als alles andere, dass es wahr sein könnte.

»Mom —«

Jetzt umarmt sie mich. »Ich bin so stolz auf dich.«

»Ich fahre nicht.«

Sie löst sich von mir, betrachtet mein Gesicht. »Wenn du nicht fährst, werde ich ein Jahr nicht mit dir reden.«

»Okay —«

»Vergiss Glacier Bay, es wird das Jahr von Gletscher-Mom. Du *fährst*.«

»Glaubst du wirklich – glaubst du, nur weil ich nicht mit zu den Behandlungsterminen mitkommen darf, weiß ich nichts? Glaubst du, ich hätte nicht jeden Artikel gelesen, den ich finden konnte, nicht jeden Blogbeitrag auswendig gelernt und nicht alles gegoogelt? Glaubst du, ich weiß nicht, dass es bei dreißig Prozent der Brustkrebsüberlebenden Rezidive gibt?«

»Ich kann dir nur sagen, dass *einhundert Prozent* meiner Kinder für den Rest ihres Lebens Hausarrest kriegen, wenn sie nicht an ihrem Traum festhalten, obwohl der direkt vor ihnen steht.«

»Du wirst niemals *geheilt* sein, Mom. Es kann immer zurückkommen, und wenn das passiert, muss ich da sein.«

»Okay, jetzt hörst du mir mal zu. Wenn du dich jemals entscheiden solltest, Vater zu werden, wirst du der beste Vater, den es je gab. Viel besser als dein eigener, okay?« Oben hören wir Will die Fahrradszene aus *E. T.* nachspielen und in seinem

Zimmer herumrennen, als würde er von Cops in Anzügen gejagt. »Ihr werdet zusammen Filme gucken, zusammen Filme *machen*, mit Lego bauen, statt Budazeit wirst du Daddyzeit haben, und du wirst dir wünschen, dass es immer so bleibt. Du wirst dein Kind zu einem eigenständigen Menschen heranwachsen sehen, und du wirst so stolz sein, auch wenn ein Teil von dir traurig ist, dass die alten Dinge vorbeigehen. Dein Kind wird aufwachsen und sich auf die beste Art verändern, und vielleicht wirst du dann verstehen, was ich jetzt denke: Das Einzige, was schlimmer ist, als zuzusehen, wie dein Kind zur Tür hinausgeht, ist, zuzusehen, wie es diese Tür leise zumacht.«

Wir umarmen uns jetzt und weinen beide und lauschen dem wunderbaren Krach von Will oben.

»Du wirst dein Leben nicht für mich auf Eis legen«, sagt sie an meiner Schulter, und ich denke, seine Mom zu umarmen, ist die beste Art, durch die Zeit zu reisen; die Orte, an denen man gewesen ist, die Leute, die man kennengelernt hat, alles ist da. »Jetzt sag, *Okay, Mom*.«

»Okay, Mom.«

»*Eiskönigin*, das sag ich dir.«

»Ich werde auf den offensichtlichen *Frozen*-Witz verzichten.«

Mom lacht, wischt sich die Augen mit dem Handrücken ab, und erst jetzt – mit dem verschmierten Eyeliner im Gesicht – sehe ich, dass sie Make-up trägt.

»Hast du was vor?«

Sie murmelt etwas von einem »Treffen mit einem Freund von der Arbeit«, wendet sich wieder dem Herd zu und bereitet weiter den Auflauf vor. Ich sehe sie an und muss mich fragen, ob sie ein Glacier Bay hatte, als sie jünger war. Ich muss mich fragen, ob es eine offene Tür war, die sie leise zugemacht hat.

»Mom.«

»Ja, Schatz.«

»Falls es auf dieser Welt jemanden gibt, der dich glücklich macht –«

Sie bewegt sich nicht mehr, aber dreht sich auch nicht um.

»– dann würde ich den gern kennenlernen.«

Ein geflüstertes »Okay«, wie eine Tür, die sich vorsichtig öffnet.

# SHOSH

*Nachrichten aus Zwischenorten*

Das Einzige, was auf Mavies Oscar-Party fehlte, war Gin.

Das Motto war das Alte Hollywood, alle waren total aufgebrezelt, die meisten im Stil der Goldenen Zwanziger. Die Kerngruppe von Alis weihnachtlichem Abhängen würde kommen, zusammen mit einer Reihe von Gesichtern, die Shosh nicht kannte oder fast nicht aus der Zeit an der Highschool. Überall waren Leinwände: ein Beamer im Keller, ein Flachbildschirm im Fernsehzimmer und ein zweiter in der Küche; auf der Terrasse hing ein Fernseher über einem Whirlpool; es gab sogar ein iPad auf dem Klo, damit niemand auch nur eine Minute vom Academy Award verpasste. Auf dieser Party gab es alles.

Außer Gin.

Die Martinis waren mit »Tonic und Holunder« beschriftet, keine Ahnung.

Shosh sagte sich, dass sie das Trinken nicht vermisste, aber das tat sie – sehr. Die Flaschen zu Hause hatten Trost bedeutet, eine Wahrheit, die sie erst erkannt hatte, als jene Flaschen schließlich weg gewesen waren.

»*Schuhe aus!*« Mavie stand wie eine Wache im geräumigen Eingangsflur und nahm jeden, der reinkam, in die Mangel. Offensichtlich gab es einen Walnussbaum im Vorgarten, der Probleme machte. »Ihr werdet *keine* alten Walnüsse in meinem Haus verteilen. Sonst krieg ich das ewig zu hören.«

»Hey, *Alte Walnuss* war mein Spitzname in der Highschool«, sagte Balding.

Mavie verdrehte die Augen. »Du bist noch in der Highschool, du Spinnerin.«

Balding hob ihre Flasche zu einem imaginären Horizont. »Da geht die alte Walnuss, haben sie gesagt.«

»Hör auf. Das hat niemand gesagt.«

»Manche schon.«

Mavie drehte sich zu Shosh um. »Kommt Evan?«

Shosh nippte an ihrem ginfreien Martini. »Seine Mom ist spät von der Arbeit gekommen, aber er müsste auf dem Weg sein.«

»Er sollte sich besser beeilen, wenn er noch mitwetten will«, sagte Mavie. »Bei Späteinsteigern kenn ich keinen Spaß.«

»Hey, *Keine Späteinsteiger* war mein Spitzname in der Highschool«, sagte Balding.

»Oh mein Gott, warum bist du so schrecklich?« Mavie konnte die Augen verdrehen und wütend tun, so viel sie wollte, aber so, wie sie Balding gerade die Arme um den Hals schlang und sie auf den Mund küsste, als wären sie die einzigen zwei Menschen auf der Welt, war klar, dass Baldings abgedroschener, primitiver Humor genau Mavies Ding war.

Sara und Ali kamen zusammen, und wie ein Uhrwerk kam kurz darauf Yurt angerollt. Etwa ein halbes Dutzend andere Leute trudelten ein (und zogen pflichtbewusst die Schuhe aus), bevor Evan auftauchte, der mit zurückgegelten Haaren und in einem perfekt sitzenden Anzug mit Krawatte haargenau aussah wie Leo DiCaprios Gatsby. Shosh wurde plötzlich warm, ihr Mund war plötzlich trocken, ihr ganzer Körper plötzlich, plötzlich.

»Hi«, sagte er in der Tür.

Sie machte den Mund auf, und nichts kam raus.

»Daang, Digga«, sagte Balding.

Sara klatschte langsam. »So kann man sich auch zusammenreißen, Cervantes.«

»*Schuhe*«, sagte Mavie.

Nachdem er die Schuhe ausgezogen hatte, ging Evan zu Shosh. »Du siehst aus ... wie ...«, war alles, was er herausbrachte, und sie tat so, als würde sie sich nicht freuen – in dem kurzen Flapper-Kleid, mit glitzerndem Haarreif und Smokey-Eyes –, aber es war nice, nicht die Einzige auf der Party zu sein, der die Worte fehlten.

Sie machte eine übertriebene Drehung, dann noch eine, und landete an seiner Brust. »Du bist echt ein Hingucker, Kleiner, das steht mal fest«, sagte sie, gab ihre beste Katharine Hepburn und rauchte eine unsichtbare Zigarette. »Der Junge macht diesen Film, klar?«

Evan lächelte. »Du hältst das den ganzen Abend durch, oder?«

»Und ob!« Sie stellte sich auf die Zehenspitzen, küsste ihn auf die Stirn, dann auf den Mund, dann wuschelte sie ihm durch die Haare, und er stand einfach nur lächelnd da, ganz der elegante Gatsby, und sie fragte sich, wie um alles in der Welt sie ihm sagen sollte, dass sie wegging.

»Hey, das ist wie-heißt-sie-noch. Aus *Hamilton*.«
»Oh, mein Gott, das ist sie.«
»Dude, das ist sie *nicht*.«
»Oh doch.«
»Das kann auf keinen Fall wie-heißt-sie-noch aus *Hamilton* sein.«
»Philippa Soo«, sagte Shosh und nippte an ihrem Holundergebräu. »Aus Libertyville, Illinois. Juilliard-Abschluss 2012. Sie hat einen Hund namens Billie. Und echt Talent.« Shosh sah sich um und entdeckte, dass alle sie anstarrten. »Das ist sie.«
»Ich *sag doch*, dass sie es ist.«
»Sie sieht nicht so aus.«
»Willst du damit sagen, dass sie nicht wie sie *selbst* aussieht?«
Es wurde weitergekabbelt bis zur nächsten Kategorie – Beste Nebendarstellerin – und Balding sagte: »Shosh, warum stehst du nicht da oben?«
»Was?« Shosh blickte weiter auf den Bildschirm und wünschte, der Moment würde einfach weggehen. »Hör auf.«
»Ich sag nur, was wir alle denken. Wir haben deine Stücke gesehen.« Balding zeigte auf den Bildschirm, wo die Nominierten mit angehaltenem Atem warteten, als der Umschlag geöffnet wurde. »Was die haben, hast du auch.«
»Sie hat recht«, sagte Ali, und plötzlich nickten alle Köpfe im Raum nervös.
Von Evan abgesehen hatte sie kaum einen Gedanken darauf verschwendet, dass diese Leute wussten, wer sie gewesen war,

bevor sie sich kennengelernt hatten. Aber von jemandem zu wissen, war anders, als jemanden zu kennen.

»Glaubst du, du wirst je wieder spielen?«, fragte Sara.

»Kommt schon, Leute«, sagte Evan.

»Es ist okay.« Shosh legte ihm eine Hand aufs Bein, lächelte ihn an und hoffte, er konnte ihr Danke sehen – genauso wie die Entschuldigung für das, was jetzt kommen würde. »Ja«, sagte sie in den Raum. »Ich werde wieder spielen.«

»Wirklich?«

Sie nickte. »Ehrlich gesagt, habe ich vor ein paar Tagen dem Leiter der Zulassungsstelle der USC gemailt. Ms Clark – meine Theaterlehrerin – hat auch mit ihm gesprochen. Die Deadlines sind verstrichen, aber wegen dem, was passiert ist, und der Umstände im letzten Sommer – er muss noch mit ein paar Leuten reden, aber Ms Clark sagt, sie ist ›vorsichtig optimistisch‹. Wir werden also sehen –«

Shoshs schulterzuckender Satz wurde von explodierendem Jubel unterbrochen. Yurt rannte in die Küche und kam mit einem Tablett »Shosh Shots« zurück, die sich als eine Art alkoholfreies, in Eichenfässern gereiftes Ahorngetränk herausstellten, und als Mavie Shosh informierte, dass sie nächstes Jahr an die UCLA gehen würde – und sie mit noch einer Runde falscher Drinks auf »LA oder nichts!« tranken –, musste Shosh sich wirklich zusammenreißen, um Evan nicht an der Hand in die nächste Toilette zu schleifen und ihn sich zu Willen zu machen. Nur um den Kopf klarzukriegen, sich sicher zu fühlen in dem, was sie wusste.

»Also, jetzt ist ein genauso guter Zeitpunkt wie jeder andere«, sagte Yurt. »Ich bin nicht an der Duke angenommen worden.« Es gab ein paar Tut-mir-leids und gemurmelte Trostworte, aber dann erhellte sich Yurts Gesicht. »Deshalb geh ich auf die Wake Forest. Hab gestern die Zulassung gekriegt.«

Wieder brachen alle in Jubel aus. Wieder Anstoßen ohne Gin, Hurrahs und Glückwünsche, und plötzlich – aus heiterem Himmel – rannte Sara durch den Raum, fiel Yurt um den Hals und drückte ihn gegen die Wand, wo die zwei für etwa dreißig Sekunden rumknutschten. »Heyyy!«, ging es durch den Raum, Ali hielt eine Flasche alkoholfreien Cider hoch, und Sara, als sie sich irgendwann löste, wischte sich den Mund ab, sah sich um und sagte: »Okay dann«, woraufhin Yurt sagte: »Okey dokey.«

Manchmal übernimmt ein Raum die Gemütslage der Menschen in ihm. Als alle zurück auf ihre Plätze gingen und die Aufmerksamkeit wieder auf den Fernseher richteten, versuchten sie sich zu erinnern, warum ihnen die Oscars überhaupt wichtig waren. Der Raum hatte den süßen Nektar der guten Neuigkeiten gekostet und wollte jetzt mehr, und während er darauf wartete, gefüttert zu werden, wurden alle von einer stillen Erwartung überkommen.

»Ich werd wohl in ein paar Wochen von Georgetown hören«, sagte Ali, ein würdiger Versuch, aber eindeutig nicht nahrhaft genug.

Ein paar Leute nickten, leise Worte der Ermutigung – knurrender Hunger.

Und weil alle wussten, dass Evan die Deadline von Headlands verpasst hatte, war die Feierlaune umso ausgelassener, als er ruhig feststellte: »Also, ich gehe nach Alaska.« »Heyyyy«, ging es wieder durch den Raum, Hurrahs und Glückwünsche, und Evan und Shosh mittendrin.

Sie machte noch eine übertriebene Drehung. »Du wirst die Welt sehen, Kleiner«, ein ziemlich flacher Versuch, um die Stimmung zu heben, als die wörtliche Bedeutung langsam bei ihnen ankam.

»Du anscheinend auch.«

Wieder auf Zehenspitzen küsste sie ihn auf den Mund und legte den Kopf an seine Brust. »Und ob«, sagte sie ruhig, und da standen sie, und der gefräßige Raum feierte um sie herum.

Später, bei einer Runde technischer Kategorien (»Kann mir *irgendwer* den Unterschied zwischen Sound *Editing* und Sound *Mixing* erklären?«, fragte Sara), stand Evan auf, um auf's Klo zu gehen, und als er zurückkam, sah er Shosh an und deutete mit dem Kinn auf die Terrassentür. Sie traten zusammen hinaus, und sie dachte, sie würde gern bleiben in diesem Bruchteil einer Sekunde zwischen der plappernden Menge und der ruhigen Stille.

Draußen war der leichte Regen zu einem noch leichteren Nebel geworden.

»Hi.«

»Hi.«

»Ich wollte nicht den ganzen Abend lang nicht reden«, sagte Evan.

Durch den Nebel drohte undeutlich der riesige Garten, wie von einem dieser alten englischen Herrenhäuser mit gestutzten Büschen und kleinen Pfaden zwischen einzelnen Bereichen.

»Ganz schön reich, die Mavie«, sagte Shosh.

»Ja. Ihre Mom hat einen dieser Jobs im Finanzwesen, der noch verwirrender ist, wenn sie ihn dir erklärt.« Evan räusperte sich. »Sie hat dir gesagt, dass sie auf die UCLA geht?«

Shosh nickte, und Evan sagte, dass er froh sei, dass sie da jemanden kennen würde, aber seine Worte klangen leer.

»Ich wollte es dir sagen«, sagte Shosh.

»Ich auch.«

»Das Ding ist, bevor ich dich kannte, hätte ich, glaub ich, eher nicht den Mut gehabt, mich noch mal zu bewerben.«

»Ich auch nicht.«

Die Geräusche der Party drinnen wirkten weit weg, angeberisch, als wollten sie ihnen vorführen, was sie für unbeschwerten Spaß haben *könnten*. Stattdessen starrten sie in einen nebligen Garten, der plötzlich viel zu symbolisch wirkte.

»Das mit der USC könnte immer noch ins Wasser fallen«, sagte sie.

»Wird es nicht.«

»Könnte es aber.«

»Ja, ich weiß. Aber das wird es bestimmt nicht. Und, Shosh – ich will es auch nicht.«

Sie legte den Kopf auf seine Schulter; aus dieser Nähe konnte sie seinen Geruch riechen, kein Cologne, sondern den Geruch seines Hauses, seiner Haare, seiner Evan-heit. »Es ist, als hätten wir uns in dieser merkwürdigen Zwischenzeit des Lebens gefunden«, sagte sie. »Nur, dass man normalerweise an nichts aus der Zwischenzeit festhält, also gibt es keinen Plan, was als Nächstes kommt.«

Die Logik war zum Verrücktwerden: Weil sie endlich machten, was sie wollten – und dem anderen geholfen hatten, es auch zu machen –, setzten sie ihre gemeinsame Zukunft aufs Spiel.

»Shosh.«

»Ja?«

Aber es gab nichts mehr zu sagen. Also standen sie im Nebel und wünschten sich, dass es etwas gäbe.

# EVAN

*eingekapselte Zeit*

Noch sieben Mal Budazeit.

Nicht dass irgendwer zählte.

Als ich Will zuerst von meiner bevorstehenden Abreise erzählt hatte, hatte er sich tagelang in sein Zimmer zurückgezogen. Ich hatte versucht, es ihm vorsichtig beizubringen, aber mit sieben kann ein halbes Jahr genauso gut ein ganzes Leben sein.

Im Moment beobachte ich ihn durch das Küchenfenster; er liest ein Buch unter dem Apfelbaum, ziemlich genau an der Stelle, wo wir vor all diesen Jahren die Zeitkapsel vergraben haben. Er steht auf, klopft sich Erde und Gras von der Jeans und läuft dann Selbstgespräche führend durch den Garten, und ich versuche zu erraten, welche Szene aus *E. T.* er nachspielt, während der Film zufällig schon auf dem Fernseher aufgerufen ist, damit wir ihn starten können, sobald der Typ von Jet's Pizza da ist.

Ein Teil meiner Abmachung mit Will: Bis ich fahre, gibt es

dienstagabends immer Jet's und *E. T.* Mom hat sogar Lieferung *und* Breadsticks genehmigt.

Ich kann nicht mal so tun, als wäre ich genervt, so ungenervt bin ich.

Um meinen Bruder mal nicht ganz so helikoptermäßig überzubehüten, beschließe ich, vor der Haustür auf die Pizza zu warten. Ich gucke mir auf dem Telefon eine E-Mail an, die ich so oft gelesen habe, dass ich sie eigentlich auswendig kann …

> **Headlands hat noch nie eine späte Bewerbung angenommen, da es unseren Kernideen von Gemeinschaft und Verantwortung zuwiderläuft. Aber an demselben Morgen, an dem unerwartet ein Platz frei wurde, kam auch Ihr unglaublich bewegender Text »Nach Hause telefonieren« bei uns an. Unser Team berücksichtigt ein breites Spektrum von Faktoren bei der Auswahl der Bewerber:innen, und das Schicksal gehört zwar nicht dazu, aber Bauchgefühl schon. Und deshalb freue ich mich, Ihnen mitzuteilen, dass wir beschlossen haben, Ihre Bewerbung anzunehmen und Sie für das diesjährige Programm einzuladen, unter einer Bedingung …**

Ich hatte mich beim Aufsatzthema – *schreiben Sie über ein Lieblingsbuch oder einen Lieblingsfilm und erklären Sie, was sie daran bewegt* – an Alis Rat gehalten und über *E. T.* geschrieben. Mein erster Satz war: »Mein kleiner Bruder und ich gucken nicht

*E. T.* – wir sprechen es.« Ich hatte über die Sprache von Filmen geschrieben und wie die gemeinsame Liebe zu einem Gegenstand die Verbindung zwischen den Menschen, die ihn lieben, stärker macht. Ich hatte argumentiert, dass Filme dabei nicht aktiv sind; sie hatten nichts zu melden im Leben der Leute, die sie sahen. Aber wenn Menschen sich zusammen einen Film ansahen, gingen sie die beste Art von Vertrag ein: die gemeinsame Suche nach der Geschichte. Und manchmal, schrieb ich, würde diese Suche sie für immer verbinden.

Oder so was in der Richtung.

Eigentlich weiß ich nämlich nicht so genau, was ich geschrieben habe. Ich war an dem Tag wie im Fieberwahn gewesen und hatte den Aufsatz schließlich direkt in das Online-Formular getippt. Unten auf der Seite, als ich entdeckt hatte, wo man »ergänzendes Material« hochladen konnte, war der Fieberwahn weitergegangen, und ich hatte meinen Skizzenblock genommen und gezeichnet, wie Will den Kopf aus einem riesigen Kühlschrankkarton reckte (der noch wie E. T.s Raumschiff ausstaffiert war). Ich hatte sein Zimmer gezeichnet, wie ich es immer in Erinnerung behalten werde: ein Chaos aus Stofftieren, durcheinandergewürfelten Legosteinen, verstreuten Minions und Star-Wars-Spielzeugen. Und ich hatte diese drei Worte auf die Kartonwand gezeichnet, Worte, die schließlich der Titel meines Aufsatzes wurden: *Nach Hause telefonieren.*

Es ist der letzte Teil des Zulassungsschreibens, den ich nicht kapiere.

**Während Ihres Aufenthalts möchten wir Sie zusätzlich zur Teilnahme an den regelmäßig geplanten**

Aktivitäten darum bitten, täglich eine Zeichnung zu fertigen. Den Gegenstand können Sie frei wählen, aber wir würden uns freuen, ein paar Zeichnungen der hiesigen Landschaft zu sehen. Nennen Sie es eine Künstlerresidenz. Zweifellos die erste von vielen.

Es ist nicht das erste Mal, dass jemand mich Künstler nennt. Aber ich ziehe zum ersten Mal die Möglichkeit in Betracht, dass dieser Jemand recht haben könnte.

Wieder drinnen, den Karton von Jet's in der Hand, stelle ich alles fürs Abendessen auf den Couchtisch, als ich es höre: kein Kreischen oder Brüllen, sondern ein klagender Schrei aus dem Garten. Ich laufe durch die Hintertür und entdecke Will wieder unter dem Apfelbaum, aber jetzt ist er voller Matsch, das Gesicht mit Erde und Tränen verschmiert, und als ich sehe, was er auf dem Schoß hat, stockt meine Stimme. »*Will*«, sage ich, und weil ich Zeit brauche, um mich zu sammeln, gehe ich langsam zu ihm.

»Hey, Evan.« Er sieht zu mir hoch durch Tränen und reines Licht.

»Hey, Kumpel.«

Auf seinem Schoß liegt die verrostete Zeitkapsel. »Ich hab sie ausgebuddelt«, sagt er.

»Das sehe ich.«

Er wischt sich über die Nase und verschmiert dabei den Rotz im Gesicht. »Warum gehen alle weg?«

*Atmen* ...

Einfach um zu atmen.

Um zu fühlen, dass ich existiere.

Ich falle auf die Knie, drücke seinen Kopf an meine Brust und schaukele mit ihm vor und zurück, während er weint. »Du warst noch ein Baby, als wir diesen Apfelbaum gepflanzt haben. Er hat fast sofort angefangen zu verrotten. Vielleicht war es was im Boden, vielleicht haben wir ihn nicht genug gegossen, wer weiß. Ich erinnere mich noch, wie *frustriert* Dad war. Er hat da am Fenster gestanden und hier rübergeguckt, hat den Baum nur angestarrt und gejammert, dass er nicht richtig wachsen würde. Aber er hat nie etwas deswegen unternommen. Ich hab ihn nie verstanden, schon damals nicht.«

Vorsichtig lege ich zwei Finger unter Wills Kinn, hebe sein kleines Gesicht zu meinem. »Dad ist gegangen«, sage ich. »Ich muss vielleicht wegfahren, aber ich werde niemals gehen. Ich bin immer bei dir.«

Wir umarmen uns eine Weile schweigend, und als die Tränen getrocknet sind, in der müden Geborgenheit danach, vergraben wir die Zeitkapsel wieder, ohne sie zu öffnen.

Am nächsten Morgen in der Schule rede ich mit Sara im Gang, als Ali kommt. »Hey, Leute, ich hab einen Witz für euch. Was sagt ein Hoya zum anderen?«

»Warte mal –«

Ihr Grinsen platzt aus allen Nähten, und als es schließlich durchbricht, machen wir das auch und flippen im Gang total aus, bis ein vorbeigehender Lehrer uns einen ernsteren Seitenblick zuwirft.

»Ich kann nicht glauben, dass ich ein Hoya bin«, sagt Ali.

»Was ist ein Hoya überhaupt?«, fragt Sara.

»Weiß ich nicht. Aber ich bin einer. Und hey, lass uns kein großes Ding daraus machen, okay?«

Sara und ich sind voll und ganz damit einverstanden, kein Ding draus zu machen, bis Ali endlich außer Hörweite ist und wir die wichtigste aller Fragen googeln: »Kann man bei Chili's reservieren?«

# SHOSH

*Ali Pilgrim, ich weiß nicht, was ein Hoya ist*

Der Host im Chili's starrte Evan an. »Ernsthaft?«, fragte er.

»Ja«, sagte Evan. »Wir sind eine große Gruppe, also dachte ich, es könnte 'ne gute Idee sein.«

»Okay.« Er konsultierte ein Spiralnotizbuch auf dem Ständer. »Es hat einfach noch nie jemand vorher angerufen.«

»Wahrscheinlich, weil das Chili's keine Reservierungen annimmt, also ...«

Balding kniff die Augen zusammen. »Du wolltest im Chili's reservieren?«

»Bro —« Yurt tippte Evan auf die Schulter. »Kennst du das Chili's?«

»Ja, Bro«, sagte Sara. (Seit sie Yurt bei der Oscar-Party getackle-küsst hatte, war *sie* immer einen Schritt hinter *ihm*.)

»Ich finde es süß«, sagte Shosh, was Mavie auch fand, woraufhin Evan sagte: »Es ist nicht *süß*. Es ist Alis besonderer Tag. Ich wollte sichergehen, dass für alle Platz ist.«

Der Host, der diesem kleinen Beiseite gelauscht hatte,

machte eine langsame halbe Drehung zum größtenteils leeren Gastraum.

Ein entferntes Husten ...

Das Klirren von Gläsern ...

»Ich denke, wir können Sie alle unterbringen«, sagte er, nahm einen Stapel Speisekarten und bedeutete ihnen, ihm zu folgen.

»Moment mal – was habt ihr alle in der Hand?«, fragte Ali. Alle außer ihr hatten eine Geschenktüte dabei.

»Bitte sagt mir, dass ihr keine Geschenke mitgebracht habt.«

»Wir haben keine Geschenke mitgebracht«, sagte Evan.

Shosh nahm seine Hand, als sie durch das Restaurant gingen. Sie merkte, dass sie ein bisschen anhänglich war, teils wegen seiner neuerlich bewiesenen Zwanghaftigkeit – einer Eigenschaft, die sie überraschend niedlich fand –, teils, weil ihre Zukunft so in der Luft hing, aber vor allem wegen der Erinnerung an das letzte Mal, als sie hier gewesen war, als sie ihn und Will zufällig vor den Klos getroffen hatte. Vielleicht nicht ihr bester Moment, aber es hatte etwas Unwiderstehliches, etwas irgendwie Zärtliches, an die ersten Orte einer gemeinsamen Geschichte zurückzukehren.

Ohne Umschweife schob der Host zwei Tische zusammen, wünschte ihnen »ein wunderbares Esserlebnis«, und verschwand.

»Bin nur ich es«, fragte Ali, »oder ist dieser Typ ein bisschen in uns verliebt?«

Nachdem ihre Kellnerin gekommen war (Gott sei Dank nicht der Kellner von Shoshs letztem Mal) und alle bestellt hatten, stand Evan auf und schlug mit dem Löffel an sein Glas.

»Wie ihr alle wisst, sind wir heute hier, um die unvergleichliche Ali Pilgrim zu feiern.«

»Hört, hört!«

»Man kann sie mit nichts vergleichen!«

Evan holperte durch die Rede, die er vorbereitet hatte, schaffte es kaum bis ans Ende, ohne zu heulen, und als er fertig war, hoben alle die Gläser und prosteten Ali zu. Und da alle vorher von Evan Instruktionen bekommen hatten, stellten sie zu diesem Zeitpunkt ihre Tüten auf den Tisch.

»Was ist hier los?«, fragte Ali.

Evan nickte Shosh zu, dass sie anfangen solle; sie stand auf, sah Ali direkt an und räusperte sich. »Ich muss zugeben, dass ich wirklich nervös war, als ich dich kennengelernt habe. Aber du warst so nett zu mir, warst genau so großartig, wie alle gesagt hatten, und ich bin froh, dich als Freundin zu haben. Ali Pilgrim, ich weiß nicht, was ein Hoya ist, aber ich überreiche dir demütig diese Flasche mit sehr billigem Wodka« – Shosh holte eine Flasche Wodka aus ihrer Tüte, und – »und ein Päckchen rotes Brausepulver, als Dinge, Die Hoyas Sein Könnten. Möge dein Becher in Georgetown überfließen mit Red Drink.«

Der Tisch applaudierte, als Ali aufstand und Shosh umarmte.

»Balding, du bist dran«, sagte Evan.

Balding stand auf, und sobald sie anfing zu reden, war klar, dass sie kurz vorm Heulen war. Sie erzählte eine Geschichte aus der achten Klasse, als sie sich gerade vor Familie und Freunden geoutet hatte und jemand mit Edding die Klowände beschmiert und sie übel beschimpft hatte. Dann holte sie eine Farbdose und einen Pinsel aus ihrer Tüte, und in dem Moment brachen Ali und Balding beide in Tränen aus. »Ali Pilgrim, ich weiß nicht, was ein Hoya ist« – und jetzt lachten beide unter Tränen – »aber ich überreiche dir demütig diese Farbdose und diesen Pinsel als Dinge, Die Hoyas Sein Könnten.« Eine Pause, als Balding sich die Augen abwischte. »Wenn irgendjemand in Georgetown scheiße zu dir ist – übermal es, wie du es für mich gemacht hast.«

Es war nicht die letzte tränenreiche Umarmung des Abends. In Mavies Tüte war eine einzelne Karteikarte – »Ali Pilgrim, ich weiß nicht, was ein Hoya ist«, sagte sie, »aber ich überreiche dir demütig das Chocolate-Chip-Cookie-Rezept meiner Großmutter, wegen dem du mich schon ewig nervst, als ein Ding, Das Ein Hoya Sein Könnte.« Sara holte ein signiertes, gerahmtes Foto von Daniel Levy aus ihrer Tüte – »Ich überreiche dir demütig dieses mit einem Autogramm versehene Porträt von David Rose als ein Ding, Das Ein Hoya Sein Könnte.« Yurts Tüte war voller DVDs – »Ich überreiche dir demütig alle elf Staffeln von *Akte X* und beide Filme, yo, als Dinge, Die Hoyas Sein Könnten. Ich weiß, man kann die streamen, aber die nehmen jeden Monat Sachen runter, und die Wahrheit ist *immer* irgendwo da draußen.«

Als Evan dran war, der schon eine Rede gehalten hatte, sagte er: »Ich weiß nicht, was ein Hoya ist, Ali Pilgrim, aber ich überreiche dir demütig die folgenden drei Gegenstände als Dinge, Die Hoyas Sein Könnten. Zuerst –« Er holte einen gestrickten Schal aus der Tüte. »Da ich nie mit Mom ins Krankenhaus durfte, hatte ich keine Ahnung, aber offensichtlich gab es viele Wartezimmer, und sie hat die Zeit genutzt, um dir den zu stricken.« Als er den Schal ausgebreitet hochhielt, stand da: EHRENTAFT.

Gerade als es so ausgesehen hatte, als wäre Ali fertig mit Heulen, bewies sie allen das Gegenteil. Sie wischte sich über die Augen, nahm den Schal und wickelte ihn sich um den Hals.

»Zweitens«, sagte Evan, und als er einen kleinen Stapel zusammengetackerter Blätter herausnahm, wussten alle, dass *das* der wahre Preis war. »Ein Will-Taft-Comic mit dem Titel *Oh ja, es ist ein Hoya* —«

»*Nein.*«

»Oh doch. Und zuletzt mein Geschenk … darauf musst du aber warten. Bis nach dem Essen.«

»Es ist ein Katamarangutan, oder?«

»Das wüsstest du wohl gern.«

»Es ist ein Katamarangutan.«

»Wie soll das überhaupt gehen?«

Als ihre Bestellungen kamen, fingen alle an zu essen, und Shosh empfand etwas, das sie nicht richtig benennen konnte. War es *Zufriedenheit?* Glück im Jetzt, wenn auch mit leichter Angst vor der Zukunft? Was es auch war, sie wollte es weiter fühlen.

»Entschuldigen Sie.« Sie winkte ihrer Kellnerin, die gerade alt genug war, um ihre Jugend *beweisen* zu wollen, und deren Blick den ganzen Abend mit einer gewissen Sehnsucht auf ihrem Tisch geruht hatte. Shosh senkte die Stimme, nur ein scherzhaftes Geplauder unter Mädchen. »Könnte ich eine Tropical Sunrise Margarita kriegen? Die große, bitte.«

Mit einem Augenzwinkern und einem Nicken verschwand die Kellnerin.

# EVAN

## *Kids in Parks*

Im Gegensatz zum Willow Seed Park ist dieser auf dem neuesten Stand der Technik: neue Spielgeräte, ein Basketballplatz, ein Pavillon mit Grills. Obwohl Ali und ich beide seit dem letzten Jahr nicht hier gewesen waren – die schicksalhafte Nacht von Heathers Party –, wissen wir genau, wo wir hingehen, als wir aus dem Auto steigen.

»Wie fühlst du dich?«, fragt Ali.

»Ich bin in der Blüte meines Lebens. Warum fragst du?«

»Nur um sicherzugehen, dass dein Magen nicht grade die Eier deiner Kehle anvisiert.«

Am Gebüsch blicke ich zu dem Baum hoch, wo alles anfing: Er ist kleiner als in meiner Erinnerung, und kein Vogel ist in Sicht. »Also«, sage ich. »Du fragst dich wahrscheinlich, warum wir hier sind.«

»Ist Nostalgie kein Grund?«

Ich zeige auf den Boden, wo zwischen den größeren Sträuchern ein neuer gepflanzt wurde. »Ali Pilgrim, ich weiß nicht, was ein Hoya ist, aber ich überreiche dir demütig diese Alpen-Johannisbeere als ein Ding, Das Ein Hoya Sein Könnte.«

»Was?« Ali bückt sich und inspiziert die kleine, von frischer Erde umgebene Pflanze.

»Mom und ich haben sie heute Nachmittag eingepflanzt. Die Alpen-Johannisbeere ist ein sehr robuster Strauch.«

»Ach, wirklich?«

»Sagt jedenfalls der Gartenmann im Baumarkt. Wenn sie den ersten Winter überlebt, hast du es geschafft.«

»Das ist gut.«

»Wir nennen sie kurz ›Ali‹.«

Niemand umarmt fester als Ali und mit so viel *umpf*. »Danke für den Strauch«, sagt sie, und ich sage »Gern geschehen«, und eine Pflanze scheint zwar eine dumme Art, um jemandem für ewige Freundschaft zu danken, aber wie sonst sollte ein Mensch sich für so etwas erkenntlich zeigen? Weißt du das, Ali? Bitte sag ja, denn ich habe nur diese Umarmung und diesen Strauch.

»Niemand versteht uns wirklich, oder?«, sage ich.

»Nein. Aber für mich ist das okay.«

Ali setzt sich ein bisschen zu dem Strauch, der ihren Namen trägt, und führt ihn in die wichtigen Dinge des Lebens ein: »Und am Ende von Staffel Sieben *steigt Duchovny aus der Serie aus*. Ich muss dir wohl nicht sagen, wie scheiße die Serie dann war.«

Irgendwann gehen wir wieder zum Auto, und ganz nebenbei fragt Ali, ob ich in Shosh verliebt bin, und ich sage: »Ich glaube ... ja? Ja, nein, das bin ich auf jeden Fall.«

Sie lächelt. »Wenn du Nein gesagt hättest, hätte ich dich bodyslammen müssen.«

»Das ist ziemlich unsportlich.«

»Du weißt, ich hab's nicht gern, wenn man mich anlügt.«

Ich sage »Klar«, aber eigentlich frage ich mich, ob ich je wieder eine Freundin haben werde, die mich besser kennt als ich mich selbst.

Wir steigen ins Auto; ich mache den Motor an.

»Na dann«, sagt sie.

»Jepp.«

»Ihr seid ziemlich am Arsch.«

»Das fasst es ziemlich gut zusammen.«

Ali nickt. »Du könntest nach LA gehen.«

Ich muss nicht mal antworten. Nicht nur hat Shosh mich nicht gefragt, selbst wenn sie es täte, habe ich schon ein LA, und es heißt Glacier Bay.

»Was willst du tun?«, fragt Ali.

»Die Wahrheit?«

»Ja.«

»Ich habe keine Ahnung.«

# SHOSH

*die schlimmste Szene in jedem Tierfilm*

Ihr Gehirn war eine Sonne, die immer aufging.
Und das war der Grund.
Dieses Gefühl. So loslassen zu können.
Nicht nur alles zu fühlen, sondern das meiste von allem zu fühlen.
Deshalb hatte sie es vermisst.
»Hey, ich mache mir Sorgen um dich.«
Vor dem Fenster fuhren so viele Autos vorbei, all diese Leute, wer waren diese Leute?
»Du bist zu gut für diese Welt, Ruth Hamish.«
»Hör zu, ich bring dich einfach nach Hause, okay?«
»*Nein.* Mach das nicht. Bitte.«
»Shosh. Süße. Dir steht fast alles gut, aber *verzweifelt* geht echt bei niemandem.«
»Ich bin nicht verzweifelt.«
»Als ich das letzte Mal nachgesehen habe, war's praktisch die

Definition von verzweifelt, sturzbetrunken nach Mitternacht bei einem Typ aufzutauchen.«

Auf irgendeiner Ebene wusste sie, dass Ruth recht hatte. Aber die Sonne in ihrem Gehirn war so hell, ihre Wahrheit übertönte alles andere.

Am Ende war Ruth mit fünf Minuten bei Evan einverstanden, aber sie würde warten, und Shosh danach sofort nach Hause fahren. »Und *nicht* klingeln«, sagte Ruth. »Wenn du den kleinen Jungen weckst, macht seine Mutter dich fertig.«

Gerade hatte sie entschieden, Steine gegen das Fenster im ersten Stock zu werfen, als Evan endlich auf ihre Nachricht antwortete. Ich bin gleich unten.

Erst als er in Schlafanzughose und mit wild abstehenden Haaren die Tür aufmachte und sich die Augen rieb, begriff Shosh, dass Ruths Sonne heller war als ihre: Sie hätte auf ihre Freundin hören sollen.

»Geht's dir gut?«, fragte Evan.

Shosh zeigte auf sein Gesicht. »Eine vernünftige Frage von einem vernünftigen Jungen.«

Evan warf einen Blick über die Schulter hinter sich, dann trat er zu ihr auf die Veranda und zog leise die Tür hinter sich zu.

»Ich trenne mich von dir«, sagte sie.

»Shosh —«

Sie tippte ihm mit der flachen Hand auf die Schulter, als würde sie ihn zum Ritter schlagen. »Ich werde mich von euch trennen.«

»Du bist betrunken.«

»Nicht ... sehr.«

»Wie bist du hergekommen?«

Sie zeigte auf die Straße, wo Ruth, eindeutig besorgt, neben ihrem Auto stand.

»Wo warst du nach dem Chili's?«, fragte Evan.

»Wo warst *du* nach dem Chili's?«

»Ich war mit Ali im Park. Das weißt du, wir haben drüber geredet.«

»Stimmt, Parkjunge. Nun, ich war mit Sara und Yurt in einer Bar.«

»Okay.«

»Ich war früher oft in Bars. Ich weiß, in welche man reinkommt.« Sie stupste ihn gegen die Schulter. »Siehst du? Du weißt nicht alles über mich.«

Das war der Teil, den sie immer vergaß. Der Teil, der auf der anderen Seite des Durstes lag. Der Teil von sich selbst, den sie verlor, wenn sie losließ. Und vielleicht fühlte sie wirklich für eine Weile alles, aber alles hieß *wirklich alles*, auch das, wofür ein Mensch nicht gemacht war.

Die Sonne, die aufging, war auch die Sonne, die unterging. Das vergaß sie immer.

»Fahr nach Hause, Shosh.«

»Es ist genau wie diese Szenen in Tierfilmen. In Tierfilmen gibt's am Ende *immer* so eine Szene. Irgendein Hund, der befreit werden muss, oder – ein blödes Pferd, das in die Wildnis zurücksoll, aber es ist nur ein *Tier*, Evan. Es versteht das nicht. Es weiß nur, dass es seinen Besitzer liebt, und dann kommt *diese Szene*, wo der Besitzer den Hund anschreien muss, damit er wegrennt. Und wir sollen glauben, dass es edel ist, denn wie sonst soll das Tier endlich frei sein. Aber es ist nicht edel, es ist nur *gemein*.«

Ein tiefes Schluchzen kam aus dem Nichts heraufgeblubbert, und Shosh weinte jetzt, und Evan legte die Arme um sie, und dann umarmten sie sich auf der Veranda.

»Oh mein Gott, was stimmt nicht mit mir?«

»Du bist schon okay«, sagte Evan.

»Es tut mir so leid.«

»Es ist okay.« Er führte sie die Stufen hinunter Richtung Auto.

»Ich will mich nicht trennen«, sagte sie.

»Ich auch nicht«, flüsterte er und nickte Ruth zu.

»Oh Gott, ich kann nicht glauben, dass ich dir Steine ans Fenster werfen wollte. Und dann hab ich dich einen Hund genannt.«

»Okay, das – ist nicht so, wie ich die Geschichte interpretiert hab.«

Evan half ihr auf den Rücksitz von Ruths Wagen, und sie fuhr das Seitenfenster runter und entschuldigte sich weiter. »Es tut mir sooo leid, Evan.«

Er tätschelte ihr sanft den Kopf, dann wandte er sich an Ruth. »Bringst du sie nach Hause?«

»Scheißt der Bär in den Wald?«

Evan kniff die Augen zusammen. »Das weiß ich nicht.«

»Nun, die Antwort ist Ja. Und ich bring sie nach Hause.«

»Danke. Und hey – für die Freundin des Sohns der Freundin meines Dads bist du echt in Ordnung.«

Shosh lachte leise im Auto, die Augen halb geschlossen, das Kinn auf das offene Fenster gestützt. »Das waren *sehr* viele Worte, nur dass du's weißt.«

Ruth lächelte Evan an. »Wir können befreundet sein, Evan Taft. Nur verlieb dich nicht in mich.«

»Oh mein Gott«, sagte Shosh, »*niemand hört mir zu.*«

Evan ignorierte sie und lächelte Ruth an. »Wenn ich mich in dich verlieben würde, würde das aus mir den Freund der Freundin des Sohns der Freundin meines Dads machen.«

»Ganz schön fucking eingebildet, Ev. Wer hat gesagt, ich würde das erwidern?«

»Hey!«, sagte Shosh. »Ich verlange, dass man mich *ernst* nimmt.«

Ruth drehte sich zu Shosh um und fuhr das Fenster hoch. »Tja, dann solltest du wohl besser aufhören zu reden.«

Empört und mit der Absicht, ihnen das auch zu zeigen, schlug Shosh mit der flachen Hand auf die hochfahrende Scheibe und wollte noch etwas schreien, aber ihre Sonne war fast ganz untergegangen, und sie war so müde, müde genug, um gleich da auf dem Rücksitz von Ruths Wagen einzuschlafen –

Spät am nächsten Morgen nach drei Paracetamol, zwei Tassen Kaffee und einer guten Stunde ins Nichts starren nahm Shosh ihr Telefon und rief jemanden an, dem sie bisher nur Nachrichten geschrieben hatte, den sie aber schon oft hatte anrufen wollen.

»Hey, Sho.«

»Hey, Mavie. Hast du kurz Zeit? Ich hab Fragen.«

# EVAN

*stolze frohe traurige Liebe*

Ich sitze seit inzwischen zwei Stunden in derselben Haltung, als endlich der Text von Mom kommt: Fast zu Hause Ausrufezeichen Spracherkennung Punkt sorry wenn das komisch ankommt, Smiley Smiley Herz

»Evan.«

»Sorry.« Ich lege das Telefon weg.

»Schon okay«, sagt Will. »In dem Buch steht, dass ich Geduld haben soll mit Leuten, die zum ersten Mal Modell sitzen.« Dann guckt er, als wäre ihm gerade ein Gedanke gekommen. »Hast du das schon mal gemacht?«

»Nope. Erstes Mal.«

Er nickt wie ein gelangweilter Profi. »Ja, das sieht man.«

Gestern ist Will mit einer Idee aus der Schule nach Hause gekommen. Im Kunstunterricht haben sie darüber geredet, dass die Leute sich früher, vor der Fotografie, malen lassen mussten, wenn sie ein Porträt für Freunde, Familie, die Nachwelt oder was auch immer haben wollten. Und angesichts meiner bevorstehenden Abreise dachte er, dass er gern ein Porträt von mir hätte. »Zur Erinnerung«, sagte er, als wären sechs Monate in Alaska gleichbedeutend damit, auf unbestimmte Zeit in den Weltraum geschossen zu werden. Leider meinte er es ernst, und ich war dabei.

»Vielleicht werde ich eines Tages so ein guter Künstler wie du«, sagt er.

Bevor ich mir überlegen kann, was ich darauf antworten soll, summt mein Telefon wieder, und es ist nicht, dass ich den Zorn von William, dem Aufstrebenden Künstler nicht fürchte, aber ich muss unbedingt wissen, wie der Stand bei Mom ist. »Hey, Kumpel? Können wir eine Pinkelpause machen?«

Er stellt den Alarm auf seiner Uhr. »Zwei Minuten.«

Im Bad schließe ich die Tür ab, aber als ich das Telefon raushole, ist die Nachricht gar nicht von Mom.

> Shosh: Hallo. Hi. Guten Morgen.
> Das mit gestern Nacht tut mir wirklich leid
> Nicht dass es das wiedergutmacht, aber
> Auch wenn es wie ein Klischee klingt, sollst du wissen
> Ich glaub, ich habe ein Problem
> Ich hole mir Hilfe
> Und es tut mir wirklich leid

Bevor ich antworten kann, textet Mom: WIR SIND DA. In der Einfahrt, bereit, wenn du es bist. Ahnt W etwas???

Komplett überfordert antworte ich Mom: Nein, nichts!! Eine Minute, wir kommen gleich.

Wieder in Shoshs Thread lese ich ihre Texte noch einmal, und es ist einer dieser Momente, in der die Sprache zu kurz greift. Ich bin stolz, ja, aber das Wort impliziert gewisse Eigentumsrechte an einer Sache, und die habe ich nicht. Ich bin froh, dass sie daran arbeitet, aber auch traurig, dass sie daran arbeiten muss, und obendrein, obwohl wir eigentlich noch nicht *Ich liebe dich* gesagt haben, wollte ich es ihr aus irgendeinem Grund nie mehr sagen als in diesem Moment.

Stolze frohe traurige Liebe.

Wir brauchen ein Wort dafür.

Stattdessen geh ich zu allen sieben Nachrichten und mache Herzen dran, schreibe, dass ich ihre Entschuldigung annehme und dass ich für sie da bin, egal, was sie braucht.

Zurück in Wills Zimmer sitzt er im Schneidersitz auf einem Hocker, stützt das Kinn auf die Hand und betrachtet seine Zeichnung wie so ein Pariser Künstler im Louvre. »Bereit?«, fragt er.

»Kannst du vielleicht kurz mit rauskommen? Ich muss dir was zeigen.«

»Was denn?«

»Du wirst schon sehen«, sage ich, und er macht jetzt dieses total neugierige Gesicht, als könnte er das Rätsel, das draußen wartet, vielleicht schon lösen, bevor wir hinkommen.

Im Nu sind wir die Treppe runter, und als er auf die Hintertür zusteuert, sage ich: »Vorne raus«, und jetzt ist er so richtig neugierig. Ich gehe vor und stelle mich so hin, dass ich sein Gesicht sehen kann. Und wirklich, sobald er nach draußen kommt, fängt er an zu strahlen wie der Polarstern, seine Miene ist eine Mischung aus Schock und Freude und Verwirrung, und ich frage mich, wie oft mich die Sprache heute noch im Stich lassen wird.

Der Hund sieht genauso aus wie das Bild auf der Webseite des Tierheims. Er ist mittelgroß, dunkelbraun, irgendein Jagdhundmischling, und man sieht gleich, wie verspielt er ist.

»Was meinst du?«, fragt Mom strahlend und versucht, den Hund an der Leine zu halten, aber der läuft überall herum.

Will steht einfach nur auf der Veranda und starrt ihn mit Schock Freude Verwirrung an. »Darf ich den behalten?«, fragt er und tritt damit ahnungslos einem Club von Kindern auf der ganzen Welt bei.

»Er ist für dich! Na ja – für uns.« Mom kommt zu uns und zieht den Hund sanft mit. »Er heißt Abraham Lincoln, aber er ist noch ziemlich jung, und die haben gesagt, wir könnten das wahrscheinlich ändern, wenn wir wollen.«

Es gibt Momente im Leben, die niemand von uns verdient: Hochzeiten, Geburten, Liebende, die nach Jahren der Trennung wieder vereint werden. Aber ich glaube, die spektakulärsten unverdienten Momente schleichen sich durch die Hintertür, wenn wir sie am wenigsten erwarten.

Der Moment, in dem Will und der Hund aufeinandertreffen, wird für den Rest meines Lebens in mein Gehirn eingebrannt sein, eine Vision von zwei wandernden Seelen, die sich finden. Als sie zusammen über den Boden rollen und sich in der Freude des anderen verlieren, sehen Mom und ich uns an, und sie lächelt, und ich weiß, dass unsere Familie es schaffen wird.

Will nennt den Hund Elliott.

# OSLO

*2109*

Eivin widmete sein Leben zwei Dingen: einer überaus bedürftigen Sibirischen Katze namens Yuri und einer Arbeit, die mehr Stunden täglich in Anspruch nahm, als dem schnurrenden Yuri lieb war. Aber Eivin war nicht einsam, oder jedenfalls dachte er das nicht. Er war ganz einfach gelangweilt von jedem, den er kennenlernte. Er ging auf Dates, nur um seinen Geist zu dem Stapel Kunstbücher wandern zu lassen, der auf seinem Nachtschrank wartete, zu dem warmen Bad, das er sich später einlassen würde, und er war sich nicht sicher, was trauriger war: dass er fast jeden Abend allein nach Hause ging oder dass er sich darüber freute.

Wenn die Jugend eine Leiter war, dann klammerte Eivin sich mit aller Kraft an die unterste Sprosse. Er war in einem Alter, in dem die Hochzeit eines Freunds zur Hochzeit von fünf Freunden wurde, und sein Leben kam ihm plötzlich vor wie ein Fest der Liebe von anderen. Als diese Zeit endete, fing die Zeit der Babys an, Familien wuchsen praktisch in Würfen, und bald schon waren die Leben seiner Freunde mit der Verheißung der Zukunft erfüllt; auf diesem Zeitstrahl war Eivin Geschichte.

Vor allem malte er gern. Nur für sich selbst, nichts zu Schwieriges. Klare Nächte waren selten, aber wenn die Sterne sich zeigten, trug Eivin seine Staffelei nach hinten auf die Terrasse und malte dort den Sternenhimmel, während Yuri ihm um die Beine strich. Und manchmal – ganz gelegentlich – fragte er sich, ob er seine Chance auf Liebe verpasst hatte.

Als Kind hatte Søl von nichts als dem Weltraum geträumt. Als Teenager hatte sie nur den Weltraum studiert, und als Erwachsene hatte sie sich dem strengen Training der Kosmonauten in der Norwegischen Raumfahrtbehörde unterzogen. So brennend war ihr Wunsch nach interstellaren Reisen, dass sie ihre Mitmenschen kaum beachtete und den Grundgedanken der Liebe nutzlos fand. Aber jetzt – nach den ersten hundert Tagen eines dreihunderttägigen Soloflugs an Bord der norwegischen Raumstation *NIMA II* – war das, was als ein Riss in ihrer Psyche angefangen hatte, ein klaffender Abgrund, den sie nicht länger ignorieren konnte: Søl war fürchterlich allein. Wenn sie keine biologischen Forschungen betrieb, schlief, aß oder Sport trieb, verbrachte sie ihre Zeit am Stationsfenster und sang Lieder aus ihrer Kindheit, nur um eine menschliche Stimme zu hören. Beim Singen blickte sie in das kalte Vakuum des Raums und zu der rotierenden blauen Kugel, die zu verlassen sie sich so gesehnt hatte, und manchmal – ganz gelegentlich – fragte sie sich, ob sie ihre Chance auf Liebe verpasst hatte.

Alles erzählt eine Geschichte. Die Welt spricht von Bewegung und Geheimnis: Wir rasen durch den Kosmos und empfinden Stillstand; wir sind umgeben von Menschen und empfinden Langeweile; wir sind nur flüchtige Nebenhandlungen im Seemannsgarn des Universums.

Aber auch Nebenhandlungen erzählen eine Geschichte.

An ihrem 101sten Tag allein im Weltraum sang Søl an ihrem Fenster, als sie etwas Merkwürdiges sah: eine Reihe von schwebenden Lichtern, die angeordnet in Form eines riesigen Sechsecks durch die Weite trieben. Zuerst hielt sie es für eine optische Täuschung, als würde der Sonnenaufgang im Orbit mit ihrer Wahrnehmung spielen, aber nein, da war es, ein gewaltiges Sechseck, jedes Licht pulsierte synchron im Takt bei seinem Flug durch den Raum – es wurde dunkler, dann heller; dunkler, dann heller – *wie schlagende Flügel*, dachte sie. Ihrer besten Schätzung nach war das Sechseck zwischen dreißig und fünfzig Meter groß, etwa wie ein zehn- bis fünfzehnstöckiges Gebäude. Später fiel ihr das Offensichtliche ein – dass sie sofort die Bordkamera hätte holen sollen –, aber im Moment konnte sie nur staunen.

Während Søl dort fasziniert im Weltraum stand, stand Eivin bei der Arbeit in der Toilette und betrachtete im Spiegel seine Augen. Er hatte schon Migräne gehabt, aber das war neu: Vor wenigen Minuten war eine Aura in seinem Gesichtsfeld erschienen. Der Schmerz war nur leicht, aber die Aura war extrem verwirrend – auf dem linken Auge konnte er kaum etwas sehen. Er spritzte sich Wasser ins Gesicht und ging in der Hoffnung, dass das irgendwann von selbst verschwinden würde, zu seinem Platz zurück, wo eine holografische Transmission von der *NIMA II* signalisiert wurde.

Søl wartete bei der Holo-Cam und hoffte verzweifelt, dass jemand im NOSA-Kontrollzentrum bestätigen würde, was sie gesehen hatte. Als endlich ein Raumfluglotse antwortete, beschrieb sie detailliert das Sechseck aus Lichtern, und er bat sie ruhig, alles zu wiederholen.

An seinem Schreibtisch in Oslo lauschte Eivin in verblüfftem Schweigen, wie diese Kosmonautin in der niedrigen Erdumlaufbahn perfekt seine momentane Aura beschrieb.

Alles erzählt eine Geschichte. Manche benutzen einfache Mechanik: Dieses *eine* ist mit diesem *anderen* verbunden, um dieses *dritte* zu erzeugen. Aber Geschichten sind bekanntermaßen unzuverlässige Maschinen, und als Søl von höheren Stellen gebeten wurde zu beweisen, was sie gesehen hatte, konnte sie ihnen weder das eine noch das andere *noch* das dritte liefern. Was die Maschinen im NOSA-Kontrollzentrum anging, hatte keine das angebliche »Sechseck aus Lichtern« registriert, und so, mit nichts als der Aussage einer einzigen Kosmonautin – deren seelisches Gleichgewicht jetzt entschieden angezweifelt wurde –, wurde der Bericht als nicht nachweisbar ignoriert. Sogar Søl hätte vielleicht infrage gestellt, was sie gesehen hatte, wären da nicht die drei Wörter gewesen, die sie an jenem Tag aus dem Kontrollzentrum gehört hatte: »Jeg tror deg«, hatte Eivin gesagt. Ruhig, bestimmt, endgültig.

*Ich glaube dir.*

An den folgenden zweihundert Tagen redeten der Raumfluglotse und die Kosmonautin, so oft sie konnten. Sie war ein bisschen älter als er, hatte immer gewusst, was sie wollte; er war jünger und wusste nur, was er nicht wollte. Sie zählte die Stunden zwischen den Transmissionen; er war ihr Bezug zur

Realität, der einzige Mensch, mit dem sie sich je eine Verbindung gewünscht hatte. An seinen freien Tagen erfand er Entschuldigungen, um zur Arbeit zu kommen; sie war der einzige Mensch, dessen Gesellschaft er einem guten Buch in einer warmen Badewanne vorzog.

Nachts auf seiner Terrasse, mit Yuri zu seinen Füßen, arbeitete Eivin an einer Gemäldeserie mit dem Titel *Ich Werde Dich Finden*. Es waren alles Variationen eines Themas: die durch den Raum fliegende *NIMA II* mit Søl, die aus einem kleinen Fenster hinausspähte, als würde sie in den unendlichen Weiten nach Eivin suchen. Und in diesen Augenblicken wanderte Eivin im Geist über die Wege ihrer möglichen gemeinsamen Zukünfte: die Kinder, die Jahre, die Yuris. Er stellte sie sich auf Partys vor, wo sie erzählten, wie sie sich kennengelernt hatten. Die erste Liebe, die wirklich in den Sternen stand, würden sie sagen, und ihre Freunde würden sie für die glücklichsten Menschen auf der Erde halten.

Hinter dem Fenster der *NIMA II* blickte Søl auf die rotierende blaue Kugel und dachte an den, der ihr dort unten glaubte. Sie sang Lieder über die Vergangenheit, über die Türen, durch die sie beide gegangen waren und die sie zusammengeführt hatten, und aus Gründen, die sie nicht erklären konnte – entweder lag es an dem dunstigen blauen Leuchten des Planeten oder einem Glauben ans Absurde –, klang ihr eine leere Phrase im Kopf wie eine Glocke: »*Jeg tror på blå*«, sang sie immer und immer wieder. *Ich glaube an Blau.*

## TEIL SIEBEN

## CODA

# SHOSH

*Geburtßtag*

Charlie zufolge war das Motto seiner vierten Geburtstagsfeier »ßtar Warß«, und es war total niedlich, weil er darauf bestand, alle ankommenden Gäste in eindringlichem Flüsterton darüber zu informieren, als würden die Todessternluftballons, Lichtschwertluftschlangen und C-3PO-Kuchen es ihnen nicht ohnehin verraten.

Geburtstage – und Star Wars – erforderten eben eine gewisse Ernsthaftigkeit.

Als Shosh an dem Tag ankam, rannte Charlie zu ihr und umarmte sie. »Ich hab *Geburtßtag, ßoß*«, sagte er, das Kinn gesenkt, die Stirn gerunzelt.

»Ich *weiß*«, sagte Shosh und gab sich wirklich Mühe, so ernst zu gucken wie er. »Und deshalb habe ich dir das hier mitgebracht.« Sie hielt ihm ein mittelgroßes Geschenk hin; Eindringlichkeit schmolz zu Freude, als Charlie es nahm, sich umdrehte und ins Wohnzimmer rannte.

Shosh zog ihren Mantel aus, hängte ihn an die Garderobe

und fand Ms Clark in der Küche mit einem Haufen niedlich guckender Kinder und müde guckender Eltern, von denen sie keinen kannte. Für einen flüchtigen Moment sehnte sie sich nach ihrem getreuen Flachmann. Aber sie war jetzt ein anderer Mensch oder versuchte wenigstens, es zu sein. Also ging sie auf den »Geburtßtag« eines Kindes, das wahrscheinlich früher in der Lage sein würde, einen dreifachen Axel zu springen, als ihren Namen richtig auszusprechen.

»Du bist gekommen!«, sagte Ms Clark und zog Shosh in die beste Umarmung. Und einfach so begrüßte die Gruppe – vor allem Freunde aus der Nachbarschaft und Familien aus Charlies Vorschule – sie in ihrer Mitte. Es erinnerte sie an Alis Weihnachtsparty: Freundschaft durch Übertragung. Alle hier liebten Charlie und Ms Clark, und also liebten sich alle hier gegenseitig.

Die meiste Zeit der Party blieb Shosh für sich und freute sich einfach nur, da zu sein. Irgendwann holte Ms Clark irgendwo eine Gitarre her und überreichte sie Shosh, die so tat, als hätte sie nichts geahnt. In Wirklichkeit hatte sie ein bisschen was vorbereitet – einen »Happy Birthday«-Remix zur Melodie des »Imperial March«, der richtig gut ankam.

»Noch mal! Noch mal, Tante ßoß!«

Also spielte Shosh es noch mal, und die Kids drehten durch.

Später, nachdem der Kuchen aufgeschnitten und serviert worden war, stand Shosh in einer Ecke der Küche mit Ms Clark. Plötzlich musste sie an den Tag auf dem Polizeirevier zurückdenken, als sie mit Ms Clark und Charlie gefacetimet hatte, die genau in diesem Raum gebacken hatten. Damals hatte sie sich danach gesehnt, ein Teil dieser wunderschönen kleinen Familie zu sein, und erst jetzt kam ihr der Gedanke, dass sie das auf eine Weise sogar war.

»Danke«, sagte sie und fragte sich, wie sie dieser Frau, die Shoshs Leben auf so grundlegende Art verändert hatte, jemals etwas zurückgeben könnte. »Für alles.«

Ms Clark drehte sich von der betriebsamen Küche zu Shosh um. »Du wirst sie alle an die Wand spielen, Mädchen. Ich kann es kaum erwarten.«

Nach dem Kuchen wurde verkündet, dass jetzt Zeit für die Geschenke war, woraufhin die Kids abgingen wie eine Konfettikanone. Während Charlie Pakete auspackte und Tüten aufmachte, saß Ms Clark neben ihm und las jedes Etikett laut vor, damit Charlie wusste, bei wem er sich bedanken musste. Shosh stand ziemlich weit hinten, ihr Gesicht tat schon weh vom vielen Lächeln.

»Mal sehen«, sagte Ms Clark, als sie zu dem Geschenk kamen, das Shosh mitgebracht hatte. »Das ist von Tante Shosh.«

Noch bevor er es aufmachte, sagte Charlie: »Dankeßön, Tante ßoß«, und der ganze Raum kicherte.

Während er das Paket auspackte, lächelte Shosh weiter, um die Tränen zu unterdrücken, von denen sie wusste, dass sie irgendwann gewinnen würden. »Das erste ist ein bisschen komisch«, sagte sie, und sobald Charlie die Platte herausholte, hielt sich Ms Clark die Hand vor den Mund.

»Waß iß daß?«, fragte Charlie und gab sie seiner Mutter.

Ms Clark lächelte und schluckte. »Es ist eine Schallplatte,

Schatz. Von einer Band, die Beach Boys heißt.« Aber Charlies Aufmerksamkeit war schon auf das zweite Geschenk in der Schachtel gelenkt.

»Eine Gitarre!«, sagte er und holte die Ukulele heraus.

Stevie hatte nie gelernt zu spielen, nicht wirklich. Aber das hatte sie nicht davon abgehalten, ständig darauf herumzuklimpern. Shosh sah sie noch vor sich, wie sie auf der Bettkante saß, immer wieder dieselben traurigen Akkorde anschlug und sich die Seele aus dem Leib sang. »Die hat meiner Schwester gehört«, sagte Shosh, und obwohl das Geschenk für Charlie war, sah sie Ms Clark an: Lehrerin, Freundin, Schwan. Sie weinten jetzt beide, und bevor Ms Clark fragen konnte, sagte Shosh: »Eine Sache über sie: Sie *liebte* Musik.«

# EVAN

*folie à deux*

Maya sagt, dass sie stolz auf mich ist.

»Warum?«

»Ernsthaft? Du hattest seit Monaten keinen Sturm. Du schließt die Highschool ab, wirst den Auslandsaufenthalt in Alaska machen. Also, ein Teil meines Jobs ist es, Leuten zu helfen zu erkennen, wenn es nicht gut läuft – aber es ist auch sehr wichtig, zu erkennen, wenn es das tut.«

Die Wahrheit ist, dass ich Maya vermissen werde. Sie sagt, dass sie da sein wird, wenn ich wiederkomme, und wir haben sechs Anrufe abgemacht – einen für jeden Monat, den ich weg bin –, wobei wir die erst festmachen, wenn ich besser weiß, wie mein Stundenplan in Headlands aussehen wird. Aber ich kann nicht leugnen, wie meine Lebensqualität jetzt ist, im Vergleich dazu, bevor ich hergekommen bin.

Hot Take: Wenn Therapie allgemein verpflichtend wäre, wäre das Universum um ganze Größenordnungen besser.

Sie erkundigt sich nach Mom, und ich bringe sie auf den

neusten Stand über die Hormonbehandlung. Ja, es gibt Hitzewallungen und Stimmungsschwankungen, aber alles in allem läuft es gut. »Ich denke, das Ding ist jetzt nur ... was, wenn er wiederkommt?«

Maya sagt, manchmal ist Angst logisch, solange sie nicht die Regie übernimmt.

Mehr nicht – sie schwadroniert nicht ewig darüber weiter. Und ich denke daran, wie ich diese Kürzel vermissen werde, ganze Sätze in einem einzigen Nicken.

Ich erzähle ihr von Elliott, dass er einen in Atem hält, aber das echt wert ist, wie er Will von Zimmer zu Zimmer folgt, beide absolut unzertrennlich. Wir reden über Mom und Neil, dass es irgendwie komisch ist, dass er jetzt da ist, aber auch gut. Er hilft bei Elliott, baut Lego mit Will, und vor allem bringt er Mom zum Lächeln, wie ich es seit Jahren nicht gesehen habe, vielleicht noch nie.

»Glaubst du, sie liebt ihn?«, fragt Maya.

»Wenn, dann ist sie nicht die Einzige in der Familie, die verliebt ist.«

Maya lächelt. »Der Tarantino-Film?«

»Ja, aber jetzt, wo ich sie besser kenne, kommt es mir nicht mehr richtig vor. Ich glaube, sie ist eher eine Sofia Coppola.«

»Und erwidert Ms Coppola deine Gefühle?«

»Ich denke schon. Wir haben – also wir haben es nicht gesagt, aber –«

»Du fühlst es.«

»Ich weiß nicht, ob es Glück oder Pech war, dass wir uns gerade jetzt gefunden haben. Wir haben einander beide gebraucht. Und die Menschen, die wir geworden sind – das Ich, das beschlossen hat, es noch mal mit Alaska zu versuchen, und die Shosh, die beschlossen hat, sich noch mal an der USC zu bewerben –, zum Teil sind wir nur wegen uns zu diesen Menschen geworden. Aber irgendwie scheint sich die Liebe, die uns zusammengeführt hat, jetzt zu verschwören, um uns voneinander zu trennen.«

»Sechs Monate.« Maya schnippt mit dem Finger. »Die sind vorbei, ehe du dich umguckst.«

»Okay, aber – sie *wird* ein Filmstar werden. Das ist beschlossene Sache. Und ich weiß, das klingt, keine Ahnung, aber wenn man sie sieht, dann weiß man es. Sie strahlt so etwas Unerreichbares aus. Jeder spürt das.«

»Und?«

»Und ich soll einfach aus dem hinterwäldlerischen Glacier Bay nach Hollywood marschieren und einen Filmstar heiraten?«

»Nun, ich würde denken, es gibt noch ein paar Schritte dazwischen.«

»Ich meine es ernst«, sage ich.

»Dann reden wir im Ernst. Du hast gesagt, dass du sie liebst.«

»Ja.«

»Denkst du, dass sie dich auch liebt?«

»Ja, aber es kann nicht so einfach sein.«

»Und wenn doch?«

»Unmöglich.«

»Und wenn doch?«

»Was soll ich also machen?«

»Hast du es ihr gesagt?«

»Es kann nicht so einfach sein.«

»Ja, aber ich habe da folgenden Vorschlag.« Maya beugt sich vor. »Was, wenn doch?«

Der Willow Seed Park sieht anders aus im Frühling. Das Minimalistische spricht immer noch für ihn, aber es ist irgendwie nicht mehr so gemütlich, als wären die Schaukeln und die Rutsche dafür bestimmt, schneebedeckt zu sein. Ohne wirkt der Ort unvollständig.

»Vielleicht waren wir vorübergehend wahnsinnig«, sagt Shosh.

»Gleichzeitig?«

»Klingt nicht wahrscheinlich, oder?«

»Und wir haben dieselben Texte gehört. Schwierig zu glauben, dass zwei Personen, die sich nicht kennen, dieselbe konkrete Halluzination haben.«

Genau wie in jener schicksalhaften Nacht letzten Winter – nachdem wir Nachtvogel in diesen Park zueinander gefolgt waren – liegen wir auf dem Rücken auf der Drehscheibe und kreisen langsam, den Blick auf den Himmel gerichtet. Es ist die Jahreszeit, in der warme Nachmittage zu kühlen Abenden werden, die Luft ist angenehm, die Sterne leuchten, auch wenn unsere Stimmung überhaupt nicht dazu passt.

Shosh singt einen Refrain aus einem von Nachtvogels Liedern: *Von der Seine zum Meer ist deine Stimme in mir. In dem Wahnsinn zu zweit find ich dich.* Dann sagt sie leise: »Folie à deux.«

»Folie ...?«

»... à deux«, sagt Shosh. »Es ist eine Krankheit. Gemeinsame Psychose. Aber ich glaube, es kommt eher in Familien vor, oder bei Leuten, die sich schon kennen. Die Wahnvorstellung wird übertragen. Keine Ahnung, woher ich das weiß.«

Eine gemeinsame Psychose könnte ein paar Dinge erklären, aber es scheint mir trotzdem nicht richtig. Wir unterhalten uns eine Weile darüber, dass Nachtvogel Französin sein könnte: Abgesehen von der Folie à deux gibt es den Bezug auf die Seine und diese gewisse Zeile in »Division Street«, bei der ich im Dunkeln erröte. »*Je t'aime, je t'aime, je t'aime*«, singt Shosh, die Übersetzung schwebt wie ein Hauptgewinn in der Luft.

Ich atme tief ein und wieder aus. »Aber eins lässt sich nicht leugnen: Wir haben denselben Text gehört, dieselbe Melodie. Gemeinsam, ja, aber eine Wahnvorstellung? Das glaub ich einfach nicht.«

»Vielleicht«, Shosh dreht sich auf die Seite und legt den Kopf auf meine Schulter, »sollten wir nicht mehr fragen. Vielleicht reicht es, dass sie uns zueinander geführt hat.«

»Gerade rechtzeitig, um uns voneinander zu verabschieden.«

»Abschiede sind ein Geschenk, Evan. Sei niemals traurig über einen Abschied.« Sie neigt den Kopf, ihre Lippen sind jetzt so nah an meinem Ohr, dass ich jeden Atemzug spüren kann. »Und dass wir uns rechtzeitig kennengelernt haben, um uns zu verabschieden, heißt, dass wir uns auch rechtzeitig kennengelernt haben, um uns zu begrüßen.«

Ich könnte tausend Leben leben und nie jemanden treffen, der die Welt sieht wie Shosh Bell. Die Zentimeter zwischen uns laden sich elektrisch auf, und es ist nicht unser letzter Kuss, aber unser Abschiedskuss, erfüllt von all dem, von dem wir nicht wissen, wie wir es sagen sollen, all die möglichen Wege, die vor uns liegen und die wir uns nicht trauen zu benennen.

Und ich weiß nicht, ob Maya recht hat – ich weiß nicht, ob es genauso leicht ist, mit Shosh zusammen zu sein, wie sie zu lieben, aber wenn es so endet, dann soll dieser Kuss zählen.

Verstehst du das, Shosh? Bitte sag, dass du es verstehst. Bitte sag, dass du siehst, was wir jetzt wert sind, nicht nur, was vielleicht aus uns wird.

# SHOSH

*Wahnsinn zu zweit*

Spürte er es? Spürte er, wie sehr sie ihn vermissen würde? Sie hoffte es, aber nur zur Sicherheit –

Sie küsste ihn langsamer, tiefer, um es ihm zu zeigen. Und dieses Wahrnehmen seiner Existenz, seinen Körper an ihrem, war wieder gleichzeitig uralt und neu, und wie sollte sie erklären, dass es, so sehr sie ihn auch vermissen würde, nichts war, verglichen damit, wie sehr sie ihn schon vermisst *hatte*? Sie hatte keine Antworten, war es leid, danach zu suchen, und in Ermangelung einer vernünftigen Erklärung gab sie, was sie konnte: Sie küsste ihn, bis sie sich ineinander verloren, bis eine Seele nicht mehr sagen konnte, wo die andere anfing.

# VIER MONATE SPÄTER

# SHOSH

*La*

Shosh legte Wäsche zusammen und hörte einen Podcast namens *Dead Eyes*, als ihr Telefon brummte wie ein aufdringlicher Gast an einer Motelrezeption. Der Podcast – der entweder der Versuch eines Mannes war, Antworten von Tom Hanks zu bekommen, oder ein Versuch über das künstlerische Scheitern – war in letzter Zeit ein bisschen zu einer Sucht geworden. Weil sie ihn nicht unterbrechen wollte, ließ sie das Telefon brummen, bis sie es nicht mehr brummen lassen konnte.

> Kendra: LEUTE. Joshs Band spielt heute beim Open Mic im Kibitz Room

> Court: ☠️ ☠️ ☠️ ☠️

> Ross: OMG wann?

Kendra: Beginn um 10 aber wir sollten früh hingehen

Roo: Ich komm mit!!

Court: Das wird saukomisch
Und mit saukomisch mein ich »Spaß«???

Kendra: Ich mein die Band heißt Big Spicy Beefs, ist nicht so, dass sie *keine* Lacher wollen

Roo: Und Canters Tuna Melt Sandwich ist das geilste

Ross: Das Tuna Melt ist ein LEBENSRETTER

Kendra: OMG wie gut kann ein Tuna Melt Sandwich schon sein

Roo: SAKRILEG

Court: Ich wähle Kendra aus der Gruppe

Kendra: Ich wollte ja fahren, aaaaaber

Court: Na gut

Ross: Du kannst bleiben!

> Kendra: 👻👻👻👻
> Ok, alle ubern hin, ich fahr danach.
> Wir können gucken, was sonst noch so geht

> Court: **Kibitz um 10?**

> Kendra: **Kibitz um 10!**

> Roo: **Jippieh**

> Kendra: **Kommst du mit Sho?**

Eine kurze Google-Suche, und Shosh betrachtete eine Kaschemme mit einer kleinen Bühne und Tischen und einer langen Cocktail-Karte. Der Kibitz Room rühmte sich einer beeindruckenden Geschichte von Künstlern über die Jahre, von Joni Mitchell bis zu Guns N' Roses; er schien an einen Deli namens Canter's angeschlossen zu sein, dessen Tuna Melt Sandwich anscheinend was Besseres war.

Sie wechselte wieder zum Thread, ihre Finger schwebten über dem Display, sie dachte nach ...

»*Scheiße.*«

Dann klickte sie auf einen anderen Thread und tippte: **Es ist soooo kompliziert**

Sekunden später klingelte ihr Telefon. Sie ging ran. »Hey.«
»Wo bist du?«, fragte Mavie.
»In meinem Zimmer. Steh knietief in Wäsche.«
»*Dead Eyes?*«

»*So* cool.«

»Sag ich ja.«

»Erinnert mich ein bisschen an *Mystery Show*, RIP.«

»Starlee Kine ist ein Nationalheiligtum.«

»Total.« Shosh räusperte sich. »Erinnerst du dich daran, dass ich gestern beim Mittagessen meine Theatergruppe erwähnt habe?«

»Die vom Einführungskurs?«

»Ja, also wir haben diesen Gruppenchat, und die gehen alle heute zu diesem Konzert, und ich – ich weiß nicht, ob ich kann.«

»Du solltest Orte meiden, mit denen du nicht umgehen kannst.«

»Schon, aber – woher weiß ich, womit ich umgehen kann?«

»Ich hab eine Weile gebraucht, um rauszufinden, wie ich mich mit Leuten treffen kann, ohne zu trinken. Also für mich ist alles tabu, was zur Familie der Raves gehört. Die ganze EDM-Club-Szene, da geh ich hin und denk, ich bin die Größte, und wach zwei Tage später in der übernächsten Stadt auf. Geht nicht für mich. Aber jede hat da ihr eigenes Maß.«

»Klar.«

»Und was ist das für ein Laden heute?«, fragte Mavie.

»Irgendwie – ein Deli?«

»Hä?«

»Aber da ist 'ne Bar dran und auch 'ne Bühne –«

»Oh, du meinst das Canter's?«

»Ja! Moment – du warst da schon?«

»Ich kenn's nur, okay? Ein Monat an der UCLA, und in der

Grundausbildung ging's vor allem darum, wo man essen kann. Also, wenn du da heute hingehen willst, mit dem Canter's komm ich klar, kein Problem.«

»Du würdest mitkommen?«

»Zu deinem Glück haben Delis absolut nichts mit der Rave-Familie zu tun. Außerdem ist es nur etwa zwanzig Minuten von mir, und so ein Tuna Melt Sandwich könnt ich echt vertragen.«

Der Kibitz Room war genau wie angekündigt: Kaschemme, aber nett, mit Fotos von Rockstars an der Wand und einem Wandbild auf der Bühne auf dem sich die Rolling-Stones-Zunge über das geflügelte Aerosmith-Logo hermachte. Es gab Sitznischen mit geknöpften Lederpolstern und Budweiser-Leuchtreklame, und es war weird, in einer Bar nicht zu trinken, aber mit Mavie dabei fand Shosh es okay.

Ihre Gruppe setzte sich an einen Tisch in der Nähe der Bühne; sie aßen, tranken (Brause für Mavie und Shosh) und jubelten viel zu laut für Bands, die viel zu wenig konnten. Dann war Big Spicy Beefs dran. Und passend zum Abend war die Band genau wie angekündigt: total albern. Aber sie hatten Spaß, und alle anderen auch, und als ihr Set vorbei war, setzten sie sich mit an ihren Tisch. Der Bassist, ein 1,95 großer Typ namens Seth – dessen Spitzname Echt Großer Seth war –, hatte schnell Interesse an Shosh. »Du bist wie die hübschere Version von der Musikerin in New Girl.«

Shosh kannte den Typus Echt Großer Seth, eine Standardanfertigung, die wenig Vorstellungskraft erforderte. Es gab etwa eine Milliarde Echt Großer Seths in Umlauf.

»Zooey Deschanel«, sagte sie.

Er nahm einen großen Schluck. »Kommst du daher?«

Als sie ihn ansah, sah sie nur Ellbogen und Knie. »Ja. Ich bin aus Zooey Deschanel.«

»Dope«, sagte er.

Ein Königreich für ein Bier.

Auf der anderen Seite des Tisches war die Rede von einem neuen Club in Echo Park. »Der soll megaangesagt sein«, sagte Josh, und bevor der nächste Act sein Set beendet hatte, war die Gruppe fertig mit dem Kibitz und wollte weiterziehen.

Während die Band ihre Sachen holte, suchte Mavie den neuen Laden auf ihrem Telefon. »Uh. Wenn du da mitwillst, bist du auf dich allein gestellt.«

»Gehört zur Familie der Raves?«

»Wie's aussieht, die *Mutter* aller Raves.«

Ob es an ihrem momentanen Koffeingehalt im Blut lag (Cola Light war, wie sich herausstellte, gezapft *viel* besser), dem Vergnügen, Zeit mit Mavie zu verbringen, oder dem Wunsch, sich von Leuten zu distanzieren, deren Extremitäten so prägend waren, dass es sogar nötig war, sie in ihren Namen aufzunehmen, Shosh musste nicht lange nachdenken. »Geht ihr nur«, sagte sie zu den anderen. »Mavie und ich bleiben noch und reden. Reiner Illinois-Content.«

»Sicher?«, fragte Kendra.

Echt Großer Seth beugte seinen wirklich großen Oberkörper über den Tisch. »Du solltest echt kommen. Ist megaangesagt, sagen alle.«

»Keine Ahnung, was das heißen soll«, sagte Shosh und schlürfte hingebungsvoll ihre Cola Light.

Nachdem sie weg waren, sagte Mavie: »Glaubst du, Seth wollte, dass du mitkommst?«

»Ich würd wirklich gern wissen, was er gedacht hat.«

Sie lachten und sahen, wie der nächste Act – der erste Solokünstler des Abends – seine Gitarre stimmte.

»Aber er war süß«, sagte Mavie.

Shosh schnaubte. »Die ganzen zwei Meter fünfzig.«

Da war etwas an Mavies Nicken, als wollte sie Shosh nicht so sehr zustimmen, als sie trösten.

»Was?« Shosh winkte der Kellnerin und zeigte auf ihr leeres Glas. »Du denkst, ich sollte mit dem Echt Großen Seth ausgehen?«

»Ich weiß es nicht.« Mavie legte ihr Telefon weg. »Hör nicht auf mich. Ich bin die Letzte, die dir Dating-Ratschläge geben sollte.«

»Was ist mit Balding?«

»Balding ist wunderbar. Und nervig. Sie ist auf nervige Weise wunderbar.«

»Okay.«

»Die ersten zwei Wochen haben wir so getan, als sei es keine große Sache. Haben jeden Abend gefacetimet. Sie die ganze Zeit so *die Bäume, die Berge, der Ahornsirup*, und ich hab Witze über den Smog oder den Verkehr gemacht, weil man eben Witze macht, wenn die Wahrheit hart ist, aber ich mein – *Vermont?* Ich denk ständig, dass ich Schluss mach, aber dann sagt sie irgendwas darüber, wie man am allerbesten das perfekte Erdnussbuttersandwich macht, und es ist – ich kann sie nicht verlassen, weißt du? Es wäre leichter, wenn sie scheiße wäre, wenigstens ein bisschen.«

»Leider ist Balding nicht scheiße«, sagte Shosh.
»Nicht mal ein bisschen.«

Gesehen werden und sich gesehen fühlen war nicht dasselbe. Seit sie hergezogen war, neue Leute kennengelernt hatte und versucht hatte, ihren Platz zu finden an diesem Ort, der so voll war, dass sie kaum Luft kriegte, hatte Shosh viel über den Unterschied zwischen beidem nachgedacht. Ihr ganzes Leben lang hatten Leute sie gesehen: auf der Bühne und in den Fluren, ihre Haare, ihre Klamotten, wie sie Pick-ups in Pools fuhr oder einfach nur an einem Tisch saß und sich mittelmäßige Bands anguckte. Manche Leute wurden ihr ganzes Leben lang nicht gesehen, und Shosh hütete sich, zu jammern, dass sie das gegenteilige Problem hatte, weil ihr klar war, was für ein Privileg es war, nicht unsichtbar zu sein. Aber am Ende wurde sie eben nur gesehen.

Mavies Worte schlugen Wurzeln, fanden fruchtbare Erde in Shoshs Herz, und zum ersten Mal, seit sie Illinois verlassen und sich von Evan verabschiedet hatte, *fühlte* sie sich auch gesehen.

Auf der Bühne, nachdem er endlich seine Gitarre gestimmt und die Pegel angepasst hatte, trat der nächste Act ans Mikro.

»Der sieht richtig nervös aus«, sagte Mavie, und Shosh wollte ihr gerade sagen, wie dankbar sie war, dass sie heute mitgekommen war, wie froh sie war, dass sie beide in LA gelandet waren, als sie es hörte –

Das Lied war genauso zerbrechlich, wie sie es in Erinnerung hatte, schwirrend und luftig, eine Milliarde Staubpartikel in der Sonne, nur war irgendwas anders, irgendwas stimmte nicht.

»Ich weiß nicht, ob ich das gut finde«, sagte Mavie und blickte auf die Bühne, und als Shosh sich umdrehte, verlangsamte sich die Zeit fast bis zum Stillstand, als wäre Shosh aus dem einen Traum aufgewacht und ein anderer würde auf sie warten.

»Halt mich zum Narren, oder du bist mich los«, sang der Mann auf der Bühne, und Shosh sah hypnotisiert zu (»Mir ist egal, ob du's kannst, nur nicht, ob du's tust«), und hörte zum ersten Mal live ein Lied, das sie viele Male vorher gehört hatte (»Du hast Blut an den Händen, ein Vogel wär besser«), und sie fragte sich, was für nicht reale Dinge auch noch real werden könnten. »Ich hab's geschrieben in einem Brief, einem Lied, einem Buch.«

»Shosh – alles okay?«

»Ja«, sagte sie, aber sie konnte nicht aufhören, ihn anzustarren, zuzuhören …

*Ich bin ein schiefes Gemälde von einem Ort ungewiss*
*Mit Händen, gemacht, um zu umrahmen dein Gesicht*
*Da gibts einen Ort, wo wir gerne hingehn*
*Wo Geheimnisse versteckt sind in Bäumen voll Schnee*
*Atem wird Rauch, das Innen will raus*
*Unterdrück einen Schrei, flüster, nicht laut*
*Von der Seine zum Meer ist deine Stimme in mir*
*In dem Wahnsinn zu zweit find ich dich.*

Ohne es zu wollen, hatte Shosh sich in ihrem Kopf ein Bild von Nachtvogel gemacht: eine jugendliche Frau in weißen, fließenden Kleidern und mit langem blondem Haar, die vermutlich barfuß neben einem Fluss oder auf einem schneebedeckten Berg sang, in einer geheimnisvollen Umgebung, wie sie einer Frau gebührte, die die Gesetze der Physik brach. Und jetzt stand da dieser Mann – Mitte vierzig, weiß, mit Bart und so was von holzfällerbehemdet – und sang genau diese Lieder im Hinterzimmer einer Bar, die auf der ganzen Welt für ein verficktes Thunfisch-Sandwich bekannt war.

*Surreal* reichte nicht aus; das war absolut irreal.

Als der Song endete, stellte er sich als Neon Imposter vor. Sie hatte über die Jahre reichlich zittrige Hände und nervöse Zuckungen gesehen – die Bühne hatte so ihre Art, das Selbstbewusstsein von normalerweise selbstbewussten Menschen zu untergraben –, aber sie konnte sich nicht erinnern, wann sie zum letzten Mal jemanden gesehen hatte, der sich so völlig unwohl fühlte im Rampenlicht. »Das nächste begleite ich eigentlich auf dem Klavier«, murmelte er. »Also – ich bitte um Verständnis, wenn es ein bisschen schief klingt«, und ihr Verstand krümmte sich weiter, als er jetzt das Lied spielte, das Shosh am häufigsten gehört hatte. »Frag nicht, warum ich's nie versuch.« Die Beleuchtung im Raum wurde runtergedimmt, das Wandbild auf der Bühne wurde angestrahlt, und so, wie Neon Imposter sich hingestellt hatte – direkt vor dem geflügelten Aerosmith-Logo an der Wand –, sah es aus, als wären ihm auf einmal riesige Flügel gewachsen.

Das Einzige, was sie noch mehr wollte, als jetzt sofort einen Drink, war, mit Evan zu reden.

»Ich verstehe nicht«, sagte Mavie.

»Dann sind wir schon zwei.«

»Okay, aber ich hab morgen früh Seminar, also.«

»Ich brauch nur eine Minute. Versprochen.«

Dieser Teil der Fairfax Avenue war typisch für LA: palmengesäumte Straßen, überall Verkehr und Nachtleben, und sie wusste, dass es dumm war, aber Shosh mochte Los Angeles lieber nach Sonnenuntergang, dieses düstere Hollywood-Setting überall (auch in Stadtteilen, die ganz anders waren als Hollywood).

Sie und Mavie hatten auf dem Gehweg vor dem Kibitz Room gestanden und eine halbe Stunde auf Neon Imposter gewartet, und gerade als Shosh aufgeben wollte, kam er mit der Gitarre in der Hand aus dem Gebäude.

»Ich bin hier, wenn du mich brauchst«, sagte Mavie, holte ihr Telefon raus und zog sich in den Hintergrund zurück. Und Shosh fand sich direkt vor der bärtigen Manifestation einer Stimme wieder, die sie einmal einen Geist genannt hatte.

Er hatte sein Telefon in der Hand, blickte die Straße auf und ab und wartete eindeutig darauf, abgeholt zu werden.

»Hi«, sagte sie.

Er drehte sich um, lächelte. »Hi.«

»Sorry, ich war nur ...« Sie suchte nach Worten. »Ich habe mich gefragt, wo Sie Ihre Lieder herhaben.«

»Wo ich sie herhabe ...?«

»Ja. Wo haben Sie sie gehört? Bevor Sie angefangen haben, sie zu spielen.«

»Es sind meine Lieder. Ich hab sie nirgendwo gehört. Ich hab sie selbst geschrieben.«

Er blickte wieder auf sein Telefon, dann die Straße hoch.

»Ich versteh schon, dass das jetzt komisch klingt. Und ich will Sie nicht auffliegen lassen oder so. Ich erzähl's niemandem, aber«, Shosh beugte sich vor und lächelte leicht, als würden sie zusammen in dieser Sache drinstecken, »wir wissen beide, dass Sie diese Lieder nicht geschrieben haben.«

Und damit kippte die Stimmung, und sein freundlicher Tonfall kippte mit. »Okay. Das ist jetzt ein bisschen merkwürdig.«

»Hey, ich kenne diese Lieder. Ich hab sie davor schon gehört. Ich könnte sie Ihnen vorsingen.«

»*Cool*«, sagte er, und das Wort triefte vor Sarkasmus.

Shosh spürte, wie diese Chance ihr entglitt. »Hören Sie. Fangen wir noch mal von vorn an. Kann ich Ihnen vielleicht einen Kaffee ausgeben oder so?«

»Weil das nur ein Witz war? Aber ich bin real.« Genau in diesem Moment hielt ein Wagen. Er machte die hintere Tür auf, legte die Gitarre rein und stieg ein.

»Warten Sie —«

Aber das tat er nicht, und als das Auto in der Nacht verschwand, fühlte Shosh, wie sie mit dem düsteren Hollywood-Setting verschmolz, und wünschte, sie wäre woanders, woanders, wo es kalt war, woanders im Norden.

# EVAN

*Glacier Bay*

Nichts hier ist so, wie ich gedacht habe.

Online zeigen die Fotos der endlosen Wälder und schneebedeckten Berge ein Bild der Ruhe. Und auch in Wirklichkeit sind die endlosen Wälder und schneebedeckten Berge schön, ja, aber die Schönheit ist eher damit vergleichbar, sich einen Hühnerstall mit einem ausgewachsenen Elefanten zu teilen: wild, faszinierend und potenziell sehr gefährlich.

Ich hatte den ersten Absatz auf der Webseite so oft gelesen, dass ich ihn auswendig konnte: *Headlands bietet eine umfassende pädagogische Erfahrung, bei der die Teilnehmer:innen für sechs Monate zusammenwohnen und sich auf Forschung, demokratische Selbstverwaltung, das Leben in der Gemeinschaft, Erkundungen der Wildnis und die Arbeit auf dem Gelände konzentrieren. Egal, ob sie in eiskalten Fjorden paddeln, Hühnerställe bauen, anspruchsvolle wissenschaftliche Kurse besuchen, Schnee schippen oder Wildwurst machen, die Teilnehmer:innen in unserem Programm werden lernen, wie wichtig die Wechselbeziehungen zwischen menschengemachten und natürlichen Ökosystemen sind.*

Und das ist okay, nur haben sie den Teil ausgelassen, wo du nachts im Bett liegst und dir sicher bist, dass deine Muskeln zusammen mit dem Wild durch den Fleischwolf gedreht wurden. Alaska ist wilder, härter, nässer, größer und schöner, als ich es mir je hätte vorstellen können. Und ich liebe es.

»Geht's dir gut, Ev?«

»Jepp. Ich warte nur, dass mein Körper sein Körpersein wiedererlangt. Und du?«

»Wenn sie das nächste Mal ›freiwillige Exkursion‹ sagen, erinnere mich daran, zu verzichten.«

Ich habe nie jemanden kennengelernt, der stolzer darauf war, wo er herkommt (ländliches Kentucky), woran er glaubt (demokratischer Sozialismus), wie er klingt (wie jemand aus dem ländlichen Kentucky) oder was er werden will (Präsident, wie in Präsident der Vereinigten Staaten) wie Reese Jones. Als Mom mich in der vierten Klasse fragte, warum ich eine Mathearbeit verhauen hatte, und ich antwortete, weil Mathe langweilig ist, sagte sie: »Es gibt keine langweiligen Fächer, nur langweilige Lehrer.«

Als wir hier ankamen, wusste niemand so genau, was er von Reese halten sollte, aber ich glaube, inzwischen könnte er auch vorschlagen, dass wir einen Nachmittag lang schriftlich Teilen üben, und wir wären alle mit Feuereifer dabei.

Es ist spät für Headlands-Verhältnisse – nach neun Uhr abends –, aber nachdem wir gerade von einer zweitägigen Exkursion in die Wildnis, meist in Kajaks, in unsere Schlafbaracke zurückgekehrt sind, kann ich mir vorstellen, dass der Rest der Gruppe etwa so aussieht wie Reese und ich im Moment: völlig fertig, alles tut weh, zu erschöpft, um zu schlafen.

Im Bett über mir spielt Reese Musik auf seinem Telefon; ich liege auf dem Rücken und blättere durch meinen Zeichenblock. In der ersten Zeit war ich so getrieben von der Landschaft, dass ich nur Berge und Seen zeichnen konnte, Tiere und Pflanzen, deren Namen ich nicht kannte. Irgendwann bin ich zu Porträts von Will, Mom, Ali und Shosh übergegangen, als wären die Seelen derer, die ich liebte, in meinem Bleistift gefangen, und es wäre meine Aufgabe, sie frei zu zeichnen.

Wie sich herausstellt, wollen nicht nur ihre Seelen unbedingt raus.

Vor ein paar Tagen sind neue Bilder aufgekeimt, während ich schlief: eine Frau, die auf einem Flügel spielte, auf dem ein Vogel saß; zwei Männer, die mitten auf einer Brücke über einen Fluss blickten, während über ihnen ein Vogel flog; das Porträt eines Mädchens mit Sommersprossen und fließenden Haaren, die von einem dünnen Haarreif mit Flügeln zurückgehalten werden; und, am verblüffendsten, eine Frau, die nackt vor einem offenen Fenster steht und der riesige Flügel aus dem Rücken sprießen. »Vögel sind das einzig Wahre«, hat Reese einmal beim Betrachten meiner Traumzeichnungen gesagt. »Wenn sie nicht grade jagen, sind sie auf dem Weg nach Hause. Irgendwie weiß man immer, wo sie hinwollen.«

Merkwürdigerweise haben sich diese Träume immer irgendwie bedrohlich angefühlt. Als würde ich einer Wahrheit zu nahe kommen, die ich eigentlich nicht kennen darf.

So oder so hat Nachtvogel sich eindeutig in mein ewiges Unterbewusstsein gearbeitet, also … yay.

»Hey«, sagt Reese. »Gehst du da ran?«

»Wo ran.«

»Dein Telefon brummt.« Weil ich nicht aufpasse, schubse ich das Foto von Will und Elliot vom Nachttisch, als ich nach dem Telefon greife, und lasse dann noch meinen Zeichenblock fallen. Irgendwann hab ich das Telefon bei mir im Bett und entdecke eine ganze Reihe Nachrichten von Shosh. Die ersten sind Grüße und Vermiss-Dichs, aber die letzte trifft mich hart: Ich weiß, du hast kein gutes Netz, aber kannst du anrufen, wenn es geht? Kein Notfall, aber ich muss reden.

»Sieht aus, als solltest du deine Freundin anrufen«, sagt Reese, der den Kopf über den Rand des Stockbetts baumeln lässt.

»Würd ich ja, aber bei deiner Mom ist östliche Standardzeit.«

Er wirft eine schmutzige Socke nach mir, ich werfe ein Kissen nach ihm. So ist das hier.

»Ich guck mal, ob ich irgendwo Empfang kriege.« Ich muss alles geben, um meine Beine auf den Boden zu schwingen; zum Glück war ich zu fertig gewesen, um die Stiefel auszuziehen, als ich mich vorhin hingelegt hatte.

»Henry meinte, man hat Netz bei der großen Fichte.«

»Welcher?«

»Die, die man durch das Fenster beim Holzofen sieht. Richtung Berg.«

Ich ziehe Mantel, Mütze, Handschuhe an. »Und sie ist übrigens nicht meine Freundin.«

Reese kann mit den Augen schulterzucken. »Ihr textet ziemlich viel«, sagt er.

»Wir sind nur befreundet.«

Er wirft einen Blick auf den Block, der noch da liegt, wo er hingefallen ist, aufgeklappt bei einem besonders warmen Porträt von Shoshs Gesicht.

»M-hm.«

Ich wende mich der Tür zu und muss lächeln. »Bin gleich zurück.«

Die Schlafbaracke ist ein kleines zweistöckiges Haus: Schlafräume mit Stockbetten oben, Diele und Wohnzimmer unten; beheizt wird das Ganze von einem Holzofen, den wir nachts schichtweise befeuern. Ich gehe die Treppe hinunter, und dann hinaus in die kalte Nachtluft.

Manchmal – normalerweise während einer einfacheren Arbeit wie Holz hacken oder Kohl pflanzen – blicke ich hoch in den Himmel, und ich könnte schwören, in einer völlig anderen Welt zu sein. Alaska stellt infrage, dass alles zur Atrophie neigt. Oder wenigstens stellt es infrage, dass Atrophie rein negativ ist. Vielleicht ist Atrophie notwendig; vielleicht zählt das, was danach kommt.

In jedem Fall bringt dieser Ort das Wilde in die Wildnis.

Auf meinem Weg zur Fichte wähle ich Shoshs Nummer, aber nichts. Ein paar Versuche später – der Berg vor mir, die Fichte hinter mir, der Blick auf die Baracke völlig verdeckt – kriege ich einen Ton ...

»*Hey*«, antwortet sie, und ich will durchs Telefon greifen und sie umarmen.

»Hey.«

»Wow.«

»Ich weiß.«

»Das ist wie ...«

»Ja.«

»Wo bist du grade?«

»Ich bin ... draußen. Bei einer Fichte. Mit Blick auf einen Berg.«

»Mehr Alaska geht nicht. Moment mal, habt ihr kein – Tageslicht?«

»Nicht in dieser Jahreszeit. Im Moment ist hier ganz normal Nacht.«

...

...

»Wir sind gerade von einer Exkursion in die Wildnis zurück.«

»Selbst wenn du's versuchen würdest, könntest du nicht alaskamäßiger sein.«

»Ich hab ehrlich gesagt an dich gedacht. Wir sind an einer alten Hütte vorbeigekommen. Hat mich an deine Poeme erinnert. Machst du die noch?«

»Im Moment hab ich neben dem Studium nicht viel Zeit ...«

»Klar.«

...

...

»Es ist gut, deine Stimme zu hören.«

»Yeah.«

...

...

...

»Hör mal, ich weiß nicht, ob ...«

»Alles okay bei dir?«

»Ja, nur ... hast du mal von einem Musiker namens Neon Imposter gehört?«

»Ich glaub nicht.«

»Ich auch nicht. Aber ich war bei einem Konzert von ihm mit Mavie –«

»Wie geht's ihr?«

»Sie ist so toll. Ist echt hart für sie, das ganze Balding-in-Vermont-Ding, aber ich glaub, es ist gut, dass wir uns grade haben.«

»Ihr wart also auf einem Konzert ...«

»Ja, Freunde von Freunden sind in so 'ner albernen Band, aber nach ihrem Set ist ein anderer Künstler auf die Bühne gekommen.«

»Neon Imposter.«

»Ja, aber, Evan – er ist Nachtvogel.«

...

...

...

»Wie meinst du das?«

»Ich mein, ich unterhalt mich grade mit Mavie und hör plötzlich die Lieder. Also – *unsere Lieder*. Nur dass sie nicht aus dem Nichts kommen, sondern von der Bühne. Von diesem vierzigjährigen Typen mit Bart.«

...

...

»Ich versteh nicht.«

»Als das Konzert zu Ende war, hab ich ihn zur Rede gestellt. Ich mein auf nette Art. Aber ich hab ihn nach den Liedern gefragt, und er schwört, dass er sie geschrieben hat. Er ist auf Spotify und alles.«

»Aber wir haben online gesucht –«

»Er macht das erst seit ein paar Monaten. Er war erst online, als wir schon lange aufgehört hatten zu suchen. Auch jetzt ist sein Webauftritt ziemlich minimal, aber hör dir das an: Anstatt irgendwelche Referenzen oder Background zu geben, steht in seiner Bio nur ›*Neon Imposter schreibt, was er träumt.*‹«

…

…

Mein Blick ist auf den Berg gerichtet, auch wenn mein Geist zurück in die Baracke wandert, die Treppe hoch in mein Zimmer direkt zu dem aufgeklappten Zeichenblock auf dem Boden.

Ich kann die Zeichnungen jetzt sehen: die Frau, die Klavier spielt; die Männer auf der Brücke; das Mädchen mit dem geflügelten Haarreif; die Frau am Fenster mit den Flügeln, die ihr aus dem Rücken sprießen. Und ich weiß nicht, was verstörender ist: die Detailgenauigkeit jedes Bilds oder das schleichende Gefühl, dass ich die Gesichter darauf kenne.

…

…

»Ich weiß, wie das klingen muss. Aber ich werde das Gefühl nicht los, dass sie gestern da war. In dem Club.«

»Nachtvogel, meinst du.«

»Als wäre dieser Typ nur ein Kanal.«

…

…

»Die Lieder haben aufgehört, nachdem wir zusammengekommen sind. Fast als ob —«

»Sie uns zueinandergeführt hätte.«

»Und jetzt sind wir wieder getrennt ...«

...

...

Es gibt keinen Mangel an Vögeln in Alaska. Dieser muss groß sein, angesichts der Entfernung und der Tageszeit. Ich sehe, wie er sich über den Berg erhebt, stelle mir vor, wie er durch die Randbereiche des Weltraums fliegt, den ganzen Weg bis zum Mond, allein und schlafend, und es ist so friedlich.

»Shosh.«

...

...

...

»Ich fühle es auch.«
»Ja?«
»Meistens, wenn wir uns nah sind. Ich mein ... körperlich.«
»Ich auch. Und es ist wie –«
»Als hätte ich dich gesucht.«

...

...

...

Der Vogel ist jetzt weg.
Aber das ist okay. Ich weiß, wo er hinwill.

# LOFOTEN

*2066*

Sie sahen von der Veranda aus zu, wie die Möwe über den Fjord flog, ferne Erinnerungen an ihre Jugend huschten zwischen ihnen hin und her. Es war kalt draußen, sie waren dick eingepackt, so war es.

»Die Hoffnung ist ein Federding«, sagte er, und sie stellte sich vor, wie die Möwe durch die Schwerelosigkeit den ganzen Weg zum Mond flog.

»Würdest du in den Weltraum fliegen, wenn du die Chance hättest?«, fragte sie.

Er dachte nach. »Ich glaube nicht. Du?«

»Auf jeden Fall.«

Norwegen war nicht nur eine Laune gewesen. Es war die Fantasie, um die sie jahrelang herumgetanzt waren, über die sie heimlich geflüstert hatten, um sie nicht zu erschrecken. Sie hatten online nach Fotos geschielt, Berichte aus erster Hand vom Reinebringen gelesen, von den Nordlichtern und vom Polarlicht, vom Leben im nördlichen Polarkreis. »Irgendwann«, hatten sie immer gesagt. Und dann waren Shoshs Kopfschmerzen gekommen. Und dann die Ärzte: Notfallmediziner, Hausärzte, Spezialisten. Gesenkte Blicke, gesenkte Stimmen, all diese Ärzte ein Garten verwelkter Blumen. Ergebnisse wurden Beratungsgespräche und dann eine Erkenntnis: So etwas wie »irgendwann« gab es nicht; es gab nur heute.

Sie buchten den Traum. Zehn Tage Lofoten. »Eine kurze Auszeit«, erzählten sie Freunden, um nicht zu sagen, was es wirklich war: ein letztes Abenteuer.

Als sie ankamen, fanden sie ihre Hütte klein, aber ausreichend, eingebettet zwischen Bergen und Fjorden, im magischsten Winkel der Welt. Sie war rot, sie war aus Holz, sie war perfekt. Das Paradies eines Wanderers, die Freude eines Fischers – aber sie waren nicht gekommen, um etwas zu *tun*, sie waren gekommen, um zu *sein*, und das beste Sein war zusammen zu sein. Zusammen verbrachten sie die Nächte unter den tanzenden Lichtern der Aurora borealis, das zitternde grüne Lodern ein Vorbote von Wissenschaft und Wundern. Nachmittags, wenn eine majestätische Seeschwalbe oder Möwe tief herabstieß und Erinnerungen mitbrachte wie Fische im Schnabel, betrachteten sie in stiller Fassungslosigkeit ihre Körper: *Die Gefäße, die alles von uns enthalten,* dachten sie, *sollten doch wohl haltbarer sein als dies.*

Leider neigt alles zur Atrophie. Und die Atrophie war zwar nicht aufzuhalten, aber wenn Shosh Evan anlächelte, erkannte er, was sie wirklich war: Widerstand und Akzeptanz in gleichem Maß.

Sie stirbt vielleicht, aber sie würde deswegen nicht bitter sein.

Im oberen Stockwerk waren überall Leinwände und Farben verteilt, eine Staffelei stand vor einem riesigen Fenster, von dem aus man den Fjord überblickte. Auch wenn er sie jetzt malte, wurden die Konturen ihres Körpers noch in seinem Pinsel lebendig. Manchmal öffnete sie den Mund, und ein ruhiges Lied kam heraus, aber meistens saßen sie in angenehmem Schweigen beieinander. Und am neunten Tag, als sie für die Abreise packen wollten, sagte sie: »Zehn Tage genügen nicht wirklich, oder?«, und ohne lange zu überlegen, sagte er: »Ich schreib den Besitzern eine Nachricht.«

Aus zehn Tagen wurden zwei Monate, und zusammen sahen sie die Mitternachtssonne, als das Tageslicht seinen hartnäckigen Fuß in die Tür schob und die Sonne tief zwischen den Bergen hing wie ein brodelndes Wildfeuer. Morgens begrüßten sie ihre Nachbarn mit einem freundlichen »Hej«, und wenn Shosh sich dazu in der Lage fühlte, gingen sie nachmittags auf den Markt. Irgendwann gingen zwei Monate vorbei, und sie sagte: »Nicht annähernd genug Zeit«, und er sagte: »Ich rufe sie an«, und diesmal, anstatt den Aufenthalt zu verlängern, kauften sie die Hütte einfach.

Lofoten war ein Zuhause, wie sie es zuvor nicht gehabt hatten. Maler und Dichterinnen kamen oft zu Besuch, Musikerinnen und Schriftsteller suchten die Inspiration des Nordens in den lebendigen Farben der Kälte: den wilden, weißen Bergen, den staubig grünen Nordlichtern und der blauen Stunde der Polarnacht, jener Jahreszeit, wenn die Sonne nie weit weg war, aber auch nie da, als würde sie hinter der Bühne auf ihren Einsatz warten.

»Ich glaube an Blau«, sagten sie.

Hier war es schwierig, das nicht zu tun.

Mit der Zeit, da sie jetzt ein Zuhause gefunden hatten, verspürten sie den Wunsch, Neues zu entdecken. »Bist du sicher, dass du das schaffst?«, fragte er, und sie antwortete ihm mit einem Blick, der ihn daran erinnerte, was Menschen taten, wenn sie lebendig waren: Sie lebten.

Sie sahen sich die Ice Domes in Tromsø an, dann flogen sie nach Stockholm, wo Evan in einem halben Dutzend Kunstmuseen weinte. In Oslo, in der frisch renovierten Norwegischen Weltraumbehörde, stellte Shosh sich vor, zu den Sternen zu fliegen; im Konserthus (selbst ein modernes Kunstwerk) rührte ein Klavierkonzert auf seltsame Weise ihre Seelen. Sie bewegten sich langsam vorwärts auf der ganzen Reise, machten alles in ihrem eigenen Tempo, und als Shosh eines Nachts sagte: »Ich glaube, es reicht mir«, sagte Evan: »Dann bringen wir dich nach Hause.«

Auf dem Flug zurück nach Lofoten erblickten sie flüchtig in der Ferne die Shetlandinseln, und Evan sagte: »Da fahren wir als Nächstes hin«, obwohl er genau wusste, dass sie das nicht tun würden. Jedenfalls nicht zusammen.

Zurück in Lofoten, auf der Fahrt vom Flughafen nach Hause, hielten sie in Svolvær, um sich die Statue anzusehen, die man die Frau des Fischers nennt. Aber erst ein Stück die Küste hinunter, am Fuß einer anderen Statue, bekamen sie wirklich das Gefühl von Endgültigkeit, als wären sie am Ende einer sehr langen Reise angekommen.

Nur halb so groß wie die Frau des Fischers zeigte diese Statue eine sehr schöne junge Frau in zerrissenen Kleidern, die langen Haare umpeitschten sie im Wind am Hafen. In einer Hand hielt sie ein Messer, in der anderen einen Vogel. Am Fuß der Statue war eine große Tafel angebracht, und weil ihr Norwegisch noch sehr rudimentär war, benutzten sie ihre Telefone zum Übersetzen:

**SOLVEIG: TOCHTER DER SONNE**

1798 heiratete der zukünftige König von Norwegen Désirée Clary, die früher einmal mit Napoleon Bonaparte verlobt gewesen war. Bekannt als Beschützerin der Waisen nahm Königin Désirée regen Anteil an einem kleinen Mädchen namens Solveig Bonnevie. Bonnevie sollte später wegen Mordes auf der Festungsinsel Røstlandet gefangen gehalten werden, von der sie 1832 entfloh, indem sie ein Boot nach Lofoten kaperte. Hier macht die Geschichte Platz für Spekulationen: Manche glauben, dass Solveig Bonnevie – allgemein bekannt als Sølvi die Schreckliche – niemand Geringeres war als die uneheliche Tochter von Königin Désirée und Napoleon Bonaparte.

Hier mit einem Messer und einem Vogel dargestellt und Schuld und Unschuld in gleichem Maße in Händen haltend, repräsentiert sie die Gegensätzlichkeit des Geists von Lofoten: Polarnächte und Mitternachtssonne; Kälte und gemütliche Herdfeuer; Landschaften, von den Fjorden bis ins Gebirge, die gefährlich sind, aber auch ernähren.

Sølvi die Schreckliche wurde an genau dieser Stelle zuletzt gesehen.

Auf der Fahrt zurück zur Hütte schwiegen sie. Es war spät, die Aurora borealis war klar zu sehen. Evan fuhr und nahm Shoshs Hand. Shosh fühlte sich so müde wie noch nie, als würden ihre Knochen in sich zusammenfallen. Sie lehnte die Stirn an die kühle Scheibe, blickte hoch zu den tanzenden Lichtern und sah ihr Leben in Einzelteilen: die Menschen, die sie geliebt hatte, die Menschen, die sie gewesen war. Sie sah ihre Schwester, die allein auf einer Insel im Fluss saß und auf sie wartete. Und sie fragte sich, was noch auf sie wartete, und hoffte auf etwas Schönes, auf etwas Bedeutungsvolles.

»Ich finde dich«, flüsterte Evan.

Shosh drückte seine Hand, ein Ding verwandelte sich in sieben, Erinnerungen vervielfachten sich wie die ersten Sterne des Abends. Dann schloss sie die Augen und zog weiter.

# DANKSAGUNGEN

Wie Evan neige ich dazu, nicht über meine Therapie zu sprechen. Nicht aus Scham oder weil es mir peinlich wäre, sondern aus Gründen der Vertraulichkeit und weil sie mir gehört. Im Buch klagt Evan über die, die Therapie als ein »Ehrenabzeichen« tragen, und ich muss zugeben, dass ich das auch gelegentlich so empfunden habe. Aber in den weisen Worten von Maya »brauchen manche Menschen ein Abzeichen«, und deshalb hier die Wahrheit: Zu manchen Zeiten war die Angst ein Schatten, den ich nicht abschütteln konnte, und damals waren Panikattacken das Prinzip, nach dem ich mein Leben organisierte. Und deshalb ist es passend, in einem Buch, das (zumindest teilweise) von jemandem handelt, dessen Therapeutin ihm durch dunkle Zeiten hilft, auch meinen eigenen Therapeuten dafür zu danken – genauso wie meinen Ärzten, Freunden und meiner Familie –, dass sie mir durch dasselbe hindurchgeholfen haben.

Die zweite Partie Dankbarkeit geht an eine Frau, die ich nie getroffen habe: meine Großmutter Lakie Boggs, die 1975 nach einem zehnjährigen Kampf gegen Brust- und Knochenkrebs gestorben ist. Lakies musikalisches Talent, ihr Sinn für Humor und ihr sehr großes Herz leben weiter in meiner eigenen Mutter (auch eine Art Wiedergeburt). Mary Taft erlebt den Brustkrebs in diesem Buch ganz anders als meine Großmutter – man hat große Fortschritte gemacht seit 1975 –, und dieser Handlungsstrang wurde zwar von Lakie inspiriert, aber ich brauchte mehr als nur Inspiration, um ihn zu schreiben. Ich brauchte Hilfe. Und deshalb stehe ich für immer in der Schuld von Lauren Thoman und Stephanie Appell, die mir liebenswürdigerweise ihre Geschichte erzählt, frühe Entwürfe gelesen und mir wertvolle Einblicke gewährt haben. Dieses Buch würde ohne sie beide nicht existieren, und ich könnte nicht dankbarer sein. Ich danke auch meiner Mutter, die sich nie scheut, Geschichten über ihre Mutter zu erzählen, und sie auf diese Weise mit mir teilt. Ich habe Lakie nie kennengelernt. Aber das heißt nicht, dass ich sie nicht kenne.

Ich danke meinem unglaublichen Team bei Penguin, vor allem: meiner Lektorin Dana Leydig für all die Anrufe, die Brainstorming-Sessions und die Schitt's-Creek-GIFs; dem wunderbaren Ken Wright, der immer genau zur richtigen Zeit mailt; Theresa Evangelista, die verlässlich die besten Cover ever entwirft, und Sam Chivers, dessen Illustration perfekt zu diesem Buch passt; Lucia Baez für die großartige Innengestaltung; Marinda Valenti, Jackie Dever, Sola Akinlana, Krista Ahlberg und Kaitlin Severini für ihr kluges Lektorat; Lathea Mondesir, Jen Loja, Felicity Vallence, Jenny Bak, Tamar Brazis,

Carmela Iaria, Venessa Carson, Emily Romero, Alex Garber, Brianna Lockhart, Christina Colangelo, Ginny Dominguez, Gaby Corzo, Shannon Spann und James Akinaka; Julie Wilson, Todd Jones und allen bei Listening Library; und ein riesiges Danke den guten Leuten im Vertrieb, oft unbesungene Helden.

Ich danke meinem immer furchtlosen Agenten Dan Lazar und der ganzen Gang von Writers House, vor allem Victoria Doherty-Munro, Cecilia de la Campa, Alessandra Birch und Sofia Bolido. Dank an meine Lektorin in England, Emma Matthewson, und allen bei Hot Key. Und einen großen Dank an Josie Freedman und der ganzen Crew bei CAA.

Dank an Court Stevens, Becky Albertalli und John Corey Whaley für die frühe Lektüre, die Einsichten und die Freundschaft; Dank an das Team bei Salt & Sage Books, vor allem Sachiko Burton für ihren Scharfsinn, ihre Kompetenz und ihre Großzügigkeit; Jasmine Warga, Adam Silvera, Jeff Zentner, Emily Henry, Bri Cavallaro, Justin Reynolds, Silas House, Gwenda Bond, Christopher Row und alle vom Lexington Writers Room; Nina LaCour, David Levithan und Steph Perkins für die Zoom-Sitzungen im Lockdown, durch die ich nicht den Verstand verloren habe; Nathaniel Ian Miller für die erstklassigen virtuellen Whiskey-Drinks; Jen McNely und Brian McNely für ihre Hilfe bei den französischen und norwegischen Abschnitten; Pål Stokka für weitere Hilfe bei Norwegischübersetzungen und Alison Kerr für weitere Hilfe bei Französischübersetzungen; Lauren Redford für frühe vernünftige Ratschläge; meinem Bruder, AJ, weil er mir bei ein paar entscheidenden Stellen sein Fachwissen zur Verfügung gestellt hat; Caroline Reitzes für Theaterbegriffe; meinem langjährigen Partner und Freund Trevor Nyman (aka Frogers), ohne den die Lieder von Neon Imposter nicht existieren würden; Ryne Hambright und Ashley Balding, weil sie mir erlaubt haben, ihre perfekten Namen zu klauen; und den guten Menschen in Lucignano, meinem Zuhause weit weg von zu Hause – vor allem dem wundervollen Malberti-Clan, Simone Brogin und Enrico Battelli vom Caffè del Borgo, Anselme Long und Margherita vom Weinladen – grazie mille.

Dank an Julianna Barwick, Sufjan Stevens, Alaskan Tapes und William Basinski, deren Musik in/um/durch/über jeder Seite dieses Buchs schwebt. Dank auch an David McCullough und Peter Davidson, deren Bücher – *The Greater Journey: Americans in Paris* und *The Idea of North* – jeweils großen Einfluss auf dieses Buch hatten.

Irgendwann ist mir der Gedanke gekommen, dass ich, obwohl ich mich sehr jung verliebt habe, nie eine wirkliche Liebesgeschichte geschrieben hatte. Dies war die Gelegenheit, das auf meine eigene seltsame Art zu berichten. Steph, danke, dass du damals in diesem und seitdem in Millionen Parks mit mir abgehangen hast und immer du warst, wenn du es warst, das ich brauchte. Ich bin verblüfft und dankbar, dass du immer noch mit mir durch Türen gehst. Ich liebe unser gemeinsames Leben (unsere Leben?).

Dies ist das zweite Buch, das ich (wenigstens zum Teil) meinem Sohn widme, aber es ist das erste, bei dem ich ihm für seine Hilfe danken muss. Wingate, danke, dass du alle Bezüge zu Star Wars und *Nightmare Before Christmas* richtiggestellt hast, dass du meine Liebe zu *E. T.* neu entfacht hast, und für dieses eine Mal, als wir in eine öffentliche Toilette gegangen sind und du gesagt hast: »Es riecht hier drin saftig und anstrengend«, und für diese Karte, die du für mich gemacht hast, auf der stand: »Mein Herts glüt für dich«, und für dein geniales Buch *Wingates Frage*, und dass ich das alles mit deiner freundlichen Erlaubnis in diesem Buch benutzen dufte, und wirklich, und ich mein es wörtlich, danke für alles. Du bist der beste Junge, den ich kenne, und ich bin so froh, dass du meiner bist.

# NEON IMPOSTER

## SCHREIBT, WAS ER TRÄUMT

Um die Lieder aus diesem Buch zu hören, scanne den QR-Code oder geh auf sites.prh.com/ILovedYouInAnotherLife

Songtexte:

DIVISION STREET
*(Breathe out)*
I'm taking it all in
*(Quiet now)*
Drifting down Brooklyn
What started out cold is freezing all alone
*(Just quit and jump in)*
For every bridge I cross
*(You'll never win)*
Just tack it up as a loss
I can take anything so long as it's you plus me
But that math made you leave
You say being happy is the trending virtue
But all I want to do is find the one who hurt you
All about the full stop
Looking so hard in all the wrong places
Saying wrong things, saving wrong faces
Just another false start
Get up now, get up and down Division Street
As winter light ascends in victory
It will happen soon
In the lucid moon
I don't know what you said
But your song is in my head
Je t'aime, je t'aime, je t'aime

## LOST CAUSES AND CONCERNS

*Please don't ask why I never try*
*You know as well as I*
*The difference between loss and love*
*Look close to find the beauty behind*
*All good things come in time*
*The shit they say*
*It's getting late*
*Come, sit and drink with me*
*Oh God, don't talk, just be*
*Be quiet, be cold, be heart and soul*
*O love, that distant land*
*You'd do it all again*
*In willow seed*
*Where trees sing*
*All thirteen*
*May I ask why you never try*
*When you know as well as I*
*The difference between loss and love*

## THE NORTHERN SHORES

*Take me for a fool or lose me for good,*
*I don't care if you can, I care if you should*
*You got blood on your hands, a bird would be better*
*I wrote it in a song, a book, a letter.*
*I'm a crooked painting of unknowable place*
*With hands constructed to frame your face*
*There is a place we like to go*
*Where secrets hide in trees of snow*

*Breath becomes smoke, the inside wants out*
*Choke down a scream, whisper, don't shout*
*From the Seine to the sea, your voice is in me*
*In the madness of two, I will find you*

**Autor**

David Arnold ist ein New-York-Times-Bestsellerautor. Er wurde mit dem Southern Book Prize und dem Great Lakes Book Award ausgezeichnet und erhielt für sein Debüt einen Publishers Weekly Flying Start. Seine Bücher wurden in mehr als ein Dutzend Sprachen übersetzt. Er lebt mit seiner Familie in Lexington, Kentucky.

**Übersetzerin**

Inka Marter hat Spanisch und Lateinamerikanistik studiert, und statt an der Uni zu bleiben, ist sie nach der Promotion lieber Übersetzerin geworden. Seit 2009 übersetzt sie Liebesromane, Krimis und den einen oder anderen literarischen Titel aus dem Spanischen und Englischen. Sie lebt in Hamburg.

Mehr über unsere Bücher auf Instagram